Theodor Pelster

Kellers Weihnachten

Roman einer Familie

Deutsche Bibliothek - CIP-Einheitsaufnahme

Pelster, Theodor: Kellers Weihnachten.
Roman einer Familie.
Vechta-Langförden. Geest-Verlag 2007
ISBN 978-3-86685-083-5

2. Auflage Dezember 2007
3. Auflage Januar 2008

Der Umschlag wurde gestaltet nach einem Bild
von Barbara Kozikowski, geb.Pelster.

Geest-Verlag
Lange Straße 41 a
49377 Vechta-Langförden
Tel. 04447/856580
Fax: 04447/856581
Mail: Geest-Verlag@t-online.de
Internet: http://www.Geest-Verlag.de

Inhalt

„Ich bin längst von dem Satz überzeugt gewesen, daß es in den Familien, die zum Exempel aus Mann und Frau, vier bis acht Kindern, einer Kammerjungfer, ein paar Mägden, ein paar Bedienten bestehen, und auch kleineren, zumal wenn auch noch ein paar Frau Basen wenigstens toleriert werden, gerade so zugeht, wie (...) in den größten Staaten. Es gibt da Verträge, Friedensschlüsse, Kriege, Ministerwechsel, Lettres de Cachet (= versiegelte Briefe; Verhaftsbefehle der Könige von Frankreich), Reformation, Revolution usw. ...“

Georg Christoph Lichtenberg

I. August 2003: Unterm Apfelbaum

Jedes Jahr fängt Weihnachten früher an, und nichts ist für den Familienfrieden so gefährlich wie Weihnachten.

In der Familie Keller beginnen die Vorbereitungen für das Fest der Feste inzwischen Ende August – noch in den Sommerferien.

„Ich habe noch kein einziges Weihnachtsgeschenk!", wirft sich Frau Keller dann vor und hofft, von ihrem Mann entlastet zu werden. Aber der sagt nur: „Schlimm genug. Dann wird es höchste Zeit."

Er meint das ironisch; aber Ironie kommt nicht an, wenn es um Weihnachten geht. Weihnachten ist etwas Heiliges – immer noch.

Herr und Frau Keller sitzen im Garten unter einem Apfelbaum in der Spätsommersonne. Sie haben das Kaffeegeschirr, zwei Gartenstühle und ein kleines Tischchen von der Veranda geholt und sich dort hinter dem Gartenteich eingerichtet.

„Wie wird es wohl dieses Mal sein?", sinniert Frau Keller heute.

„Ich denke, die schlimmsten Katastrophen haben wir hinter uns", versucht Herr Keller zu beruhigen. Er meint das durchaus ernst; aber seine Frau ist unsicher: „Wie soll ich das verstehen?"

„Nun", erklärt er, „wir haben nirgendwo hier in der Nähe Krieg, und keiner ist in Sicht. Unsere Eltern sind tot; unsere Kinder sind selbstständig; die Verwandten sind weit weg. Von allen offiziellen Weihnachtsfeiern bleiben wir inzwischen verschont. Alle Konfliktherde sind erloschen. Was willst du mehr?"

„Ich möchte anders als letztens schon ein paar Tage vorher wissen, wer wann kommt oder auch nicht. Ich habe inzwischen etwas gegen plötzliche Überfälle und gegen Absagen nach dem Motto „Wir haben es uns doch anders überlegt". Außerdem möchte ich etwas früher Klarheit über die so bescheidenen Wünsche unserer Lieben haben, die eigentlich feste Bestellungen sind. Ich möchte nicht wieder wie im letzten Jahr in der letzten Woche von Hott nach Hü laufen und irgendetwas besorgen wollen, was es dann entweder gar nicht mehr gibt oder was dann nicht so ist, wie man sich das vorgestellt hat."

„Kann ich nachvollziehen", kommt Herr Keller entgegen, „aber im letzten Jahr hat am Ende doch auch alles geklappt."

„Es nervt einfach. Und das mit dem Klappen – das ist auch nur relativ. Im letzten Jahr hat das Klappen bis Ende Januar gedauert. Genau bis zu dem Tag, an dem die zu kleine Mikrowelle des Sohnes in die größere umgetauscht wurde."

„Ich sag es doch", fühlt sich Herr Keller bestätigt, „letzten Endes – jetzt sagt man übrigens ‚letztendlich' oder ‚schlussendlich' – also am Ende sind doch alle zufrieden abgezogen. Mehr kannst du nicht erwarten."

„Zufrieden? Ich weiß nicht. Übrigens finde ich „schlussendlich" noch scheußlicher als „letztendlich". Nichts ist je zu Ende. Kaum ist die eine Herausforderung überstanden, kommt die nächste auf uns zu."

„Das scheint wohl so zu sein. So ist das Leben!“, bestätigt Herr Keller und glaubt, mit dieser Floskel einen Schlusspunkt gesetzt zu haben.
„Das sagst du immer, wenn du deine Ruhe haben willst. Sehr hilfreich ist das nicht“, murrt Frau Keller noch.
„Kommt Zeit, kommt Rat!“, entzieht sich ihr Mann vorläufig endgültig.

Da es sommerlich warm ist, hat Frau Keller ihren Jeansrock an, mit dem sie einst Kindergeburtstage, Radtouren und Ferienwanderungen bestanden hat. Ein weißes Tennishemd hängt locker bis in den Schoß. Sie hasst es, Blusen und Hemden in Rock und Hose zu stopfen. Beine und Füße streckt sie der Sonne entgegen. Die knappen Riemchen-Sandalen lassen den bloßen Zehen Spielraum: Auf ihre schmalen, wohlgestalteten Füße ist sie stolz. Dagegen hadert sie mit ihren Haaren: „Schlimmes Erbe. Ein ganzes Vermögen hab ich schon zum Friseur getragen.“ Das ursprünglich natürliche Dunkelbraun wurde ab vierzig nachgetönt und wird inzwischen in regelmäßigen Abständen gefärbt. Das hält jung.
Er, Keller, inzwischen im zweiten Jahr pensioniert, ist mit seinen Haaren ganz einverstanden – „Mein Vater hatte im gleichen Alter schon eine Halbglatze“ –, dagegen geniert er sich, seine Hohl- und Spreizfüße der allgemeinen Beurteilung preiszugeben. Zu hellen Jeans hat man ihn im Laufe der Zeit überreden können; Sandalen und T-Shirts wehrt er dagegen seit je erfolgreich ab. „Du würdest auch in der Sahara mit Schuhen, Socken und langärmligem Hemd herumlaufen!“, spottet seine Frau ab und zu.

„Aber sicher! Grade da!", sagt er dann, „da würde ich sogar noch einen Hut aufsetzen."
Frau Keller hat jenes Buch in der Hand, das ihr die älteste Tochter vor Jahren zu Weihnachten geschenkt hat, das sie mit in die Ferien nahm, ungelesen zurückbrachte und an dem sie sich seit zwei Wochen erneut abarbeitet: ‚Alice Miller, Das Drama des begabten Kindes und die Suche nach dem wahren Selbst'. Frau Keller sucht zwar nicht mehr nach ihrem wahren Selbst und hat auch keinen unmittelbaren Erziehungsauftrag vor sich, aber es interessiert sie, was sie bei sich und in der Erziehung ihrer Kinder alles falsch gemacht hat. Das heißt, beides interessiert sie eigentlich nicht mehr. Aber die herangewachsenen Kinder meinen, dass es sie interessieren müsse. Nun wird sie seit einigen Minuten von der Frage gequält, ob sie früher erfolgreich „ein zugewandtes, empathisches Selbstobjekt internalisiert" habe oder nicht. Sie ist nicht nur im Zweifel, ob sie so etwas wie ein „empathisches Selbstobjekt" habe, sondern mehr noch darüber, was das sei. Sie klappt das Buch wieder einmal, jetzt auf Seite 41, zu und fragt ihren Mann: „War ich eigentlich eine emotional eher sichere oder eine emotional eher unsichere Mutter?"
„Ist das wichtig?"
„Ja, sehr. Wenn ich emotional unsicher war, muss ich weiterlesen. Sonst nicht."
„Wenn du so fragst, warst du unsicher."
„Du ersparst mir nichts."
Herr Keller blättert seinerseits seit einer halben Stunde in einem dicken Wälzer. Er legt Papierschnitzel zwischen einzelne Seiten, blickt auf, dann wieder ein, zieht jetzt das

gelbe Bändchen aus der Mitte des Buches, legt es sorgfältig dort ein, wo er sich grade vertieft hat.
„So ist es“, nickt er sich zu.
„Darf man wissen, was du da liest?“
„‚Meine Kinderjahre‘!“
„Bitte was?“
„‚Meine Kinderjahre‘ von Fontane. Das ist der erste Teil seiner Autobiographie.“
„So. Und warum liest du das? Muss ich Schlimmes fürchten?“
„Vorläufig nicht. Ich habe grade die Stelle, wie es bei Fontanes zu Weihnachten zuging. Überschrift: ‚Allerlei Gewölk‘. Könnte man gut übernehmen. Und dann heißt es: ‚Weihnachten rückte heran und schon die ganze Woche hieß es ‚aber *diesmal* wird es eine Freude sein ...‘ Das lässt doch tief blicken. Bei denen gab's wohl auch andere Male vor diesem Mal. Auf dieses ‚Diesmal‘ ist man gespannt. Vater Fontane, also der Vater des berühmten Theodor, präpariert sich an dieser Stelle auf die richtige Stimmung, indem er im Zimmer auf und ab geht und sich vorsagt: ‚Ja, das ist nun also Weihnachten ... An diesem Tage wurde der Heiland geboren ... ein sehr schönes Fest ...‘ Dann folgt das ‚Diesmal‘; ich lese vor, du wirst die Parallelen erkennen: ‚Unser Einmarsch, unter Absingung obiger Strophe, die übrigens an Plattheit nicht zu übertreffen war, war eben erfolgt und, verwirrt und befangen, standen wir, auf den Baum starrend, um die Tafel herum, bis die Mama uns endlich bei der Hand nahm und sagte: ‚Aber nun seht euch doch an, was euch der heilige Christ beschert hat.‘“
„Hm. Sammelst du jetzt ‚Weihnachten‘?“

„Nein. ‚Kinderjahre' ganz allgemein."
„Und was reizt dich daran?"
„Na ja. Man fängt an zurückzublicken. Und da ist es doch reizvoll, mal zu sehen, wie das andere machen. Und da könnte ‚Weihnachten' doch ein Aufhänger sein."
„Ich hab es mir ja gedacht."
„Fontane hat übrigens mit den ‚Kinderjahren' sein Nervenleiden therapiert. Er hatte zu der Zeit so eine Art Depression. Danach, nach den ‚Kinderjahren', ging es ihm wieder großartig. Er hat sich dann wieder auf's Romaneschreiben verlegt."
„Dann mach mal."
„Was soll das nun wieder heißen?"
„Du planst doch was. Ich merk das doch."

Im Teich spielen die Goldfische an den Sonnenstellen und warten auf Fütterung. Von den Zweigen des breit ausladenden Baums leuchten die sich langsam rötenden Äpfel und spiegeln sich an der Wasseroberfläche.
Frau Keller findet nun doch nicht mehr ins Buch oder – umgekehrt – sie wird vom Buch nicht angezogen, nicht aktuell angesprochen. Sie hebt die Warmhaltekanne, um zu prüfen, ob ihr noch eine weitere Tasse Kaffee zu entlocken sei. Es reicht offensichtlich noch.
„Teilen wir?", fragt sie mit Blick auf ihren Mann.
Der klappt das Buch zu.
„Immer doch!", sagt er, hält seine Tasse hin und greift zum Milchkännchen. Ein paar Tropfen genügen ihm. Umrühren! Er verfolgt sehr intensiv, wie die wenigen Tropfen Milch den schwarzen Kaffee aufhellen, als ob er das Phänomen

zum ersten Mal bemerke. Frau Keller blickt, während sie trinkt, über den Tassenrand, setzt dann die Tasse ab und fragt ohne Ein- oder Überleitung und ohne Blickkontakt mit ihrem Mann zu suchen: „Brauchen wir eigentlich Weihnachten noch?"

„Bitte", zeigt er sich überrascht, „ist das eine echte Frage?"

„Ja klar. Eigentlich sind es drei Fragen. Erste Frage: Brauchen *wir* Weihnachten? Zweite Frage: Brauchen wir *Weihnachten*? Dritte Frage: *Brauchen* wir Weihnachten?"

So zugespitzt ist ihm die Frage noch nie gestellt worden. Er merkt, dass hier sehr viele Gedankenstränge zusammengelaufen sind. Und er weiß auch, dass er sich jetzt nicht mehr zurückziehen kann. Mit einem Ja oder Nein ist es nicht getan, erst recht nicht mit irgendwelchen Weisheitssätzen.

„Ich weiß nicht, ob die Frage richtig gestellt ist", gibt sich Herr Keller, immer noch Lehrer, philosophisch. „Weihnachten ist doch gegeben, steht doch fest im Kalender."

„Tu doch nicht so. Du weißt, was gemeint ist. Im Kalender steht eine Datumsfolge von drei Tagen. Die kannst du durchzählen: 24, 25, 26. Die Tage sind reserviert, sind frei. Die kann man mit Weihnachten füllen – so ist die Empfehlung –, muss man aber nicht."

„Kann man aber."

„Sicher. Haben wir bisher auch immer getan. Trotzdem wird man fragen dürfen: Brauchen wir Weihnachten noch? Genauer: Benötigen wir es? Nutzt es uns? Versprechen wir uns etwas davon? Sind wir darauf angewiesen? Können wir nicht darauf verzichten? Würden wir etwas vermis-

sen, wenn wir's nicht mehr hätten? – Alles Umschreibungen von ‚Brauchen wir Weihnachten?'"
Eine Pause entsteht, und beide hängen ihren Gedanken nach, die in die Vergangenheit gehen.
An der Oberfläche des Teiches hat sich ein rötlich glitzernder Fischschwarm versammelt. Nett anzusehen! Kreuz und quer und in schnellen Zuckungen schwimmen die einzelnen Goldfische herum. Zusammen bilden sie einen zittrigen Schwarm. Nervös – wie man meinen könnte.
„Früher war es einfacher – und besser!", fasst Mutter Keller ihre inneren Bewusstseinsströme in einem Satz zusammen.
„Früher war alles einfacher, besser und schöner", wiederholt und ergänzt Vater Keller ihre Worte – aber nicht, um ihnen zuzustimmen, sondern um sie zu relativieren, zu ironisieren, zu diskutieren. Deshalb fährt er fort: „Du weißt, Hede, dass genau das nicht stimmt. Ich möchte umgekehrt sagen: Die äußeren Bedingungen waren noch nie so gut wie jetzt. Ich kann mich noch erinnern, dass vier blankpolierte Äpfel von genau dem Baum, unter dem wir hier sitzen, die zentrale Mitte meines Weihnachtstellers ausmachten, der dann, dazwischen verteilt, Nüsse und ein paar Plätzchen – Spritzgebäck – und oben drauf als Blickpunkt eine Tafel Schokolade hatte – eine einzige. Du magst ja Recht haben, wenn du sagst, dass es damals leichter war, jemanden mit einem Geschenk zu überraschen. Davon will ich gar nicht reden. Du musst nur bedenken, dass wir damals Kinder waren. Weihnachten ist für Kinder ein anderes Fest als für Eltern, für Eltern ein anderes als für Großeltern. Jeder spielt da doch eine andere Rolle und jeder erlebt

Weihnachten anders. Nicht Weihnachten ändert sich, sondern wir ändern uns. Ich könnte das weiter auffächern, möchte das aber jetzt nicht. Ich arbeite dran.
Und jetzt bin ich bei deiner Grundfrage, die du in ihre Bestandteile zerlegt hast. Du meinst, Weihnachten habe sich als Irrtum erwiesen. Hoffnungen wurden enttäuscht, Erwartungen nicht erfüllt. Mag sein. Das ist das, was ich – zugegeben etwas flapsig – mit dem Satz meine, so sei das Leben. Ich möchte aber deinem Seufzer, früher sei alles besser gewesen, eine andere Sentenz entgegen halten. Keine Sorge! Sie ist nicht von mir, sondern aus dem Sprüche-Kalender, den uns unsere Älteste ebenfalls geschenkt hat – übrigens später als das Miller-Buch –: ‚Jetzt sind die guten alten Zeiten, nach denen wir uns in zehn Jahren zurücksehnen.' Vielleicht brauchen wir Weihnachten genau deshalb auch jetzt noch. Damit wir etwas zum Zurücksehnen haben."
„Ich weiß nicht, was es da zu sehnen gibt. Überstehen ist alles. Das haben die letzten Jahre doch gezeigt. Dein ‚vielleicht' überzeugt nicht."
„Schade, wenn du das so siehst. Vielleicht täte uns ein bisschen Optimismus gut."
„Ich bin optimistisch – so im Allgemeinen. Trotzdem ..."
Der Rest bleibt ungesagt, da Frau Keller sich nicht gern wiederholt.
Herr Keller hat noch etwas vergessen: „Eine Bemerkung noch: Wer von den Verwandten und Bekannten wann und wo zu Weihnachten auftauchte, war auch früher im August noch nicht klar."
„Trotzdem!"

„Natürlich."
Es wird kühler. Herr Keller hat den Fontane-Band auf das Tischchen gelegt. Er steht auf, stellt sich an den Teich, denkt so vor sich hin. Auch seine Frau erhebt sich, rückt den Stuhl zurück, streicht den Rock grade. Sie spaziert an den Blumenbeeten vorbei, die sie im Frühjahr zwischen Rasen und Gartenzaun angelegt hat. Der Klatschmohn blüht, die Königskerzen welken schon, die Astern sind noch verschlossen.
„Unser Rasen ist räudig; er ist voller Unkraut", nähert sich Frau Keller ihrem in den Teich hinein sinnierenden Gatten.
„Aber durchgehend grün", kontert Herr Keller.
Die Sonnenstrahlen dringen noch immer bis auf den Teichgrund. Ab und zu lösen sich einzelne Fische aus dem Schwarm, stoßen an die Oberfläche und zeigen ihr offenes Maul.
„Deine Freunde, die Goldfische, warten auf Futter", deutet sie deren Gebaren.
„Kriegen sie", sagt er, dreht sich um und wendet sich dem Haus zu. Er hängt seinen Gedanken nach.

Alt, uralt ist der Apfelbaum inzwischen und der Stamm morsch. Vor Jahren schon hat dort ein Wespenvolk Unterschlupf gefunden. Einige der Hauptäste, knorrig und vermoost, wurden in letzter Zeit noch amputiert. Trotzdem macht der Baum vor allem in belaubtem Zustand immer noch einen geschlossenen Eindruck. Die Blätterkugel von etwa fünf Metern Durchmesser ragt über den Zaun auf das Nachbargrundstück, wo einst Pferde weideten, wo heute teure Ziersträucher jeden Durchblick verwehren.

Niemand steigt mehr in den Baum, um zu ernten oder wilde Triebe aus dem Astwerk zu schneiden. Nur die unteren Äste sind noch mit einer Leiter zu erreichen. Anfang September lösen sich jedes Jahr die ersten gelbroten Äpfel vom Baum, fallen zu Boden, werden aufgesammelt und zu Kompott verarbeitet. Wenig später färben sich die Blätter braun und gelb, werden von Sturm und Regen herabgeschüttelt oder trudeln nach dem ersten Frost auf den Boden oder in den Teich. Nichts als dieser Baum ist vom ursprünglichen Grundbestand des Gartens übrig geblieben.
Herr Keller ist in diesem Haus und in diesem Garten aufgewachsen. Es gibt Fotos, da läuft er auf einem schmalen, mit Zementsteinen eingefassten Gartenweg seinem Vater in die Arme. Seitlich sind Gemüsebeete und mannshohe Obstbäume zu sehen. Jahrzehnte ist das her.
Später – nach abgeschlossenem Studium und bestandener Lehramtsprüfung – kam er zurück, heiratete, konnte seine Frau überzeugen, dass sie als Beamte kein eigenes Haus würden bauen können, ohne sich bis ans Lebensende zu verschulden, möglich sei aber, sein Elternhaus umzubauen und dort einzuziehen. Sie hatte geschluckt und dann eingewilligt.
Drei Kinder wuchsen in den nächsten Jahren in diesem Haus und in diesem Garten auf. Damals gab es noch keinen Teich, wohl aber einen Sandkasten. Ein kleines Holzhaus stand daneben – Blockhütte en miniature. Die pädagogisch versierten Eltern hatten angenommen, dass ihre Kinder dort in Frieden und Eintracht würden spielen können – mit Puppen etwa oder mit Plüschtieren. Die Großeltern Keller, die in die erste Etage des Einfamilienhauses

gezogen waren, hatten sich gefreut, vom Wohnzimmerfenster aus hinunter in den Garten zu schauen und die einträchtige Kinderschar heranwachsen zu sehen.
Die drei Kinder – Alexandra, Bernhard und Carola – waren nicht nur den Jahren nach, sondern auch ihrer Mentalität nach weit auseinander. Bei einem Vater-Mutter-Kind-Spiel hätte die Älteste damals mit ihren elf Jahren die Mutterrolle gut spielen können, die Jüngste hätte natürlicherweise das Kind abgeben können; sie war damals grade zwei. Aber erstens wollte Alexandra grundsätzlich nicht ‚Familie' spielen, zweitens hätte sie ihren Bruder Bernhard, der grade in die Grundschule kam, nie den Vater machen lassen, und drittens hätte sich Bernhard nie auf solchen Firlefanz eingelassen. Für ihn war das Wichtigste, sich von den Schwestern abzusetzen. Mit der älteren wollte er nichts zu tun haben, weil sie das Altersprivileg herauskehrte; die jüngere attackierte er, weil er glaubte, dass sie von den Eltern bevorzugt werde und ihm deshalb die Rolle zufalle, für ‚geordnete Verhältnisse' zu sorgen. Mit gehöriger Herablassung nannte er sie „meine kleine Schwester", bestand darauf, dass diese Kennzeichnung korrekt sei, vermied es hingegen, irgendwo und irgendwann Alexandra als seine große Schwester vorzustellen.
Besser als mit ihren Geschwistern kam Alexandra mit ihrem Großvater zurecht. Damals wurde der Garten immer noch mindestens zweimal im Jahr umgegraben. Da gab es dicke Regenwürmer zu entdecken, die man retten musste, indem man sie vom Spaten zurück in das umgegrabene Land brachte. Dann wurden Bohnen gesetzt, die selten etwas brachten, und Blumensamen wurden ausgestreut.

„Mal sehen, was es wird", dämpfte ihr Opa die allzu große Hoffnung, dass man bald durch Gemüsebeete und über eine Blumenwiese gehen könne. Er war mit weniger zufrieden – immer.
Für Bernhard war der Garten nur interessant, wenn im Herbst etwas verbrannt wurde. Dann war er dabei und schleppte alles heran, woraus sich Feuer und Qualm entwickeln ließ.
Carola, die Jüngste, suchte sich später Freundinnen aus der Umgebung und empfand ihre Geschwister als eher hinderlich. Sie plante dann auch, ein eigenes Baumhaus in den Apfelbaum zu setzen. Dazu besorgte sie Bretter und Stricke. Mit Birgit, ihrer besten Freundin, sägte und hämmerte sie, bis die beiden einen luftigen Hochsitz ganz für sich hatten. Aus der Nachbarschaft kamen Anrufe, das sei eine Verschandelung des Baumes und sehe furchtbar aus, die Eltern sollten dringend dafür sorgen, dass der Schandfleck beseitigt werde. Aber die sahen das anders und sorgten sich bestenfalls, ob der Baum das aushalte. Dem schien das aber nichts auszumachen. Er trug in dem Jahr sogar deutlich mehr Äpfel als in den Jahren zuvor.
Dann kam jener Frühjahrssturm, der nicht nur verdorrte Äste aus dem Baum brach, sondern auch die Seitenwände des Baumhauses herunterholte. Die Knoten der Seile, mit denen die Bodenbretter an die knorrigen Äste gebunden waren, hatten sich längst gelockert. Einige der tragenden Äste erwiesen sich als tot. Frau Keller erkannte die Möglichkeit, einen lange gehegten Plan zu verwirklichen. Endlich schien die Gelegenheit gekommen, aus dem Garten eine kleine Parklandschaft zu machen.

„Der Baum muss weg!“, hatte Hedwig Keller, die dritte Frau Keller in direkter Folge, gesagt. Außerdem wollte sie die Rasenfläche bis an die Grenzen des Grundstücks erweitern und einen Teich in der Mitte des Gartens anlegen lassen. Hermann Keller wollte unbedingt den Apfelbaum retten, hätte lieber eine Wiese als einen Rasen gehabt, wollte Platz für seine Symbolblumen haben – Schneeglöckchen im Januar, Osterglocken im April, Astern im Herbst – und setzte schließlich durch, dass Fische in den Teich kamen, wenn es denn ein Teich sein musste. Auch bei Carola, der jüngsten Tochter, hatten sich plötzlich nostalgische Gefühle entwickelt. Sie wollte die Erinnerungen an die Baumhauszeit bewahren, obwohl sie längst nicht mehr zu Hause wohnte.
„Der Baum ist älter als ich“, hatte Herr Keller gesagt. „Irgendetwas aus der alten Zeit muss bleiben.“
Er blieb. Der Gartenteich wurde genau da angelegt, wo der Sandkasten ausgedient hatte. Der übrige Garten war ein letztes Mal umgegraben worden. Der Boden wurde sorgfältig geplättet und mit lupenreinem Rollrasen belegt. Wie dann im zweiten Jahr schon die Kleepflänzchen, der Löwenzahn und die Gänseblümchen – also: das ‚Unkraut‘ – eindringen konnte, wusste niemand. Damit, dass im Herbst die Blätter des Apfelbaums in den Teich fielen und dort vermoderten, hatte man sich zwischenzeitlich abgefunden.

Jede Geschichte hat ihre Vorgeschichte.
Das Haus mit Außenmauern aus roten Klinkersteinen ist als Einfamilienhaus konzipiert und so auch in den Grundbüchern eingetragen. Es ist das mittlere von drei Häusern,

die eine Einheit bilden. Damals, als das Wohngebiet erschlossen wurde, baute man aufs freie Feld weit außerhalb der Stadt. Inzwischen ist die Stadt herangekommen und hat die Straße, die einst schnurstracks in den Wald führte, zur verkehrsreichen Durchgangsstraße gemacht, die morgens zwischen halb acht und halb neun Uhr und nachmittags zwischen fünf und sieben von Fußgängern kaum zu überqueren ist.
In dieses Haus zog Friedrich Keller, der Vater Hermann Kellers, der augenblicklich vergeblich nach der Dose mit dem Fischfutter sucht, mit seiner frisch angetrauten Ehefrau Maria, einer geborenen Terhoeven, im September 1934, also vor ziemlich genau siebzig Jahren ein.
Friedrich Keller war Stadtkind und Halbwaise. Seine Mutter, eine geborene Beniers, hatte ihn und seine eineinhalb Jahre ältere Schwester Elisabeth mit Krawattennähen durchgebracht, nachdem der Vater, Jakob Keller, ein Schreinermeister, im Alter von einunddreißig Jahren noch vor dem Ersten Weltkrieg an einer nicht hinreichend beachteten Lungenentzündung gestorben war. Friedrich Keller war damals noch keine zwei Jahre alt, seine Schwester vier, seine Mutter achtundzwanzig.
Also ernährte Mutter Maria Keller, geborene Beniers, sich und die Ihrigen von den Krümeln, die von den Tischen der Reichen fielen. Die Reichen in der Stadt waren die so genannten Seidenbarone, die unbeschränkte Herrschaft über die Samt- und Seidenwebereien und die Bunt- und Schwarzfärbereien ausübten und denen die Stadt Wohlstand und Ansehen und das Prädikat „Seidenstadt“ verdankte. Auch Marias Vorfahren waren – wie die Vorfah-

ren der Seidenbarone – einst aus dem Ausland gekommen.
Maria Keller konnte als geborene Beniers in ihrer nicht nachprüfbaren sagenhaften Familiengeschichte locker an einen französischen Stammbaum andocken, ansonsten war sie aus der Tradition herausgefallen: Seit Generationen war die Familie katholisch und arm, wohnte im Nordbezirk der Stadt, da, wo die Weber und Färber ihre bescheidenen Häuschen hatten. Maria hatte gehofft, als Frau eines Schreinermeisters eine Stufe nach oben zu kommen. Als sie dann früh verwitwete, war sie auf besagte Krümel angewiesen: Sie diente sich als Krawattennäherin an. Das war Heimarbeit. Sie holte montags in der Firma die Krawattenstoffe, schnitt sie zu, brachte die Abschnitte in Form, vernähte sie und lieferte die fertigen Stücke am Montag drauf im Büro des Prinzipals wieder ab. So brachte sie sich, ihre beiden Kinder und – über weite Strecken – ihren älteren Bruder Joseph durch. Einzig der Mittwochnachmittag gehörte ihr: Da spazierte sie mit drei Bekannten – ebenfalls Witwen und Krawattennäherinnen – die Rheinstraße hinunter bis zum „Schweizerhaus“, trank dort ein Kännchen Kaffee und besprach mit den anderen Frauen Welt und Leben und hatte einige glückliche Stunden.
Am Ende des Ersten Weltkriegs war Friedrich Keller aus der Schule entlassen worden, sollte auf Vermittlung seines Onkels, des Bruders der Mutter, eine Schreinerlehre beginnen, wurde aber nach Hause geschickt, weil er unterernährt und zu schwach für einen Handwerksberuf war. Er kam ‚bei der Stadt unter‘, wie man im Verwandtenkreis erzählte, wenn man auf das Thema der so genannten Be-

rufswahl zu sprechen kam, die damals in den seltensten Fällen eine Wahl war. Seine Schwester Elisabeth, in der Familie Lisbeth genannt, ‚kam bei der Post unter', arbeitete lange Zeit im Telegrafenamt und wurde von den Berufskolleginnen Lili gerufen, um sie von der anderen Elisabeth zu unterscheiden, die ab sofort Elli hieß.
Friedrich Keller arbeitete sich durch, bestand unter größten Anstrengungen seine Prüfungen als städtischer Angestellter, sparte jeden Pfennig, erst recht jede Mark und wurde hellhörig, als 1932 die Grundstücke am Rand der Stadt erschlossen und angeboten wurden. Eine ausgebildete Lehrerin, die ebenfalls keine Stelle gefunden hatte und ebenfalls ‚bei der Stadt untergekommen' war, hatte ihm bei der Vorbereitung auf die Inspektorprüfung geholfen, hatte – weitgehend erfolglos – versucht, ihn ‚an die Literatur heranzuführen', hatte sich selbst – erfolgreich – geweigert, mit ihm Kajak- oder Motorradfahrten zu unternehmen, und wurde nun gefragt, ob sie sich vorstellen könne, mit ihm, dem grade zum Inspektor beförderten Beamten, durchs Leben zu gehen und gemeinsam ein Haus zu bauen.
Das mit dem Haus war keineswegs symbolisch oder allegorisch gemeint, wie die geschulte Lehrerin zunächst annahm, sondern wörtlich. Als das geklärt war, wurden die Ersparnisse zusammengerechnet und es wurde ein Geheimabkommen getroffen, das den beiden als Verlobung galt, aber niemandem sonst mitgeteilt wurde. Erst als der Vertrag über den Grundstückkauf unterzeichnet war, wurde das Bündnis im engeren Familienkreis bekannt gegeben und schließlich akzeptiert.

Vorher hatte es zähe Verhandlungen gegeben. Die verwitwete Mutter Keller sah ihre Existenzgrundlage bedroht. Das Krawattennähen brachte nichts mehr ein; die Rente reichte grade einmal, um die Miete zu bezahlen. Ihr Bruder, Joseph Beniers, überzeugter Junggeselle, der weiterhin wie selbstverständlich in der Familie lebte, war, seit der Handwerksbetrieb, in dem er als Schreiner gearbeitet hatte, pleite gegangen war, Hilfsarbeiter beim Gaswerk und steuerte monatlich zehn Mark zum Haushalt bei. Den Rest verspielte und vertrank er.

„Dä Fritz mot für mech sorje“, hatte Mutter Keller gesagt und alle Mittel angewandt, um das zu verhindern, von dem sie merkte, dass es sich anbahnte. Sie hatte nichts dagegen gehabt, als ‚dat Frollein’ mit ihrem Sohn Stenografie übte, amtliche Schreiben entwarf und Buchführung trainierte. Aber als ‚dat Frollein’ aus einem gesundheitsamtlich verordneten Erholungsurlaub in der Hochphase der Inflationszeit Briefe schrieb, hielt sie diese doch mal zuerst über den schwadenden Kessel, damit die Gummierung sich löse und der Briefumschlag keinen Schaden nähme, wenn man ihm das Innere kurzzeitig entzöge und dann gekonnt zurückgäbe.

So brauchte sie ihren Sohn abends gar nicht erst zu fragen, was ‚dat Frollein’ schreibe. Sie wusste aus erster Hand um die drohende Gefahr und plante Gegenmaßnahmen. Sie unterstützte ihre Tochter Lisbeth, sich ‚wat Nettes’ anzuziehen und ‚möt die Mädches von die Post’ samstags abends nach Blumenthal tanzen zu gehen. Vielleicht ließe sich da jemand finden. Würde Lisbeth, so der Plan, heiraten – auch heiraten müssen –, würde der Druck auf

den Sohn größer, sich ganz um die Mutter zu kümmern. Doch alle Anstrengungen waren vergeblich. Ihr Plan ging nicht auf.
Das Grundstück war schon da und Maria, die Zukünftige, auch. Dieser Teil des Feldzugs war von Friedrich klar gewonnen worden. Bei den nachfolgenden Friedensverhandlungen war Diplomatie nach allen Seiten erforderlich. Friedrich erklärte zunächst seiner Maria, dass er sich auch seiner Mutter verpflichtet fühle, dass er ihr also anbiete, mit ins neue Haus zu ziehen, was wahrscheinlich zur Folge habe, dass Schwester Lisbeth mitzöge und bei der Mutter wohne, bis sie heirate. Ja, der Onkel müsse wohl auch mit. Maria schluckte. Sie hatte sich bei den gemeinsamen Überlegungen vorgestellt, dass ein Einfamilienhaus ein Haus für eine Familie sei. Das sah, Friedrich, ihr Verlobter, genauso. Doch hatten beide versäumt, etwas genauer zu definieren, was für sie eine Familie sei. Für Maria stand fest, dass Familie ein verheiratetes Paar, genauer: ein Mann und eine Frau, mit mehreren Kindern sei; für Friedrich war selbstverständlich, dass Geschwister, Eltern, Onkel, Tanten, vielleicht sogar Neffen und Cousinen mit zur Familie gehören.
Der Friedensvertrag wurde geschlossen. Die Perspektive war klar: Ehepaar Keller würde unten wohnen und auf Kinder warten. Friedrichs Mutter, Schwester und Onkel würden in die erste Etage ziehen.
Nun wurde ein Architekt bestellt. Danach wurde der Hochzeitstermin festgemacht. Zwölf Monate später zog das junge Paar am Abend des Hochzeitstags ins neue Haus. Eine Woche später stand ein weiterer Möbelwagen vor der Tür.

Maria Keller, die Ältere, ihr Bruder Joseph und ihre Tochter Elisabeth richteten sich oben ein.
Das junge Keller-Paar, Friedrich und Maria, wohnte nun also Parterre, hatte in der Mansarde das Schlafzimmer und den Garten als Paradies. Von der Küche trat man damals auf die etwa vier mal vier Meter große Veranda. Ein paar Stufen führten hinunter zu jenem Gartenweg, der etwa fünfunddreißig Meter nach hinten führte und dort gegen einen Zaun lief, auf dem der kleine Hermann später seinem Vater Friedrich in die Arme lief und hinter dem die Äcker und Weiden von Bauer Heckens begannen. Ab und zu schaute eins der Weidepferde über den Zaun. Auf den Äckern konnte man den Jahresablauf der Natur verfolgen: Frühling, Sommer, Herbst und Winter oder säen, wachsen, reifen, ernten, ruhen.
In den ersten Jahren hatte der stolze Hausbesitzer Friedrich Keller manchen Feierabend im Garten verbracht, hatte Bohnen und Kartoffeln gesetzt und geerntet, hatte das Blühen beobachtet und sich auf das Ernten gefreut. Alles schien auf gutem Wege, als Frau Keller, im fünften Monat schwanger, ins Krankenhaus eingeliefert wurde. Fehlgeburt. Ein Jahr später: eine weitere Fehlgeburt. Man schottete sich ab von ‚oben', von Schwiegermutter, Schwägerin und Schwiegermutterbruder, und auch von ‚draußen', von Nachbarn, Bekannten, Kollegen. Im Sommer saß man auf der Veranda, blickte in den Garten, überflog die Zeitung, versuchte Gespräche. Das änderte sich, als Hermann geboren wurde. Der Sommer 1937 muss ein schöner Sommer gewesen sein. Die Standard-Fotos, die ein Freund des Vaters machte, zeigen das Wickelpaket im Arm der Mutter,

auf der Veranda sitzend, das gleiche Paket im Arm des Vaters, der unter dem blühenden Apfelbaum steht. Auf der nächsten Seite läuft der kleine Hermann, wie schon erwähnt, über den Gartenweg und hängt dann an einer Teppichstange, vom Vater gehalten. Damit endet das erhaltene Album mit der Aufschrift ‚Unser Kind'. Zehn Seiten blieben leer; denn „der Krieg brach aus", wie es formelhaft hieß.

Als am Ende des Zweiten Weltkriegs die Front von Belgien und Holland auf den Niederrhein zukam, hatte Vater Friedrich drei Tage Sonderurlaub erhalten, war von Russland an den Rhein gekommen, hatte in einer Nacht- und Nebelaktion Frau und Kind nach Süddeutschland gebracht, hatte auf die bange Frage seiner Frau, was aus Haus und Garten werden solle, geantwortet, jetzt gehe es ums Überleben und alles andere interessiere nicht.

Tatsächlich überlebten alle. Vater Friedrich wurde früh aus amerikanischer Gefangenschaft entlassen, schlug sich nach Süddeutschland durch, wich den französischen Besatzern und ihren gefürchteten Gefangenenlagern aus und machte sich auf den Weg in die britische Besatzungszone, um zu erkunden, wie es „zu Hause" aussah. Mutter, Schwester und Onkel lebten. Das Haus stand, einige Maschinengewehrsalven hatten ihm nicht viel anhaben können. Die einmarschierenden Amerikaner hatten die Bewohner und ihr Eigentum unbehelligt gelassen: Ein neuer Anfang schien möglich.

Anfang Juli waren alle wieder zusammen. Die Schäden im Haus wurden repariert, der Garten wurde umgegraben. Sechs Hühner, ein Hahn und zwei Gänse wurden ange-

schafft und erhielten die linke Gartenhälfte als Auslauf. Auf der rechten Seite wurden vorne Tabakpflanzen und hinten Bohnen gepflanzt. Das Obst wurde im Haus redlich geteilt. Ein paar Jahre wurden Erfahrungen mit den Nachbarn ausgetauscht, ob es günstiger sei, Strauch- oder Stangenbohnen zu pflanzen, ob die weißen Leghorn mehr Eier legten als die braunen Italiener und ob man die Tabakblätter rollen oder schneiden müsse. Dann wurde zuerst der rechte Nachbargarten zum Ziergarten umgestaltet. Das Acker- und Weideland hinter den Gärten wurde als Bauland erschlossen. Die Wirtschaftswunderzeit begann. Auf weiteren Tabakanbau wurde verzichtet. Der Garten wurde weiterhin umgegraben, aber nicht mehr bewirtschaftet.
Allmählich eroberte Sohn Hermann das Gartengelände für sich. In der Schule trainierte man für das Sportabzeichen. Hermann fürchtete, weder im Weitsprung noch im Kugelstoßen die Norm erreichen zu können, wenn er nicht außerhalb des Schulsports zusätzlich übe. Er lieh sich beim Platzwart der Schulsportanlage drei Kugeln - fünf Kilo, sechseinhalb Kilo, siebeneinviertel Kilo -, trat sich einen Abstoßring im Garten fest, machte den Gartenweg zur Anlaufbahn für den Weitsprung und nahm das Heim-Training auf. Dem wachsenden Erfolg fiel zuerst das Spalierobst zum Opfer, später erreichte er mit der Fünf-Kilo-Kugel auch den Pflaumenbaum. Er übertraf die geforderte Norm bei weitem und heftete sich voller Stolz das Sportabzeichen an das Revers der Sonntagsanzugjacke.
Im hinteren Teil, rund um den Apfelbaum, konnte Vater Friedrich weiterhin umgraben, Bohnen pflanzen und Laub verbrennen. Jahrzehnte liegt das zurück. Geblieben sind

Erinnerungen, die Hermann Keller festhalten möchte – für sich, für seine Frau, für seine Kinder. Und der Apfelbaum.

Der Pensionär Keller hat inzwischen die mit blauem Deckel verschlossene, sonst aber gelbe Dose gefunden, die 1000 ml Fischfutter enthält, das, wie eine Aufschrift sagt, von Zierfischen mit hundertprozentiger Zufriedenheit angenommen wird. Das ist durchaus verständlich, denn die gelben, grünen und zartrosa Flocken enthalten Vitamin A, Vitamin B, Vitamin B1, Vitamin B2, standardisiertes Vitamin C, Vitamin D3 und Vitamin E. Das Resümee auf Grund offensichtlich jahrelanger Erfahrung sagt: „...die Fische lieben es!" Die beigegebenen Farbstoffe, so wird versichert, sind völlig unschädlich und – noch ein Vorteil –: „Dieses Flockenfutter trübt nicht."
Als Herr Keller sich dem Teich nähert und einen breiten Schatten wirft, verschwindet der Schwarm unter die Seerosenblätter und in die Tiefe. Es dauert einige Zeit, bis der Leitfisch merkt, dass sich oben an der Wasseroberfläche jene Flocken ausbreiten, die ihm und den Seinen Gesundheit und Wohlbefinden garantieren. In einer schnellen Wendung schnappt er sich einen Gesundheitshappen, verschwindet und verkündet unten, dass oben angerichtet sei. Man könne auftauchen.
Herr Keller steht am Rand und beobachtet gespannt den Ablauf, obwohl der sich in nichts von dem unterscheidet, was er tags zuvor gesehen hat. Seine Frau ist hinzugetreten und fragt: „Sind sie glücklich?"
„Wer?"

„Na, deine Freunde!“
„Es sieht so aus“, sagt er und tatsächlich wimmelt es jetzt an der Oberfläche von hin- und herzuckenden Fischleibern. Mit den Mäulern versuchen sie schnell eine Futterflocke zu packen, zerren diese unter Wasser, schütteln sich, dass abfällt, was sie nicht verschlingen können. Inzwischen haben sich die Flocken überall hin verbreitet, wo die Wasserfläche frei von Seerosenblättern ist. Als ob er aus tiefen Überlegungen auftauche, fragt Herr Keller seine Frau, vielleicht auch sich: „Warum nennt man sie wohl Goldfische?“
„Die heißen nun mal so. Willst du das ändern?“
„Ach, was. Ich möchte nur den Grund wissen. Guck dir die Gesellschaft doch nur etwas genauer an. Da gibt es den Schwarm roter Fische, die immer im Pulk hin- und herschwimmen. Und dann stehen unten die drei Einzelgänger: der eine weitgehend schwarz, etwas weiß, ganz wenig rot; die beiden andern sind dicker, fetter, weitgehend weiß, stellenweise rot mit schwarzen Punkten. Und alle zusammen heißen Goldfische, obwohl kein einziger golden aussieht.“
„Vielleicht heißen sie Goldfische, weil sie so wertvoll sind oder so tun?“, überlegt sie.
„So teuer sind sie doch gar nicht.“
„Wir haben sie sogar geschenkt bekommen.“
„Trotzdem: Sie haben etwas Elitäres an sich. Man kommt überhaupt nicht auf den Gedanken, dass man diese Fische essen könnte. Sie erinnern irgendwie ans Goldene Zeitalter oder ans Paradies.“

„Gehst du jetzt nicht ein bisschen weit?“, will Frau Keller ihren Mann auf den Boden des Tatsächlichen herunterholen.
„Vielleicht. Wahrscheinlich sind unsere Goldfische ja auch nur Züchtungen. Züchtungen zur Weckung von Illusionen. Auch so etwas braucht man. Wer einen Garten mit Rasen, Teich und Goldfischen anlegt, will sich damit wahrscheinlich, bewusst oder unbewusst, eine Idylle anlegen – als Rückgriff aufs Paradies oder als Hoffnung auf ein wiederkehrendes Goldenes Zeitalter.“
„Na, ich weiß nicht. Ich bin da etwas nüchterner.“
„Ich weiß es auch nicht. Wahrscheinlich sind ‚Goldenes Zeitalter‘, ‚Paradies‘ und ‚Himmel‘ nur Wunschvorstellungen, die gar nicht zu erfüllen sind. So etwas wie Märchen. Die einen Märchen fangen dann mit ‚Es war einmal‘ an, die andern mit ‚Es wird einmal sein‘.“
„Und deine Fische erinnern an das Goldene Zeitalter, das schon vorbei ist?“, sieht sie ihn zweifelnd an.
„War so eine Idee! Nicht weitersagen!“
Die Fische scheinen satt zu sein. Langsam ziehen sie ihre Bahnen, schnappen kaum noch zu, wenn ihnen etwas Fressbares vors Maul kommt. Die drei Einzelgänger, die sich schon äußerlich von jenen andern unterscheiden, haben sich sinken lassen und stehen jetzt bei sparsamster Flossenbewegung wenig über dem Teichboden auf der Stelle.
„Ende der Vorstellung!“, sagt Herr Keller, stellt die Futterdose auf das Tablett mit dem Kaffeegeschirr. Es wird merklich kühler. Der Teich liegt jetzt im Schatten.
Wie sich alles ändert im Laufe der Zeit!

Den Gartentisch tragen beide gemeinsam auf die Veranda, die Stühle einzeln. Die Sonne ist hinter den Bäumen verschwunden, es dämmert. Einen Augenblick bleiben sie am Geländer stehen.
„Ich könnte nicht sagen, dass ich mich auf Weihnachten freue", nimmt Frau Keller das Thema des Tages noch einmal auf.
„Dann sag es auch nicht", gibt er zurück, „aber sag auch nichts Gegenteiliges. Vielleicht sind wir weihnachtsgeschädigt. Vielleicht schleppen wir Enttäuschungen mit, die noch nicht überwunden sind."
„Vielleicht waren wir ja lange Zeit weihnachtsverwöhnt. Von ganz weit früher her!"
„Das würde ich für mich bestreiten. Das erste Weihnachten, an das ich mich dunkel erinnere, war 1944: Ich saß mit meiner Mutter irgendwo in Süddeutschland vor einem Kanonenofen und wir verstochten die letzten Eierbriketts. Von meinem Vater, der in Russland war, hatten wir nichts gehört, seit er uns von zu Hause weggeholt hatte. Das hängt einem an. Trotzdem haben wir immer auf Weihnachten gehofft."
„Von den ersten Weihnachten", zieht sie die Parallele, „als wir noch zu Hause waren, weiß ich nichts mehr. Später, als wir im Westen waren, kam zu Weihnachten immer die ganze Familie zusammen. Die Brüder, die Onkel, die Tanten. Das war eigentlich ganz schön. Ich war dann immer die Jüngste und fiel nicht auf. Meine Schadstelle liegt später."
„Ich weiß. Aber irgendwann, meine ich, vernarben Wunden."

„Manchmal brechen sie aber auch wieder auf. Weihnachten ist da eine kritische Zeit."
Es ist nicht das erste Mal, dass sie so miteinander reden. Die Gedanken gehen – je einzeln – zurück in Zeiten, als sie selbst noch Kind waren, als die Großmütter noch lebten, als Weihnachten noch immer Schnee lag, als man gemeinsam in die Mette ging, als man unter dem Tannenbaum gemeinsam mit der ganzen Familie ‚Stille Nacht, heilige Nacht' und ‚Christ, der Retter ist da' sang, als die Wohnzimmertür am Tag vor Heiligabend verschlossen war, als man die dringend gewünschten Turnschuhe ‚vom Christkind' bekam, als man am zweiten Feiertag die Verwandten besuchen musste, obwohl man viel lieber zu Hause gespielt hätte, als alle Fische am Sonntag nach Weihnachten tot an der Oberfläche des Aquariums schwammen, weil sich die neue Heizung, die in jenem Jahr das schönste Weihnachtsgeschenk gewesen war, nicht automatisch abgestellt hatte, obwohl das zugesichert war, als die Mutter bei der Rückfahrt von der Oma im ungeheizten Zugabteil dritter Klasse zu ihrem Mann sagte: „Die macht es nicht mehr lange!", und dieser sagte: „Das seh ich auch so."
Die Gedankenfolgen laufen wieder zusammen.
„Man müsste eine Umfrage machen: Was bedeutet Ihnen Weihnachten?", sagt sie.
„Die wird doch jedes Jahr in jeder Zeitung gemacht. Willst du sie beantworten?"
„Eigentlich nicht. Aber ich möchte wissen, wie unsere Kinder sie beantworten."

„Das wirst du wohl nie rauskriegen. Das wussten unsere Eltern von uns auch nicht. Wir selbst wussten es nicht. Wir haben Weihnachten erlebt – mal so, mal so. Erst aus dem Rückblick gewinnt man Überblick."
„Und deshalb blickst du augenblicklich zurück und versuchst zu ordnen?"
„Ja, in der Tat. Ich sammle, wenn du so willst, Erinnerungen. Erinnerungen an Personen, an besondere Ereignisse, an ‚Kinderjahre' und an ‚Weihnachten'."
„Und daraus wird dann eine Familiengeschichte?"
„Nein, daraus werden – hoffe ich jedenfalls – Geschichten, die man weitererzählen kann. Leider sind Titel wie ‚Gedanken und Erinnerungen' und ‚Dichtung und Wahrheit' schon besetzt. Aber in der Richtung suche ich."
„Und? Hast du schon was gefunden?"
„Ja, ich hab angefangen, eine erste Weihnachtsgeschichte zu schreiben: ‚Aus meiner Kindheit' oder so ähnlich."
„Aber das ist erst der Anfang?"
„Das weiß ich noch nicht. Kommt Zeit, kommt Rat."
„Darf ich, bitte, der Rat sein."
„Das fände ich sogar gut.
„Viel Glück."

II. Weihnachten eins (1946): „... holder Knabe im lockigen Haar“

Vorweg gesagt: Ich habe lange, eigentlich immer, an das Christkind geglaubt.

Die erste Bestätigung erhielt ich, als ich grade drei Jahre alt war. Ich hatte – mitten im Krieg – eine Autobahn zu Weihnachten bekommen: eine große Acht aus Presspappe mit einer Brücke im Kreuzungsbereich und einer Gesamtstrecke von etwa drei Metern; dazu zwei Rennautos zum Aufziehen, die hinter einander über die Piste sausten. Ob wir damals einen Weihnachtsbaum hatten, weiß ich nicht mehr. Dagegen erinnere ich mich, dass irgendjemand gegen die Piste stieß, dass die Strecke auseinanderbrach, die Autos geradeaus rasten, unter dem Wohnzimmerschrank verschwanden, noch ein paar Sekunden surrten, aber nicht zurückkamen.

„Alles weg!“, soll ich gerufen haben.

Mein Vater tröstete mich: „Macht nichts. Wir sagen das dem Christkind. Dann sind die Autos morgen wieder da. Und jetzt gehen wir schlafen.“

Ich ließ mir das noch ein paar Mal bestätigen und schlief dann vertrauensvoll ein. Am nächsten Morgen standen die Rennwagen tatsächlich wieder startbereit auf der Bahn. Seit dem wusste ich: Auf das Christkind ist Verlass.

Auch als wir, meine Mutter und ich, Ende 1944 aus Angst vor den Bombenangriffen von oben und vor der näher rückenden Front von Westen nach Süddeutschland ausgewichen waren und dort in einer ungeheizten Wohnung saßen und als das Christkind Weihnachten 1944 keine Kohlen und nicht einmal einen Brief von meinem Vater brachte, wurde mein Glaube nicht erschüttert. Irgendwann würde das Christkind meinen Vater aus Russland zurück und uns mit ihm zusammen nach Hause bringen. Schließlich beteten wir, meine Mutter und ich, jeden Abend dafür. Und es half: Mein Vater kam im Juni 1945 aus der Gefangenschaft, stand eines Tages vor unserer Etagentür in Esslingen und gemeinsam machten wir uns im Juli 1945, als die ersten Lokomotiven wieder unter Dampf standen, auf den Weg nach Hause – in die weitgehend zerstörte Samt- und Seidenstadt.

Etwas genauer lernte ich dieses Christkind und die ganze Familie drum herum kennen, als ich 1946 von Fräulein Staaten, unserer Lehrerin in der Volksschule, angesprochen wurde, ob ich in einem Krippenspiel mitwirken wolle. Fräulein Straaten war sicher an die sechzig, hatte eine spitze Nase, rosige Backen, streng nach hinten gekämmte graue Haare mit einem Dutt im Nacken und galt etwas bei den Eltern: „Bei der lernt man was, und die hat Ordnung. Bei der sind die Blagen in guten Händen."
Ich hatte keine Ahnung, was ein Krippenspiel ist, sagte aber zu, weil ich schon damals überall zusagte, wo man ‚mitwirken' konnte. Mir wurde also erklärt, dass man die Weihnachtsgeschichte auf mehreren Advents- und Weihnachtsfeiern der Männergemeinschaft, der Frauengemeinschaft, des Vinzenzvereins, des Elisabethenvereins und vielleicht noch anderswo darbieten wolle und dass das Spiel etwa eine halbe Stunde dauere. Außerdem werde

gesungen und geflötet. An der Schule habe sich nämlich ein Blockflötenkreis gebildet.

Als ich zum ersten Probentermin nachmittags in die ungeheizte Schul-Aula kam, stellte ich mit Erschrecken oder Erstaunen, jedenfalls mit Überraschung fest, dass nicht nur Jungen aus meiner Klasse 3 a, sondern auch Mädchen aus der Klasse 3 b gefragt worden waren – richtig lebendige Mädchen. Das war insofern sensationell, als nicht nur die Klassen der Volksschule streng nach Geschlechtern getrennt waren, sondern auch der Schulhof. Eine unsichtbare Demarkationslinie verlief zwischen der Jungen- und der Mädchenzone. In den Pausen wandelte die Lehreraufsicht auf dieser Linie hin und her und achtete streng darauf, dass Übergriffe jeder Art unterblieben. Für das Räuber- und Gendarm-Spiel war das sehr hinderlich, da der halbe Schulhof tabu war.

In der Aula herrschte ein ordentliches Durcheinander. Vier Mädchen keiften sich gegenseitig an: „Ich will die Maria sein." Sie werden damals wichtige Argumente vorgebracht haben, die aber nicht überliefert sind. Nur eine konnte ‚die Maria' sein und die würde die ganze Aufmerksamkeit auf sich ziehen. Die drei anderen würden auf Statisten-Niveau sinken. Tatsächlich wurden sie später in der Hirtenschar untergebracht: Zwischen Gottesmutter und Hirtenmagd war keine weibliche Zwischenrolle vorgesehen. Das hatte später zur Folge, dass sich die drei, die nicht ‚Maria' wurden, solidarisierten und die Auserwählte für blöd, doof und arrogant hielten.

Bei den Jungen war der Konkurrenzkampf weniger stark ausgeprägt. Außer der Josephsrolle, die bei weitem nicht so spektakulär war wie Marias Mutterrolle, gab es immerhin noch drei Könige zu besetzen. Die Könige hatten sogar mehr zu sagen als dieser Joseph. Außerdem – das stand von vornherein fest – würden sie viel prächtiger gekleidet sein als dieser Pflegevater. Einer würde sogar schwarz angemalt werden. Mehrere waren spitz auf diesen Mohren. Man einigte sich dann darauf, dass die Könige unter sich tauschen sollten, sodass jeder einmal als Mohr glänzen konnte. Dafür allerdings mussten die Könige jeweils zwei Rollen lernen. Ich hatte damit nichts zu tun: Ich war dritter oder vierter Hirte und hatte einen einzigen Satz zu sagen. Unmittelbar, nachdem Maria den Hirten erläutert hatte, dass dieses Kind endlich Frieden in alle Welt bringen werde, durfte ich die hohen Gäste ankündigen:

„Seht da kommen aus weiter Fern
Die heil'gen drei Könige mit ihrem Stern."

Woher ich als Hirte wusste, dass es sich bei den Ankommenden um Könige handelte und dazu noch um heilige Könige und wo ich den Stern gesehen haben wollte, war nicht auszumachen. Aber: Egal, ob Frauengemeinschaft oder Männer- oder Schulgemeinschaft – alle hatten den Blick ohnehin nur auf diese Maria und das Kind gerichtet. Eigentlich komme es tatsächlich nur auf dieses Kind an – nicht auf Könige und Hirten, nicht einmal auf Joseph und Maria – hatte uns Fräulein Straaten beizubringen versucht. Aber genau diese Kind-Rolle war am schwierigsten zu besetzen. Den größten Effekt würde man erzielen, wenn man tatsächlich ein Baby von drei oder vier Monaten verpflichten könnte. ‚Kind in der Krippe' war schließlich keine Sprechrolle. Im Gegenteil: Es musste gewährleistet sein,

dass dieses Kind sich in die Wiege legen ließ und mindestens eine halbe Stunde den Mund hielt.
Man wusste, dass es in der Gemeinde einige Familien gab, die den Jung-Star hätten stellen können. Man wusste aber nicht, welche Mutter einen Vertrag eingehen würde, ihr Kind dem Publikum als Jesuskind zu präsentieren und zu garantieren, dass dieses Kind die ihm zugedachte Rolle spielen würde, ohne zu weinen, zu quäken oder – welch schlimme Vorstellung! – zu brüllen. Klar war, dass die richtige Mutter immer in der Nähe sein müsste und dass keinesfalls die gesamte Verantwortung der gespielten Gottesmutter überlassen werden durfte. Dass Joseph keine Vater-Kompetenz hatte, war ohnehin klar.
Für zwei Vorstellungen wurde ein Kind samt Verantwortung tragender Mutter gefunden. Bei diesen Aufführungen – beide vor der Frauengemeinschaft – war es im Pfarrheim mucksmäuschenstill. Alle blickten gespannt auf das Kind, ob es nun weinen würde oder nicht. Bei der zweiten Aufführung passierte es dann: Ehe ich die Könige ankündigen konnte, verzog sich der Mund von Klein-Jesus, die Augen traten vor und ein leises Wimmern begann. Sofort war die richtige Mutter zur Stelle, warf einen bösen Blick auf die Gottesmutter, holte ihr Kind aus der Wiege und trug es, eingewickelt in eine blaue Wolldecke, durch den Saal in das nächste Klassenzimmer. Die Könige legten dann notgedrungen ihre Geschenke vor die leere Krippe. Trotzdem war diese Vorstellung die eindrucksvollste. „Is et nich wat Schönes so en Kind“, schwärmte eine der älteren Zuschauerinnen, die des Muttertums schon entwöhnt war, die

schönen Seiten dieses Jobs aber noch in guter Erinnerung hatte.
Bei den anderen Aufführungen lag eine dicke Käthe Kruse-Puppe – nett angezogen – auf blankem Stroh. Jetzt konzentrierte sich alles auf das heilige Paar, das zentral von zwei Scheinwerfern angeleuchtet wurde. Die Zelluloid-Backen des pausbackigen Jesuskinds glänzten; aber mehr noch glänzte Maria, obwohl sie bezüglich des angemessenen Verhaltens ihres Kindes völlig beruhigt sein konnte. Es konnte ja nichts mehr passieren. Maria genoss ihre Rolle. Schließlich sah sie jener Statue zum Verwechseln ähnlich, die im Mai und Oktober – in den so genannten Marien-Monaten – in der Kirche angestrahlt wurde. Auch unserer Maria hatte man ein langes blaues Gewand verpasst, einen Tüll-Schleier über das Haupt gelegt und die blonden Zöpfe entflochten. ‚Rührend' fanden vor allem einige Großeltern diese falsche Maria, die eigentlich Astrid hieß und nichts als hochnäsig war. Ihre Konkurrentinnen verziehen ihr nie und nannten sie, wenn sie unter sich von ihr sprachen, eine blöde Gans. Wir Jungen hielten sie für eine dumme Ziege.
Nach jedem Auftritt bekamen wir von Fräulein Straaten eine heiße Tasse Kakao und die Mahnung, die Kostüme nach drüben in die Sakristei der Kirche zu bringen. Einzig das Maria-Gewand wurde jedes Mal aufgebügelt. Am 4. Adventssonntag war die letzte Aufführung. Tags drauf wurde die richtige Krippe in der Kirche aufgebaut. Jetzt weihnachtete es wirklich.

Mit gedämpften Erwartungen sah ich dem Fest entgegen. Mein Gemütszustand pendelte zwischen Hoffen und Bangen. Mit dem Satz „Das Christkind ist dieses Jahr arm“ wurde ich von meiner Mutter auf ein tristes Weihnachten eingestimmt. Mein Vater hielt vor Augen: „Hauptsache: Wir sind alle wieder zusammen. Keiner von uns ist im Krieg geblieben; keiner ist in Gefangenschaft; unser Haus ist stehen geblieben.“ Immerhin hatten wir eine ordentliche Zuteilung an Holz und Kohlen – Eierbriketts – bekommen und deshalb beschlossen, an den Feiertagen die Etagenheizung in Gang zu setzen und die ganze Wohnung Tag und Nacht durchgehend zu heizen. Das war purer Luxus! An drei Tagen verstochten wir so viel wie sonst in einem Monat.
Die Läden waren leer, das Geld war nichts wert; einzig Schwarzmarkt und Tauschhandel blühten. Aber dafür fehlte meinem Vater als einem städtischen Beamten die notwendige Grundausbildung. Er verfügte über keinerlei Beziehungen. Wir lebten also einigermaßen trist von dem, was es auf Marken gab, und von dem Spruch: „Tue Recht und scheue niemand.“
Dass das Haus stehen geblieben war und alle wieder da waren, ist die positive Beschreibung des Zustandes, dass sich in dem als Einfamilienhaus klassifizierten Gebäude drei Parteien mit insgesamt acht Personen eingerichtet hatten, deutet aber zumindest die Möglichkeit künftiger Konflikte an. Parterre wohnten meine Eltern und ich, in der bel etage meine Oma, meine Tante, also die Schwester meines Vaters, und mein Großonkel, der Bruder meiner Oma, den ich mit ‚Onkel Joseph‘ anzureden hatte, der für

alle anderen kurz ‚dä Jüpp' war. In der Mansarde wohnte ein Ehepaar, das gemäß Wohnraumrationierungsgesetz eingewiesen war. Zu diesem Paar gehörte ein kleines, kugelrundes Hündchen, das sich immer ängstlich zurückzog, wenn unsere schwarze Katze durchs Haus strich. Für die Katze war unsere Küche Tabu-Zone; denn dort wurden hinter dem Dauerbrenner, dem einzigen Ofen im Unterhaus, in einer alten Schublade Eintagsküken großgezogen, auf die man große Hoffnung setzte. Bei meiner Tante Lisbeth dagegen war Berta, wie ich unsere Katze getauft hatte, immer willkommen. In der Küche oben hatte sie ihren Fressnapf und ein Sofakissen, sehr zum Leidwesen meiner Oma, die ‚dat schwatte Biest' nicht ausstehen konnte und Berta regelmäßig vertrieb, sobald meine Tante das Haus verließ. Weihnachten würde Berta sicher ein Stück Leberwurst von Tante Lisbeth bekommen. Dann war der erste Krach gesichert.

Am Morgen des Heiligen Abends hatte es noch einmal eine ausgiebige Messdienerprobe gegeben. Drei feierliche Hochämter und zwei Andachten waren vorzubereiten mit feierlichem Einzug und Auszug, mal mit Weihrauch, mal ohne, mal mit Kerzen oder Flambeaus, mal ohne. Für elf Uhr war ‚Beichte' angesetzt. Dazwischen war noch Zeit, auf dem Kirchenvorplatz Fußball zu spielen – mit kleinen Toren und einem abgewetzten alten Tennisball. An den Rändern lagen Schneehaufen, der Boden war glatt.

Kurz nach zwölf Uhr war ich ziemlich gleichzeitig mit meinem Vater nach Hause gekommen. Es gab eine Graupensuppe; dann wurde die Zeit vertrödelt. Um drei Uhr kam das Signal: „Fein machen!“ Endlich, um vier Uhr, war Ein-

lass ins Wohnzimmer: Ein Tannen- oder Fichtenbaum war geschmückt; meine Mutter las das Weihnachtsevangelium vor; dann mussten wir uns, die Hände schüttelnd, ‚Frohe Weihnachten' wünschen, ehe wir uns dem so genannten Rauchertischchen zuwenden durften, auf dem zwei Teller ‚Leckeres' und die ‚Geschenke' lagen.
Für meinen Vater hatte das Christkind eine flache Kiste Zigarren – sechs Stück, Marke ‚Milde Sorte' – abgelegt, für meine Mutter eine Pappschachtel mit einem Stück Seife und einem Fläschchen ‚Kölnisch Wasser' und für mich zwei Bücher – ‚Mark Twain: Tom Sawyer' und ‚Der Husar von Rheinsberg', eine Lebensbeschreibung über die Jugend Friedrich des Großen, wie ich Jahre später feststellte, als ich das Buch – ungelesen – bei alten Schulheften fand. Dazu gab es einen vom Christkind eigenhändig gestrickten Pullover – Zopfmuster, genau so, wie meine Mutter strickte – und ein Paar Handschuhe, ebenfalls selbstgestrickt.
„Singen tun wir später, wenn wir gleich oben sind", meinte meine Mutter.

Um fünf Uhr ging es nach ‚oben'.
Auch ‚oben' war das Präsentationszimmer geheizt. Das vier mal vier Meter große, zur Straße gelegene Zimmer vereinigte in sich großbürgerlichen Vorkriegssalon, wilhelminisches Musikzimmer und Kinderschlafraum. Von der Decke hing ein Kronleuchter mit vier elektrischen Kerzen und einer Kugellampe in der Mitte. Nur diese gab einen fahlen Schein, während die Kerzenleuchter einem Kurzschluss zum Opfer gefallen waren und vorläufig nicht ersetzt werden konnten. In der Mitte stand ein schwerer Ei-

chentisch, der zweimal hätte ausgezogen werden können, wenn er den ihm angemessenen Platz in einem großen Speisezimmer gefunden hätte. Vier passend hohe Stühle mit ledergepolsterten Rückenlehnen standen um den Tisch und wären wohl gern von livrierten Dienern vor und zurückgeschoben worden, hätten edle Damen auf ihnen Platz nehmen wollen. An der Seitenwand – diese fast ganz bedeckend – stand das Büfett mit großem Aufsatz zur Schau. Das dunkel gebeizte Prunkstück hatte entfernte Ähnlichkeit mit einem mittelalterlichen Hochaltar. Allerdings waren da, wo beim Altar das Allerheiligste verborgen ist, ein Stapel Kristallschüsseln und ein paar leere Cognac- und Likörflaschen untergebracht, und in den Seitenaltaraufbauten waren Wein- und Sektgläser links und Cognac-Schwenker rechts zu sehen. Kurz: Wäre Tante Lisbeth Ende der zwanziger oder Anfang der dreißiger Jahre von einem Prinzen umworben worden, hätte sie die passende Aussteuer einbringen können. Doch kein Prinz kam und Tante Lisbeth war weiterhin Postsekretärin und arbeitete im Fernmeldeamt.

Schräg in die Ecke von Fensterseite und Prunkschrankseite eingerückt stand das schwarze Klavier mit verstellbaren bronzenen Kerzenleuchtern. Als Tante Lisa achtzigjährig 1929 ins Altenheim gegangen war, hatte sie es der damals fünfundzwanzigjährigen Elisabeth, meiner Tante Lisbeth, mit den Worten geschenkt: „Wenn du es nicht mehr anfängst, dann is es für deine Kinder." Es hatte unbenutzt ein paar Umzüge mitgemacht und war als Gegenleistung für ein paar Schreinerarbeiten, die ‚Jüpp' bei dem Eigentümer einer Pianofabrik geleistet hatte, Anfang 1946 überarbeitet

und gestimmt worden, damit „dä Jong met dat Klimpere anfange kann“, wie ‚Jüpp', mein Großonkel, seine Vermittlungstätigkeit begründete.
Ein von diesem Onkel eigenhändig gehandwerktes Blumentreppchen, auf dessen drei Stufen nun mit Lametta verzierte Tannenzweige in Kristallvasen steckten, füllte den Raum zwischen Klavier und Bett. Auch das Bett stammte aus irgendeinem Nachlass, war viel zu breit und konnte von der darüber geworfenen bunten Decke nur unzureichend versteckt werden. Es war für mehrere Jahre meine Schlafstätte.
In der Ecke des einzig noch nicht erwähnten Möbelstücks, einer Chaiselongue, die an der Gegenseite des Fensters an die Wand gerückt war und die eigentlich nach ‚unten' gehörte, dort aber keinen Platz hatte, als das Wohnzimmer zum Elternschlafzimmer wurde, saß, als sich die Festtagsleute ins ‚gute Zimmer' drängten, meine Großmutter, die ‚Oma', durchgehend in Schwarz gekleidet, die weißen Haare nach hinten gekämmt und im Nacken zu einem ‚Knürzchen' zusammengebunden. Die grade Siebzigjährige fror durchgehend, hatte auch jetzt über das schwarze Festtagskleid eine schwarze Strickjacke gezogen und eine dunkelbraune Kamelhaardecke über den Schoß gelegt.
Tante Lisbeth fror nie, hatte auch jetzt ein dunkelblaues Kleid mit kurzen Ärmeln an, hatte sich beim Friseur Dauerwellen legen lassen und die auffälligsten Ohrringe aus ihrer Schatulle herausgekramt; denn sie wusste, dass sie mit nichts ihren Bruder so ärgern konnte wie mit diesen Dingern. Am liebsten hätte sie das ausgeschnittene ärmel-

lose bunte Kleid angezogen; aber sie wusste, dass ihr Bruder dann den Raum verlassen hätte.
Der Bruder, also mein Vater, ließ sich vorläufig nichts anmerken. Er hatte seinen dunkelbraunen Anzug angelegt, der ihm vor dem Krieg gepasst hatte und jetzt an ihm herumschlotterte. Auch das grüngestreifte Hemd mit Kragenknöpfchen war Vorkriegsware. Weihnachtlich war der silbrige Schlips, der wohl zum Fest, nicht aber zum Hemd passte.
Meine Mutter war für das Dezente: ein Sonntagskleid, aber nicht auffällig; gut gekämmt, aber nicht zurechtgemacht; nie geschminkt, nie gepudert. Sie fühlte sich überlegen und unterlegen zugleich. Sie empfand sich als die Außenstehende, die vor der Schwiegermutter und neben der Schwägerin bestehen musste und deshalb auf ihren Ehemann angewiesen war und als einzige Waffe, den dauernden Konkurrenzkampf zu gewinnen, mich, ihren Sohn, hatte, der von dieser seiner Rolle aber noch nichts wusste.
Ihn hatte man in den dunkelblauen Kommunionanzug gesteckt, der aus dem gefärbten Stoff eines ehemaligen Gabardinemantels von Tante Johanna in Boisheim geschneidert worden war. Gegen lange braune Strümpfe hatte er sich erfolgreich gewehrt; gegen weiße Kniestrümpfe und blanke Knie hatte er nichts einzuwenden gehabt. „Mein Jott, wenn der sich ma nich verkältet“, meinte die Oma, als sie das sah.
Einzig Onkel Joseph hatte sich von keiner Kleiderordnung verführen lassen. Ihn hatte seine Schwester, also meine Oma, erst am Morgen eingeladen: „Kömmste och? Et jövt wat Leckeres tu eäte.“

Er hatte kaum von der Zeitung aufgesehen und geantwortet: „Ens kieke!“
Das war weder Zu- noch Absage. Jetzt aber kam er aus seinem Mansardenzimmerchen, hatte eine verbeulte Hose an, die von breiten Hosenträgern gehalten wurde, dazu ein frisches weißes Hemd, das aber keinen Kragen hatte. Auf dem knochigen Schädel waren die letzten Haare mit Kamm, Bürste und Brillantine festgeklebt worden. Man erkannte sein Bemühen; doch dieses wurde nicht belohnt.
„Säg, hür ens“, tadelte ihn seine Schwester, meine Oma, „häs do kinne Schlips mier? Heut is Weihnachten.“
„Nein, Onkel Joseph, so nicht“, ergänzte Tante Lisbeth, meine Tante.
„Mot dat?“, fragte der Onkel zurück, sah den Gesichtern an, dass er wohl zu folgen hatte, zog sich zurück, legte Hemdkragen und Krawatte an, zog eine Strickweste über und sah jetzt erst recht wie ein Fremder aus.
Da nun alle versammelt waren, durfte man sich dem Tisch zuwenden. In der Mitte lag ein Tannen-Bukett mit zwei Silberkugeln und einer dicken weißen Kerze, die jetzt feierlich angezündet wurde. Daneben lagen die Geschenke, die die obere Etage der unteren machte: eine Schachtel ‚4711‘ für meine Mutter, eine Schachtel ‚Milde Sorte‘ für meinen Vater, zwei Bücher für mich – und ein Briefumschlag, in dem eine Eintrittskarte steckte. Nur meine Tante wusste, um was es sich da handelte; und sie wartete nun auf die Reaktion.
„Kino oder Theater?“, war die besorgte, aber nicht geäußerte Frage bei meinen Eltern. Theater würde dem Erziehungsprogramm eher entsprechen als Kino, obwohl man

nie wusste, ob nicht auch von dort leichtfertige Gedanken verbreitet werden könnten. Doch die Karte wies weder ins Kino noch ins Theater, sondern – ins Eisstadion. Sie galt für ein Spiel der heimischen Eishockeymannschaft gegen den Eissportverein Füssen, das in den Tagen zwischen Weihnachten und Neujahr anstand und überall in der Stadt plakatiert war.

„Au, prima!", jubelte ich, als ich sah, was ich bekommen hatte. Damit hatte ich nicht gerechnet. Nie hätte ich gewagt, so etwas auf meinen Wunschzettel zu schreiben. Es würde mein erstes Eishockeyspiel sein. Ein paar Jungen aus der Nachbarschaft – das wusste ich – hatten auch Karten. Sie waren schon öfter da. Denen würde ich mich anschließen.

„Da hättest du aber vorher mit uns sprechen müssen", wandte sich mein Vater an seine Schwester.

„Wieso? Der freut sich doch. Guck doch. Dat interessiert den mehr als die Böcker, die ihr mir angekreuzt habt", entgegnete die Tante.

„Lisbeth, weißt du, wann das Spiel anfängt?", stieß meine Mutter nach, die sich die Karte inzwischen genau angesehen hatte.

„Jemaak, hab ich. Anfang 20.00 Uhr; Ende gegen 21.30. Mein Jott, der Jung hat doch Ferien."

Meine Mutter wandte sich an ihre Schwiegermutter: „Mutter, sag du mal was."

Aber das Einzige, was diese sagte, war: „Ech halt mech drut."

Onkel Joseph fragte trocken: „Jövt et Striet? Dann jonn ech."

„Ach was!“ beruhigte meine Tante, deren geheime Freude unverkennbar war, „das kriegen wir hin. Und jetzt wird gesungen.“

Für mich war das Fest vorläufig gerettet. Ich hatte vier Bücher, zwei große Teller mit Plätzchen, insgesamt drei Tafeln Schokolade – und eine Eintrittskarte für das nächste Spiel des Tabellenführers der deutschen Eishockeyliga. Ich würde mit den andern Jungen von der Straße singend und grölend zum Stadion ziehen, würde den KEV – hoffentlich – gewinnen sehen und dann mitten in der Nacht, zusammen mit den andern, Blechbüchsen tretend, nach Hause ziehen, die Schlafenden unterwegs wecken und überall den Sieg verkünden.

Vorher jedoch – genauer: jetzt – musste gesungen werden. Mein Klavierunterricht war darauf ausgerichtet gewesen, dass ich pünktlich die wichtigsten Weihnachtslieder am Heiligen Abend spielen konnte. Jetzt war es so weit. Mit „Stille Nacht“ sollte es losgehen. Ich spielte zaghaft die erste Strophe vor, dann fielen die anderen ein – textlich und melodisch sicher meine Mutter und meine Tante, brummend und gesanglich völlig falsch mein Vater. Jüpp kam über ein Räuspern nicht hinaus, und meine Oma begleitete das Ganze in einer Art Rezitativ. Bei der zweiten Strophe passten die Männer von vornherein, die Oma verhaspelte sich in der zweiten Zeile und die verbliebenen Frauenstimmen lieferten sich einen erbitterten Konkurrenzkampf. Tante Lisbeth legte über die Melodiestimme eine begleitende Oberstimme, was meine melodieführende Mutter nicht nur ärgerte, sondern am Ende auch aus der Tonlage brachte.

„Kannste jetzt mal wieder vernünftig singen?“, raunzte meine Mutter ihre Schwägerin an, ehe es in die dritte Strophe ging.
Die raunzte zurück: „Ich weiß nicht, was daran unvernünftig sein soll“, eilte dann dem vorauseilenden Klavier nach und hatte ihre Schwägerin bei „der Engel Halleluja“ wieder eingeholt, konnte es dann aber doch nicht lassen, den wiederholten Freuderuf „Jesus, der Retter ist da!“ eine Terz höher zu legen und deutlich dominierend auszugestalten.
Kleine Pause! Stumme Gefechte durch Blickkontakte!
‚O du fröhliche' musste nun unbedingt noch gesungen werden. Aber die Klavierstimme war ziemlich tief gesetzt.
„Geht dat wat höher?“, fragte meine Tante.
Aber der junge Klavierspieler konnte das Ganze nur um eine Oktav erhöhen, und das wiederum war zu hoch.
„Nee, um Jottes willen, da kommt keiner dran“, erkannte meine Tante.
„Transponieren kann der Hermann noch nicht“, wurde ich von meiner Mutter in Schutz genommen.
„Lisbeth, stell dech net so aan“, kam jetzt auch Schützenhilfe von meiner Oma, „dat mot och so jonn.“
Tatsächlich kämpfte man sich erfolgreich auch durch dieses Weihnachtslied.
„Jetzt muss es jenuch sein“, erklärte die Tante, „räumt den Tisch ab. Jetzt kommt das Festmahl. Ihr werdet staunen.“
Lisbeth, die Gastgeberin, verschwand in der Küche; Jüpp erhielt den Auftrag, zwei Hocker zu holen, die zwischen die Paradestühle gestellt worden. Man rückte zusammen.
Jetzt kam die Tante, zuerst mit einer riesigen Schüssel Heringssalat, dann mit einer Schinkenplatte, danach mit

einem Brotkorb, gefüllt mit Weiß-, Grau- und Schwarzbrot, schließlich mit dem ‚guten Geschirr' und dem Silberbesteck, endlich mit einem Flaschenträger, bestückt mit drei Flaschen Bier und zwei Flaschen Limonade. Das alles bewegte auch Jüpp, laut und deutlich zu sagen: „Na, dann mal ‚Frohes Fest'!"
Man schöpfte und goss ein und meine Mutter fühlte sich zu der höflichen Frage verpflichtet: „Mein Gott, Lisbeth! Wo haste das alles her und wann haste das alles gemacht?"
Auf diese Frage hatte Lisbeth gewartet, und nicht nur meine Mutter bereute im Laufe der nächsten halben Stunde, diesen Anstoß gegeben zu haben; denn nun wurde die ganze Schöpfungsgeschichte des Heringssalats erzählt. Zentraler Umschlagplatz dieser Köstlichkeiten sei der Güterbahnhof, wo sie, Lisbeth, jemanden kenne, der auch mal eine Kiste beiseite schaffen könne. Die sei bei der Post gelandet, und da habe man geteilt. Danach wurden die Transaktionen aufgelistet, die notwendig waren, um den Schinken auf den Tisch zu bekommen. Die Tante hatte, so berichtete sie, im Telegrafenamt dafür gesorgt, dass die Telefonleitungen einiger Bauern in den Vororten unterbrochen wurden. Das war durch einfaches Ausstöpseln der Verbindungsleitung zu bewerkstelligen. Als die verzweifelten Bauern zur Fernmeldestelle kamen, legte man ihnen nahe, einen Reparaturantrag zu stellen, bedauerte aber gleichzeitig, dass es damit vor dem Fest wohl nichts mehr würde, zwischen den Tagen sowieso nicht, also erst im neuen Jahr, „wenn nicht ..."
Die Antragssteller hätten das augenzwinkernd angefügte „wenn nicht" zuerst nicht verstanden. Erst bei der Wieder-

holung seien sie aufmerksam geworden und hätten dann gefragt: „Kommt jemand vorbei?“
Und der hätte dann Eier und – insgesamt – zwei Schinken bekommen. Die hätten sie dann wieder geteilt, und dann hätten sie die Stecker wieder eingestöpselt.
„Is et jetzt jut?“, fragte die Oma.
„Dat Bier is wat warm jeworden!“, beschwerte sich Jüpp, als er die zweite Flasche öffnete.
Und nun wurde eingeschüttet, nachgeschüttet, aufgeschüttet. Man aß und trank sich zufrieden.
„Habt ihr was dagegen, dass ich mir eine anstecke?“ fragte der Form halber mein Vater, als alle bestätigt hatten, dass sie „nicht mehr konnten“, und die Bestecke auf die Teller gelegt hatten. Gleichzeitig knipste er die Zigarrenspitze ab, um jeden Einspruch abzuwehren.
„Der Hermann muss jetzt ins Bett. Der ist diese Nacht in der Mette Messdiener“, erklärte meine Mutter.
„Solange ihr hier sitzt, kann ich doch nicht ins Bett!“ versuchte ich zu argumentieren.
„Du schläfst heute unten auf dem Sofa. Wir wecken dich um vier Uhr. Um fünf Uhr beginnt die Mette.“
„Ja, und?“, meinte ich.
„Kein Widerwort. Was Mama sagt, wird getan“, entschied mein Vater.
Ich packte meine Schätze zusammen, gab allen brav die Hand – nehme ich mal an –, trottete die Treppe hinunter und werde wohl bald eingeschlafen sein.

An den kirchlichen Hochfesten wurde von allen Messdienern – Messdienerinnen gab es damals noch nicht –

höchste Dienstbereitschaft erwartet. Ministranten sind Diener am Altar, wie Minister Diener des Staates sind. Beide Wörter haben den gleichen Ursprung. So hatte man uns die Sachlage erklärt. Und: Im Dienste Gottes gibt es keine Ferien.

Da die Mette um fünf Uhr begann, war der erste Appell um halb fünf in der Sakristei der Kirche. Laut Plan gab es zwei herausgehobene Funktionen: Altardienst und Weihrauch. Die Positionen waren von den „Großen" besetzt. Alle anderen – so an die vierzig Jungen zwischen acht und vierzehn Jahren – waren, wie man in der Theatersprache gesagt hätte, „viel Volk". Ich gehörte dazu.

Aus dem Kirchenschiff betrachtet, sehen alle Messdiener gleich aus und niemand ahnt, welcher Streit um den passenden roten Talar, das gebügelte weiße Spitzen-Rochette und den kerzentalgfreien großen roten Kragen vorangegangen ist, wenn die Schwadron endlich einzieht. Kurz vor dem Einzug gibt es dann noch einmal einen Kampf; denn es ist längst nicht gleichgültig, wer vor einem geht und neben einem kniet.

Was beim Theater der Vorhang ist, ist in der Kirche die Sakristeitür. Der Einzug zum Hochamt hat viel vom Triumphmarsch aus Verdis Oper ‚Aida'. Die Glocke wird gezogen, die Orgel braust los, der Ministrantenzug mit drei Geistlichen am Schluss entquillt der Sakristei, schreitet dem Altar entgegen, bringt sich in die vorgegebene Ordnung, verharrt einen Augenblick und wartet auf das Zeichen zur Kniebeuge. Man spürt die Augen der dicht gedrängten Gläubigenschar im Rücken und weiß, dass exakter Vollzug erwartet wird.

Die Choreographie sieht vor, dass das ‚viele Volk' für optische Abwechslung zu sorgen hat. Deshalb zieht das ‚Volk' mit brennenden Flambeaus ein, bringt diese nach dem Gloria in geordnetem Rückzug in die Sakristei, kehrt – jetzt ohne Lichterglanz – zurück, nimmt die alten Plätze ein, sitzt während der Predigt auf den kalten Stufen und wartet auf den nächsten Lichtereinsatz, der für den Opferungs- und Wandlungsteil der Messe vorgesehen ist.
Wichtig ist, dass man den jeweiligen Einsatz nicht verpasst. Die Zwischenzeit – gleichgültig, ob der Chor singt, die Orgel spielt, der Diakon das Evangelium rezitiert oder der Pastor predigt – ist langweilig.
Dieses Mal erhielt ich während der Epistel-Rezitation einen kleinen Schubs von links: „War bei euch schon Bescherung?"
„Mm", sage ich, ohne den Mund zu bewegen.
„Wat haste jekricht?", höre ich und vermeide, auf die Seite zu sehen.
Es ist Helmut, mit dem ich gestern noch Fußball spielte und den ich in den letzten Wochen im Ringkampf ein paarmal durch Schultersieg bezwungen hatte. Auch er steht kerzengrade, blickt geradeaus zum Altar und verzieht keine Miene.
Ich fühle mich verpflichtet zu antworten.
„Drei Bücher."
„Wat machste denn damit?"
„Lesen. Und du? Wat hast du jekricht?"
„Eishockeyschläger und 'nen Puck von meiner Mutter, von meiner Oma en Fahrrad, und heute Mittag kommt mein Onkel."

„Mann! – Wir fahren morgen zu meiner Oma. Da krieg ich sicher auch noch was.“
Dass wir zu meiner Großmutter mütterlicherseits führen, stimmte; dass dort mit großen Gaben zu rechnen sei, stimmte nicht. Ich spürte, wie der Neid in mir hoch kroch. Er zwackte ins Gedärm, stach in die Nieren, drückte auf die Luftröhre. Mit einem echten Eishockeyschläger war man ein begehrter Spieler in jeder Straßenmannschaft. Und ein eigenes Fahrrad machte selbstständig. Man musste dann nicht mehr bei Freunden und Verwandten fragen, ob man für eine Tagestour am Sonntag ein Rad leihen könne – egal, ob Herren- oder Damenfahrrad, groß oder klein.
„Neu oder alt?“, fragte ich zurück.
„Neu. Marke ‚Stricker‘!“
Es ist gut, dass wir uns zur Predigt auf die Stufen setzen dürfen – mit dem Gesicht zum Kirchenvolk. Es würde auffallen, wenn wir jetzt reden würden. Also erstarren unsere Gesichter und wir sehen echt fromm aus. Mir ist kalt und schlecht, miserabel. Von der Kanzel im Kirchenschiff wird irgendetwas von Dankbarkeit gepredigt, zu der man allen Grund habe. Trotz allem.
Bei mir überwiegt das ‚Trotz allem‘.
Nach der Predigt: Auszug. Zur Opferung: Einzug mit Flambeaus. Wer will, wurde gesagt, darf Handschuhe anziehen. In der Kirche ist es lausekalt. Die Opfergaben – Wein und Wasser – stehen seitlich vom Altar auf einer Kochplatte. Der Zelebrant hat schwarze Fingerhandschuhe an, aus denen Daumen und Zeigefinger herausgeschnitten sind. Zur Wandlung wird der Gong geschlagen. Absolute Stille! Kein einziges Räuspern in der voll besetzten Kirche.

Der Chor setzt wieder ein. Geordneter Auszug. Was mögen die andern gekriegt haben? Ob die andern aus meiner Gruppe auch neue Fahrräder haben würden? Und Eishockeyschläger?
Neue Formation. Halbkreisordnung mit Öffnung zum Hauptaltar. Der Innenraum bleibt frei, Altardiener und Weihrauchschwenker haben sich eingeordnet. Der Zelebrant im feierlich brokatenen Gewand steigt die Stufen vom Hochaltar herab – in der linken Hand den goldenen Kelch, die Rechte aufgestützt auf die Schulter des Diakons. Die Erwartung ist groß. Messdiener nach Messdiener streckt dem Vorbeischreitenden die Zunge entgegen und lässt sich die Hostie auflegen.
In diesem Augenblick tut es mir leid, an Fahrrad und Eishockeyschläger gedacht zu haben. Dann denke ich gar nichts mehr, bleibe – wie eingeübt – stehen, höre jetzt, wie der Chor einsetzt, sehe, wie unten an der Kommunionbank die Gläubigenscharen abgefertigt werden, und spüre wieder die Kälte an Händen, Füßen und Ohren.
Vier Geistliche haben die Kommunion ausgeteilt. Jetzt, da der Strom dünner wird, bringt der Subdiakon seinen Kelch zum Hauptaltar, kommt auf mich und meinen Nebenmann zu und sagt: „Wir lesen an der Krippe die zweite und dritte Messe. Kommt mit."
Ich schaue meinen Nebenmann an. Es ist Klaus aus meiner Klasse, mit mir in der gleichen Jungschargruppe, Freund im weitesten Sinne. Wir lösen uns aus der Formation, gehen hinüber zum Seitenaltar, hinter dem die Krippe aufgebaut ist – mit Stall und Fernsicht auf Jerusalem. Über dem Stall schwebt der aus einer Sprechblase „Gloria" ver-

kündende Engel. Die Hirten sind mit ihren Schafen zur Anbetung erschienen. In der Mitte: Das Kind mit ausgestreckten Armen. Die Mutter behütet von links, der Pflegevater von rechts. Von hinten schauen Ochs und Esel interessiert auf die aus ihrer Sicht zweckentfremdete Krippe.
Die so genannte zweite und dritte Messe wird rasend schnell zelebriert – fast unbemerkt von den Gläubigen im Kirchenschiff, ganz ausgerichtet auf dieses Kind. Und dann – am Anfang der dritten Messe – überkommt es mich doch. Ich schwöre, keinen Eishockeyschläger und auch kein Fahrrad mehr haben zu wollen. Ein brünstiges Gefühl von Scham und Reue, von Bitte um Sündenvergebung und von einem umfassenden Angebot an guten Vorsätzen breitet sich im ganzen Körper aus. Es dauert nur Sekunden. Später werde ich mich an diese Sekunden erinnern, wenn ich – bei Goethe – das Wort ‚Wonnegraus' lese. Obwohl ... So ganz trifft es das nicht. ‚Mich überläuft's' wäre ein anderes literarisches Angebot. Aber da geht es um etwas anderes. Oder doch nicht? Nichts anmerken lassen! Nichts preisgeben! Nicht zucken!
Vom Hauptaltar wird der Schluss-Segen gespendet. Die Orgel stimmt als Schluss-Lied an: „Menschen, die ihr wart verloren ..." Manch einer mag an den überstandenen Krieg gedacht und auf das verkündete Aufleben noch erst gehofft haben. Wir am Seitenaltar sind gleichzeitig mit denen vom Hauptaltar fertig, gliedern uns in die Auszugsformation.
„Hängt die Sachen ordentlich in den Schrank und denkt dran: Zehn Uhr Hochamt!", so der Messdiener-Führer. So der offizielle Titel. Tatsächlich, ohne weiter nachzudenken. Messdiener-Führer!

Die Talare kommen in den Schrank, die Rochetts stapeln sich auf den Tischen, überall liegen Kragen herum. Irgendwer wird schon aufräumen.
„Dienen ist besser als herumstehen“, sage ich zu Klaus.
„Klar. Und Seitenaltar ist besser als ‚viel Volk’ am Hauptaltar.“
„Ich weiß nicht. Weihrauchschwenken würd’ mir schon gefallen.“
„Vielleicht Ostern.“
„Glaub ich nicht. Das dauert länger.“
Draußen war es noch dunkel, als wir die Sakristei verließen. Ein Stück Weg hatten wir gemeinsam. Unsere Eltern waren schon vorangegangen.
„Hattet ihr auch schon Bescherung?“, fragte ich Klaus.
„Ja, gestern schon. Heute kommen meine Tanten.“
„Hast du mitgekriegt, dass der Helmut ein Fahrrad und einen Eishockeyschläger bekommen hat?“
„Nee. Glaubst du das?“
„Wenn der das sagt.“
„Ich glaub das nicht. Ich glaube eher, dass der dich neidisch machen wollte.“
Daran hatte ich noch gar nicht gedacht.

Da Weihnachten ein Familienfest ist, mussten wir am zweiten Feiertag zur zweiten Oma nach Boisheim – in ein Dorf nahe der niederländischen Grenze, abgeschieden, am Ende der Welt. Die ganze Ecke mit den weltbekannten Orten Amern, Bracht, Breyell, Dilkrath, Lobberich und Boisheim war damals, als die Grenze zu Holland absolut dicht war, eine Art Niemandsland. Schwer erreichbar.

Dort also wohnten die Mutter meiner Mutter und Tante Johanna, die jüngste Schwester meiner Mutter, etwas abseits vom Dorf auf dem Friedhofsweg, abseits auch von der Kanalisation, aber immerhin schon mit Elektrizität versorgt.
Mechtildis Terhoeven, geborene Hess, meine zweite Oma, hatte einst, noch vor dem Ersten Weltkrieg, in kritischer Situation den Entschluss gefasst und gegen ihren Mann durchgesetzt, dem Sündenbabel der Städte auszuweichen und aufs Land zu ziehen, um das Seelenheil der Familie zu retten. Sie war verheiratet mit einem Manne namens Hermann, der Bäcker in der Stadt von Samt und Seide war. Seine Eltern hatten ihm um die Jahrhundertwende, als er den Meisterbrief erworben hatte, ihren Betrieb auf der Gladbacher Straße übergeben und ihn auf die jüngste Tochter eines Fischelner Bäckers, namens Hess, nämlich auf jene Mechtildis, aufmerksam gemacht, die fleißig und propper war, ‚etwas an de Föß' hatte und ordentlich katholisch war. Er ließ sich auf alles ein, heiratete, buk im Hinterhaus auf der Gladbacher Straße werktags Brot und Brötchen, ging sonntags ins Hochamt von St. Stephan und anschließend zum Frühschoppen. Während Hermann werktags früh, fast noch in der Nacht, buk, ging Mechtildis in die Frühmesse, öffnete dann den Laden und verkaufte.
Übers Jahr wurde das erste Kind geboren – ein Mädchen: Maria; im Jahr darauf kam ein Junge zur Welt, blieb aber nicht lange und wurde betrauert; dann das nächste Mädchen: Christine. Ein weiterer Junge folgte dem ersten. Das fünfte Kind war Johanna, das sechste eine Fehlgeburt.
Nun geriet Mechtildis, die Mutter der drei Mädchen in Panik. In den Kirchen predigte man den Untergang der Welt,

seit die Fabriken nach Erfindung des mechanischen Webstuhls expandierten, erste Automobile für Schrecken sorgten und am Rande der Stadt Stahlwerke gebaut wurden. Als dann in unmittelbarer Nähe ihrer Bäckerei ein Bahnhof, sogar ein Hauptbahnhof gebaut wurde, auf dessen Gleisen Züge aus aller Welt – vor allem aus Duisburg, Essen, Gelsenkirchen und Dortmund, also aus dem ‚Ruhrpott' – eintreffen würden, und als dann außerdem in Düsseldorf eine Rheinbrücke gebaut wurde und eine Straßenbahn die Seidenstadt mit der Geldstadt Düsseldorf zu verbinden drohte, war der Entschluss gefasst. Die Bäckerei in der Nähe des Bahnhofs wurde verpachtet und man zog aufs Land, nach Boisheim, wo die Mädchen in Gottes Natur, unterwiesen von Landpfarrer und Schullehrer, unter dem Schutz gottesfürchtiger Eltern aufwachsen sollten.
Ganz ging der Plan nicht auf. Die älteste Tochter, Maria, fiel in der einklassigen Dorfschule durch gute Leistungen auf, wurde durch Vermittlung des Hauptlehrers und gegen den Protest des Pastors in die Kreisstadt zur Höheren Schule geschickt, besuchte später das Lehrerinnenseminar in der Seidenstadt, machte das Lehrerinnenexamen, auf das sie zeitlebens stolz war, und war am Ende froh, als nicht vermittelbare Lehrerin beim Stadtsteueramt eine Stelle zu bekommen. Christine machte eine Lehre als Köchin im Hause derer von Beckerath und wäre eher nach Amerika ausgewandert als nach Hause zurückzugehen. Sie diente in den ersten Häusern der Stadt und wartete, bis jemand käme, der sie heirate und über den sie herrschen könne. Nur Johanna, die Jüngste, sammelte Beeren und Früchte, kannte alle Pflanzen und Vögel, wurde Schneide-

rin und Paramentennäherin und sorgte sich um das Gewand der Maienkönigin in der Dorfkirche und um den Mantel des Heiligen Martin, der jährlich am 10. November kunstvoll zerteilt wurde. Als das zum sechzigsten Mal geschah, wurde Johanna zusammen mit dem heiligen Mann in der ‚Aktuellen Stunde' des WDR vorgestellt.

Das Dorf war 1944, als die Front näher rückte, evakuiert worden. Zu Kampfhandlungen war es nicht mehr gekommen; der Krieg zog an Boisheim vorbei. Im Juli 1945 kamen die Evakuierten aus Thüringen zurück, räumten auf, sahen, dass die Obstbäume trotz allem gut angesetzt hatten, bauten aus alten Kisten Kaninchenställe und funktionierten den Geräteschuppen zum Schweinestall um.

Ausgerechnet meine Mutter, Maria Keller, geborene Terhoeven, war hart dagegen angegangen, ‚die Boisheimer' zu Weihnachten zu besuchen.

„Die werden kaum geheizt haben. Wer weiß, ob die Pumpe nicht eingefroren ist? Und das Klo, der Abtritt – vielleicht auch alles zu", so hatte sie sich gewehrt.

Aber mein Vater bestand darauf, dass es sein müsse und dass schließlich auch ‚die Hülser' kämen. Für die wäre es nicht einfacher.

In Hüls, damals mehr Dorf als städtischer Vorort, wohnte die andere Schwester meiner Mutter, Tante Christine, schon vor dem Krieg verwitwet, von mir ‚Tante Nini' genannt. Sie wohnte im Hülser Bahnhof der städtischen Kleinbahn – ob seiner atemberaubenden Geschwindigkeit ‚Schluff' genannt – und betrieb dort seit 1934 das Bahnhofsrestaurant. Viel zu betreiben gab es jetzt nicht mehr. Die wenigen Fahrgäste hielten den Schankraum eher für einen Wartesaal, in dem man sich wärmen konnte, oder auch für einen Warenumschlagplatz moderner Art. Tante Nini hatte einen Sohn Hans-Peter, von seiner Mutter Hansi genannt, der etwa ein Jahr älter war als ich und mir schon deshalb weit voraus war. Auch ihn würden wir in Boisheim treffen.

In aller Frühe ging es also am zweiten Weihnachtstag los. Es war noch dunkel und weiterhin bitterkalt. In der Nacht hatte es geschneit. Die Schneehaufen an den Straßenrändern waren noch einmal um ein paar Zentimeter gewachsen. Im ungeheizten Bus zuckelten wir – Vater, Mutter, Kind – über St. Tönis, Vorst bis Süchteln. Dort war Endstation. Von da aus ging es zu Fuß weiter. Die Süchtelner Höhen hinauf führte noch eine Landstraße. Der Schnee war plattgefahren und man konnte zügig ausschreiten. Auf der Höhe gabelte sich die Straße; Lobberich wurde nach rechts angezeigt, Dülken nach links. Boisheim wäre über beide Straßen zu erreichen – allerdings auf erheblichen Umwegen. Dagegen führte damals ein Feldweg über Land, an ein paar Bauernhöfen vorbei geradewegs auf das Dorf zu – sechs oder sieben Kilometer weit.

Man entschied sich für den kurzen Weg über die Äcker. Jetzt wurde es schwieriger. Es gab keine Spur durch den frischen Schnee. Man stapfte also hintereinander, atmete in den Schal, den man um den Mund gebunden hatte, und achtete darauf, dass man nicht vom Weg abkam. Mein Vater hatte einen leeren, hoffnungsvollen Wehrmachtsrucksack auf dem Buckel und zog vorneweg. Mich ließ man in der Mitte gehen.

„Sind das die Holter-Höfe?“, fragte meine Mutter von hinten.
„Nein, das sind erst die Pötter-Höfe“, musste mein Vater enttäuschen.
„Oh je, dann haben wir noch nicht die Hälfte“, stöhnte meine Mutter.
Vom Dorfeingang an war es leichter. Endlich waren wir im Haus am Friedhofsweg, schüttelten im Flur die Mäntel aus, bekamen warme Socken und wurde ins Wohnzimmer geholt, wo geheizt war. Dort saß meine Oma in einem Sessel neben dem Ofen, sah uns entgegen und – fing an zu weinen.
„Ne, ne, is dat schön“, sagte sie, suchte ein Taschentuch in der Schürzentasche und wollte sich erheben.
„Bleib sitzen, Mutter“, sagte mein Vater, „schön, dass du auf bist. Wie geht es denn?“
„Et kömmt. Ne, ne is dat schön, dat ihr hier seid.“
Ich hatte Zeit, um mich umzusehen. In der Wohnzimmerecke stand ein Christbaum – bunt geschmückt: rote Kugeln, silberne Kugeln, blaue Kugeln, dazwischen silberne Engelgestalten mit ausgebreiteten Flügeln und Paradiesvögel in bunter Mischung. Ich kam aus dem Staunen nicht heraus und wunderte mich über meine Mutter, die ihre Schwester ansah: „Ihr habt wohl alles aufgehängt, was ihr noch hattet?“
„Die Vögel haben wir von Hölters gekriegt. Die machen dies Jahr keinen Baum. Die haben Nachricht, dass der Jakob in russischer Gefangenschaft gestorben ist.“
„So. Und die Vögel mussten dann auch noch in den Baum?“

„Findest du die nicht schön?“
„Ich weiß nicht.“
Ich jedenfalls fand sie schön. Noch schöner fand ich die Krippe. Auf dem Tisch neben dem Baum stand ein offener Stall mit richtigem Strohdach. Der ganze Tisch war mit Moos bedeckt. An der äußeren Ecke war ein Teich mit echtem Wasser. Auf dem Teich schwammen ein paar winzige Enten. Vor dem Stall standen die Hirten und schauten zum Hauptereignis. Alle Figuren in Gips und bunt bemalt! Links vom Stall standen – besonders prächtig – die drei Könige.
„Die sind doch noch gar nicht da“, kritisierte meine Mutter.
„Deshalb stehen sie auch da hinten. Die sind noch auf dem Weg. Aber man kann sie schon sehen.“
Ich hatte am meisten Spaß an den Schafen und an den anderen Tieren. Im Gegensatz zu anderen Krippen, die ich bisher gesehen hatte, gab es auch Ziegen und Schweine. Mich überzeugte das.
Inzwischen waren auch ‚die Hülser‘ angekommen. Ich hatte gar nicht gemerkt, dass es geschellt hatte. Sie waren nicht verschneit, nicht einmal durchgefroren.
„Wie seid ihr denn gekommen?“, fragte mein Vater.
„Der Mönks hat uns mit dem Auto mitgenommen“, erklärte Tante Nini.
„Mitgenommen?“, fragte meine Mutter spitz.
„Ne, eigentlich gebracht“, gestand Schwester Christine.
„Hat der schon wieder ein Auto?“, bohrte mein Vater.
„Ne, aber der fährt für die Kommandantur.“
„Am zweiten Weihnachtstag?“
„Ne, heute nur für uns. Der holt uns auch wieder ab.“
„So, so.“

„Ja, dafür muss ich dem nach Weihnachten auch nen Gefallen tun."
„Klar. Erst nach Weihnachten?"
„Na ja."
Tante Johanna war während des Gesprächs schon mal ‚nach hinten' gegangen, um das Essen auf den Herd zu stellen. Meine Oma saß weiterhin im Sessel und wiederholte: „Ne, is dat schön."
Tante Nini holte aus einer Einkaufstasche ein Weihnachtsgeschenk. „Hier", sagte sie, „ich habe euch was mitgebracht. Ich denk, ihr könnt das gebrauchen: Erdnussbutter. Eine große Dose. Ein Kilo."
„Mein Gott, wie kommst du denn da dran?"
„Hab ich geschenkt bekommen. Der Mönks kennt einen, der kommt ab und zu von Holland rüber und der deponiert manchmal bei mir ein paar Sachen. Und da wollte der sich erkenntlich zeigen."
„Echte Butter. Die kommt doch aus Amerika."
„Irgendwie schon."
Mit meinem Vetter Hans-Peter kam ich immer nur langsam überein. Wir waren, wie es hieß, nicht weit auseinander, etwas mehr als ein halbes Jahr. Aber wir sahen uns nicht sehr oft, und wenn wir uns sahen, geschah das fast immer unter der Obhut unserer Mütter. Maria, meine Mutter, und Christine, die seine, standen in Geschwister- und Mutter-Konkurrenz und legten jeweils zwei Messlatten an: Erstens: „Wie groß ist der deine jetzt?" und zweitens: „Wie geht es in der Schule?" Damals lagen wir noch ziemlich gleichauf, trotzdem störte der Dauervergleich unsere Beziehung erheblich.

Unter den Augen der Großmutter und an Weihnachten, dem Fest der Liebe und der Familie, herrschte Waffenstillstand. Dafür sorgte schon das Festmahl: Es gab angewärmten Kartoffelsalat und gebratene Blutwurst. Der Kartoffelsalat war geschmacklich und ästhetisch aufbereitet durch rote Beete, die in kleine Würfel geschnitten waren. Begierig hatten die Kartoffeln den Farbstoff aufgesogen und einen zart rosa Schimmer angenommen. Als Nachtisch gab es ‚Eingemachtes', Kompott.
Hatten Hans-Peter und ich gedacht, jetzt komme man zur Bescherung, so hatten wir uns getäuscht. Zuerst musste gesungen werden. Eine gestickte Decke kam auf den vom Geschirr frei geräumten Tisch. Oma, Tanten und meine Eltern setzten sich in Positur, bearbeiteten die Fransen der Tischdecke oder legten brav die Hände auf den Tisch. Wir aber, der hoffnungsvolle Nachwuchs, hatten uns vor die Krippe zu stellen. Und dann wurde das Repertoire durchgearbeitet, Oma gab die Lieder und den Ton an. Die andern mussten mit. Von Strophe zu Strophe wurde der Gesang dünner. Einzig Oma kam jeweils sicher ans Ende.
Hans-Peter und ich hatten Schwierigkeiten mit den Texten. ‚O du fröhliche' konnten wir, auch ‚Kommet ihr Hirten', selbstverständlich ‚Stille Nacht'. Dann war aber auch Ende. Inwiefern die besungene Nacht fröhlich, himmlisch, heilig oder still sein sollte, hatten wir nur oberflächlich mitbekommen. Hans-Peter hörte mehr zu, als dass er sang, und sah auch mehr auf die Krippenlandschaft als auf die sogenannte heilige Familie. Als dann von den inbrünstig oder auch distanziert Singenden jener ‚holde Knabe im lockigen Haar' gepriesen wurde, drehte er sich um, zeigte auf einen

blonden Junghirten mit Schaf auf den Schultern und fragte in die Runde: „Ist das der holde Knabe“?“
Seine Mutter lachte laut auf, die übrigen verstummten. Christine bekam von ihrer Mutter einen sehr ernsten Rüffel: „Is dat alles, wat du dem beijebracht hast? Emmer Spökes im Kopp. Von wem kömmt dat wal?“
Das war wohl, wie ich heute vermute, eine Anspielung auf August, Hans-Peters Vater, den verstorbenen Ehemann Christines, der sich, um das vorsichtig auszudrücken, nie der besonderen Wertschätzung seiner Schwiegereltern hatte erfreuen dürfen.
Die Stimmung war hin. Oma befand, dass es jetzt Zeit sei, zum Grab von Hermann, ihrem verstorbenen Ehemann und meinem Taufpaten und Namensgeber, zu gehen, damit auch dieser Teil des Familienrituals erledigt werde. Gott sei Dank, war der Friedhof nur dreihundert Meter vom Haus entfernt. Einzig Oma blieb zu Hause. Alle andern bildeten eine Prozession.
Als wir zurückkamen, hob sich die allgemeine Stimmung. Der Gabentisch war gedeckt und entzückte die Großen und enttäuschte die Kleinen. Für die Großen gab es Gänseschmalz, Gänse- und Hühnereier im Karton, eine Speckseite und je zwei Pakete ‚Douwe Ekbert‘ – holländischen, echten Kaffee, der aller Wahrscheinlichkeit nach vom Christkind selbst durch die Maschen des Grenzzauns geschoben worden war. Für Hans-Peter und mich gab es zwei blau und rot karierte Hemden, Plätzchen und Äpfel aus Omas Garten.
Die Rückfahrt musste geplant werden.

„Wartet doch. Der Mönks kommt um acht Uhr. Der nimmt euch sicher mit", bot Tante Nini an. Mir wäre das sehr recht gewesen. Aber meine Mutter befand: „Nein, nein. Den Mönks lassen wir besser aus dem Spiel. Wir fahren mit dem Zug."
So kam es dann auch. Der Zug, noch dampfgetrieben, hielt an dem kleinen Bahnhof. Wir waren die einzigen, die über Schotter und Gleise staksten, die hohen Stufen erstiegen und dann auf den Holzbänken der dritten Klasse Platz fanden. Umsteigen in Viersen! Um zehn Uhr waren wir wieder zu Hause. Noch immer war es in der ganzen Wohnung warm; denn meine Mutter hatte am Morgen in nasses Zeitungspapier eingewickelte Briketts auf die Herdglut gelegt. Die glühten noch.
Am nächsten Tag, als mein Vater aus dem Büro zurück war, bekam ich noch etwas von den Nachgesprächen meiner Eltern mit.
„War schon gut, dass wir da waren", gab jetzt meine Mutter zu. „Wer weiß, wie lange sie es noch macht?"
Mein Vater versuchte aufzubauen: „Ach, lass das Frühjahr kommen. Wenn deine Mutter wieder in den Garten kann, geht es aufwärts. Und zu essen haben die im Dorf genug. Mehr als wir haben."
Beide gingen unterschiedlichen Gedanken nach. Ich saß auf dem Küchensofa und las. Ich glaube, ich hatte Tom Sawyer zwischen den Fingern.
„Christine is en Fech. Das hat Mutter immer schon gesagt. Das is doch alles nicht ganz sauber, was die anstellt", fing meine Mutter einen neuen Gesprächsfaden an.

„Ja, was will sie machen?“, gab mein Vater zu bedenken. „Irgendwie muss sie sich über Wasser halten. Und die Bahnhofskneipe ist ein guter Umschlageplatz.“
„Du findest den Kungel auch noch gut?“, entrüstete sich meine Mutter. „Und mit dem Mönks hat die doch sicher was. Die beten doch nicht zusammen den Rosenkranz.“
„Das tun wir schließlich auch nicht.“
„Du weißt, wie es gemeint ist. Und der Hansi kriegt mehr mit, als wir meinen. Da kann man doch gespannt sein, was aus dem wird.“
„Hoffen wir das Beste“, sagte mein Vater, wollte das Gespräch auslaufen lassen und griff zur Zeitung. Er hatte nicht bedacht, dass die jüngste Schwester meiner Mutter, Johanna, noch nicht ihren Senf abbekommen hatte.
„Johanna ist und bleibt ein Schätzchen der besonderen Art“, holte meine Mutter das Versäumte nach, „Die is Kind geblieben. Niemand kann der was anhaben. ‚Die hat die Welt im Bläschen’, wie man so sagt. Eigentlich beneidenswert.“
„Ja, die ist mit ihrem Leben einverstanden“, bestätigte mein Vater. „Aber du beneidest sie ja nicht im Ernst. Ich will nur hoffen, dass sie die Spitzen nicht merkt, die von dir ausgehen.“
„Ich und spitz?“
„Doch, doch!“
„Übrigens kriegen wir die Hälfte vom Schwein, wenn sie im März schlachten. Das hat Mutter versprochen. Sie haben schon einen, der das macht.“
„Siehst du.“
„Was ‚Siehst du’“?“

„Die helfen uns mit durch. Manchmal meine ich, du könntest mehr anerkennen, was die für uns tun."
„Das tu ich doch."
„Na, na!"

III. September 2003: Geburtstagstreff

Anfang September ist die erste Weihnachtsgeschichte fertig. Herr Keller hatte seine Frau gefragt, ob sie am Abend eine halbe Stunde Zeit habe, er sei so weit und wolle ihr etwas vorlesen. Im Fernsehen komme nichts, kein Tatort, keine Pilcher.

„Du willst mich wohl ärgern", hatte sie gesagt und ihrerseits gefragt, ob er sicher sei, dass auch kein Fußballspiel übertragen werde.

Nach den Nachrichten holt er den Packen Ringbuchblätter aus seinem Arbeitszimmer, legt ihn auf den Couchtisch, entkorkt eine Flasche Nahewein, füllt die bereit stehenden Gläser und wartet, bis sich seine Frau auf dem Sofa niedergelassen hat. Was einst das weihnachtliche Repräsentationszimmer der oberen Etage war, ist nun Fernseh- und Lesezimmer. Die Seitenwände sind mit Bücherregalen vollgestellt. Ausgespart ist die Familienecke mit Fotos von Hedes und Hermanns Eltern und Großeltern und von ihrer beider Kinder Alexandra, Bernhard und Carola mit den jeweiligen Zugängen. Darunter ist noch Platz für die erhofften Enkel. Ein einziges Foto von Ina, ihrer Enkelin, zeigt an, wo diese Reihe fortgesetzt werden soll.

Er liest, sie hört.

Beide lehnen sich endlich zurück und greifen fast gleichzeitig zu ihren Gläsern.

„Das ist die Zeit vor meiner Zeit", sagt sie endlich.

„Aber einiges müsste dir bekannt vorkommen."

„Ja, Tante Lisbeth und die Boisheimer Tanten habe ich noch kennen gelernt, die Großmütter nicht mehr, wohl aber deine Eltern."
„Eben."
„Aber", lehnt sie sich vor und blickt auf den Blätterhaufen, „ich hab ein ganz anderes Bild von denen. Gut, deine Mutter erkenn ich wieder und kann mir vorstellen, wie sie sich gefühlt hat. Aber dein Vater war anders, ganz anders."
„Natürlich war mein Vater anders damals, als du ihn kennen gelernt hast. Da hatte er sich wieder gerappelt und war einigermaßen mit sich und der Welt im Reinen. Obwohl ... Er sagte morgens oft, dass er schlecht geträumt habe, sagte aber nie, was. Außerdem war mein Vater anders für dich, anders für mich, anders als Vater, anders als Schwiegervater und erst recht anders als Großvater. Als er fünfundzwanzig war, liebte er sein Motorrad und sein Faltboot, war dauernd unterwegs und wollte unbedingt fliegen lernen. Aber damit wurde es nie etwas."
„Ja, davon hast du erzählt und auch, dass deine Mutter auch später noch froh war, dass es damit nichts wurde. Aber das alles hast du auch nur zufällig erfahren. Das hast du nicht miterlebt. Von dem, was du da geschrieben hast, behauptest du aber, dass du es erlebt hast."
„Das meiste habe ich erlebt."
„Und du bist ganz sicher, dass das alles wirklich so war? Erinnerst du dich so genau? Kannst du beweisen, dass es genau so war, wie du es schreibst, wenn dich jemand festnagelt ..."
„‚Festnagelt'" ist schön. So weit wird es hoffentlich nicht kommen."

„Du weißt, dass das bildlich gemeint ist."
„Natürlich. Trotzdem ist allein schon die Vorstellung von einer Kreuzigung unangenehm."
„Aber damit musst du doch rechnen. Man wird wissen wollen, ob die Kirche wirklich ungeheizt war, ob die Mette tatsächlich um fünf Uhr anfing, ob in dem Jahr Schnee lag, ob am zweiten Weihnachtstag wirklich kein Omnibus von Süchteln nach Boisheim fuhr und auch kein Zug."
„Okay. In all den Fällen kann ich nur sagen: So erinnere ich mich, wenn ich zurückdenke. Ich habe nichts recherchiert und werde auch nichts recherchieren, sondern ich erinnere mich. Ich habe Situationen vor Augen und Bilder im Kopf, und dann verknüpfe ich die Bilder und belebe sie. Ich inszeniere also, wenn du so willst. Manches erkläre ich mir auch jetzt erst nachträglich. Ich habe damals ja vieles nicht gemerkt. Dass meine Oma gleichzeitig die Schwiegermutter meiner Mutter war und dass Tante Lisbeth ihre Schwägerin war und dass da eine lange Geschichte vorangegangen war, habe ich damals nicht gewusst. Für mich waren alle auf mich bezogen: Da war *meine* Mutter, *mein* Vater, *meine* Oma, *meine* Tante, *mein* Onkel. Dass ich in einem Spannungsfeld lebte, spürte ich zwar, hätte es aber nie und nimmer erklären und beschreiben können. Mir war, glaube ich, nicht einmal bewusst, dass die eine Oma die Mutter meines Vaters und die andere die Mutter meiner Mutter war."
„Also das nehme ich dir nicht ab."
„Gut, das habe ich vielleicht gewusst, weil mir das jemand gesagt hat. Aber ich habe nicht gewusst, was es bedeutet, wenn der Sohn, also mein Vater, zwischen Mutter und

Ehefrau steht und im gleichen Haus wohnt und alle drei sich dauernd begegnen und dauernd aus dem Weg gehen."
„Aber das hast du doch später selbst erlebt."
„Eben: Später. Da hatte ich schon einiges gelernt."
„Hat es genützt?"
„Das müsstest du besser wissen."
Eine Pause entsteht. Er schüttet nach, nimmt die Blätter in die Hand, stößt sie in der Länge und in der Breite mehrmals auf den Couchtisch, so dass sie jetzt eng auf einander liegen und auch äußerlich ein in sich geschlossenes Kapitel bilden.
„Du gibst sehr viel von dir preis. Kriegen die Kinder das auch zu sehen?", fragt sie.
„Irgendwann schon, vorläufig nicht. Ich bin ja erst am Anfang. Irgendwie soll das nämlich eine Familiengeschichte werden und dann ..."
„O Gott. Meinst du, die sind einverstanden, wenn sie sich als Romanfiguren wiedererkennen?"
„Vielleicht. Vielleicht auch nicht."
„Und wenn nicht?"
„Dann sehen wir weiter."
„Also willst du auch an unser Kladderadatsch-Weihnachten heran?"
„Irgendwann schon. Nichts Menschliches ist mir fremd."
„Wer hat das gesagt? Das ist doch ein Zitat."
„Weiß ich im Moment nicht. Müsste man nachsehen."

Längst sind die Kinder ‚aus dem Haus', wie man verkürzt sagt.

Alexandra hat – wie der Vater einst – nach dem Abitur das Lehramtsstudium in Bonn begonnen – damals noch Bundeshauptstadt – und später in Köln mit dem Zweiten Staatsexamen abgeschlossen. Da war sie schon verheiratet und schwanger. Etwas später wurde die Ehe geschieden und annulliert. Nach einer Durststrecke ohne Geld und ohne Arbeit wurde sie als Lehrerin eingestellt und fand eine neue Beziehung.
Bernhards Traumziel war von Kind an: „Kohle machen ohne Ende". Er glaubte das Ziel am besten als diplomierter Kaufmann ansteuern zu können. Er wohnt inzwischen in der Landeshauptstadt und fliegt als Unternehmensberater von dort aus montags auf die ihm zugeteilten Projekte in London, Wien oder Genf, kommt am Wochenende zurück, möchte in absehbarer Zeit heiraten und hat gute Aussichten, dass das gelingt.
Carola wollte nach dem Abitur auf keinen Fall die Rackerei eines Studiums auf sich nehmen, ließ sich an den Uni-Kliniken in Münster zur Physiotherapeutin ausbilden, erwarb ein Rennrad samt exzellentem, mit Dutzenden von Siegerpokalen ausgezeichneten Trainer, verbesserte ihre Position sowohl im Zeitfahren als auch im Straßenrennen von Mal zu Mal und möchte, wenn es eben geht, mit ihrem Capitano in nächster Zeit an den Traualtar fahren – am liebsten im Gelben Trikot.
Da die Geburtstage der Kinder und Eltern übers ganze Jahr verstreut sind, bieten sie die geeigneten Gelegenheiten zu allgemeiner Kontaktnahme. Für Ende September hatte Alexandra nach Köln eingeladen, und so kurven an einem Freitagabend drei Autos, aus verschiedenen Rich-

tungen kommend, durch die engen Straßen des Innenstadtviertels der Domstadt und suchen einen Parkplatz. Als sie das geschafft haben, kann man den Abend als gerettet ansehen.
Die Frage, ob sechsunddreißig ein eckiger oder ein runder Geburtstag sei, wird kurz gestreift und dadurch erledigt, dass Sekt- und Weingläser herumgereicht werden, weil man die Feste feiern müsse, wie sie eben fallen.
Artig bedankt man sich für die im Laufe der letzten Monate eingetrudelten Feriengrüße.
„Ihr wart mal wieder in eurer einsamen Bucht auf Kreta?", fragt Bernhard seine Eltern und will wissen: „Ist es euch da nicht inzwischen ein bisschen langweilig? Da kennt ihr inzwischen doch jeden Stein und jeden Fisch."
Mutter Keller glaubt sich verteidigen zu müssen: „Wir fühlen uns da wohl. Sonnenhitze, angenehme Meerestemperatur, viele Bücher, kein Telefon."
„Kein Telefon ist wohl am wichtigsten", vermutet der Sohn.
„Dieses Mal hatten wir sogar ein Handy mit", entgegnet die Mutter.
„Aber nie angestellt", kontert der Sohn.
„Richtig. Nie angestellt. Aber wir hätten jeden erreichen können", behält die Mutter das letzte Wort.
Die große Tochter hat die großen Ferien – komplette sechs Wochen – mit Kleinfamilie auf einem Campingplatz in Südfrankreich verbracht.
„Ihr wart auch nicht zu erreichen", forscht der Bruder weiter, „ihr hattet wohl erst gar kein Handy mit? Trotzdem: Schönen Dank für die Karte aus Avignon. Habt ihr euch tatsächlich die Stadt angesehen?"

„Hör mal", entrüstet sich die Schwester, „wir sind keine Kulturbanausen. Und ein Handy hatten wir auch mit. Sogar ein neues. Deshalb nicht erreichbar."
Die jüngere Schwester hat eine kombinierte Ferienreise unternommen: mit dem Billigflieger nach Rom, mit dem Rennrad von Rom nach Venedig, von Venedig zurück nach Hause mit einem weiteren Billigflieger. Sie hatte von unterwegs Karten losgeschickt und muss sich jetzt fragen lassen: „Wo ist Todi?"
Sie erklärt geduldig: „Kleines Städtchen. Auf einer Apennin-Höhe. Echt romantisch. Und preiswert zum Übernachten: 40 Euro im Doppelzimmer."
„Also kein fließend Wasser und Klo hinterm Haus", vermutet der verwöhnte Bruder.
„Quatsch. Sogar Dusche. Und Frühstück."
Ehe Bernhard dazu kommt, von seinem Amerika-Trip zu erzählen, wird das Büfett eröffnet; denn zum Geburtstag ist nicht nur die Familie des Geburtstagskindes eingeladen. Auch Freunde und Freundinnen, Kollegen und Kolleginnen drängen sich auf dem Flur, im Wohnzimmer und im Arbeitszimmer der im fünften Stock gelegenen Hinterhofwohnung. Das Geburtstagskind steht an der Schnittstelle aller Wohnungsgänge im Flur und bittet um Gehör: „Liebe Gäste! Eigentlich warten wir noch auf Marita, eine Kollegin aus unserer neuen Schule. Aber die hat gerade völlig entnervt angerufen. Sie ist eine Dreiviertelstunde ums Karree gefahren und hat keinen Parkplatz gefunden. Sie ist zurück nach Euskirchen. Schade. Aber jetzt fangen wir an."
Alexandra bedankt sich für die Geschenke und das Kommen der Gäste, erklärt, wo man was finden könne, und

bereitet darauf vor, dass die Herausforderungen des Abends erst später erläutert würden. Partyspiele!
Eltern Keller wollen nicht bis in die Nacht bleiben, wollen die Gelegenheit aber nutzen, wenigstens in Umrissen zu erfahren, wie der Weihnachtsbesuchsplan aussehen könnte. Vorsichtig beginnen sie bei ihrem Sohn, der sich mit einem aufgeladenen Teller und einem Glas Wasser in eine Ecke zurückgezogen hat. Der geht die Frage auch direkt an: „Ihr wisst, dass ich mit Sabrina am 24.12. aus San Francisco komme. Es wäre schön, wenn ihr uns am Flughafen abholen könntet. Sabrina würde zu ihren Eltern fahren, ich käme mit zu euch. Am ersten Feiertag käme Sabrina zu uns herüber. Wenn alles gut geht, würden wir mit Andreas und seiner Freundin am zweiten Feiertag für ein paar Tage zum Skifahren weggehen. Wir fliegen bis Salzburg und mieten dann ein Auto."
Mutter Keller folgert: „Du übernachtest also vom 24. zum 25. bei uns, am 25. kommt Sabrina, und dann geht's am gleichen Tag zu Sabrinas Eltern und am nächsten Morgen weg?"
„So ist es. Oder genauer: So ist es geplant."
„Stressig, nicht?"
„Geht so."
„Und wenig besuchsfreundlich."
„Inwiefern?"
„Na ja, alles im genauen Stundentakt."
Carola hat gemerkt, dass hier Familientreffen abgesprochen werden, und kommt heran. Die letzten Sätze ihres Bruders hat sie mitbekommen und führt nun ihrerseits aus: „Dieses Jahr ist extrem arbeitnehmerfreundlich. Mit fünf

Urlaubstagen kann man zwei Wochen Ferien machen. Wir waren im Reisebüro und wollten zwei Wochen Fuerte buchen, ging aber nicht. Alle Flüge waren ausgebucht. Jetzt haben wir noch zwei Flüge in die Dom Rep gekriegt. Wir fliegen am zweiten Feiertag."

„Also könnten wir uns am ersten Feiertag für ein Stündchen sehen", schließt Vater Keller.

„Schon zum Mittagessen und bis zum Abend."

„Weiß von euch jemand, was Alexandra vorhat?", will Mutter Keller wissen.

„Die wollen erst nach den Tagen nach Wien. Die wollen da über Neujahr bleiben."

„Am ersten Tag könnten die also auch zu uns kommen", hofft Mutter Keller.

„Das glaub ich nicht. Die haben Besuchspflichten in der Eifel. Das ist schon ausgemacht. Die kämen am zweiten Tag zu euch. Haben sie gesagt. Aber fragt sie selbst", sagt Carola.

Als Ehepaar Keller spät in der Nacht nach Hause fährt, sieht man etwas klarer, aber längst nicht klar. Die Kölner wollen versuchen umzupolen.

„Alles ziemlich kompliziert", stellt Mutter Keller fest.

„Wie die Welt", ergänzt ihr Mann.

„Früher war es eben doch einfacher", will Mutter Keller bestätigt haben.

„Meinst du das immer noch?", zweifelt Herr Keller. „Wir waren doch auch immer unterwegs. Allerdings mit Bus und Bahn. Aber ob du auf dem Bahnsteig oder im Terminal herumstehst, ist doch eigentlich egal. Weihnachten war nie ein Heimspiel."

Der September scheint sich das Attribut ‚golden' verdienen zu wollen, obwohl es ihm von Rechts wegen gar nicht zusteht. Am Samstagmorgen ist der Himmel blau und die Sonne scheint. Da mahnt der Garten. Erstes Laub muss aus dem Teich gefischt und vom Rasen abgekehrt werden. Dieser selbst muss geschnitten werden. („Noch zwei Mal Rasenschneiden und drei Mal Haarschneiden bis Weihnachten", denkt Herr Keller bei sich.) Aus den Beeten sind verwelkte Blumen zu schneiden; aber das gehört zum Ressort von Frau Keller.

„Wird das ein Gartenarbeitstag?", fragt Frau Keller beim Frühstück.

„Eigentlich wollte ich an den Schreibtisch. Bis Weihnachten sollten die Weihnachtsgeschichten fertig sein", sagt er.

„Das ‚eigentlich' lässt mich hoffen, dass der Garten noch eine Chance hat."

„Muss wohl sein", gibt er früher nach, als sie befürchtet hat. Für die Zeitung und eine Tasse Kaffee nehmen sie sich noch Zeit, auch für einen Rückblick auf den vergangenen Abend.

„Wie lange mögen die gestern noch zusammengeblieben sein?", beginnt sie.

„Die fingen ja gerade erst mit ihrem Programm an, als wir gingen. Wird sicher nett gewesen sein. War alles prima vorbereitet. Aber aus dem Partyspielalter sind wir herausgewachsen, habe ich gemerkt."

„Eine andere Generation."

„In der Tat."

„Und du meinst wirklich, die interessieren sich noch für deinen Onkel Jüpp und deine Tante Lisbeth", lenkt Frau

Keller vorsichtig auf das Thema, das sie immer mehr beunruhigt.
„Vielleicht interessieren die sich ja für uns oder auch für sich und ihre Ursprünge und Wurzeln."
„Vielleicht ist ihnen das alles auch nur peinlich."
„So schlimm ist es doch gar nicht."
„Das nicht. Aber es könnte doch sein, dass sie nicht gern haben, dass das alles so öffentlich gemacht wird."
„Ich glaube, du siehst zu schwarz", setzt Herr Keller jetzt zu einer längeren Rechtfertigung an, „Geschichten sind Geschichten und keine Protokolle oder Tatsachenberichte. Und meine Weihnachtsgeschichten sind zurechtgestutzte Erinnerungen von Situationen, die mir im Gedächtnis geblieben sind. Dabei ist klar, dass man nichts so rekonstruieren kann, wie es gewesen ist. Das will auch keiner. Nichts kann man so nachempfinden, wie man es ursprünglich am Ort des Geschehens empfunden hat. Freude und Schmerz kann man nicht so vermitteln, dass der andere oder die andere genauso fühlt, wie man selbst fühlt oder gefühlt hat. Was man allerdings erreichen kann, ist, zu verstehen, was gewesen ist, und verständlich zu machen, wer man ist oder gewesen ist oder glaubt, gewesen zu sein oder ... Also: Man kann versuchen zu verstehen, und man kann versuchen, sich anderen verständlich zu machen."
„Und darum erzählst du deine Geschichten."
„Genau: Darum erzähle ich meine Geschichten."
„Grundlage ist aber doch das, was genau du und kein anderer erlebt hat."
„Grundlage ist das, woran ich mich erinnere, dass ich es erlebt habe, weil etwas davon in mir hängen geblieben ist.

‚Hängen geblieben' – auch so ein Bild. Ich merke eben, dass mir manches wieder einfällt – ‚einfällt': auch komisch –, was ich schon vergessen hatte. Irgendein Rest war noch da, war ‚hängen geblieben'."
„Und das erzählst du?"
„Gefiltert."
„Was heißt ‚gefiltert'?"
„Eben ‚gefiltert'. Wie beim Kaffee. Fünf gehäufte Löffel Kaffee für eine Kanne oder eben ein Kapitel. Früher musste man die Bohnen noch selbst mahlen, das ist jetzt einfacher. Jetzt bekommt man das Kaffeemehl frei Haus. Kochendes Wasser drauf. Fertig."
„Und den Kaffee schüttest du rundum ein und bietest ihn an und den Dreck wirfst du weg."
„So ungefähr."
„Milch und Zucker nachträglich?"
„Vielleicht. Aber das gehört nicht mehr zum Filtern."
Eine Zeit lang ist Stille. Frau Keller scheint etwas erleichtert zu sein. Einige der Gefahren, die sie auf sich und die Kinder zukommen sah, erscheinen in milderem Licht. Gefiltert würde man auch Tiefpunkte der Vergangenheit ertragen können, vielleicht sogar überwinden.
„Könntest du, wenn du schon filterst", setzt sie noch einmal an, „auf dein Ich und unser Wir verzichten? Könntest du dann nicht einen Erzähler erzählen lassen? Bei dem würde man wissen, dass er nicht alles weiß, auch wissen, dass er filtert, dass er vielleicht einiges weglässt und anderes dazuerfindet. Man würde ihn auch nicht sofort erkennen, würde ihn auch nicht ‚festnageln' können. Die Distanz wäre größer."

„Das kann man versuchen. Würde dich das beruhigen?"
„Sehr. – Aber jetzt ist es Zeit für den Garten."

Gemeinsam holen sie den Rasenmäher aus dem Keller. Ehe er in Gang gesetzt wird, werden die herumliegenden Äpfel eingesammelt: Fallobst, unreif, nicht zu verwerten.
„Auch nicht für Kompott?", fragt er.
„Nicht einmal dafür", befindet sie.
Während sich Frau Keller mit der Gartenschere den Stauden nähert, geht Herr Keller mit dem Rechen über die Wiesen- oder Rasenfläche. Der Garten ist übersät mit Nadeln von der Zeder des Nachbarn und von gelben und braunen Blättern des Apfelbaums. Die Nadeln machen erheblich mehr Arbeit als das Laub. Unter einigen Blättern haben sich helle Pilze entwickeln können. Beweis, dass hier lange nichts getan worden ist.
„Unser Teich wird bald zugewachsen sein", macht Frau Keller ihren Gatten aufmerksam.
„In der Tat. Die Seerosen wuchern. Da freuen sich die Fische: Die können Verstecken spielen.
„Vielleicht hätten die lieber etwas mehr Sonne."
„Glaub ich nicht."
„Und unser Rasen ist räudig", deckt Frau Keller den nächsten Missstand auf.
„Was soll das heißen?"
„Er ist voller Unkraut. Auch so etwas siehst du nicht."
„Viel schlimmer", überhöht er, „für mich gibt es gar kein Unkraut. Es gibt Gänseblümchen und Klee und Löwenzahn und Moos und Ackerwinde und Sauerampfer – obwohl ich den gar nicht erkennen würde –, aber es gibt kein Unkraut.

Zu Unkraut werden diese Pflänzchen gestempelt, wenn sie irgendwo wachsen, wo der Mensch sie nicht haben will. Ganzen Schülergenerationen habe ich klar gemacht, dass es in der Natur kein Unkraut gibt."
„Hab ich schon verstanden", sagt sie, „jetzt steht in den Biologiebüchern ‚Wildkräuter', wo vorher von Unkraut die Rede war."
„Das ist doch schon etwas!"
„Ich möchte aber auch keine Wildkräuter in unserm Rasen haben. Ich möchte einfach einen Rasen wie die Nachbarn haben."
Herr Keller braucht nicht über den Zaun in die Nachbargärten zu sehen; er weiß, dass dort die Grasflächen aussehen, als wären sie vom Friseur gepflegt – geschnitten, gewaschen, gelegt, geföhnt, gekämmt. In einen solchen Konkurrenzkampf will er nicht eintreten. Ihm genügt es, wenn der Gesamteindruck grün ist.
Er sucht weiter nach Rechtfertigung, wenn er jetzt den Faden wieder aufnimmt: „Ich gönne dir deinen Rasen. Aber für mich ist ein Gartenrasen nichts anderes als eine kahl geschorene Wiese oder eine abgefressene Grasfläche. Was auf einer Sommerwiese die Blumen sind, wird auf eurem Rasen zu Unkraut; unkrautfrei wird zum Qualitätsmerkmal."
Sie will Einspruch erheben, kann ihn aber, da er nun einmal in Fahrt gekommen ist, nicht mehr stoppen. Dass in Wörtern wie Unkraut und Ungeziefer Wertungen stecken und dass diese Wertungen Konsequenzen für den Umgang der Menschen mit der Natur, vielleicht für den Umgang der Menschen mit anderen Menschen haben, wenn

sie nämlich im Vergleich gebraucht werden, ist eine Überzeugung, die Herr Keller aus dem Studium mitgebracht hat.
„Es gibt keine Objektivität", hat er versucht, seinen Schülern anhand vieler Beispiele zu beweisen. ‚Unkraut' und ‚Ungeziefer' waren seine Paradebeispiele. Alles sei eine Sache der Sehweise, des Standpunkts, der Perspektive.
Frau Keller kennt solche Ergüsse und lässt sie ablaufen. Sie ist mehr fürs Praktische. An Disputen ist ihr wenig gelegen. Sie würde nie einen tiefgreifenden Streit mit ihrem Mann anfangen – am wenigsten über einzelne Wörter. Auseinandersetzungen über ‚letztendlich' und ‚Unkraut' sind für sie Spiele ohne Bedeutung wie Pingpong oder ‚Mensch ärgere dich nicht'.

Herr Keller wirft den Rasenmäher an und wird nun seine Bahnen ziehen und alles Grün auf das gleiche Maß bringen. Am Ende sieht alles glatt aus. Er stoppt den Motor, zieht das Elektrokabel aus der Steckdose und schiebt das Gerät zum Kellereingang. Da wird er vom Nachbarn aus der zweiten Etage des Nebenhauses angesprochen, der vor vierzehn Tagen eingezogen ist: „Wenn Sie Ihre Fische suchen, werden Sie Pech haben."
Herr Keller versteht nicht sofort. Frau Keller hat hinten im Garten das Stichwort Fische gehört und kommt heran.
„Guten Morgen, Herr Baaken. Was ist los?"
Der erklärt: „Gestern gegen fünf Uhr – Sie waren wohl gerade weggefahren – war ein Fischreiher da. Er hat eine ganze Zeit an Ihrem Fischteich gestanden. Ich habe ihn

lange beobachtet. Aber dann musste ich weg. Wundern Sie sich also nicht, wenn keine Fische mehr da sind."
„Warum haben Sie den Kerl denn nicht verscheucht? Man weiß doch, was so einer vorhat."
Herr Baaken: „Ich habe ein paar Mal in die Hände geklatscht. Aber davon ließ der sich nicht beeindrucken."
„So was."
Beide, Herr und Frau Keller, gehen zum Teich, dessen Wasseroberfläche von Seerosenblättern und herabgefallenem Laub bedeckt ist. Mit Hilfe eines Käschers kehren sie die Blätter ab und legen etwas von der Wasserfläche frei. Herr Keller holt Fischfutter, um seine Freunde zu locken. Nichts!
„Ja, das war`s wohl. So geht es in der Natur zu", sagt sie und versucht, durch die Oberfläche in die Tiefe zu blicken, ob sich nicht vielleicht doch noch ein roter Punkt zu erkennen gibt. „Wir hätten damit rechnen müssen. Wir hätten einen Zaun um den Teich spannen müssen wie Schuberts oder ein Netz darüber, wie wir es uns vorgenommen hatten", erinnert sie.
„Man kann nicht alles absperren und einzäunen, wo man Gefahren auf sich zukommen sieht. Dann muss man schließlich auch sich selbst einzäunen und einsperren. Das kann nicht die Lösung sein", verteidigt er sich und seine Bequemlichkeit.
„Vielleicht. Aber du siehst, was man davon hat, wenn man so vertrauensselig ist."
„Das muss man vielleicht aushalten. Da muss man durch."

Der Rasenmäher wird in den Keller getragen; die Gartengeräte werden weggeräumt. Es bewölkt sich und es sieht nach Regen aus.
„Dabei war gutes Wetter vorausgesagt", referiert sie aus der Zeitung.
„Es kommt meistens anders, als man denkt."
„Wie wahr. – Wenn es heute Nachmittag regnet, kannst du ja die nächste Weihnachtsgeschichte schreiben."
„Das wäre eine Chance."
„Du kannst auch warten, bis Schnee liegt. Vielleicht passt das noch besser."
„Wenn Schnee liegt, möchte ich mit der ganzen Geschichte fertig sein."
„Was kommt als nächstes?"
„Bonn."
„Du warst doch Weihnachten nie in Bonn."
„Eben."

IV. Weihnachten zwei (1961): „Ein Schiff wird kommen ...“

Am 23.12. 1961, an einem Freitag, trat Hermann Keller die Heimreise an. Er studierte damals im zehnten Semester an der Rheinischen Friedrich-Wilhelm-Universität in der provisorischen Bundeshauptstadt Bonn und deshalb hätte die Aussage, dass er über Weihnachten ‚nach Hause' fahre, etwas Zweifelhaftes in sich gehabt. Er vermied sie. In der Mensa hatte man sich gegenseitig gefragt, ob man Weihnachten ‚hier' oder ‚zu Hause' verbringe. Wenn die Süddeutschen dann erklärten, dass sie ‚heimführen', klang das ganz anders, als wenn die Norddeutschen ‚zu Hause' als Ziel angaben. Die Süddeutschen fuhren auch ‚heim', wenn sie mit Bus oder Fahrrad vom Sportplatz aus ihr Studentenheim oder ihr gemietetes Zimmer ansteuerten. Die Norddeutschen hatten in Bonn nur eine ‚Bude', zogen sich also auf ihre ‚Bude' zurück, auch wenn diese aus Wohn- und Schlafzimmer samt Küche und Bad bestand. Nie wäre das ihr ‚Heim' oder ihr ‚Zuhause' gewesen. ‚Nach Hause' – wo war das?
Hermann Keller hatte am Nachmittag eine Rückfahrkarte – verbilligt auf Studentenausweis – gekauft, würde Weihnachten im Haus seiner Eltern und in der Stadt, in der er geboren war, verbringen; aber er würde sich nicht zu Hause fühlen. Das wusste er vorher; und deshalb hatte er sich den spätest möglichen Zug ausgesucht, der kurz nach 22 Uhr in Bonn losfuhr und nach 23.30 Uhr im heruntergekommenen Bahnhof der einstigen Seidenstadt einlaufen würde.

Er würde dann, da er einen Koffer, halb mit schmutziger Wäsche und halb mit Büchern gefüllt, dabei hatte, notgedrungen am Bahnhof ein Taxi nehmen und kurz vor Mitternacht am Haus seiner Eltern sein. Diese würden, so hoffte er, schon schlafen. Wahrscheinlich standen Butterbrote, mit Folie abgedeckt, und eine Flasche Bier auf dem Tisch. Er würde seine Eltern nicht wecken. Es würde genügen, sich morgen ausfragen zu lassen.
Er hatte geschrieben, dass er erst spät kommen könne, da er am Freitagabend noch ein Geschichtsseminar habe – ‚Der Versailler Vertrag und die Kriegsschuldfrage' – und dass dieses Seminar bis 21.45 Uhr gehe. Er würde mit äußerster Not den D-Zug, von Basel kommend, erreichen und – hatte er geschrieben – , er freue sich auf zu Hause. Letzteres gehörte sich wohl so und wurde erwartet. Vielleicht wurde es auch nicht erwartet. Er wusste es nicht so genau. Er wusste überhaupt nicht so richtig, was mit ihm los war. Er würde auch nicht ins Geschichtsseminar gehen. Er hatte sein Referat über den ‚Wiener Kongress und die Friedensschlüsse 1815' schon gehalten; er würde die Bescheinigung über den erfolgreichen Besuch des historischen Hauptseminars ohnehin bekommen. Folglich konnte er sich ein einmaliges Schwänzen erlauben. Für ihn gab es Wichtigeres als die Friedensverträge von Wien und Paris. Denn: Er liebte. Genau so: Er liebte; er war nicht verliebt, hatte sich erst recht nicht verknallt, ging nicht mit jemandem, war nicht befreundet mit xy, hatte keine Beziehung, sondern *er liebte*. Das konnte man in dieser Form, in der einzig richtigen Form, niemandem sagen. Er konnte es in dieser Formulierung nicht einmal ihr sagen. Er konnte es

besten Falls sich selbst eingestehen – aber auch da nur gedanklich, nicht laut ausgesprochen, erst recht nicht geschrieben. Er hätte nicht einmal seinen besten Freunden sagen können: Die, mit der ihr mich letzte Woche gesehen habt, liebe ich.
Man wusste inzwischen, dass er freitagnachmittags unabkömmlich war, fragte ab und zu, ob er wieder ein Rendezvous gehabt habe, was er dann bestätigte, man forschte dann auch weiter, ob es ‚etwas Ernstes' sei, bekam aber schon darauf keine klare Antwort mehr.

Am 23.12. war es lausig kalt. Trotzdem hatten sie einen großen Spaziergang gemacht, waren von der Reuterstraße Richtung Venusberg gegangen, hatten die Abkürzung über die Steintreppe genommen, waren an den Kliniken vorbei auf den Höhenweg gekommen. Etwa eine Stunde lang waren sie durch den Wald gegangen und dann an der Godesburg angekommen. Er hatte erzählt, was er in der Geschichtsvorlesung gehört hatte, dass hier nämlich ein altes Heiligtum, Wodan und Freia zugedacht, gestanden habe, das dann zu Gunsten einer zu erbauenden Michaelskapelle zerstört worden sei und dass man jetzt in der Gegend zu graben gedenke, um die ganze wechselvolle Geschichte aufzuarbeiten. Sie erzählte, dass bei ihnen heute Morgen eine große Fichte aus dem Westerwald geliefert worden sei, dass sie wohl morgen den ganzen Tag zu tun habe, den Baum zu putzen; das sei auch gut so.
„Zu putzen?", fragte er ungläubig. „Was gibt es da zu putzen?"

„Sagt man das hier nicht? Putzen heißt den Baum schmücken. Zuerst Lametta-Fäden von oben bis unten, je einen zwischen zwei Tannennadeln und alle gleich lang, dann ein paar Kugeln und echte Kerzen“, erklärte sie, und sie schien dabei die einzelnen Arbeitsschritte gedanklich durchzugehen.
„Klar, wir haben auch einen Baum und schmücken den. Aber wir nennen das schmücken. Ich hab das früher zu Hause auch gemacht. Aber das war in einer halben Stunde erledigt.“
„Den Baum möchte ich sehen. Ich geb aber zu, dass ich es auch nicht schätze, einen halben Tag auf der Leiter zu stehen und Silberfäden über die Äste zu ziehen. Aber es gibt Schlimmeres. Ich bin dann auch für nichts anderes mehr zuständig. Und morgen finde ich gut, wenn mich niemand anspricht.“
Inzwischen waren sie an der Burg vorbei in die engen Straßen Godesbergs gekommen. Die Schaufenster waren erleuchtet. In den Hauptgeschäftsstraßen drängten sich die Leute. Kaffeezeit war längst vorbei. Für eine Brühe oder eine Gulaschsuppe würde das Geld noch reichen. Sollte man sich in Godesberg eine Kneipe suchen oder zuerst nach Bonn fahren?
„Schaffen wir es zu Fuß am Rhein vorbei bis Bonn?“, fragte sie.
„Klar doch. Mein Zug geht erst nach Zehn.“
„Dann lass uns gehen!“
„Am Wasser vorbei? Ist es da nicht zu kalt? Du frierst doch jetzt schon.“

„Das macht nichts. Vielleicht wird mir wärmer, wenn wir zügig gehen."
Sie waren schon am Bundeshaus vorbei. Dort war das Bootshaus der Universität. Hier hatte er mit den Sportstudenten seines Semesters die Boote herunter zum Rhein getragen. Sie hatten im Vierer für die Ruderprüfung trainiert. Die hatten sie dann auch bestanden, obwohl sie das erste Anlegemanöver verpasst hatten.
Beide waren etwas einsilbig geworden. Es war dunkel und der Abstand zwischen den Laternen war groß. Ab und zu schlugen Wellen ans Ufer und kleine Wirbel gluckSten. Sie hatten die Hände in den Manteltaschen. Sie hatte ihre rechte Hand in seine linke Manteltasche geschoben. Er versuchte, sie zu wärmen.
„Woran denkst du?", fragte er.
„An Kellers ‚Romeo und Julia auf dem Dorfe'. Das hat mich damals sehr erschüttert. Wir haben es in Obersekunda sehr genau durchgenommen."
„Und wie kommst du jetzt darauf?"
„Das weiß ich auch nicht. Ich glaube, es ist besser, wenn wir jetzt hoch zur Koblenzer Straße gehen. Am Bahnhof können wir dann ja noch etwas essen."
Da nahm er seinen ganzen Mut zusammen und küsste sie.
Sie stiegen die Treppen hoch, gingen schweigend quer durch den Hofgarten, dann durchs Universitätshauptgebäude und an den Buchhandlungen vorbei.
„Kein Blick für die Neuerscheinungen?", fragte sie.
„Nein, heute nicht."
„Können wir uns eine Gulaschsuppe leisten?", fragte sie.
„Klar doch!"

Eine halbe Stunde später stehen beide am Perron.
„Morgen ist Weihnachten", sagt sie.
„Ein bisschen Weihnachten war heute schon", sagt er.
Dann fragt er: „Wirst du deinen Eltern Weihnachtsgrüße von mir bestellen?"
„Natürlich. Warum nicht? – Kennen deine Eltern mich eigentlich schon?"
„Noch nicht. Aber ich denke bald."
Der Zug läuft ein.
„Komisch", sagt er. „Sonst hat der immer Verspätung. Also dann: Frohe Weihnachten. Am 2. Januar bin ich wieder hier."
„Ich freu mich drauf. Frohe Weihnachten!"
Die letzten Sätze sind schon aus dem und in den Zug gesprochen, der jetzt anfährt. Kurzes Winken.
Er findet ein leeres Abteil und holt eine zerlesene Taschenbuchausgabe von Goethes ‚Wahlverwandtschaften' aus dem Koffer. Es war ihre aktuelle Schullektüre und er hat sie sich ausgeliehen, weil sie Randbemerkungen an den Text geschrieben hat.
Sie verlässt Bahnsteig und Bahnhof, geht durch die Fußgängerunterführung auf schnellstem Weg nach Hause.
Nach Hause?

Entgegen seinen Erwartungen waren seine Eltern aufgeblieben, hatten in der Küche gewartet, waren beide aufgestanden, als draußen die Tür des Taxis schlug, und hatten in der Haustür gestanden, als er – den Koffer in der einen Hand, eine Aktentasche in der anderen – die Stufen hochkam.

„Da bist du ja. Wir haben auf dich gewartet."
Er wusste nicht, ob das nun Ausdruck von Freude oder stiller Vorwurf war, ob es Entgegenkommen zeigen oder zum Dank herausfordern sollte, und so sagte er: „Schön, dass ihr gewartet habt", stellte seine Gepäckstücke ab, gab beiden die Hand, ging durch in die Küche, schaute sich um und setzte sich an den Küchentisch, wo für ihn gedeckt war. Ziemlich einsilbig beantwortete er die Fragen, die wechselweise gestellt wurden: Wann bist du losgefahren? Hast du in Bonn noch zu Abend gegessen? War es da auch so kalt? Waren die Züge voll? Sind die andern jetzt auch nach Hause? Kommst du mit deiner Arbeit voran? Bist du mit dem Geld ausgekommen?
Man hatte Verständnis für seine Einsilbigkeit, sah ja, dass er an seinen Broten kaute und sein Bier trank, vermutete auch, dass er „von dem anstrengenden Tag" müde war, und tröstete: „Jetzt bist du ja zu Hause. Schlaf dich aus. Morgen sehen wir weiter."
Aber er fühlte sich nicht ‚zu Hause'. Er sah sich um: das Sofa mit dem Kissen, unter dem irgendwelcher Krempel verborgen war, das Radio, das Wasch- und Spülbecken, der Durchlauferhitzer, der Herd, der Gaskocher.
„Wir lassen dich allein. Du kennst dich ja noch aus. Ich habe dein Bett frisch überzogen", sagte seine Mutter, stand auf, ging zur Tür, und er wusste wieder nicht, ob dieses „Du kennst dich ja noch aus" ein stiller Vorwurf war, dass er so lange – immerhin zwei Monate – nicht hier war oder ob damit die unterbrochene Beziehung wiederhergestellt werden sollte.

„Ja, danke. Ich find mich zurecht. Bis morgen denn. Schlaft auch gut“, sagte er.

Im Haus war es längst nicht mehr wie früher.
Mitte der fünfziger Jahre hatte der Schuh- und Stiefelmacher sein Geschäft in die Innenstadt verlegt. „Ich brauche ein großes Schaufenster“, hatte er seinen Schritt begründet. Ein paar Monate später hatte er sich oberhalb der Kneipe, in der er Abend für Abend sein Bier getrunken hatte, unter den Zug geworfen. Seine Frau war sehr schnell zu ihrer Schwester nach Hannover gezogen. Vier Monatsmieten blieben unbeglichen.
Onkel Jüpp war noch gar nicht vermisst worden, als es eines Morgens kurz vor acht Uhr schellte und die Polizei vor der Tür stand: „Herr Joseph Beniers ist diese Nacht ins Krankenhaus „Maria Hilf“ eingeliefert worden. Er ist vor der Gaststätte ‚Zur Kornblume' gestürzt und hat sich das rechte Bein gebrochen.“
Friedrich Keller, Hermanns Vater, war als städtischer Beamter in der Familie für alles zuständig, was ‚offiziell' zu erledigen war. Er war am Morgen mit seinem Fahrrad zum Krankenhaus gefahren, hatte an der Kasse ‚alles erledigt' und hatte dann den Verunglückten besucht. Der lag in seinem Anstaltsbett in einem Streckverband, das rechte Bein aufgebockt, und pflegte Kontakte nach rechts und links. Sechs Männer im Alter von 70 bis 90 tauschten ihre Lebenserfahrungen aus, suchten nach gemeinsamen Bekannten und waren sich sicher, dass sie sich irgendwo in der Stadt schon mal gesehen hatten.

„Jut, dat du kömmst", wandte sich der Onkel nun seinem Neffen zu und erklärte: „Ech wiet net, wat wor. Ech hatt überhaupt nix jedronke un dann so wat."
Der Neffe hatte erheblichen Zweifel an der Darstellung, ging aber nicht ins Detail, fragte nur, ob der Onkel etwas brauche und erhielt zur Antwort: „Ech hann et jut he. Komm nächst Weäk ma noch ens, dann kieke wir wier."
Dann fragte er noch: „Sinn min Saakes en de Schrank. Vor allem dä Hoot. Kiek ens."
Im Innenfutter seines Hutes bewahrte er seine Barschaft auf. Dort waren immer einige Fünfzig-Markscheine eingenäht, wie Hermann später erfuhr. Deshalb war der Hut so wichtig.
Alles war da und blieb da. Nach acht Wochen war Jüpp dann auf eigenen Wunsch ins Altenheim neben dem Krankenhaus gezogen. Mit seinem Kumpel, der wie Jüpp früher „op et Jaaswerk" gearbeitet hatte, verstand er sich gut. Einmal in der Woche ließ er sich mit dem Taxi zur „Kornblume" fahren und beklagte sich: „Ech treff überhaupt kinn Bekennde mier. Die setten wal all tu Huus." Mit dieser Vermutung lag er völlig falsch. Der Grund für die Verwirrung lag darin, dass er sich schon immer geweigert hatte, die Sterbeanzeigen in der Zeitung zu lesen.
In der oberen Etage wohnte jetzt nur noch Tante Lisbeth. Sie war weiterhin bei der Post beschäftigt. Was sie dort eigentlich tat, wusste niemand. Telefonverbindungen wurden längst automatisch hergestellt, aber sie behielt ihre Stelle, bis sie das Rentenalter erreicht hatte.
An den Tod seiner Großmutter erinnerte sich Hermann genau. Er war damals im zweiten Semester gewesen, war

am Freitag der Karnevalswoche nach Hause gefahren, hatte sich damals noch durchaus ‚zu Hause' gefühlt und wollte sich auf zwei Fleißprüfungen vorbereiten, die am Donnerstag und Freitag nach Karneval stattfinden würden und darüber entscheiden sollten, ob ihm die Studiengebühren erlassen werden würden oder nicht.
Sonntags hatte er gelernt – althochdeutsche Grammatik und Grundbegriffe der aristotelischen Philosophie –, abends war er zu einem Hausball eingeladen gewesen, hatte sich über den Tabellenstand der Mannschaft erkundigt, in der er früher ‚linker Läufer' spielte, hatte in der engen Diele mit Mädchen getanzt, mit denen er einst im Tanzkurs war, hatte mit Verwunderung registriert, dass man ihn beneidete, weil er studierte und in der Bundeshauptstadt wohnte – ‚Wenn die wüssten', hatte er bei sich gedacht – ,war gegen zwei Uhr nach Hause gekommen, hatte sich gewundert, dass im Flur und im oberen Wohnzimmer noch Licht brannte, und hatte dann schon im Treppenhaus von seinem Vater erfahren: „Die Oma liegt im Sterben."
Es dauerte dann noch fast zwei Tage. Abwechselnd hatte man am Bett gesessen, die Schnabeltasse gereicht und Antwort auf Fragen gegeben, die man kaum verstand, hatte getröstet, gebetet und gewartet. Als am Nachmittag des Rosenmontags die Jecken vom Zug zurückkamen – Karnevalsschlager gröhlend – bäumte sich die Oma noch einmal auf, rief „Mama" und fiel zurück.
„Gott sei Dank!" hatte Tante Lisbeth gesagt und sich dafür einen strafenden Blick von ihrem Bruder eingefangen. Der

mahnte zum gemeinsamen Gebet. Dann ging man auseinander.
Die Bilder gehen dem Studenten, der sich augenblicklich auf seine letzten Prüfungen vorbereitet, durch den Kopf, und er weiß jetzt, was ein ‚zerrissener Zustand' ist, den man einzelnen Romangestalten der modernen Literatur zuschreibt.
In seinem Zimmer findet er sich zurecht. Das Klappbett ist bereitet; er lässt sich fallen und schläft sofort ein.

Es war gerade acht Uhr, als er in der Küche zum Frühstück auftauchte. Sein Vater, der als städtischer Beamter dem Sport- und Bäderamt zugeteilt war, hatte heute Dienst bis 15 Uhr. Er müsste die Kasse prüfen, wenn alle Badegäste gegangen wären, musste die Einnahmen verschließen und würde dann als letzter gehen. Er hielt das für seine Pflicht, obwohl es nicht zu seinen Dienstpflichten gehörte.
Hermanns Mutter hatte mit ihrem Mann gefrühstückt, legte jetzt die Zeitung weg, war gesprächsbereit; aber ein Gespräch kam nicht zustande.
„Wie ist es in Bonn?", fragte sie vorsichtig, allgemein, ungenau, hoffnungsvoll.
„Wie soll es sein?", kam es zurück.
„Ich meine mit dem Studium."
„Gut, so weit."
„Kommst du mit der Arbeit voran?", wurde sie etwas genauer.
„Geht so", wich er aus.
„Triffst du dich heute Morgen noch mit deinen Freunden?", wollte sie wissen.

„Mit welchen Freunden?“, fragte er zurück.
„Ich weiß es ja nicht.“
„Ich auch nicht.“
Sie sah, dass seine Tasse leer war.
„Darf ich nachschütten?“
„Wenn du möchtest.“
Kürzer ging es wirklich nicht. Hermann merkte, dass er sich unmöglich benahm – ungerecht, unfreundlich, gemein –, aber er konnte nicht anders. Er schmierte sich noch ein Butterbrot, bestrich es mit Marmelade und sagte, um wenigstens nicht ganz unhöflich zu sein: „Sieht lecker aus!“
Seine Mutter freute sich über den veränderten Ton und erklärte: „Ist aus unserem Garten. Von den Sträuchern, die du mit Papa gepflanzt hast. Habe ich selbst gekocht.“
Das war ihm wieder zu viel an Heimeligkeit. Er biss ab, sagte nichts und spürte plötzlich am hinteren Backenzahn einen stechenden Schmerz. Der war doch plombiert.
„Ist was?“, fragte seine Mutter, als sie sah, dass er aufgehört hatte zu kauen und sich gerade setzte.
„Mein Zahn!“, sagte er.
„O weh. Abgebrochen?“
„Nein. Die Füllung. So hat es bei Thomas Buddenbrook auch angefangen.“
Die letzte Bemerkung fiel ins Leere. Sie fragte, ob er noch schnell zum Zahnarzt wolle.
„Samstags. An Heiligabend?“
Es gebe doch einen Notzahnarzt.
Er wollte nicht; er wollte leiden.

Um halb zehn Uhr zog er den Mantel an und sagte: „Ich geh noch mal in die Stadt. Ich bin spätestens um eins wieder hier."
„Musst du noch Geschenke einkaufen?", fragte seine Mutter verständnisvoll, leicht ironisch.
„Nein, die hab ich längst!", war die Antwort, die nicht durch den Inhalt, aber durch den Ton zurückwies.
Er hatte kein Ziel. Früher hätte er seinen Klassenlehrer besucht. Aber der war tot. Er war ziemlich plötzlich verstorben, war in Erkelenz begraben worden. Kein Schüler, hieß es, war bei der Beerdigung gewesen. Aber – so ging es Hermann Keller durch den Kopf – heute, am Samstag vor Weihnachten, hätte er dort ohnehin nicht anklingeln können.
Freunde? – Hatte er hier nicht mehr.
Es blieb die Kirche. Die Jugendkapläne, mit denen er Fahrten und Lager organisiert hatte, mit denen er diskutiert und Skat gespielt hatte, waren lange versetzt und versorgten jetzt wahrscheinlich als etablierte Pastöre große Pfarreien, hielten donnernde Predigten und spendeten Sterbenden die Krankensalbung. Das brauchte er nicht. Trotzdem zog es ihn zur Josefskirche.
Er ging einmal um den Block. Links die Kaplaneien – drei graue zweistöckige Häuser; daneben die Pastorat – im gleichen Stil, aber größer und – als Eckhaus – imposanter. Gegenüber: Volksschule 27, die Josefsschule. Von hier war er zum Gymnasium gewechselt. Er sah sich das große Tor aus Eisengitterstäben an; dahinter lag der Schulhof. Leer heute. Natürlich. Heller Kies. Damals war es schwarze Asche. Ein paar Ascheteile hatte er noch im linken Knie.

Die Kirche betrat er durchs hintere Hauptportal. Er setzte sich unbemerkt in die letzte Bank. Vorn im Altarraum ging es geschäftig zu. Ein junger Mann, den er nicht kannte, steckte elektrische Kerzen in die ‚Tannenbäume'. Eine Frau mit Kittelschürze ging mit dem Staubsauger über den roten Teppich. Am Nebenaltar, rechts, wurde gerade die Krippe aufgebaut.
Er kannte die Figuren. Er hatte oft beim Aufbauen geholfen. Während des Jahres warteten die Figuren im Keller unter den Glockentürmen. Nach dem 4. Adventssonntag kamen sie dann ans Kirchenlicht. Sie waren schwer und der Weg vom Turm bis zum Altar war weit. Deshalb fuhr man sie behutsam mit dem Fahrrad durch die Kirche – einer hielt die schweren Gestalten, einer schob das Rad. Vorn am Seitenaltar wurde abgeladen. Einmal hatte Hermann während der ganzen Weihnachtszeit der Maria vorgehalten: „Du wärst mir beinah heruntergefallen. Bedank dich bei Gerd, dass der dich gehalten hat. Was wär aus dir geworden?"
Mit den Schafen war es einfacher gewesen. Die hatten sich leichter transportieren lassen. An das Kind durfte keiner ran. Das trug der Küster selbst und als letztes nach vorn. Das Kind! Ach je!
Hermann Keller wurde bewusst, dass er damals, als er mit dem Fahrrad durch die Kirche fuhr, schon in der Phase der kritischen Aufklärung lebte. Er hatte schon zuviel in der Sakristei und hinter dem Altar gesehen. Mühelos war er aus dem Stadium des kindlichen Glaubens in das Stadium des zweifelnden, skeptischen Glaubens hinübergewech-

selt. Heute möchte er wieder glauben können. Er möchte jedenfalls aus dem zerrissenen Zustand heraus.
Von weitem suchte er das Kind mit den ausgebreiteten Armen. Ihm war kalt, obwohl in der Kirche im Gegensatz zu früher, als er hier Messdiener war, geheizt war. Jetzt stach auch der Zahn wieder.
Vor dem Zahnarzt hatte er viel zu viel Angst. Er würde auch keinen Notarzt aufsuchen. Vielleicht würden sich die Schmerzen von selbst legen oder er würde eine Aspirin nehmen oder drei Cognacs. Irgendwie würde er schon über Weihnachten kommen.

Zwei Anlaufstellen hatte er noch: die Buchhandlung, in der er von der Mittelstufe an Kunde gewesen war, und den Friseur, seinen einstigen Mannschaftskameraden, mit dem er den Aufstieg und den Abstieg seines Vereins erlebt hatte. Die Buchhandlung würde er meiden, dort würde er nur ausgefragt oder in hochgeistige Gespräche über literarische Neuerscheinungen und über den Niedergang des Stils in modernen Romanen verwickelt. Das musste heute nicht sein.
Er fuhr mit der linken Hand über den Kopf und prüfte seinen Haarstand. Wenn man ihn dazwischenschieben könnte, würde er sich beschneiden lassen.
Er wurde freudig begrüßt: „Schön, dass du kommst. Setz dich. In zehn Minuten hab ich eine Lücke. Da kann ich dich reinschieben“, sagte Hans, der Chef und einstige Stürmer. An vier Waschtischen wurden Damen behandelt – schneiden, legen, föhnen. Am Herrentisch wurde einem Kunden der Nacken ausrasiert – letzte Phase. Hermann Keller

nahm eine Illustrierte und las die Empfehlungen, welche Frisur man zu Weihnachten tragen solle und wie die Hausfrau die Lieben daheim verwöhnen könne. Der Speiseplan reichte bis zum 2. Januar. Dann würde er wieder in Bonn sein.
„Ja, du Bundeshauptstadtbürger. Kommst du in die Provinz, um dir die Haare mal wieder vernünftig schneiden zu lassen?“, wurde er auf den Frisiersessel komplimentiert.
„Schneiden wie früher?“, wurde er noch gefragt und er bestätigte: „Schneiden wie früher.“
Und dann schwelgte man in Erinnerungen. Die großen Handball-Siege wurden noch einmal durchgearbeitet, die Niederlagen bagatellisiert. Die jetzige erste Mannschaft taugte selbstverständlich nichts.
„Die krabbeln irgendwie unten“, wusste der Chef und dann sagte er eine Weile nichts, weil er mit seinem großen Rasiermesser am Ohransatz herumarbeitete. Als die Klippen überwunden waren, kam er zu einem neuen Thema.
„Und was macht die Liebe?“, fragte er ganz unbekümmert.
Hermann zuckte zusammen: „Hör mal. Ich studiere und so lange du das tust, hast du quasi das Gelübde von Armut, Keuschheit und Gehorsam abgelegt.“
„Dat sagst du. Da kenn ich ganz andere. Weißt du übrigens, wer aus unserer Mannschaft schon verheiratet ist?“
Und dann zählte er auf, obwohl Hermann Keller nichts davon wissen wollte.
Er zahlte den Freundschaftspreis, dankte und ging durch die lange Marktstraße auf sein Elternhaus zu. Im Nacken zog es und der Backenzahn stach.

Er kam an dem Fahrradgeschäft vorbei, in dem er, von seinem Vater begleitet und beraten, 1952 das erste Fahrrad gekauft hatte. Er hatte monatelang sein Taschengeld angespart, hatte sich zu Weihnachten nichts gewünscht als „was fürs Fahrrad" und hatte dann in den Osterferien ein Rad Marke Stricker für 110 D-Mark erstanden. Im Sommer hatte er mit seinem Vater eine große Tour gemacht – rheinaufwärts bis Mainz, durch den Hunsrück, nach Trier, die Mosel abwärts –, im Herbst hatte man ihm das Rad, sein Ein und Alles, gestohlen. Heulend war er nach Hause gekommen.
Am Ende der Marktstraße war einst der Lebensmittel- und Kolonialwarenladen Hamacher. Dort hatte er – noch im Krieg – zum ersten Mal allein eingekauft. Seine Mutter hatte ihm Portemonnaie und Lebensmittelmarken in die Einkaufstasche gesteckt und ihn losgeschickt: „Du kannst das jetzt."
Er war mit Herzklopfen losgegangen und stolz zurückgekommen. Seine Mutter hatte ihn über die Straße gebracht und später zurückgeholt, obwohl weit und breit kein Auto kam. Jetzt war der Laden zu einer Kneipe umgerüstet.
Dann schellte er, weil er den Hausschlüssel vergessen hatte.
„Da bist du ja", sagte seine Mutter wie früher, sah auf und fragte: „Warst du beim Friseur?", obwohl das nicht zu übersehen war. Sie wies auf das Blumentischchen im Flur: „Da ist ein Päckchen für dich angekommen!" Er erkannte die Schrift sofort, sah auf den Poststempel: Bonn, 21.12., sagte, dass er in seinem Zimmer noch etwas aufräumen müsse, ging die Treppe hoch, warf sich aufs Klappbett und

weinte. Der ganze Schmerz ewiger Trennung – denn zehn Tage sind für getrennt Liebende eine Ewigkeit – überkam ihn, und es dauerte eine Zeit, bis er anfing, die Knoten der dünnen Schnur zu lösen, die Schnur aufzuwickeln, das Packpapier aufzufalten und nachzusehen, was sie wohl, ohne ihm etwas anzudeuten, geschickt habe. Er verzögerte die Prozedur mit Absicht; eigentlich war ihm egal, was drin war; die Tatsache, dass sie ihm etwas nach- oder zuschickte, genügte als Botschaft, machte ihn augenblicklich glücklich und ‚heulig', wie er den Zustand vor sich selbst nannte.

Ein Brief lag obenauf, darunter ein kleines Buch – Insel-Bändchen oder so ähnlich –, dann noch einmal in Pappe verpackt eine kleine Schallplatte, 24 cm Durchmesser, Schlager-Format. Eine Schallplatte für ihn? Er hatte in Bonn keinen Plattenspieler; nie hatten sie gemeinsam Platten gehört. Er sah auf den Titel: ‚Nana Mouskouri – Ein Schiff wird kommen.'

Doch! Das hatten sie im November in einem Café in Beuel aus der Jukebox gehört. Er erinnerte sich, wie sie auf die griechische Musik aufmerksam geworden waren, wie sie die Stimme ‚faszinierend' gefunden hatten und wie sie beide still geworden waren und weggeguckt hatten bei der Zeile: „ und das bringt mir den einen ..." Sie hatten still zu Ende gehört und dann von etwas ganz anderem gesprochen.

Das Buch – nicht bei Insel, sondern bei Heimeran erschienen – war von einer gewissen Eva Ullrich und trug den Titel „Ich bin eine Lehrerin". Der Brief erklärte, sie, die Absenderin, sei zwar noch keine, aber sie wolle eine werden;

sie wolle aber keineswegs ‚Studienrätin' werden, erst recht keine solche wie auf Seite 22 dargestellt, sondern eben ‚Lehrerin'. Darüber könne man sich ja unterhalten. Und sie wünsche nochmals und trotz allem frohe Weihnachten.

In dem Briefumschlag war, wie er erst jetzt merkte, noch etwas – eine Fotografie, Postkartengröße, beim Fotografen gemacht. Das traf ihn wie ein Schlag. Ihm wurde erst jetzt bewusst, dass er sie hätte keinem beschreiben können, wenn man ihn darum gebeten hätte. Er hatte kein Bild von ihr in sich. Jetzt sah er sie vor sich. Aber was sie eigentlich ausmachte, war auf dem Bild nicht zu sehen.

Er lag immer noch auf seinem Klappbett, hatte unter sich auf dem kleinen Teppich Schallplatte, Brief, Briefumschlag, Packpapier, Schnur, Buch drapiert, stellte das Buch nun auf, lehnte das Bild dagegen und versuchte, mit ihr ins Gespräch zu kommen. Sie blickte ihn vielsagend an, blieb aber stumm.

Er hätte so liegen bleiben mögen, ging dann aber doch hinunter in die Küche, aß, wie es seit Jahren üblich war, seinen Teller Rindfleischsuppe mit eingelegten Nudeln. Dann warteten sie. Sein Vater kam, aß seine Suppe, meinte: „Ich denke, wir ziehen uns um und gehen dann ins Zimmer. Wir sind ja keine kleinen Kinder mehr. Den Baum machen wir erst am Abend an."

Eine halbe Stunde später saßen sie zu dritt in den Sesseln um das altvertraute, mit einer Kelimdecke überzogene Rauchertischchen, hatten eine Tasse Kaffee vor sich und nahmen ab und zu ein Plätzchen vom Teller, der in der Mitte stand – Spritzgebäck , selbst gebacken.

„Was sagt man in Bonn zum Mauerbau?“, wollte Vater Keller ein Gespräch anfangen.
„Wir kriegen nicht viel mit von der Politik“, wich der Bonner Student aus.
„Ich weiß nicht, ob der Kennedy diesem Chruschtschow gewachsen ist“, versuchte es Vater Keller noch einmal. „Der Mann ist zu jung. So leicht wird man mit dem Russen nicht fertig. Ich seh da schwarz.“
„In der Weltraumfahrt scheinen die Russen aber tatsächlich besser zu sein“, nahm der Sohn den Faden auf, allein schon, um zu widersprechen. Aber der Weltraumflug von Jury Gagarin hatte ihn tatsächlich beeindruckt.
„Es hat eben doch etwas für sich, wenn ein Land mit starker Hand geführt wird; der Amerikaner ist zu lasch“, politisierte Vater Keller weiter.
Jetzt drohte ein oft geführter Familienstreit wieder aufzubrechen und Mutter Keller fragte: „Müsst ihr euch immer über Politik in die Haare kriegen? Heute ist Weihnachten. Gibt es da nichts anderes?“
„Doch“, sagte der Sohn, fasste plötzlich Mut und fragte: „Soll ich euch eine Schallplatte auflegen? Hab ich heute geschickt bekommen.“
„Warum nicht?“, sagte der Vater.
„O ja!“, freute sich die Mutter.
Dann holte er die Scheibe von oben, hob den Deckel der Musiktruhe, legte die Platte auf, stellte das Radio an und stand – jetzt schon verzückt – vor dem Gerät. Die ersten gezupften Töne bereiteten auf die fremden griechischen Klänge vor. Das Instrument – eine Bouzuki? – war hierzulande unbekannt. Dann setzte die tiefe Altstimme ein. Der

Text war deutsch, aber die Intonation ließ erkennen, dass der Gesang aus der Fremde kam. Hoffnung, Sehnsucht: „Ein Schiff wird kommen ...“; freudige Gewissheit: „und das bringt mir den einen ...“. Die Begleitung wird leiser, dünner; am Ende plimpern ein paar Saiten ins Leere. Aus.
„Mm, nett“, sagt sein Vater, „das versteht man wenigstens. Anders als das amerikanische Zeug. Trotzdem: Gibt es keine deutschen Schlager mehr?“
Mutter Keller findet die Musik ganz interessant; mehr interessiert sie, wer ihm das geschickt habe.
„Das war doch in dem Päckchen, was heute Morgen kam“, vermutet sie richtig und schaut ihren Sohn an. Aber der hat Tränen in den Augen.
„Ist was?“, fragt sie.
„Ne, eigentlich nicht. Aber der Zahn. Habt ihr Aspirin?“, fragt er.
„Sicher“, sagt seine Mutter und steht auf.
„Ausgerechnet Weihnachten“, fühlt sein Vater mit.

Abends isst man oben bei Tante Lisbeth Heringssalat; er spielt Weihnachtslieder auf dem Klavier, aber keiner singt dazu. Man tauscht ein paar Geschenke. Eltern und Tante haben sich zusammengetan und schenken ihm die seit langem bestellten Bücher – Fontanes Romane in einer Gesamtausgabe und Nöckers Handbuch der Sportmedizin – dazu Skizeug: Skischuhe, Socken, lange Unterhosen, Anorak mit Kapuze. Im Februar würde er einen Skikurs in den österreichischen Alpen machen.
Zu viert trinkt man eine Flasche Wein; Vaters Zigarre ist zum Stummel heruntergeraucht. Er bereitet den Abgang

vor: „Wir gehen morgen ins Hochamt nach Josef. Und du?“ richtet er sich an seine Schwester. Die weiß es noch nicht, fühlt sich von ihrem Bruder ermahnt und wehrt sich: „Kommt Zeit, kommt Rat.“
„Ich hör unten noch etwas Radio“, sagt Vater Keller, schon im Aufstehen begriffen.
„Ich leg mich schon mal“, sagt seine Frau und begründet ihren Beschluss: „Ich bin völlig fertig.“
„Ich spül noch“, meint Tante Lisbeth, weist aber jede angebotene Hilfe zurück.
„Kommst du noch mit nach unten?“, fragt Vater Keller seinen Sohn, „ich mach noch eine Flasche Wein auf.“
Der Sohn zögert, fühlt sich aber verpflichtet und folgt.

Es gibt Situationen, in denen es nur eines kleinen Anstoßes bedarf, um ein Gebäude zusammenfallen, einen Ballon platzen, ein Feuer auflodern zu lassen. Angespannte Situation nennt man so etwas, und nur größte Vor- und Nachsicht kann die drohende Explosion verhindern und den Druck wegnehmen.
Ohne dass Hermann Keller den Grund erkennen konnte, war er aufs Äußerste gereizt. Er saß in jenem Sessel, in dem er vor drei Stunden gesessen hatte, sah auf den Baum, der in diesem Jahr kleiner ausgefallen und spärlicher geschmückt war und dessen Kerzen noch gar nicht gebrannt hatten, ärgerte sich, dass sein Vater so lange brauchte, um eine Flasche Wein aus dem Keller zu holen, ärgerte sich, dass er dann den Korkenzieher in der Küche vergessen hatte, sah so herablassend wie möglich mit an, wie der Vater die Flasche zwischen die Knie nahm, um den

Korkenzieher anzusetzen, ärgerte sich, dass er sofort einschenkte, ohne zu prüfen, ob der Wein nicht etwa verkorkt sei, sah dann schon voraus, dass jetzt genüsslich eine Zigarrenspitze abgeknipst würde, dass die Zigarre im Mund hin- und hergedreht würde, ehe das brennende Streichholz an die Spitze gehalten würde, wusste, dass dann des Vaters Augen zum Himmel, genauer: zur Zimmerdecke gehen würden, um zu sehen, ob sich der erste ausgestoßene Zigarrenqualm zu einem Ring entwickeln würde, blieb trotzdem ruhig, obwohl er innerlich bebte.
„Das ist doch was", wies der Vater mit der Zigarre in der Hand auf die sich langsam auflösenden drei weißgrauen Ringe hin, die er fabriziert hatte. „Übrigens: Prost. Auf dein Wohl."
Hermann nahm das Glas, blickte dem Vater für einen Augenblick in die Augen, sagte nichts und schaute unter den Tisch, als ob dort etwas verborgen liege.
„Ärger mit der Arbeit, mit dem Vermieter, mit den Freunden?", versuchte der Vater, eine Brücke zu bauen. „Können wir helfen? Brauchst du Geld?"
„Ach was. Keinen Ärger. Überhaupt nicht. Ich kenne jemanden."
„Hab ich doch richtig vermutet", sagte der Vater mehr zu sich als zu seinem Sohn, lauter dann: „Und? Probleme? Kannst du etwas mehr erzählen oder eher nicht?"
„Was gibt es da zu erzählen. Ich kenn eben jemand. Das ist es doch."
Aber jetzt wollte der Vater doch etwas mehr wissen – nicht, weil er neugierig war, sondern weil er spürte, dass der

Sohn erzählen wollte, ohne dass er sich dessen bewusst war.
„Studentin? Aus Bonn? Aus der Studentengemeinde?"
„Alles nicht!", fing er an. „Geht noch zur Schule. Oberprima. Macht Ostern Abitur. Wohnt in Bonn. Stammt aus Schlesien. Die Familie wurde vertrieben."
„Also Flüchtlinge!"
„Nein, Vertriebene!"
„Ist da ein Unterschied?"
„In der Tat."
Eine Zeit lang herrscht Schweigen. Vater Keller überlegt, wo der Unterschied zwischen ‚Flüchtling' und ‚Vertriebener' liegt, und dem Sohn wird bewusst, dass er zum ersten Mal Partei für die andere Familie ergriffen hat.
„Und? Ganz ernsthaft?", bohrt der Vater weiter.
„Klar. Ganz ernsthaft. Endgültig", beteuert der Sohn, vermeidet es, den Vater anzusehen, sucht wieder den nicht vorhandenen Hund unter dem Tischchen.
„Weiß sie das schon?"
„Was?"
„Dass es dir ganz ernst ist."
„Das weiß ich nicht. Ich glaub schon. Ich glaub, wir sind uns in allem einig."
„Und darüber habt ihr auch gesprochen?"
„Nein, das nicht."
„Und woher willst du wissen, dass ihr euch einig seid?"
„Das spürt man."
Ganz überzeugt ist der Vater nicht. Er trinkt einen Schluck, ohne zuzuprosten, zieht an seiner Zigarre, verzichtet aber auf irgendwelche Kunststücke und hebt von Neuem an.

„Sehr jung, wenn sie noch zur Schule geht."
„Ostern hat sie Abitur."
„Und dann?"
„Studium. Sie will Lehrerin werden."
„Und was sagen die Eltern?"
„Die sind wahrscheinlich dagegen."
„Gegen was?"
„Gegen alles. Gegen mich. Gegen Bekanntschaft. Gegen Heirat. Eben: Gegen alles."
„So."
Schweigen. Pause. Beide trinken parallel, ohne sich anzusehen.
„Ein Haufen Probleme. Und das macht dich fertig."
„Nein, nicht die Probleme. Fertig macht mich, dass sie nicht hier ist oder dass ich nicht da bin. Dass wir nicht zusammen sind ..."
„Nu, mal langsam. Dass ihr euch drei Tage nicht seht, scheint mir ..."
„Zehn Tage!"
„Gut, zehn Tage. In zehn Tagen geht die Welt auch nicht unter. Vielleicht ist das sogar nicht schlecht. Problem scheint mir zu sein, dass du noch einige Zeit studierst, dass sie noch sehr jung ist und überhaupt noch nicht angefangen hat zu studieren. Übrigens: Wie heißt sie überhaupt?"
„Hede."
„Bitte, wie?"
„Hede."
„Also Hedwig."

„So wird es in der Taufurkunde stehen. Aber alle in der Familie sagen Hede oder – öfter auch - Hedel."
„Na, ja."
Mit der Kurznamenform scheint er nicht einverstanden zu sein, verlässt aber das Terrain und kommt auf die eigentliche Problemlage zurück.
„Da hast du eine ziemliche Verantwortung für dich und für ..."
Hier stockt er. Der Name geht weder in Kurz- noch in Langform über die Zunge; „Freundin" will er nicht sagen; „Bekannte" wäre zu distanziert; hätte er „Mädchen" gesagt, wie ihm nahe lag, wäre sein Sohn wahrscheinlich beleidigt. Deshalb hofft er, dass sein Sohn ihn versteht, ohne dass er den Satz zu Ende führt.
„Ich weiß", kommt der ihm entgegen, „aber darum geht es nicht. Es sind zu viele gegen uns."
„Das ist verständlich."
„Was ist daran verständlich?"
„Verständlich ist, dass die Eltern mal zuerst an die Ausbildung ihrer Tochter denken. Abitur ist noch keine Lebensstellung. Verständlich ist auch, dass sie erst in eine Heirat einwilligen, wenn die Lebensgrundlage gesichert ist."
„‚Heirat einwilligen'. Das ist doch Quatsch. Das ist doch unsere, nicht deren Sache."
„Sag das nicht. Ich meine schon, dass Eltern ein Mitspracherecht haben sollten."
„Das war im Mittelalter mal so", beharrt der Sohn, steht auf und fängt an, im Zimmer hin und her zu gehen. Viel Platz ist nicht, aber der Horizont erweitert sich trotzdem.

„Es wäre leichter, glaube ich, wenn ich aus Schlesien wäre“, sagt er plötzlich im Gehen.
„Bitte?“
„Ja. Die Eltern wohnen eigentlich noch in Schlesien. Hier existieren sie nur – vorläufig. Alles, was gut ist, ist schlesisch. Und die Familie, glaub ich, soll schlesisch bleiben. Familie ist Heimat, und Heimat ist Schlesien.“
Wieder Schweigen.
Vater Keller schüttet Wein nach, drückt den Zigarrenstummel im Aschenbecher aus, lässt die Blicke an den Wänden entlang wandern und stellt fest, dass alle Bilder Ansichten vom Niederrhein zeigen: Kühe auf Niers-Weiden, Fischerkahn am Rheinufer, Getreidefeld mit Mühle im Hintergrund. Er erinnert sich jetzt auch, wie man sich in Boisheim, dem Dorf, aus dem seine Frau stammt, gegen die Einweisung ostpreußischer Flüchtlinge gewehrt hat. Oder waren es Vertriebene? Er hatte eine Zeit lang im Ausgleichsamt gearbeitet und Anträge auf Ausgleichszahlungen zurückgewiesen, weil die aufgeführten Verluste nicht glaubwürdig belegt werden konnten. In den Ämtern war es zu Dauerkonflikten gekommen: Die bearbeitenden Beamten waren den Antragstellern gegenüber durchgehend skeptisch; diese fühlten sich in ihrer Ehre gekränkt. In Boisheim, wo seine Schwiegermutter, also Hermanns Oma, einer ostpreußischen Kriegerwitwe, die mit ihren drei Jungen 1945 vor den heranrückenden russischen Soldaten geflohen war, zwei Zimmer hatte abtreten müssen, äußerte man sich abfällig über die „polnische Wirtschaft“ der Eingewiesenen, weil die ihren Brikettvorrat hinter dem Ofen im Wohnzimmer aufstapelten und weil sie Milch in Blechnäpfen zu

Dickmilch gerinnen ließen und diese dann zum Frühstück aßen.
„Daran lässt sich nun mal nichts ändern. Du bist hier geboren. Ob du deshalb schon ein typischer Rheinländer bist, weiß ich nicht", versucht Vater Keller die Konflikte, die er zwar nur ahnt, die er aber in der Ferne auf seine Familie zukommen sieht, zu verharmlosen.
„Außerdem", hebt er jetzt ins Allgemeine ab, „fließt noch viel Wasser den Rhein herab, ehe hier was spruchreif wird. Vielleicht kommt alles ganz anders. Wer kann schon in die Zukunft sehen?"
„Vor allem den Rhein hinab. Hedes Eltern reden nur von Oder und Neiße", sagt sein Sohn bitter.
Hermann merkt, dass das Thema im Augenblick erschöpft ist. Er hat mehr gesagt, als er sagen wollte. Immerhin ist er einiges losgeworden.
„Gehst du morgen mit ins Hochamt?", fragt der Hausvater.
„Ja, warum nicht?", kommt als zögerliches Einverständnis.

Am nächsten Morgen, am ersten Weihnachtstag, klopfte der Zahn während des Glorias so sehr, dass Hermann Keller die Tränen aus den Augen liefen. Er drängte sich nach draußen, ärgerte sich, dass er sich nicht wenigstens um einen Zahnarzt bemüht hatte, musste sich im Vorgarten der Sakristei übergeben und wollte, dass Weihnachten vorbei sei.
Doch er musste noch eine Woche aushalten. Es wurde leichter, als die Feiertage vorbei waren, als Vater Friedrich wieder in den Büroalltag eingespannt war und Sohn Hermann sich hinter seinen Büchern verschanzen konnte. Er

schrieb an einer letzten Oberseminararbeit über eine Novelle von E.T.A. Hoffmann: Doge und Dogaressa. Diese Dogaressa, jung und himmlisch schön, war an den alten Dogen Falieri verkuppelt worden, liebte aber inbrünstig Antonio, einen edlen Knaben, dem das Schicksal schlimm mitgespielt hatte, der aber von der Vorstellung durchdrungen war, dass Annunziata, die Dogaressa, ihm, und nicht dem greisen Dogen zubestimmt sei. Tatsächlich kann Antonio Annunziata für sich gewinnen. Er entführt sie aus dem Dogenpalast Venedigs; sie vereinigen sich glücklich im bereitstehenden Nachen, fliehen und versinken in den Fluten des Meeres, als ein Gewitter aufkommt. So weit musste es mit ihm und Hede nicht unbedingt gehen.
Eine Woche verbringt Hermann Keller mit Antonio und Annunziata im Novellen-Venedig. Am 2. Januar hält ihn nichts mehr. Für den Abend hat Hede Karten für das Weihnachtsoratorium in Bonns Kreuzkirche bestellt und erhalten. Die Karten verfallen, obwohl Hermann zeitig in Bonn ist.

V. Oktober 2003: Rück- und Anfragen

Anfang Oktober belagert ein Tief Westeuropa. Von Westen her ziehen Wolkenberge über Westdeutschland nach Osten. Die Gegend um Düsseldorf, Köln und Bonn ist auf der Wetterkarte der Zeitung getrübt; Blitz-Zeichen kündigen Gewitter an. Der Osten mit Leipzig und Dresden ist noch besonnt. Doch wird das Tief – wie es im erläuternden Text heißt – im Laufe des Sonntags auch den Osten erreichen.
Ehepaar Keller sitzt an diesem Samstagnachmittag im Wohnzimmer. Sie sind am Morgen ‚durch den Wald gegangen', wie sie das selbst auferlegte Fitness-Programm nennen, das aus einem zügigen, fünf Kilometer langen Walking-Nebeneinander in fünfundvierzig Minuten besteht. Die Temperatur war angenehm gewesen und es war trocken geblieben. Nach einem knappen Mittagessen hatte man ‚sich etwas hingelegt', wie die Sprachgebung für den einstündigen Mittagsschlaf seit Jahren lautet.
Herr Keller hat einen Stapel Zeitungen vor sich liegen: die Rheinische Post, die Frankfurter Allgemeine, Die Welt, die Neue Zürcher. Er wird nicht alles lesen. Aber er wird bis zum Abend aus allen Blättern das Feuilleton herausgezogen haben und sich ein Bild von der ‚Welt der Literatur' gemacht haben. Im Laufe des Sonntags wird er sich der Politik zuwenden. Teile wie ‚Motor und Technik', ‚Wirtschaft', ‚Finanzen' werden Sonntagabend ungelesen in der blauen Tonne verschwinden.
„Eine zweite Tasse Kaffee?", fragt er seine Frau, die zwei Häufchen Ringbuchblätter – ein gelesenes und ein ungele-

senes Päckchen – vor sich und ihre Tasse an den Tischrand geschoben hat.
„Ja, gerne“, sagt sie und hebt die Tasse zur Warmhalte-Kanne, „ich bin gleich durch. Noch fünf Seiten“, ergänzt sie, indem sie die ungelesenen Seiten aufblättert.
„Mit dem Friedhof wird es heute nichts“, streicht er, die dunklen Wolken draußen betrachtend, einen Programmpunkt, der nicht unbedingt und immer, aber doch ab und zu den Samstagnachmittag füllt.
„Nein, heute nicht.“
Er träufelt seine zwölf Tropfen Büchsenmilch in den Kaffee, die regelmäßig den Spott seiner Kinder auslösen, wenn sie das Ritual mitbekommen, und die auch seine Frau immer noch ab und zu fragen lassen: „Schmeckst du davon etwas?“.
Er hat sich weder von Spott noch von Fragen je beeinflussen lassen: „Es geht um die Färbung. Ein bisschen Aufhellung muss sein.“
Sie nimmt viel Milch und eine kleine Pille Süßstoff.
Ein neues Buch über Franz Kafka sei erschienen, entnimmt er dem Literaturteil der ‚Welt‘, der erste Teil einer auf mehrere Bände angelegten Biographie. Ein völlig neues Bild von Kafkas Vater entwerfe der Autor, der bisher ungenutzte Quellen ausgewertet habe und sich nicht mehr – wie bisher üblich – auf die Aussagen des Sohnes beziehe, der unter diesem Vater gelitten habe. Vater Keller reißt die bibliographische Notiz heraus und beschließt, das Buch zu kaufen. Franz Kafkas Brief an seinen Vater hat er mit mehreren Klassen und Kursen gelesen und diskutiert. Dabei hat er im Laufe der Zeit die Positionen gewechselt. Er

hat am Ende genauso viel Mitleid mit dem gehassten Vater wie mit dem unterdrückten Sohn gehabt. Er kann nur bestätigen, was der Rezensent schreibt, dass man nämlich Vater Kafka nur aus der Perspektive des Sohnes kenne. Hermann Kafka war – so viel teilt der Rezensent mit – als Lehrherr von seinen Lehrlingen sehr geschätzt gewesen. Die Vater-Sohn-Problematik bewegt die Weltgeschichte, zumindest die Literaturgeschichte, immer noch.

„Ich bin durch“, sagt Hede und legt den Packen zusammen, „das waren also unsere Anfänge.“

„So erinnere ich mich an unsere Anfänge oder – noch genauer – so möchte ich meinen Erzähler von unseren Anfängen erzählen lassen.“

„Dein Erzähler weiß von dir sehr viel mehr als von mir.“

„Er möchte sicher sehr viel mehr von dir wissen. Aber er scheut sich zu fragen. Er ist zurückhaltend.“

„Und er ist männlich.“

„In der Tat. Das muss aber kein Nachteil sein. Die Sache wird dadurch eindeutiger. Jeder, der das liest oder hört, merkt, dass die ganze Geschichte von einem einzigen – vielleicht sogar: beschreibbaren – Standpunkt mit einer erkennbaren Perspektive geschrieben ist.“

„Dadurch wird die Sache natürlich etwas schief.“

„Damit hast du Recht, wenn du das Erzählte an der Wirklichkeit misst, wie sie von andern gesehen wird.“

„Eben. Dein Erzähler ist nicht nur männlich, sondern auch rheinisch.“

„Nein, nein. Das wohl nicht.“

„Gut: nicht rheinisch. Aber auf keinen Fall schlesisch, nicht einmal neutral. Er ist, wenn ich das mal verkürzt sage, mehr auf eurer Seite als auf unserer."

„Das gebe ich ohne weiteres zu."

Eine kleine Pause entsteht. Hede dreht ein paar Blätter, sucht eine Stelle und hat sie dann vor sich.

„Das Gespräch, das du den Studenten Hermann mit seinem Vater führen lässt – hat das tatsächlich so stattgefunden?"

„Natürlich nicht wörtlich. Aber die Situation habe ich genau vor Augen – und die Tendenz. Mein Vater hatte Sorge, dass ich mich zu früh zu endgültig binde. Das war das eine. Das hatte er mir seit Tanzstundenzeiten in regelmäßigen Abständen vorgehalten. Das andere war, wie ich heute glaube, dass er wusste, wie es ist, wenn man, wie man so sagt, unsterblich verliebt ist. Ich kann mir heute vorstellen, dass er von Jugend an einen ziemlich entwickelten Liebestrieb hatte, dass er ziemliche Verzichtsleistungen hinter sich hatte – nicht nur die Kriegsfrustrationen – und dass er sich damals vorstellen konnte, was in seinem Sohn vorging, der noch kein Examen hatte, der als Referendar noch zwei Jahre an der Armutsgrenze würde existieren müssen, der endgültig verliebt war, aber eine unendliche Wartezeit vor sich hatte."

„Also: Das, was er seinem Sohn sagt, ist aus heutiger Sicht verständlich."

„Absolut, könnte aber unter den heutigen Umständen nicht mehr gesagt werden."

„Wer deinen real existierenden Vater kannte, wird ihn hier wiedererkennen."

„Wer dich kennt, wird dich wiedererkennen.“
„Eben. Ich habe auch nichts dagegen. Dein Erzähler ist dezent, zurückhaltend. Er verzichtet auf Sensationen.“
„Ist das eine Kritik?“
„Im Gegenteil. Was hätte ein sensationslüsterner Erzähler aus dem ersten Kuss am dunkel dahinziehenden Fluss gemacht? Oder aus dem Verzicht, an jenem Abend in die Kreuzkirche zu gehen? Wahrscheinlich geht an der Stelle einigen Lesern die Fantasie durch. Wir waren, glaube ich, damals in der „Kerze“, in der Studentenkneipe am Bahnhof. Wir sollten den Erzähler das noch ergänzen lassen, damit nicht einige auf dumme Gedanken kommen.“
„Ach, lass sie doch.“
„Auch wahr.“
Hede Keller legt die Blätter zusammen, schiebt sie in die Aktenhülle und reicht sie ihrem Mann hinüber.
„Und wie geht es weiter?“
„Na ja, die übliche Reihenfolge: mein erstes Examen, dein erstes Examen, unsere Verlobung; mein zweites Examen, dein Lehrerinnen-Anfang, unsere Heirat.“
„Nein, bitte nicht! Nur das nicht. Also das muss wirklich nicht sein. Verschone mich und uns und unsere Kinder.“
„War nicht ernst gemeint.“
„Na, Gott sei Dank.“
„Also im Ernst. Ich sammle noch. Es soll ja eine weitere Weihnachtsgeschichte sein. Es wird also einen Sprung geben. Warum auch nicht?“
„Für heute ist also Schluss. Wir könnten zumindest mal durch den Garten gehen, wenn wir schon nicht zum Friedhof können.“

Im Garten sieht es herbstlich aus. Auf dem so genannten Rasen liegt Laub. Außerdem hat die Lärche des Nachbarn schon kräftig genadelt. Die kleinen gelben Nadeln sind weit verstreut, sind durch den Regen nach unten gedrückt worden und würden die Graspflänzchen ersticken, wenn sie nicht in nächster Zeit – jedenfalls vor dem Winter - weggekratzt, weggebürstet und weggekehrt würden.
Der Teich ist kaum als Teich zu erkennen. Die Seerosen sind weiter gewuchert. Die Blätter hatten längst nicht mehr genug Fläche, um sich glatt aufs Wasser zu legen. Sie haben sich aufgerollt und ragen wie Tüten aus dem Wasser. In einigen dieser Tüten stecken Äpfel, die überreif vom Baum gefallen sind. Alles wird überlagert von den herabgefallenen gelbbraunen Blättern des Apfelbaums.
„Ein paar Pflanzenstiele sollten wir herausreißen und die Wasserfläche etwas abkehren", sagt Hede, übersteigt den nutzlos gewordenen Zaun um den Teich und zerrt an einigen Blattstängeln. Tatsächlich lassen sie sich herausreißen. Ein Büschel Grünzeug, das wurzellos unter den Seerosenblättern herumtrieb, kommt mit ans Tageslicht.
Herr Keller hat inzwischen den Käscher geholt und sammelt Laub und Äpfel, die im Wasser treiben, ein. Die halbe Wasserfläche ist jetzt wieder blank. Allerdings ist das Wasser trüb, da der Bodenschlamm aufgewühlt wurde.
Laub, Seerosenblattwerk, Algen und Wasserpflanzen kommen auf den Komposthaufen.
„Es gibt noch einiges zu tun", sagt sie.
„Das wird wohl immer so sein."
Dunkle Wolken spiegeln sich im Teich. Er sieht in das Wasser und beobachtet, wie es langsam klarer wird.

„Ich kann mir nicht vorstellen, wie ein Reiher hintereinander zwanzig Fische schnappt und rest- und spurlos vertilgt“, bedenkt er.
„War wohl so.“
Er hat eine Idee, geht zur Veranda, holt die Dose mit Fischfutter und streut reichlich auf die frei gewordene Wasserfläche.
Er steht und wartet.
„Du gibst nicht auf?“, sagt sie und: „Sag mir Bescheid, wenn du einen von den Toten auferweckt hast. Ich geh schon mal rein.“
Er steht und wartet. Die Flocken verteilen sich. Sie treiben auf der ganzen Fläche bis unter die Seerosen. Ein Apfel plumpst ins Wasser und erregt neue Wellen. Und dann schimmert ganz unten doch etwas Rötliches. Jetzt fällt es leichter zu warten.
Es dauert etwas, dann ist ein zweiter Punkt zu sehen. Deutlich erkennbar: zwei sogenannte Goldfische, die sich vorsichtig nach oben bewegen, ganz schnell nach einer Flocke schnappen und wieder abtauchen.
Er geht Schritt für Schritt zurück, geht ins Haus, ruft seiner Hede: „Zwei haben überlebt.“
„Nein“, ruft sie, kommt aus der oberen Etage, geht mit zum Teich und lässt sich überzeugen.
„Tatsächlich. Vier haben überlebt.“
„Vier?“
„Ja, da unten warten noch zwei.“
„Vielleicht sind noch mehr da. Vielleicht haben sie sich versteckt, als der Reiher zupickte. Vielleicht sind sie aus lauter

Angst unten geblieben – die ganze Zeit. Bis sie wieder Futter gesehen oder gerochen haben."
„Vielleicht. Immerhin: Es ist nicht alles verloren."
Als am Abend der Sohn aus der Landeshauptstadt anruft und fragt, ob es ‚etwas Neues' gebe, sagt sie: „Ja, stell dir vor: Ein paar von unsern Fischen haben überlebt. Wir hatten schon jede Hoffnung aufgegeben."
„Ja, und?", sagt der, „ist das wichtig?"
„Für uns schon."
„Na dann!"
Aber dann kommt er zum wichtigeren Teil des Anrufs: „Seid ihr am Montag zu Hause? Ich habe einen Termin bei meiner Ärztin. Da könnte ich bei euch vorbeikommen. Würde sich das lohnen? Gibt es etwas Gutes zum Mittagessen?"
Die Antwort kann nur „Ja" lauten; denn man freut sich ja, wenn die Kinder zu Besuch kommen. Allerdings muss der Speiseplan verändert werden. Für solche Fälle ist schließlich die Kühltruhe angeschafft worden. Außerdem würde es Eis statt des gewohnten Quarks zum Nachtisch geben. Eis lagert ebenfalls in der Truhe.

Bernhard ist fest davon überzeugt, dass in der Landeshauptstadt Düsseldorf alles besser ist als in dem Provinzkaff, in dem er geboren ist: die Menschen, die Geschäfte, die Kneipen, die Restaurants. Einzig auf seine Ärztin in der Seidenstadt lässt er nichts kommen. Sie entspricht genau seinen Erwartungen: Sie nimmt ihn ernst und checkt ihn durch und schickt ihn zum Facharzt und organisiert ihm einen Termin in der Röhre, um herauszufinden, warum er

andauernd müde ist und ab und zu von Kopfschmerzen geplagt wird. Ernsthafte Erkrankungen hat sie bisher nicht feststellen können, aber sie hat eine derartige Vertrauensstellung bei ihrem Patienten – die genauere Bezeichnung wäre wohl: Kunde – aufbauen können, dass Bernhard ihr nicht nur seine Freundin, sondern auch seine besten Freunde zugeführt hat.
So hat er auch dieses Mal einen Ausnahmetermin um 12.30 Uhr erhalten. Er kann also eine etwas erweiterte Mittagszeit nutzen, um Elternbesuch, Mittagessen und Arztbesuch unter einen Hut zu bekommen.
Gegen halb zwölf hält sein blauer Golf vor dem Elternhaus. Er schellt Sturm, obwohl er einen Hausschlüssel hat. Alle sollen wissen: Er ist da und er hat es eilig. Beim Mittagessen klagt er über sein angegriffenes Immunsystem und überlegt laut, ob die Schwächung nicht doch auf schlechte Erbanlagen zurückzuführen sei. Er schaut abwechselnd den Vater und die Mutter an und kann sich nicht entscheiden, wen er für den schwächeren und folglich schuldigen Teil ansehen soll.
„Ja, Daddychen, dir verdanke ich ja wohl meine Füße, die nichts taugen. Dauernd muss man die Einlagen wechseln. Echt ätzend."
„Aber mit diesen verkorksten Füßen hast du immerhin den Berlin-Marathon durchgestanden", rechtfertigt Vater Keller sein Erbgut.
„Ja, ja. Aber nur mit Speziallaufschuhen, die ekelhaft teuer waren."
„Du hast dir doch immer die teuerste Ausrüstung in allem geleistet."

Dem kann der Sohn nicht widersprechen. Mutter Keller verteilt schon mal das Eis und fragt vorsichtig: „Hat es wenigstens geschmeckt?“
„Ja, klar, Muttchen, bei dir schmeckt es doch immer. Kann ich zwei Portionen Eis haben?“
Mutter Keller hat damit gerechnet und häuft das Glasschüsselchen auf.
„Hättest du nur meine Füße mitbekommen“, versucht sie noch ein Lob herauszuschinden.
„Ich weiß nicht. Von dir hab ich ja die Haare und damit bin ich auch beschissen dran. Sabrina sagt, ich hätte hinten schon ein paar kahle Stellen.“
Vater Keller dazu: „Hättest du meine Haare, dann müsstest du alle vierzehn Tage zum Friseur.“
Damit ist das Thema für dieses Mal erledigt.
„Da du schon mal hier bist“, nutzt seine Mutter die Chance, „könntest du uns eigentlich verraten, ob ihr, Sabrina und du, einen speziellen Weihnachtswunsch habt.“
„Ist das nicht ein bisschen früh? Das dauert doch noch Jahre bis Weihnachten.“
„Ja, schon. Aber in den nächsten Wochen bist du im Ausland. Sabrina, hast du gesagt, ist im Wintersemester in den USA und kommt zu einem kurzen Weihnachtsurlaub, wenn man das Urlaub nennen kann. Im November bekommen wir dich doch kaum noch zu Gesicht, wenn du nicht krank wirst und deine Ärztin brauchst.“
„Was soll denn das schon wieder? Ich hoffe, dass ich was verschrieben kriege und dass ich dann wieder voll fit bin.“
„Du solltest gesund essen und ausreichend schlafen, dann könntest du dir die Arztbesuche sparen“, mahnt Mutter

Keller zum wiederholten Mal. „Aber zurück zum Thema: Habt ihr einen besonderen Weihnachtswunsch?"
„Eigentlich haben wir alles. Und was wir nicht haben, kaufen wir uns", kommt als sachliche Mitteilung. Aber dann kreisen die Gedanken doch weiter im Kopf und er erkundigt sich: „Wie viel habt ihr denn gedacht? Was steht für jeden auf dem Plan?"
„Da sind wir noch nicht festgelegt", antwortet sein Vater, „wir wissen ja auch noch nicht, wie viel Weihnachtsgeld es gibt."
„Okay, ich schau mal und ich sprech mit Sabrina."
Jetzt sind die weiteren Überlegungen unausweichlich. Zu Weihnachten gerecht sein, heißt für alle den gleichen Betrag einsetzen. Alle Kinder gleich, dann – abgestuft – alle Anhänge der Kinder gleich, Enkelkind außerhalb der Tarifordnung. Es würde einiges zu rechnen und zu überlegen geben.
„Okay, ich bin dann mal weg. Hallo Muttchen, hallo Daddychen. Wenn ich todkrank bin, komm ich noch mal vorbei. Sonst rufe ich im Laufe der Woche mal an."
Die Mutter wird flüchtig geküsst, der Vater knapp gehandschlagt. Wenig später jagt der Golf los.
„Unser Sohn", sagt Mutter Keller.
„Unser Sohn", bestätigt Vater Keller.

Am ersten Oktobersonntag ruft mitten in den „Tatort" hinein Alexandra aus der Domstadt an. Sie plaudert etwas mit dem Vater, stöhnt über den Schulstress und einige blöde Kollegen, will dann aber ‚die Mama' haben. Der Fernseher wird leiser gestellt und ‚Mama' übernimmt. Mit halbem Ohr

hört Vater Keller, wie ein Treffen in Köln ausgemacht wird. Man möchte eigentlich nur bummeln gehen. Nein, dort schlafen möchte Hede auf keinen Fall. Ja, das schon: Auf alle Fälle käme sie mit dem Zug. Mit dem Auto durch Köln und dann einen Parkplatz suchen ... Nein, bitte nicht. Ja, darüber könne man reden. Plätzchen backen mit Ina? Im Advent? Klar doch. Ja, doch. Das könne sie in den Kalender eintragen. Am Samstag vor dem ersten Adventssonntag werde sie kommen. Ja, darauf freue sie sich. Genaueres könnten sie ja noch besprechen. Es sei ja noch etwas Zeit bis dahin.
Dann ergreift sie auch hier ihre Chance: „Übrigens, wir haben Bernhard schon mal gefragt, was er sich zu Weihnachten wünscht. Wie ist das bei euch?“
Die Frage scheint nicht zu überraschen, die Gegenfrage kommt prompt: „Wie viel kalkuliert ihr denn für jeden?“
Die Mutter wehrt ab: „Eigentlich habe ich nach einem Wunsch, nicht nach Geld gefragt.“
„Ja, schon. Aber beides hängt doch miteinander zusammen.“
Dem ist nicht zu widersprechen. Trotzdem versucht es Mutter Keller noch einmal: „Wäre nicht ein Tier für Ina etwas Passendes? Ein Zwergkaninchen oder ein Meerschweinchen?“
„Oh, da müsste ich noch mal überlegen.“
„Tu das!“
Im ‚Tatort‘ ist jetzt klar, wer der Mörder war, und man kann ausschalten. „Das mit dem Tier wird nichts“, vermutet Vater Keller.

„Ich glaube es auch nicht", sagt Mutter Keller, „ist vielleicht auch zu kompliziert. Ina ist nur am Wochenende in Köln. Da bliebe die ganze Arbeit an Alexandra und Eva hängen. Außerdem ist die Wohnung wenig tiergerecht. Während der Woche ist Ina bei Christoph. Und der würde sich wahrscheinlich auch bedanken, für Fütterung und Stallsäuberung aufkommen zu müssen."
„Und ein Aquarium?"
„Als Überfall auf keinen Fall. Wenn Ina so einen Wunsch hätte, könnte man darüber reden. Aber so, wie es jetzt aussieht, wäre das unsinnig."
„Schade."
„Ich weiß. Du hast immer schon intensive Gespräche mit deinen Fischen geführt. Aber das bringt nicht jedem etwas."
„Und jetzt?"
„Ich denke, sie denken. Und damit ist doch schon ein Anfang gemacht."
Carola, die jüngste Tochter, kommt im Laufe der Woche mal vorbei. Sie schellt, steckt gleichzeitig ihren Schlüssel ins Haustürschloss und ruft: „Hallöli, wo seid ihr? Ich bin mal eben da und gleich wieder weg."
Sie geht vom Flur aus direkt ins Wohnzimmer, lässt sich, ohne den Anorak auszuziehen, im dunklen Ledersessel nieder und erzählt ein paar Geschichten aus dem Krankenhaus.
„Ich hatte wieder jemanden in meiner Behandlung, der euch kennt. Das war total komisch. Der meinte, mein Vater sei doch bei der Stadt im Bäderamt. Das hat eine ganze Zeit gedauert, bis ich gemerkt habe, dass der den Opa

meinte. Als ich ihm das dann klar gemacht habe, hat der ganz erstaunt geguckt: Mein Gott, wie jung sind Sie denn dann?"

Mit dem Namen können die Eltern nichts anfangen.

„Woher wusstest du denn, dass der Opa mal beim Bäderamt war?"

„Das hat mir die Alexandra mal erzählt. Die hatte lange geglaubt, der Opa sei Bademeister gewesen und war ganz enttäuscht, als sie erfuhr, dass er nur im Büro gearbeitet hat. Und der Bernhard hat gemeint, der Opa wäre Kassierer im Stadtbad gewesen. Der hatte mal gehört, dass der Opa immer den Monatsabschluss hätte machen müssen."

„Das hat er wohl auch", bestätigt Vater Keller.

Nach einer Viertelstunde kommt Mutter Keller auf das Thema, das ihr auf den Nägeln brennt: „Übrigens, was wünschst du dir zu Weihnachten?" Dieses Mal überrascht die Frage: „Eigentlich nichts. Aber wenn ihr mir etwas zu meiner Lebensversicherung dazutun könntet, wäre das schön. Für jetzt haben wir eigentlich alles. Außerdem sind wir ja Weihnachten sowieso mehr weg als hier."

„So wird es wohl sein", sieht Mutter Keller voraus. Aber dann fällt Carola doch etwas ein: „Ihr könntet mir doch was schenken: einen Dampfkocher."

„Bitte was?"

„Ja, was ich noch gar nicht erzählt habe: Ich habe einen neuen Vertrag."

„Kannst du das etwas genauer sagen?"

„Ja, die Sesamstraße macht nächstes Jahr wieder eine Deutschland-Tournee. Und die haben angefragt, ob ich sie als Physiotherapeutin begleite. Vier Monate, von Hamburg

über Rostock bis runter nach München und wieder hoch bis Oberhausen."
„Und du bist die ganze Zeit dabei?"
„Klar. Eine Gruppe von zwanzig Tänzerinnen und Tänzern. Die meisten aus Amerika, einige aus England."
„Und jeden Tag Show?"
„Manchmal zwei am Tag. Ist schon spannend, die Figuren live zu erleben. Alles Original-Kostüme: Ernie, Bert, das Krümelmonster."
„Du gehst zurück in die Kindheit. Kannst du dich erinnern, dass du die Sesamstraße abends bei Oma und Opa sehen durftest?"
„Klar. Und jeden Abend kriegte ich einen Riegel Schokolade. Übrigens: Habt ihr gelesen, dass das Krümelmonster in der deutschen Ausgabe keine Kekse mehr fressen darf? Die deutschen Kinder werden zu dick. Jetzt soll das Krümelmonster Vorbild sein und kriegt nur noch Möhren und Selleriestängel."
„So, so!"
„Und was machst du mit einem Wasserkocher?"
„Abends nach der Show kriegt man doch in den Hotels nichts mehr. Und da möchte ich mir auf dem Zimmer einen Tee oder eine heiße Brühe machen."
„Und wann fängt die Tour an?"
„Mitte Januar."
„Weihnachten seid ihr also auf alle Fälle hier."
„Ja, wahrscheinlich kurz. Genaues wissen wir noch nicht."
„Und was schenken wir Udo?"
„Oh! Ihr Udo? Das weiß ich nun auch nicht. Ist eigentlich egal. Hauptsache etwas. Es kommt ja auf die Geste an."

Alles Wichtige ist gesagt.
„Hättest du das gedacht, dass sie noch mal auf Tour geht?“, fragt Mutter Keller ihren Mann, als Carola fort ist.
„Nein, eigentlich nicht.“
„Also, von mir hat sie das nicht; ich brauch so ein Getingel nicht“, sagt Mutter Keller.
„Dann bleibt das wohl an mir hängen“, sagt Vater Keller.
„Aber nein. So etwas habe ich nie gemacht. Obwohl – wenn ich einen Vertrag als Fußballspieler oder so gekriegt hätte ... Das wäre schon eine Versuchung gewesen.“

Mit seinen Weihnachtsgeschichten hinkt er arg hinterher. Er erinnert sich an ein Spiel ‚Verliebt, verlobt, verheiratet‘, kann sich aber nicht erinnern, was da gespielt wurde. Für sie, Hede und ihn, hatte das Spiel ungefähr fünf Jahre gedauert. Dann erst war Hermann im Stande, seine Braut standesgemäß ‚heimzuholen‘.

VI. Weihnachten drei (1967): „O Kindelein, von Herzen ...“

Das Doppelhaus mit insgesamt zwölf Mitparteien war mit Mitteln des sozialen Wohnungsbaus gefördert worden. Als sie, Hermann Keller und die ihm angetraute Ehefrau, einen Antrag für einen Wohnberechtigungsschein stellten, kam ihnen zugute, dass Hermann als Referendar seine Bedürftigkeit mit Hilfe seiner Gehaltsabrechnung, die sich auf zweihundert und siebzig Deutsche Mark belief, nachweisen konnte und Hede einen familiären Flüchtlings- und Vertriebenen- Ausweis beibrachte. So war ihnen die Wohnung in der ersten Etage – der Beletage – zugewiesen worden, noch ehe der erste Spatenstich getan war.

Als sie dann – endlich und glücklich – einziehen konnten, war das Treppenhaus noch nicht gestrichen und im Wohnzimmer wurden gerade die Tapeten an die Wand geklebt, als der Schrank, der dort stehen sollte, hochgetragen wurde.

Drei Zimmer, Küche, Bad! Dazu eine Essecke neben der Küche! Telefonanschluss! Zentralheizung! In Küche und Bad fließend kaltes und warmes Wasser! Sie fühlten sich wie im Paradies. Den Mitmietern begegneten sie freundlich, aber distanziert. Nur das auf gleicher Ebene gegenüber wohnende Ehepaar zeigte und gewann Zuneigung. Der Mann war grade pensioniert worden, war Jahre lang Bahnhofsvorsteher in Neuss-Norf gewesen und setzte ab und zu, wenn ihm besonders feierlich war, zu Hause noch einmal die rote Dienstkappe mit Bundesbahn-Hoheits-

zeichen auf und glühte dann nachträglich noch vor Diensteifer über alle Backen: „Das war eine schöne Zeit."
So tauschte man nicht nur Gedanken und Erfahrungen aus, sondern ab und zu auch Mehl und Eier, wenn die Vorräte überraschend ausgegangen waren. Einen Anziehungspunkt bildete auch der nachbarliche Fernseherschwarz-weiß, wie alle damals. Aber freitags gab es auch damals schon ziemlich regelmäßig einen Krimi. Und dazu war das junge Paar grundsätzlich eingeladen.
Es blieb nicht aus, dass die Nachbarn als erste merkten, dass ‚was im Kommen' war. Der jungen Frau Keller war jetzt ab und zu schlecht, und sie legte sich – mit schlechtem Gewissen – morgens, wenn ihr Mann das Haus verlassen hatte, ‚noch mal hin'. Nachmittags machte das Paar jetzt öfter einen Spaziergang – genau eine Stunde und immer die gleiche Strecke: an der Grundschule vorbei ins weite Feld bis an die Grenze des nächsten Ortes, auf den Ortseingang von Fischeln zu, an der Vorortbahn abbiegend, zurück ‚nach Hause'.
Die Wohnung lag direkt an einer Haltestelle der Regionalbahn, mit der man in zwanzig Minuten in die Landeshauptstadt hätte fahren können. Doch man fuhr nicht. Viel lieber blieb man zu Hause.
Er war inzwischen Assessor des Lehramtes an genau der Schule, an der er sein zweites Staatsexamen abgelegt hatte. Mit der festen Anstellung hatte man ihm die Klassenleitung in einer fünften Klasse mit den Fächern Deutsch und Sport gegeben, drei weitere Klassen in Deutsch und zwei in Geschichte. Er war auf der Ochsentour: Vorbereiten und nachbereiten, Klassenarbeiten stellen und korrigie-

ren, Elterngespräche und Kollegengespräche, Lehrerkonferenzen und Elternversammlungen.

Sie hatten sich also durchgesetzt, waren auf dem Weg, von sich zu überzeugen.
Als er sein erstes Staatsexamen bestanden hatte, war er mit einem kleinen Blumenstrauß zu den von Hede vorsichtig vorbereiteten Eltern gegangen, hatte die Blumen seiner, wie er hoffte, künftigen Schwiegermutter höflichst überreicht, war zielbewusst über den langen Gang ins Wohnzimmer geschritten, hatte dort Hede mit Vater im Gespräch angetroffen, hatte begrüßt, hatte aber gar nicht erst Platz genommen, sondern auf schnelles Handeln gesetzt.
„Am besten ist, wenn du nur mit meinem Vater sprichst", hatte Hede gemeint und darauf hingearbeitet. Ehe die Blumen in der Küche ihr Wasser bekommen hatten und in einer Vase arrangiert waren, hatten sich die Männer auf den Balkon zurückgezogen, auf dem nur zwei Stühle standen, und Hermann Keller hatte Vater Bartsch gesagt, was dieser längst wusste.
Wie lange bei Lehramtsanwärtern der Referendardienst dauere, was man in der Zeit verdiene, wo denn Herr Keller antreten wolle? Das waren Details, die erkennen ließen, dass der Antrag grundsätzlich genehmigt sei. Die Blumen standen auf dem Wohnzimmertisch, als die Männer einigermaßen aufgeräumt vom Balkon hereinkamen und das Ergebnis verkündeten; Mutter und Tochter saßen sich schweigend gegenüber.
„Na, dann", sagte Mutter Bartsch und, die Hand reichend: „Alles Gute!"

Danach war das junge Paar an die Rheinpromenade gegangen, war zweimal vom Alten Zoll bis zum Bundeshaus und wieder zurück gegangen, hatte im Hoch-Café an der Anlegestelle vom Köln-Düsseldorfer ein Glas Wein ‚zur Feier des Tages' getrunken, war glücklich gewesen und hatte nicht geahnt, was alles bevorstand.
Das war im Juli gewesen. Zum 1. Januar wurde zu einer kleinen Verlobungsfeier nach Bonn eingeladen. Von Begeisterung konnte nirgendwo die Rede sein.
„Du bist zu jung. Du solltest dir zuerst noch etwas den Wind um die Ohren wehen lassen", hieß es in Bonn, und dem Bräutigam wurde von seinen Eltern vorgehalten: „Du kannst ja nicht einmal die Ringe vom selbst verdienten Geld bezahlen."
Tatsächlich musste er an die letzten Reserven seines Sparbuchs gehen. Zusammen hatten Hermann und Hedwig besonders breite goldene Ringe ausgesucht, damit jeder von Weitem und auf den ersten Blick sehe, dass sie versprochen waren.
Am 1. Januar 1963 waren sie morgens in aller Frühe und in klirrender Kälte über den Rhein in jene Doppelkirche von Schwarz-Rheindorf gewandert, hatten sich dort nach der Frühmesse die Ringe angesteckt, waren zu den Eltern zum Frühstück gegangen und hatten später Hedwigs Taufpaten, Onkel Paul, und Hermanns Eltern am Bonner Bahnhof abgeholt. Es wurde Kaffee getrunken, Kuchen gereicht und heimlich auf die Uhr gesehen; denn um 20.08 Uhr würde der Baseler D-Zug die Gäste wieder entfernen und der Spuk wäre vorbei.

Es war ein Täuschungsmanöver gewesen, als man sich in Gesprächen darauf einließ, dass man mit der Heirat warten wolle, bis das Assessorexamen bestanden sei und man ein standesgemäßes Leben anfangen könne. Das junge Paar war sich sicher, auch mit einem Referendarsgehalt glücklich werden zu können. Doch da griff das Schicksal ein, holte den Referendar aus dem Vorbereitungsdienst, verlegte ihn für neun Monate ins Krankenhaus und auferlegte allen eine schwere Belastungsprobe. Als er dann das Krankenhaus verließ und den Referendardienst fortsetzte, gab es keinen Zweifel mehr: Die Hochzeitsvorbereitungen konnten beginnen.
Standesamt, kirchliche Hochzeit, Festessen, gemeinsames Kaffeetrinken – alles das musste sein, löste aber nirgendwo Freude aus. Die Bonner Eltern versuchten, alles ganz korrekt und ansehnlich, aber nicht zu teuer zu machen. Die angereisten Verwandten des Bräutigams kamen sich ziemlich fremd vor. Die Brautjungfern, von ihrer Seite gestellt, und die Chargierten, Vertreter seiner Studentenverbindung, versuchten vergeblich, in Kontakt zu kommen. Das Paar selbst registrierte vor allem die Pannen, die damit begannen, dass der Organist geholt werden musste, da er den Termin übersehen hatte, die sich fortsetzten, als der Hochzeitsvater mitten in der Hochzeitsrede stecken blieb und aufgab, und die damit endeten, dass auch am Ende des Tages die Braut- und Bräutigamseltern noch nicht zu einem wohlwollenden Du gefunden hatten.
Das Brautpaar hatte sich um 17.30 Uhr wegkutschieren lassen, ging am Abend auf der Rheinpromenade von Unkel

spazieren, aß eine Kleinigkeit und ging in die vorbestellte Pension.
Der Baseler Zug trennte die Hochzeitsgesellschaft. Über die Nachgespräche, die einerseits im Zug und andererseits beim Aufräumen in Bonn geführt wurden, weiß niemand Bescheid. Und das ist wahrscheinlich das Beste, was über diese Gespräche gesagt werden kann.

Im Sommer hatten sie ihre Wohnung beziehen können und hatten nun ein Zuhause. Ein gemeinsames Leben der glücklichen Einförmigkeit begann. Tages- und Wochenablauf war durch den Stundenplan des jungen Assessors bestimmt. Um halb acht Uhr holte er sein Fahrrad aus dem Keller, fuhr zur Schule, machte seinen Unterricht und war kurz nach halb zwei Uhr wieder zurück. Bei starkem Regen oder Schnee verließ er das Haus ein paar Minuten früher, drängte sich in die stets überfüllte Straßenbahn und ging die letzte Strecke vom Bahnhof bis zur Schule zu Fuß.
In Bonn hatte inzwischen die Regierung gewechselt. Der Vater des Wirtschaftswunders, Ludwig Erhard, war zurückgetreten worden. Der Nachfolger, Kurt Georg Kiesinger, wurde ob seiner Kriegsvergangenheit befragt; der Vizekanzler, Willy Brandt, der die Nazi-Zeit in der Emigration überstanden hatte, war für die einen ein Vaterlandsverräter, für die anderen ein Widerstandskämpfer, auf den sie die ganze politische Hoffnung setzten. Die Frage, ob der Krieg der USA in Vietnam ein gerechter Krieg sei, spaltete die Parteien, das Kollegium und die Schülerschaft. Als der Student Benno Ohnesorg während des Schah-Besuchs in Berlin zu Tode kam, musste sich jeder Lehrer in den Klas-

sen der Oberstufen für die Tat persönlich entschuldigen, da alle Beamten nun einmal zum Establishment gehörten und somit für den Mord mitverantwortlich seien.
All das ließ man nicht in die Wohnung. Dort wurde Unterricht vorbereitet, wurden – gemeinsam – Hefte korrigiert, wurde überlegt, wie man den ein oder anderen vor dem Absacken – so oder so – retten könne. Zweimal in der Woche telefonierte man mit den Eltern in Bonn; einmal, am Wochenende, traf man sich mit den Eltern am Ort, und ansonsten wartete man, dass sich ‚etwas melden würde'.

Am 18. September fuhren sie gemeinsam mit der Straßenbahn zur weiteren Vorsorgeuntersuchung in die Stadt. „Das kann dauern", hieß es beim Arzt. Das schienen auch die Leute in der überfüllten Straßenbahn zu denken, als die beiden zurückfuhren; denn niemand fühlte sich veranlasst, der Schwangeren einen Platz anzubieten. Während des kargen Abendessens hörte man sich an, was ‚Zwischen Rhein und Weser' passiert sei. Dann sagte sie: „Ich leg mich schon mal hin", und er las weiter in „Josef und seine Brüder" von Thomas Mann.
In der Nacht gegen ein Uhr dreißig wurde er geweckt: „Ich glaub, es ist so weit." Dass es irgendwann einmal so weit sein würde, wusste er wohl. Schließlich war seit zwei Wochen die Tasche gepackt. Aber dass das genau jetzt sein musste, kam doch ungelegen.
„Die Wehen", sagte sie.
„Was jetzt?", fragte er.
„Ich glaub, es wird Zeit. Am besten: Krankenhaus."
„Und wie?" fragte er.

„Egal!“ war die Antwort.
Er war jetzt nicht nur wach, sondern total durchgedreht, ging zum Telefon und rief die Feuerwehr an.
„Sofort. Halten Sie sich bereit“, hörte er noch. Dann suchte er sich was zum Anziehen und sah, dass seine Frau, bereits angezogen, mit der Reisetasche in der Hand im Flur stand. Da schellte es auch schon Sturm.
„Trage oder Transportstuhl?“, fragte ein Uniformierter.
„Nein, nein. Es geht auch so“, übernahm sie jetzt die Leitung.
„Und wohin?“
„Marien-Hospital. Hüls.“
Man ging durch die Dunkelheit an den Häusern vorbei zur Straße. Dort wartete der Rettungswagen.
„Das Ganze ist vielleicht doch eine Nummer zu hoch gewählt“, dachte er, als seine Frau im dunkelgrauen, modisch geschnittenen Reisemantel vor der heruntergelassenen Treppe des Feuerwehrautos stand. Er selbst hatte die graue Leinentasche in der Hand, mit der sie im Sommer an den Strand gegangen waren.
Im Krankenhaus wurden sie erwartet. Zwei Schwestern nahmen die von Wehen Geplagte in Empfang; er wurde zur Pforte geschickt, wo er Personalien, Krankenversicherung und Telefonnummer anzugeben hatte. Dann stand er – es war kurz nach drei Uhr in der Nacht – in der abgedunkelten Empfangshalle des Krankenhauses und suchte nach einem Münzfernsprecher.
Ein Taxi brachte ihn nach Hause. Dort räumte er auf, kochte Kaffee und versuchte, sich in „Josef und seine Brüder“ zu versenken. Vergeblich. Ehe er sich zurechtfand, ver-

sank er in Schlaf. Plötzlich wurde er wach. Der Wecker im Schlafzimmer klingelte. Er machte sich für die Schule fertig, hinterließ dort im Sekretariat seinen Stundenplan und sagte der Sekretärin, dass er möglicherweise im Laufe des Morgens angerufen werde. Die wusste Bescheid. In der vierten Stunde wurde er aus einer Deutschstunde in der Unterprima – Goethe: Wiederfinden – gerufen. Die Sekretärin hatte das Telefon in der Hand: „Gratuliere. Sie sind Vater. Aber die wollen mir nicht sagen, was es ist."

Am andern Ende der Leitung war die Hebamme: „Gratuliere. Wir haben es geschafft. Sie sind Vater einer Tochter. Alle sind wohlauf. Kommen Sie, sobald Sie können. Ihre Frau ist schon auf ihrem Zimmer."

„Was ist es denn?", fragte die Sekretärin, die etwas beleidigt war, dass man sie vom Krankenhaus so kalt abgewiesen hatte.

„Ein Mädchen", beschied Herr Keller und wusste, dass das in der nächsten Pause die Runde machen würde. Er holte seinen Mantel, verließ die Schule, ging am Büro seines Vaters vorbei – „Du bist Opa. Ein Mädchen. Ich komm am Abend vorbei." – eilte zur Straßenbahn und fuhr zum Krankenhaus.

Seine Frau lag allein im Zweibett-Zimmer. Sie war etwas bleich, man hatte ihr Tee gebracht. Auf dem Beistelltisch lag die mitgebrachte Bettlektüre: „Morde, mehr Morde, noch mehr Morde. Kriminalgeschichten".

Sie war abgekämpft, stolz, glücklich. Eine Schwester brachte ihn zur Säuglingsstation. Hinter einer Glaswand standen sechs Schiebe-Bettchen. Eines der Frischgeborenen hatte eine Buchstaben-Perlen-Kette mit dem Namen

„Keller“ um das Handgelenk. Es hatte einen hochroten Kopf und schlief den Schlaf völliger Erschöpfung.
Ein Woche später waren die Untersuchungen abgeschlossen und die Mord-Geschichten zu Ende gelesen. Als sie mit dem Taxi zu Hause ankamen, standen die Hausbewohner hinter den Gardinen ihrer Wohnzimmerfenster. Vor der Etagentür lagen ein paar Gratulationen. Im Wohnzimmer stand der ausgepolsterte und ausgekleidete Korb bereit. Man war angekommen.

Nun waren sie eine Familie. Die ganze Welt blieb außen vor. Belanglos war die Einteilung nach Woche oder Wochentag; einzig wichtig war der Vierstundentakt. Etwa fünf Wochen lang versank das Neugeborene immer wieder – gleichgültig, ob draußen Tag oder Nacht, Sonntag oder Werktag war – in einen Vierstundenschlaf, machte pünktlich nach vier Stunden die Augen auf, blinzelte, verzog den Mund, blinzelte intensiver und erprobte zuerst zart, dann etwas durchdringender die Stimmbänder.
Die Zwischenräume zwischen den Schlafphasen durften mal länger, mal kürzer sein, und sie durften unterschiedlich gefüllt werden. Fester Bestandteil war die Fütterung. Da man die Mutter schon im Krankenhaus beschimpft hatte, dass ihre Milchproduktion nicht hinreiche, hatte man sich von vornherein auf Milumil-Ernährung eingestellt: immer die gleiche Portion, immer der gleiche Wärmegrad. Immer auch die gleiche Prozedur auf dem Wickeltisch: nachts etwas schneller und einsilbiger, tagsüber mit Ansprache und zarten Reizungen der Fußsohlen, mit Prusten auf den Bauch, mit Abküssen der Backen und Abschlecken der

Halspartien und mit zunehmendem Krächzen des Nacktfroschs. Die Tagesphasen wurden durch das Bad am Morgen und das Spiel am Nachmittag immer weiter ausgedehnt. Das Bad am Morgen wurde allmählich zum fröhlichen Geplansche und das Spiel am Nachmittag wurde immer intensiver. Auf dem Boden des Wohnzimmers lag eine schwarz-rote Wolldecke ausbreitet und mittendarauf das Baby, intensiv beobachtet von der auf dem Boden liegenden Mutter links und dem eben dort liegenden Vater rechts. Kuscheltiere und ein Stoffball lagen auf der Decke herum und wurden zunehmend wahrgenommen; ein Mobile wurde so befestigt, dass es in den Blick kommen musste. Und langsam kam Bewegung in das kleine Menschenwesen. Zuerst gingen die Augen nach links und rechts, dann die Händchen, und plötzlich kullerte das ganze Kind auf die Seite und erstaunte ob der neuen Perspektive. Von da an stand der Name für den internen Sprachgebrauch fest: Kulle. Die Familie bestand aus Mama, Papa und Kulle.

Das Abendbrot wurde von jetzt an auf dem Boden eingenommen: Kulle kullerte, das Radio spielte, der Teller mit den Schnitten wurde hin und her gereicht, und ab und zu wurde Tee nachgeschüttet. Wenn dann das Radio Nachrichten aus der Region ‚Zwischen Rhein und Weser' brachte, wurde man erinnert, dass es draußen eine Welt mit Staus auf den Autobahnen, mit Einbrüchen in Sparkassen und mit Demonstrationen gegen Parlamentsbeschlüsse gab. Für Kulle begann dann die nächste Schlafphase; die Eltern besannen sich, dass sie außer der Papa- und Mama-Rolle noch ein paar andere Rollen zu spielen hatten, an die ganz bestimmte Erwartungen geknüpft waren.

Weihnachten näherte sich auch in diesem Jahr mit unglaublicher Geschwindigkeit. Der Satz „Für uns ist schon Weihnachten“ hatte nur für den innersten Kreis Gültigkeit. Draußen wurde anderes erwartet. Also musste man Weihnachten für die anderen arrangieren.
Da waren die Eltern in Bonn, die bisher nur auf Stippvisite gekommen waren und nun Weihnachten mit dem Neugeborenen erleben wollten. Und da Weihnachten nun einmal das Fest der Familie ist, mussten auch Hermanns Eltern eingeladen werden, wenn ihre Eltern kämen. Und wenn seine Eltern kämen, konnte man Tante Lisbeth nicht nicht einladen. Und wenn so viele kämen, müsste man nicht nur für alle etwas haben, weil ja auch alle etwas mitbrächten, sondern man müsste auch Weihnachten so spielen, wie alle es gewohnt wären. Das wollte durchdacht, geplant und vorbereitet sein.
Man zog den Kalender heran und entwickelte einen Programmvorschlag: Am Heiligen Abend sollten alle ‚unter sich' bleiben; die Bonner Eltern sollten am ersten Weihnachtstag zum Mittagessen kommen. Zum Kaffee würde seine Verwandtschaft hinzustoßen, die bis zum Abend bleiben würde, während die Bonner irgendwie übernachten würden. Das Irgendwie blieb vorläufig offen; alles andere wurde von allen abgesegnet.
Dann wurden Listen erstellt, was alles besorgt werden müsste, und Überlegungen wurden angestellt, was man wem zu schenken habe. ‚Bilder vom Kind' würden der

Renner sein. Die Frage war, ob ein einzelnes Bild im Rähmchen oder eine Serie in einem Einsteckalbum glücklicher mache. Preislich käme es auf dasselbe hinaus. Zum Mittag müsste es einen Braten geben, zum Kaffee mehrere selbstgebackene Kuchen, am Abend Schnittchen. Dazu Tee für die einen und Bier und Wein für die anderen.
Wenn man jetzt mit dem Kinderwagen am Nachmittag losschob, richtete man es so ein, dass man am Schluss beim Konsum hielt. Hermann hielt dann den Wagen in Bewegung, Hedwig kaufte auf Vorrat. Gemeinsam suchten sie einen schönen großen Weihnachtsbaum am Platz vor der Kirche aus, keine 500 Meter von der Wohnung entfernt.

In den letzten Tagen vor Weihnachten wurden in den Schulen noch schnell Klassenarbeiten in allen Fächern geschrieben. Auch bei Herrn Keller stapelten sich die Hefte auf dem Schreibtisch. Bis zum Freitag, dem 22. Dezember, war Unterricht und die Hektik wurde von Tag zu Tag größer. Kollegen gerieten sich in die Haare, weil sie keinen Termin für die dringend notwendigen Arbeiten bekamen. Die Jüngeren bestanden darauf, dass sie ihre Termine seit langem in den Klassenbüchern und am Schwarzen Brett angekündigt hätten; die Älteren erklärten, dass sie das nie getan hätten und dass das Unfug sei und dass sie schreiben würden – so oder so. Die Schüler freuten sich über den Streit der Lehrer und spielten sie gegeneinander aus. Sie wussten, dass an einem Tag nur eine Arbeit und in einer Woche höchstens drei geschrieben werden durften. So platzten die Termine und viele gaben das hehre Ziel

auf, alle Arbeiten des Halbjahres vor Weihnachten unter Dach und Fach haben zu wollen.
„Wir sollten vor Weihnachten noch eine Runde Skat spielen", hatte einer am Dienstag in der Weihnachtswoche an dem Tisch vorgeschlagen, an dem sich in der großen Pause die jüngeren Kollegen versammelten. Der Vorschlag fand zunächst allgemeine Zustimmung, wurde in seiner Bedenklichkeit allerdings in dem Augenblick durchschaut, als man merkte, dass dazu eigentlich nur der Freitag in Frage kam, dass der aber bedenklich nahe an Weihnachten heranreichte. Auch Herr Keller schwankte zwischen einerseits und andererseits, fühlte sich einerseits den Kollegen und dem Skat zugetan, wusste andererseits, dass zu Hause noch einiges zu tun war und dass er schließlich ‚Familie' hatte.
Das Einerseits überwog, er sagte zu. Er hatte bei seiner Frau Verständnis gefunden und einzig den Auftrag erhalten: „Setz aber Freitagnachmittag den Baum in den Ständer und hol ihn ins Wohnzimmer. Ich fang dann schon mal an zu schmücken."
Die Abmachung wurde eingehalten und gegen 18.00 Uhr fuhr Herr Keller, der Familienvater, der heute auf Spielstunde und ‚Zwischen Rhein und Weser' verzichtete, mit der Straßenbahn in die Stadt und steuerte die Kneipe an, in der man sich zum Skat traf. Beim ersten Bier ließen die versammelten vier noch einmal allen Frust ab, der sich angehäuft hatte. Dann mischte man die Karten, spielte eine Runde. Ganz nebenbei erzählte einer, dass er heute Morgen noch schnell die Stellenausschreibungen für das nächste Halbjahr gelesen habe. Daraufhin blieben die Kar-

ten zunächst einmal liegen und man überlegte, wer wohl dran sei und wer wohl über welche Sonderbeziehungen verfüge, die ihm zu einer der erstrebenswerten A14-Stellen verhelfen könnte. Jetzt erinnerte man sich auch, wer in letzter Zeit mit wem getuschelt hatte und wer beim Chef vorstellig geworden sei und man glaubte, den Filz zu durchschauen.

Darauf trank man ein Bier, setzte zu einer neuen Runde an, versetzte einem, der sich im Skat verfunden hatte, einen K.-o.-Schlag nach angekündigtem Contra. Dies hatte eine Bock- und eine Ramsch-Runde zur Folge, und der, der das Contra ausgesprochen hatte, bestellte zur Versöhnung eine Bier-Schnapsrunde auf seine Kosten. Da sich nun Herr Keller, der ungerupft davongekommen war, nicht lumpen lassen wollte, gab er eine weitere Runde aus Anlass der zwar schon einige Zeit zurückliegenden, aber immer noch nicht gefeierten Geburt seiner Tochter aus. Allmählich löste sich alles in Nebel auf.

„Lasst uns aufhören!“, schlug einer vor, „gebt den Zettel dem Hermann mit. Der kann in den Ferien die Schulden berechnen. Nach den Ferien ist das neue Gehalt da.“

Keiner war mit dem Auto gekommen, alle wollten mit der Straßenbahn nach Hause. Als man jedoch bezahlt hatte, stellte man fest, dass alle Straßenbahnzeiten überschritten waren. Man bestellte vier Taxis, wünschte „Schöne Weihnachten und guten Übergang“, stieg in die Mietwagen, lallte Straßennamen und Hausnummer und fühlte sich leicht und wohlig. Ohne Schwierigkeiten fand Hermann Keller, der Assessor, das Schlüsselloch der Haustür, dann auch die richtige Etagentür, ging durch ins Wohnzimmer – und stand vor dem prächtig geschmückten Weihnachtsbaum. Da wünschte er sich schon mal „Frohe Weihnachten“, ging ins Bad, sah sich im Spiegel und erschrak ob des käsebleichen Gesichts.

Der Vormittag des Heiligen Abends verlief in großer Harmonie. Tochter Alexandra hatte bis sieben Uhr geschlafen, war ins Ehebett geholt worden und brabbelte eine Zeit lang vor sich her. Dann wurde sie lauter und bestimmter.
„Ich glaube, sie braucht was“, sagte die Mutter. Das sah der Vater auch so.
Die Mutter stand auf, wusch sich notdürftig, machte die Flasche, während der Vater seine Tochter mit unsinnigen Sätzen vertröstete. Alexandras Blick gierte der Mutter entgegen, als diese, die Flasche schüttelnd, ins Schlafzimmer trat und verkündete: „All Not hat nun ein Ende.“ Milumil gluckste in den schmatzenden Mund und Schweißtröpfchen sammelten sich auf Alexandras Stirn. Vater Keller war abgemeldet, er stand auf und machte das Frühstück.
„Du hast noch nichts zum Baum gesagt“, mahnte Frau Keller.
„Er ist prächtig“, beeilte Herr Keller sich, das Versäumte nachzuholen, „hat sicher viel Arbeit gemacht. Aber – das machst du doch gern!?“ ergänzte er in einem Ton, der offen ließ, ob man den Satz als Frage oder als eine durch Erfahrung gestützte Aussage verstehen sollte.
„Du weißt, ich hab ihn in Bonn auch immer gemacht“, sagte sie, „aber gestern war es etwas anderes. Ist schließlich unser Baum. Ich hatte das Radio an. Unsere Kulle lag auf der Decke, bis sie eingeschlafen ist. Dann hab ich sie ins

Bett gebracht, hab die Kerzen noch gesteckt und habe mich dann auch hingelegt. Ich wollte noch wach bleiben, hab es aber nicht geschafft. – Bei euch ist es spät geworden."

Auch diesem Satz war nicht abzumerken, ob er Frage, Feststellung oder Vorwurf war. Herr Keller erinnerte sich, dass sein Vater immer zwei Zeitangaben parat hatte, wenn er morgens gefragt wurde, wann er nach Hause gekommen sei: „Kurz vor zwölf" oder „Kurz nach zwölf".

„Ja", erklärte Herr Keller jetzt in gleicher Manier, „es muss kurz nach zwölf gewesen." Er habe die letzte Bahn knapp verpasst. Schuld sei die verdammte Ramschrunde gewesen.

„War`s denn wenigstens nett?"

„Ja, doch. Aber teuer."

„Wieso?"

„Zuletzt das Taxi. Dann: Etwas über drei Mark verloren. Ein Käseschnittchen. Drei Bier. Eine Runde."

„Dann ist das Weihnachtsgeld weg?"

„Das war schon länger weg. Nächste Woche gibt es das neue Gehalt."

Das Wohnzimmer wurde jetzt abgeschlossen.

„Das gehört dazu", sagte sie. Herr Keller setzte sich an den Tisch in der Essecke und korrigierte noch ein paar Hefte. Frau Keller bereitete das Festtagsmenu in der Küche vor. Als die Post kam, fiel ihnen auf, wem sie vergessen hatten zu schreiben.

„Nächstes Jahr machen wir eine Liste", sagte sie.

„Glaubst du daran?", zweifelte er.

„Ich mach das", bestärkte sie sich.

Zum Mittag gab es eine Suppe – mehr nicht. Dann holte man etwas Nachtschlaf nach. Mit dem Kaffeetrinken begann der Heilige Abend. Weihnachtsmusik von der Platte. Ein paar kleine Geschenke. Kerzenlicht. Mutter Keller hatte Tochter Alexandra auf dem Arm. Man glaubte, dass sie staune. Jedenfalls schaute sie in die Weihnachtskugeln; und die Eltern meinten, dass sie sich darin erkenne. Dann lagen alle drei auf dem flauschigen Teppich, spielten, vergaßen die Zeit. Es sangen keine Engel und es kamen keine Hirten, erst recht keine Könige – aber ihnen war so.
Um zweiundzwanzig Uhr ging sie in die Mette, er hütete Haus und Kind. Er würde am nächsten Morgen in die Frühmesse gehen, ehe die Eltern aus Bonn kämen.

Die Eltern waren noch nicht da, wohl aber die Anspannung; denn natürlich wollte man es allen Recht machen, aber auch wiederum nicht zu recht. Sie, Hede, wollte ihren Eltern beweisen, dass sie sich richtig entschieden hatte; er, Hermann, wollte seinen Schwiegereltern zeigen, dass er eben doch ein akzeptabler Schwiegersohn sei. Aber das durfte weder nach Triumph noch nach Demonstration aussehen. Man würde sich anstrengen, Selbstbewusstsein, Selbstverständlichkeit und gebotene Anerkennung zu mischen.
Die eigentliche Herausforderung würde erst am Nachmittag erfolgen. Da müsste sie gleich nett zu ihren Eltern und Schwiegereltern sein, aber gleichzeitig zeigen, dass sie ihre Schwiegereltern anerkennt, sich aber nicht vereinnahmen lassen möchte. Ihre Eltern darf sie zwar etwas hofieren, aber nicht so sehr, als dass es aussehen könnte,

dass sie etwas gutzumachen oder gar zu bereuen habe. Er wird seinen Eltern zeigen müssen, dass er seine Schwiegereltern ehrt, dass er ihnen zugetan ist – aber nicht zu sehr; denn er ist immer noch mehr Sohn als Schwiegersohn.

Nicht abzusehen war, wie sich das Zusammentreffen der älteren Generation gestalten würde. Nach außen hin haben beide Familien mehr Gemeinsames als Trennendes. Aber bisher wurde eher das Trennende betont. Letzten Endes ging alles Trennende auf die Tatsache zurück, dass die Heimat der einen Familie im verlorenen Schlesien lag und die der anderen am platten Niederrhein. Groß war die Hoffnung, dass die kleine Alexandra weder als Schlesierin noch als Niederrheinerin beansprucht werde.

„Noch nicht da?“, fragte er, als er aus der Kirche kam, obwohl er das selbst hätte sehen können.

„Sie kommen sicher nicht vor halb zwölf. Ab Neuss müssen sie über die Landstraße zuckeln“, sagte sie, während sie Alexandra in das Badewännchen eintauchte.

„Nervös?“, fragte er.

„Nein. Warum auch?“

Er stellte sich ans Wohnzimmerfenster und blickte auf die Straße, auf der sie kommen würden. Die Schranken der Regionalbahn, die hier die Straße kreuzte, senkten sich, die Bahn fuhr vorbei, die Schranken hoben sich. Mehr als eine halbe Stunde verging. Dann kam der hellgraue Ford und er dachte: „Jetzt geht es los!“ und rief in die Küche: „Da sind sie.“

Die Begrüßung war herzlich. Man konnte es nicht anders sagen. Man sei gut durchgekommen, hieß es. Aber es sei kalt. Die Heizung im Auto funktioniere mal wieder nicht.
„Aber hier habt ihr es schön warm“, sagte Mutter Bartsch, die sich in der Wohnung seit dem Umzug, bei dem sie geholfen hatte, gut auskannte. Ihr Mann, der Mantel, Schal und Hut abgelegt hatte, stand jetzt, feierlich gekleidet mit dunklem Anzug, weißem Hemd und schwarzroter Krawatte im Flur, strebte seiner Frau hinterher, die, noch im dunklen Mantel mit Pelzkrägelchen, zielsicher auf das Wohnzimmer zustrebte, die Tür öffnete, stehen blieb und entzückt ausrief: „Wie zu Hause.“
Hermann schluckte noch, als sein Schwiegervater anerkannte: „Wie früher! Richtig schön und so sorgfältig geputzt.“
Im Nu wurden Hermann alle Differenzen wieder bewusst, die er überwunden glaubte. Der Tannenbaum – genauer: die Fichte – wurde als Erstes vereinnahmt. Die Lametta-Fäden waren in der Tat so gehängt, wie man es in Schlesien gewohnt war und wie man es in Bonn beibehalten hatte. Die Kugeln waren so gebündelt und so in den Baum gehängt, wie es sein musste und richtig war.
„Nein, ist das schön“, sagte seine Schwiegermutter, besann sich dann aber auf das Wichtigste und fragte: „Und wo ist unser Kind?“
Wieder spürte er einen Stich und sagte – fast patzig: „Unser Kind schläft noch.“
Aber er wurde von seiner Frau korrigiert: „Das glaub ich nicht. Ich geh mal gucken und hole sie.“

Tatsächlich war Alexandra wach, wurde präsentiert, fremdelte überhaupt nicht, lachte in die Runde – so schien es – und ließ sich ohne weiteres der Oma übergeben.
„Die mag mich“, strahlte diese und wiegte ihr Kind hin und her.
„Und sie riecht so gut“, bemerkte der Großvater.
„Ja. Frisch gebadet und gecremt!“, erklärte die stolze Mutter.
„Darf ich euch etwas anbieten?“, wollte der Schwiegersohn ablenken.
„Nein, danke“, wehrten die Großeltern fast gleichzeitig ab. „Wir essen sicher gleich. Hast du was Gutes gekocht?“, wandten sie sich an die Tochter.
Die wiegelte ab: „Ihr werdet sicher satt werden.“
Die Essecke bot nicht das Ambiente für ein Fest-Menu. Trotzdem kam so etwas wie Weihnachtsstimmung auf, als der Braten herumgereicht und der Wein eingeschüttet war. Dann tauschte man aus, von wem man Weihnachtskarten und -briefe erhalten hatte. „Du kennst doch noch den ...?“ oder „Erinnerst du dich noch an ...?“ waren Sätze, die lange Passagen einleiteten und immer neue Fäden zogen und immer mehr Gruppenbeziehungen aufdeckten, in denen er, der Schwiegersohn, sich nicht auskannte. Für die Schwiegereltern schien klar zu sein, dass er jetzt dazugehörte; sie setzten voraus, dass er sich für Tante Anni und Onkel Max ‚in der Zone‘ und für Gerd und Luzie, die es nach Schwerin verschlagen hatte, brennend interessiere, obwohl es unwahrscheinlich war, dass er sie je zu Gesicht bekommen würde. Ihn interessierte das alles nicht im Ansatz. Aber

genau das durfte nicht bemerkt werden, durfte er nicht zeigen.
Das Kaffeetrinken war für halb vier angesetzt. Wenn seine Eltern und Tante Lisbeth die Regionalbahn um 15.03 Uhr am Bahnhof nähmen, würden sie 15.22 Uhr an ihrer Haltestelle aussteigen. Ab 15.00 Uhr bangte er. Würden sie die Bahn erreichen? Würden sie sich richtig verhalten? Wobei er nicht einmal wusste, was ‚richtig verhalten' sein würde. Die Bahn kam zeitig, nicht aber sie. Nun kann man jeden Zeitplan etwas zerdehnen, nur mit dem Nachmittagskaffee ist das anders. „Kaffeedurst" ist für Stadtbürger kaum zu ertragen. Die Laune sinkt minütlich und die Aggressivität steigt entsprechend schnell an.
Als liefe alles bestens, setzte man den Wasserkessel schon mal auf, präparierte die beiden Warmhaltekannen, brachte Kuchen und Plätzchen auf den niedrigen Couchtisch ins Wohnzimmer und schaute gleichzeitig nach draußen zur Haltestelle. Zwanzig Minuten hatte man auf Zeit gespielt, als die nächste Bahn kam und ihn das blanke Entsetzen packte, denn „sie" waren wieder nicht drin.
„Sollen wir schon mal anfangen?", fragte sie, das Kind auf dem Arm, Blick zur entschwindenden Bahn und Blick zu ihren Eltern.
„Aber nein! Wir warten auf die Eltern. Das ist doch klar", wiesen diese das Angebot freundlich zurück.
Zwanzig Minuten lang wurde nun herumgerätselt, was alles passiert sein könnte. Da kam die nächste Bahn und ihr entstiegen die drei Ersehnten. Die kleine Mutter Maria Keller nahm, offensichtlich guten Mutes, Kurs auf das Haus. Vater Friedrich Keller stützte sich auf seinen Spazierstock

und fiel langsam in den für ihn typischen Wiegeschritt. Tante Lisbeth setzte vorsichtig Fuß vor Fuß, stützte sich auf einen Regenschirm, der stabil genug war, die Funktion einer Gehstütze zu übernehmen.
Der Abstand zwischen Vorderfrau und nachfolgendem Geschwisterpaar vergrößerte sich. Dann ging die Schelle und Vater Keller junior drückte etwas verärgert den Türöffner. Er wusste nicht, ob er seinen Ärger hinunterschlucken oder in einen sanften Vorwurf kleiden sollte, als seine Mutter, ungewohnt aufgeräumt, erklärte: „Da wären wir. Frohe Weihnachten auch allen!"
Damit ging sie durch ins Wohnzimmer, begrüßte noch im Mantel und so, als ob nichts passiert sei, die Bonner Großeltern und erläuterte: „ Wir sind bei Sissi hängen geblieben. Wir haben doch seit Neuestem einen Farbfernseher. Und dann diese Sissi. Und Wien und Laxenburg. Da waren wir doch im Sommer. Nein, da konnten wir nicht weg."
Inzwischen hatten die Zurückgebliebenen auch die Treppe geschafft. „Wenn ich das gewusst hätte, wären wir beim Schwarz-Weiß-Fernsehen geblieben. Nicht wegzukriegen waren diese Frauen", suchte Vater Keller alle Schuld von sich abzulenken.
Überraschenderweise nahm niemand irgendjemand etwas übel. Man ließ Mutter Keller noch etwas schwärmen, bat dann an den Kaffeetisch und wandte bald die ganze Aufmerksamkeit dem Mittelpunkt des Festes und der Familie zu: Alexandra, dem Kind.
Gut, dass dieses Kind von all den Lob- und Preisliedern der versammelten Großeltern nichts verstand, sondern abwechselnd in die hinunterbrennenden Kerzen des Ad-

ventskranzes und in die von den Kerzen beschienen Gesichter der Kaffeegesellschaft sah.
„Nein, guck mal, es guckt", machte man sich gegenseitig aufmerksam.
„Jetzt guckt es auf mich", sagte die eine Oma, was die andere Oma gütig zugab, dann aber doch inständig auf einen entsprechenden Gunstbeweis des Kindes wartete.
Christstollen wurde gereicht, Kaffee nachgeschenkt; Plätzchen und Kuchen wurden ausgiebig gelobt.
„Ein hübsches Kind!", begann der Bonner Großvater einen neuen Absatz der Litanei.
„Das hübscheste", steigerte der Großvater Friedrich.
Doch das empfand man als unangebrachte Ironie und verursachte eine sekundenlange Pause. Aber dann setzte sich die eingefahrene Rhetorik wieder durch.
„Und so niedliche Händchen!"
Bei denen blieb man eine Zeit lang: „Das hat man ganz vergessen, dass es so kleine Fingerchen gibt. Nein, nein."
Eine graue Wolke drohte am Familienhimmel aufzuziehen, als die unausweichliche Frage aufkam, „auf wen es denn komme". Darauf hatten vor allem die Großmütter gewartet. Sie hatten sich auch schon ihre Meinung gebildet, waren aber doch höflich genug, zuerst nach den Zügen aus der anderen Familie zu suchen. Das erwies sich als schwierig. Schon die blonden, fast weißen Haare Alexandras schienen aus allen Familienlinien zu fallen, bis sich Mutter Keller erinnerte: „Unser Jung hatte auch zuerst ganz weißes Haar. Einige meinten schon, der wär ein Albino." Hermann Keller, der Vater Alexandras, der hier als „unser Jung" in Erinnerung gerufen wurde, war das etwas peinlich; denn er

hatte jetzt dunkelbraune Haare. Er lenkte deshalb ab: „Das hat sich deutlich geändert."
Inzwischen hatte Mutter Bartsch herausgefunden, dass „die Partie um die Nase ganz Tante Anni" sei. Diese Tante Anni war die Schwester ihres Mannes, wohnte in Braunschweig und würde auf längere Zeit nicht zum Vergleich herangezogen werden können.
„Von den Eltern wird die Kleine sicher auch was haben", gab Großvater Friedrich zu bedenken. „Außerdem", fügte er hinzu, „meine Füße braucht sie nicht zu übernehmen. Da gibt es Besseres."
Dem stimmte Tante Lisbeth zu, die ebenfalls an der schlechten Fuß-Erbmasse litt.
„Nee", sagte die Tante, „dat Kind soll glücklich werden und soll sich von den Vorderleut nehmen, was es brauchen kann."
Dem stimmte man bei.
Inzwischen war Alexandras gute Laune vorbei; sie knötterte vor sich her; rieb sich mit den ach so kleinen Händchen die Nase und wollte ganz offensichtlich vom Schoß herunter. Sie hatte genug Weihnachtsidyll. Großvater Friedrich hatte genug vom Kaffee und fragte seinen Sohn: „Habt ihr in eurem Haushalt auch schon was anderes als Kaffee?"
Der fragte etwas vorwurfsvoll zurück: „Jetzt schon?"
Worauf sein Vater zum Fenster zeigte: „Guck mal nach draußen." Draußen war es tatsächlich schon dunkel geworden und das war hinreichende Legitimation dafür, ein erstes Glas Wein einzuschenken.

Großer Umbau! Alexandra verschwand mit ihrer Mutter im Kinderzimmer; die Großmütter räumten den Kaffeetisch ab und fragten sich bald in der Küche gegenseitig, wo die Geschirrtücher seien. Vater Hermann stieg in den Keller, um zunächst mal zwei Flaschen Wein zu holen. Als er hochkam, stakste Tante Lisbeth im kleinen Flur der Wohnung hin und her und erklärte: „Stief jesäete. Ech mot mech wat verträne. So völ wiese Kall jiet en de Bien.“ Tatsächlich hatte sie sich bisher weitgehend in die Rolle der stillen Zuhörerin gefügt.
Als Vater Hermann die Weingläser auf dem Couchtisch postierte, arbeiteten die Großväter ihre Vergangenheit auf. Großvater Keller hatte seinen Frankreich-Feldzug schon hinter sich, hatte den harten russischen Winter in Smolensk schon überstanden und befand sich grade ‚beim Amerikaner' am Fuß des Wilden Kaisers in Bad Aibling in Gefangenschaft. „Ich hatte Glück“, fasste er zusammen und gab seinem Gegenüber Gelegenheit, die Parallelen zu ziehen. Der war anfangs ebenfalls in Frankreich gewesen, lobte den Cognac im Offizierskasino, hatte mitbekommen, wie man Pläne diskutierte, England von Frankreich aus anzugreifen, und war dann in das besetzte Böhmen nach Prag abkommandiert worden. „Da war ich fast zu Hause: In Prag hatte ich ein Büro auf dem Hradschin. Es sollte geprüft werden, wie die böhmische Landwirtschaft ins Reich integriert werden könne. Als dann alles zusammenbrach, haben wir uns nach Schlesien durchgeschlagen. Die Gefangenschaft ist mir glücklicherweise erspart geblieben.“
„Dafür kam dann die Katastrophe“, setzte seine Frau ein, als sich alle wieder niedergelassen hatten.

Der Wein war eingeschenkt; aber man wollte mit dem Zuprosten doch warten, bis die Hausfrau und Mutter dazu käme. Aber die rief vom Kinderzimmer aus: „Fangt ruhig schon mal an. Hier gibt es einiges zu tun. Es dauert."
„Ja, ja. Die Mütter", zeigten die Großmütter Verständnis und erwarteten rückwärtiges Lob, weil sie das schließlich auch alles einst mit Bravour bewältigt hatten.
„Na, dann Prost", ergriff Großvater Keller, der es kaum noch aushalten konnte, das Wort und sein Glas.
„Ein gutes Tröpfchen", lobte Großvater Bartsch, als er das Glas absetzte.
Dann endlich war Zeit, die Katastrophe im Detail zu behandeln. Hermann Keller wusste bis in die Formulierung genau, was jetzt kommen würde, und er ahnte, dass jetzt eine Auseinandersetzung darüber beginnen würde, wer unter dem Krieg und unter den Kriegsfolgen am meisten zu leiden gehabt hatte. Er kannte alle Solo-Stimmen und erwartete nun ein vielstimmiges Konzert mit ungewissem Ausgang.
Für die Schwiegermutter begann der Krieg mit dem Einmarsch der Russen in Schlesien.
„Das können Sie sich nicht vorstellen. Das weiß nur, wer es erlebt hat. Das kann man nicht in Worte fassen."
Es folgte eine Pause, die auf die Einzeldarstellung vorbereiten sollte, deren Funktion von Großmutter Keller aber nicht erfasst wurde. Sie meinte, sie sei dran: „Als bei uns der Amerikaner einmarschierte, hatten wir das Schlimmste hinter uns."
„Das Schlimmste fing bei uns erst an, als die Russen kamen", wurde ihr von Mutter Bartsch entgegengehalten.

Und nun ging man in die Beweisführung, wie sich nämlich die schlesischen Mädchen und Frauen ‚vor der brutalen Rotte' in Kellern und Scheunen versteckt hätten, wie sie sich Ruß ins Gesicht geschmiert hätten, um ‚diese wilden Tiere' abzuwehren und möglichst unansehnlich und abstoßend auszusehen und wie sich Onkel Max schützend vor seine Cousine gestellt habe und wie ‚der besoffene Russki' die Pistole gezogen habe, sich aber dann doch davongemacht habe.
„Nein, da waren die Amerikaner anders. Die hielten sich zurück. Sogar die Neger", ging Großmutter Keller jetzt in die Einzelheiten. „Überhaupt die Neger. Die waren vor allem zu den Kindern die nettesten. Wir kannten die Neger ja vorher nur aus den Missionszeitschriften. Und an den Krippen stand immer ein Opferstock: ‚Für die armen Heidenkinder'. Und Stanniol-Papier hatten wir doch auch immer gesammelt. Und jetzt standen die armen Heidenkinder als erwachsene Männer in Uniform vor uns. Übrigens: Immer adrett."
„Und zum Dank, dass ihr immer so fleißig gesammelt habt, haben sie euch nichts getan", unterbrach Großvater Friedrich seine Frau, dem das Neger-Lob entschieden zu weit ging. Er versuchte, das Thema ganz allgemein abzuschließen.
Er ahnte nicht, dass der Einmarsch der Sieger erst die Ouvertüre des Ganzen war. Es folgten noch mehrere Sätze in Moll: Die Plünderungen und Vergewaltigungen in Schlesien waren schlimm; schlimmer war die Vertreibung. Mit genauen Zeitangaben wurde nun geschildert, wie man in

Schlesien zusammengetrieben, auf Viehwaggons verladen und dann ins Ungewisse geschickt wurde.
Aus westlicher Sicht wurde im zweiten Satz dieses Konzerts dagegengehalten, dass man schon 1944 evakuiert worden sei – damals nämlich, als die Front von Belgien und Holland „auf uns zukam". Alles habe man damals zurückgelassen.
„Ja, aber die, die evakuiert waren, konnten nach dem Krieg zurück; die Vertriebenen sind bis heute vertrieben", beharrte Großmutter Bartsch. Eigentlich hätte jetzt der Contra-Punkt mit den Bombennächten gesetzt werden müssen. Doch Großvater Keller schaltete sich ein, ehe seine Frau auflisten konnte, zu wie viel Prozent Städte wie Köln, Düsseldorf und Dortmund zerstört gewesen waren, und meinte versöhnlich: „Den Krieg haben wir alle verloren."
Aber dieser Versuch misslang gründlich.
„Den Krieg haben eigentlich nur die Vertriebenen verloren", beharrte Mutter Bartsch, wie sie es beim letzten Schlesiertreffen gelernt hatte, „denn nur wir haben die Heimat endgültig verloren."
Und sie zählte auf, wo ihre Verwandten und Bekannten im Westen und zum Teil auch in der DDR – „Die haben es besonders schwer angetroffen." – untergekommen waren und unter welchen Bedingungen sie sich eine neue Existenz aufbauen mussten.
„Ich will mal so sagen", schaltete sich jetzt Tante Lisbeth ein, die bisher geschwiegen hatte und Augen und Ohren immer dahin gewandt hatte, wo grade gesprochen wurde, „da is wat dran. So hab ich dat bisher nicht jesehen."

Sie war die Einzige, die ihren Standpunkt – schon, um sich von Bruder und Schwägerin abzusetzen – etwas verrückt hatte. Und dafür hatte es sich ja schon gelohnt.

„Ich hab ein paar Schnittchen gemacht“, verkündete jetzt die Gastgeberin. „Ich denke, wir stellen die Plätzchen-Teller mal weg und decken Dessert-Teller. Es gibt zwar auch Kartoffelsalat, aber nach großen Portionen, glaub ich, ist niemand zu Mute.“
Man pflichtete ihr bei und räumte um. Bei den Männern stellte sich die Grundsatzfrage, ob man nach dem Wein jetzt ein Glas Bier vertrage und ob man dann beim Bier bleiben müsse oder ob man später zum Wein zurückkehren könne. Man stritt sich, ob die Grundregel laute ‚Bier auf Wein, das lass sein‘ oder ob es nicht richtiger heiße ‚Bier auf Wein. Das ist fein‘. Entsprechend der bevorzugten Maxime wurde gewählt.
Großvater Keller ließ sich ein Bierglas und eine Flasche Pils reichen, öffnete die Flasche erwartungsvoll. Seine Frau blickte herüber und fragte vorsichtig: „Willst du die wirklich ganz allein trinken?“
Aber ihr Mann ließ sich nicht drausbringen: „Klar. Es ist doch Weihnachten. Und außerdem kostet es hier nichts.“
Damit hatte er die Lacher auf seiner Seite, und seine Schwester hielt zu ihm: „Trink du ma. Ich will mich gern zurückhalten, wenn et dir ma schmeckt.“
Punktniederlage für Großmutter Keller! Um neue Verbündete zu finden, lobte sie jetzt die Schnittchen ihrer Schwiegertochter: „So schön zurechtgemacht. Richtige Kunstwerke. Zu schade zu essen.“

Damit bezog sie sich auf die Meerrettich-Häufchen und die Mayonnaise-Schlangen, welche die Schinken-Häppchen, den Kasseler Braten und die Würfel aus Holländer Käse drapierten.
Es schmeckte. Zur deutlichen Hebung allgemeinen Wohlbefindens trug bei, dass – nach Zwischenschlaf und Windelwechsel – Alexandra auf dem Arm ihrer Mutter hereingebracht wurde und die Flasche bekam.
„Ja, nein. Da bist du ja wieder", redete Tante Lisbeth auf das Kind ein, das dann auch nicht widersprach.
Alles wäre gut gewesen, wenn man sich nach der glimpflich verlaufenen Vergangenheitsbewältigung auf eine optimistische Betrachtung der Zukunft hätte einigen können. Doch da wurde eine dunkle Wolke am Horizont beschworen, und die hieß Brandt.
Der ehemalige Bürgermeister von Berlin war im neuen Kabinett der Bundesregierung Vizekanzler. Die bange Frage der älteren Generation lautete: „Was wird aus Deutschland werden?"
Die Gastgeber hatten befürchtet, dass die Rede auf Willy Brandt kommen würde. Sie hatten vereinbart, nicht einzugestehen, dass sie für diesen Politiker etwas übrig hatten. Sie wollten nichts zu dem Streit beitragen, der unweigerlich ausbrechen würde, wenn dieser Name fiel.
Doch – der Streit blieb aus. Die Ablehnung war einhellig. Ganz der Adenauer-Linie folgend, war dieser Politiker Emigrant und rot, Vaterlandsverräter und Vertriebenenfeind, ohne geordnetes Elternhaus, unehelich geboren und schon deshalb unerträglich.

„Hör mal, wir müssen die nächste Bahn kriegen, sonst müssen wir vom Bahnhof aus laufen", mahnte in den mehrstimmigen Chor Großmutter Keller.
„Um Jottes willen", erschrak Tante Lisbeth, der die Vorstellung von einem einstündigen Marsch durch die Stadt noch furchterregender war als ein möglicher Wahlsieg der SPD im nächsten oder übernächsten Jahr. Schnell wurde ausgetrunken. Man wünschte sich alles Gute, einen „guten Übergang" und ein frohes Wiedersehen demnächst. Spätestens bei der Taufe.
Vater Keller brachte seine Verwandtschaft zur Bahn und atmete draußen ordentlich durch. Als er wiederkam, hatte Mutter Keller Tochter Alexandra ins Bettchen gelegt.
„Gott sei Dank, das ist noch mal gut gegangen!", sagte er.
„Wenn wir jetzt noch was aufbleiben: Bitte keinen Ton mehr über Krieg, Vertreibung und Brandt", bat sie.
„Am besten spielen wir was", überlegte er.
„Aber was?"
„Am besten ‚Mensch ärgere dich nicht'."
„An Weihnachten?"
„Grade an Weihnachten."

VII. November 2003: Unterbrechungen

Donnerstag in der 45.Woche.
Novembertag! Das Stichwort mag genügen. In den Morgennachrichten war vor Nebel gewarnt worden: Behinderung der Sicht auf 30 Meter – auch in den ebenen Gebieten des Niederrheins. Doch im bebauten Bereich ist davon wenig zu merken. In den Städten, auch in den locker besiedelten Vorstädten, ist es nass, kalt, trüb. Aber der Verkehr ist nicht behindert. Autos und Busse surren zügig über asphaltierte Straßen in die Stadt.
Herr Keller sitzt in seinem Arbeitszimmer am Schreibtisch, breitet Notizzettel vor sich aus, blickt auf das Konzept, das aus ein paar Gliederungspunkten, vielen Stichwörtern und der vorläufigen Überschrift „Weihnachten als Familienvater" besteht. Aus dem Papierfach holt er einen Stapel Ringbuchblätter. Dann sucht er nach dem dünnen, blauen Pilotstift. In den nächsten Tagen will er den Grobentwurf des Kapitels fertig stellen. Mit Schwarz und Rot würde er dann korrigieren, streichen und ergänzen. Danach würde er eine günstige Gelegenheit abpassen, den Text seiner Frau zu unterbreiten oder vorzulesen und diese dann zu fragen und zu bitten, ob sie aus dem Chaos-Manuskript einen schönen Computer-Ausdruck machen könne.
Die Schreibtischlampe beleuchtet zentral die grüne Schreibunterlage, den aufgestellten Jahreskalender, eine Schale mit Stiften in verschiedenen Farben – drumherum Nippes aller Art, Erinnerungsstücke an Familienreisen; darunter sind ein Stierkopf aus Kreta, eine Bronze-Schildkröte von Zakynthos, ein Grenadier aus Potsdam,

ein römischer Legionär aus Tunesien und die Büsten der Weimarer Klassiker Goethe und Schiller in Marmor-Kleinstformat – und zusätzlich heute auf dem Tisch ein dickes Familienfotoalbum.
Der Absprung will nicht gelingen. Er sieht nach draußen, blickt in den Garten: Nasses gelbes und braunes Laub auf der verregneten Grasfläche, letzte Blätter an den Ästen des Apfelbaums; schwarzgrünes Wachholdergebüsch im Nachbargarten – Friedhofsgewächs. Es nieselt.
Ihm geht durch den Kopf, dass er im Moment genau den Blickwinkel vor sich hat, den seine Eltern hatten, als sie nach ‚oben' zogen und sich der spielenden Kinderschar im Garten mit Sandkasten und Blockhütte erfreuen wollten. Dieses Zimmer, in dem jetzt sein Schreibtisch und seine Liege stehen und das an drei Seiten mit Bücherregalen bis an die Decke vollgestellt ist, war einst das Schlafzimmer seiner Großmutter, die hier ihre letzten Atemzüge tat, dann der Wohnraum seiner Eltern, in dem sie frühstückten, die Zeitung lasen, den Tag bis zum Spätnachmittag verbrachten, später das Wohnschlafzimmer seines Vaters, den Hermann Keller hier eines Morgens tot im Bett liegend vorfand.
Ein paar Erinnerungsstücke sind geblieben: In einem dunkel gebeizten Eckschränkchen, das jener Onkel Joseph 1934 für das Maria-und-Friedrich-Brautpaar geschreinert hatte, werden eine Bonboniere, die Reste eines japanischen Teeservices und acht hochstielige Weingläser aufbewahrt – Stücke, die einst Friedrich seiner Maria zu Hochzeitstagen und runden Geburtstagen schenkte. Im Fach darunter stehen zwei verwegene Seeleute, die Ale-

xandra und Bernhard später ihren Großeltern von einem Nordseeurlaub mitbrachten, dann die römische Wölfin mit Romulus und Remus, mit der sich Alexandra für das zusätzliche Taschengeld zu ihrer Abiturfahrt nach Rom bei ihrem Großvater bedankte. Ganz vorn: ein griechischer Wachsoldat in Trachtenuniform, ein Efzone, gekauft am Hafen von Piräus; daneben: Nasredin, der türkische Geschichtenerzähler, erhandelt in Istanbul, schließlich: ein von Carola geformtes und bei der Nachbarin gebranntes Känguru.

Ein Schrank voller Geschichten.

Er sollte anfangen. Aber vorläufig wirbelt noch zu viel im Kopf herum. Für das Manuskript der gemeinsamen frühen Jahre hatte er zwei Wochen gebraucht. Es lag als Computerausdruck unten. Er hatte vorgelesen. Hede hatte bestätigt, korrigiert, um ein paar Änderungen gebeten und dann geschrieben.

„Aus dem Rückblick sieht vieles anders aus", hatte sie gesagt.

„So ist es."

„Manches würde ich heute anders machen."

„Ich auch. Geht aber nicht."

„Vielleicht gehen wir demnächst alles noch einmal durch."

Das stand noch aus.

Am Allerheiligentag waren sie in Bonn gewesen. Sie hatten sich auf dem Zentralfriedhof mit Hedes Brüdern für 15.00 Uhr verabredet, hatten tags zuvor ein Bukett gekauft und waren fast in Panik geraten, als sie auf dem Kölner Ring in einen Stau kamen, der sich dann an der Ausfahrt Klettenberg plötzlich auflöste. Auf der dreispurigen Autobahn nach Bonn holten sie etwas von der verstauten Zeit auf, fuhren an Sechtem vorbei, wo er als Student drei Semester gewohnt hatte, sahen den Venusberg vor sich, nahmen die Ausfahrt Bonn/Godesberg und trafen gerade noch pünktlich auf dem Parkplatz vor dem Friedhof mit Brüdern und Schwägerin zusammen.

Das vom Gärtner gepflegte Grab präsentierte sich in gutem Zustand. Dass die hohe Kastanie ihre Blätter auf die Anlage fallen ließ, war ärgerlich, aber nicht zu ändern. Der Grabstein mir den Stichwörtern Grafschaft Glatz und Mittelsteine setzte Gedanken und Erinnerungen in Gang: Verlorene Heimat, auseinandergerissene Familie, Sippentreffen, schlesische Wallfahrt, Landsmannschaften, Vertriebenentreffen. Jetzt, am Grab, war das Verständnis erheblich größer als damals am Kaffeetisch. Der Satz von Mutter Bartsch, den sie damals als Totschlag-Argument zurückgewiesen hatten, wurde heute akzeptiert: „Das kann sich keiner vorstellen, der das nicht mitgemacht hat."

Begrabene Geschichte!

Der Allerseelentag war dann für die Terhoeven-Beniers-Keller-Familie reserviert gewesen. Auf dem alten Friedhof der Seidenstadt hat Familie Keller seit Anfang des 20. Jahrhunderts eine vierstellige Gruft, in die zuerst Jakob Keller, der früh verstorbene Ehemann von Maria eins, gebettet wurde, fast fünfzig Jahre später diese selbst. Eine weit entfernte Tante Adele, die kurz nach Jakob starb, hatte hier ihre Ruhestätte gefunden. Auf dem Grabstein wurde weiter des ersten Kindes von Friedrich und Maria gedacht, das tatsächlich auf dem Kinderfriedhof beigesetzt worden war und dessen Grab längst eingeebnet war. Inzwischen hatten Friedrich Keller und seine Frau Maria die Plätze von Jakob und Maria eins eingenommen – neben ihnen Elisabeth Keller, also: Tante Lisbeth, Schwester und Schwägerin. Für Onkel Joseph war keine Stelle frei gewesen, als er starb. Er hatte eine eigene Ruhestätte auf dem Neuen Friedhof.

„Ich mag das Wort „Gruft“ nicht“, sagte Hede, als sie am 2. November das Bukett niederlegten.

„Ich habe nie darüber nachgedacht. Bei uns sagte man so. Ich musste als Junge damals „die Gruft in Ordnung halten“, wie es hieß. Also: im Sommer Unkraut beseitigen, in der Adventszeit mit Tannengrün bedecken, vor Ostern Tannengrün beseitigen, erste Blumen pflanzen und so weiter.“

„Inzwischen ist das mir zugewachsen. Ich mach das übrigens gern. Mit deinem Vater kann man sich gut unterhalten.“

Kurzes Gebet.

Eigentlich hätte es sich gehört, am Nachmittag nach Boisheim zur Terhoeven-Grabstätte zu fahren. Sie waren im Sommer auf dem Dorffriedhof gewesen, hatten das Familiengrab, wo Hermann und Mechtildis Terhoven und deren Töchter Christine und Johanna lagen, zuerst nicht gefunden. Es war überwuchert. Die Suche war so schwierig, weil dieses Grab keine Tafel hat.

„Ech will kenne Stien op de Kopp“, hatte Großmutter Terhoven vor ihrem Tod verfügt und dem hatten sich die Nachfolgenden beugen müssen. Hermann und Hede hatten den Kontakt zu Boisheim verloren, seit Tante Johanna im Pflegeheim in Lobberich dahingesiecht war, aus tiefer

Bewusstlosigkeit nicht mehr aufgewacht war und schließlich, begleitet von Nachbarn, ihren Neffen und der Fahne des Jungfrauenvereins, die sie einst gestickt hatte, zu Grabe getragen worden war.
„Wer weiß, wie es inzwischen in Boisheim aussieht", hatte Hede am Nachmittag des Allerseelentags gesagt.
„Ich weiß es auch nicht", hatte er gesagt und hinzugefügt: „Ich will es auch nicht wissen. Das vorige Mal war schon ein Schock. Ich kann heute keine Depression gebrauchen. Zweimal Friedhof an zwei Tagen genügt."
„Verständlich. Also: Bleiben wir hier."
„Friedhöfe haben so etwas Deprimierendes!"
„Es sollte anders sein: tröstlich, beruhigend."
„Man weiß nie, was noch kommt."
„Das ist schon richtig. Man weiß nicht einmal genau, was war und was ist."
An diese Replik seiner Frau musste Herr Keller jetzt denken. Sie war sicher als spontane Reaktion ausgesprochen worden, aber sie hatte Grund. Herr Keller nimmt das Fotoalbum, blättert und hat sie alle vor sich, denen der Besuch an den vergangenen Trauer- und Feiertagen gegolten hatte oder hätte. Beim Weihnachtsbild des Jahres 1985 bleibt er hängen: Jetzt hat er einen Anfang.

„Und? Bist du weitergekommen?", fragt sie, als er um zwölf Uhr zu einem kleinen Mittagessen herunterkommt.
„Na, ja!"
„Also ja!", schließt sie.
„Ja, aber es bleibt halt vieles ungesagt und unerinnert."

„Du hast ja noch den ganzen Nachmittag. Ich stör dich nicht. Ich bin im Silentium."
Seit die Kinder aus dem Haus sind, engagiert sich Frau Keller bei einer Hausaufgabenhilfe. In einem sozialen Brennpunkt hat die Stadt eine Wohnung angemietet und mit Tischen und Stühlen ausgestattet. An vier Tagen in der Woche kommen etwa vierzig Kinder aus den Klassen eins bis zehn aus den unterschiedlichen Schulformen, helfen sich gegenseitig und lassen sich helfen. Anfangs waren die deutschen Kinder in der Überzahl, jetzt sind es hauptsächlich ausländische Mädchen und Jungen, die sich hier treffen und die sich im deutschen Schulpensum zurechtfinden müssen.
Das erstrebte Fernziel ist, einen Schulabschuss zu erwerben; als Traumziel steht vor Augen, jemanden ‚von hier', dem sozialen Brennpunkt also, in eine Lehrstelle zu vermitteln.
„Zum Kaffee bin ich wieder da", sagt sie, nachdem gegessen, gespült und alles wieder eingeräumt ist. Sie packt ihre Sachen und geht auf Tour.
Natürlich kommt ihr bei ihrer selbst gewählten Aufgabe zugute, dass sie als Mutter dreimal mit ihren Kindern die Schullaufbahn mitgelaufen ist und den Prozess vom Schlangenlinienziehen zum Buchstabenmalen, vom schriftlichen Addieren zum Gleichungenlösen, vom Vokabellernen bis zum fremdsprachlichen Gesprächsentwurf verfolgt, beobachtet und unterstützt hat. Sie hatte mit der Heirat den Beruf aufgegeben, wie es damals erwartet wurde, hatte – durchaus gerne – die Mutterrolle angenommen, fand mit dieser Entscheidung höchste Anerkennung bei ihren Eltern

und Schwiegereltern und – unausgesprochenen – Dank von ihrem Mann. Damals bemitleidete man in der Bundesrepublik die Frauen in der DDR, die ihre Kinder morgens um sieben oder noch früher in einer Kinderkrippe abgeben und selbst dann einem Beruf nachgehen mussten. Später musste sie ertragen, dass sie von ihren Kindern gefragt wurde, was sie eigentlich gelernt habe und ob sie nie einen Beruf gehabt habe.
‚Mutter' galt nichts.
Um halb vier steht der Kaffee auf dem Tisch. Draußen fährt das Auto vor. Es nieselt immer noch oder schon wieder. Aber es lohnt nicht, für den kurzen Weg vom Auto bis zur Haustür den Schirm aufzuspannen.
„Ja, läuft es weiterhin?", fragt sie.
„Es drippelt", sagt er, eine Wendung Fontanes, seines Lieblingsautors, übernehmend.
„Ist deine Familie jetzt komplett?"
Sie vermutet richtig, dass er augenblicklich über jenes Weihnachten schreibt, als alle drei Kinder auf Weihnachten warteten und dann unterm Tannenbaum standen.
„Schon nicht mehr."
„Inwiefern?"
„Die Großmütter sind schon tot; die Großväter sind übrig geblieben. Unsere Eltern haben der Statistik zuwider gehandelt, nach der Frauen länger leben als Männer."
„Man kann sich auf nichts verlassen. Wir hatten nur wenige Jahre die drei Generationen zusammen. Wir hätten früher heiraten sollen", meint sie.
„Das wäre eine doppelte Familientragödie geworden. Das weißt du selbst. Unser Kampf war hart genug. Das hätte

auch anders ausgehen können. Heirat war damals noch ein Familienprojekt. ‚Ohne den Segen der Eltern heiraten' – damals doch unvorstellbar", erinnert er.

„Das ist leicht übertrieben."

„Zugegeben. Du hättest dich wahrscheinlich nicht wie Lessings Emilia mit einer Haarnadel erstochen, wenn man dich an einen andern hätte vermitteln wollen, und auch nicht wie Schillers Luise Gift genommen, wenn man uns hätte entzweien wollen."

„Eher wäre ich abgehauen – wenn du mutig genug gewesen wärst mitzugehen."

„Es ist noch mal gut gegangen. ‚Happy end' vor dem Traualtar."

„So happy war das nicht. Aber lassen wir das."

„Ich denke, die Wunden von damals sind abgeheilt. Am Ende kam die Sonne durch. Irgendwann haben sich unsere Eltern sogar geduzt."

Das Telefon läutet. Ausnahmsweise nimmt er das Gerät zur Hand, drückt die grüne Taste, meldet sich, lehnt sich zurück. Frau Keller merkt, dass es länger dauern wird, räumt das Kaffeegeschirr aufs Tablett, bringt es in die Küche, kommt zurück und versucht, von Herrn Kellers Reaktionen auf die Aktionen des Anrufers zu schließen. „So plötzlich?" hört sie und „bis zum Abitur?". Sie sieht, wie er die Augenbrauen hochzieht, wie es in ihm arbeitet.

„So auf die Schnelle kann ich mich nicht entscheiden", sagt er jetzt. „Ich werde mit meiner Frau sprechen und dann morgen anrufen." Dann bekräftigt er: „Morgen. Du kannst dich drauf verlassen." Er drückt die rote Taste und legt den Knochen weg.

„Und?"
„Die Schule. Ob ich eine Schwangerschaftsvertretung bis Ende des Schuljahrs übernehmen kann."
„Das Schuljahr hat doch grade erst angefangen."
„Ja, also bis Juli nächsten Jahres."
„Und? Willst du?"
„Ich weiß nicht. Ich hatte mich grade mit meiner Pensionierung abgefunden. Außerdem bleiben die Weihnachtsgeschichten dann liegen. Andererseits ..."
„Ich seh doch: du willst. Wie viel Stunden sind es denn?"
„Sechs insgesamt an drei Tagen. Drei Stunden Geschichte in einem Grundkurs 13, und drei Stunden Deutsch in einer Klasse 10."
„Das ist doch zu machen. Da bleibt doch Zeit für die anderen Sachen."
„Nur, wenn ich jetzt sofort wieder an den Schreibtisch gehe."
„Tu das."
Er wendet sich der Weihnachtsbescherung von vor zwanzig Jahren zu.

Zwanzig Jahre.
Zu siebt feierten sie damals Weihnachten: das Ehepaar Hermann und Hede, die Kinder Alexandra, Bernhard und Carola, Großvater Heinrich und Großvater Friedrich. Als Einbruch in die enge Familienvertrautheit wurde – zumindest von Bernhard – empfunden, dass sein Opa ‚die ganze Zeit bei uns' sein würde. Bernhard mochte Familie nur als Kleinstfamilie. Er hätte sich auch mit der Rolle des Einzelkindes abfinden können. Ein Studienfreund von ihm, der

später zu Besuch kam und der auch als Sandwich-Kind, also als mittleres Kind von drei Geschwistern, aufgewachsen war, hatte den Spruch losgelassen: „Geschwisterliebe ist die Erfindung von Einzelkindern." Bernhard hatte beredt geschwiegen.

Mehr als sieben würden sie auch in diesem Jahr sein. Bernhard hatte seine Pläne schon offengelegt. Er lebt seit zwei Jahren in Düsseldorf in einem Single-Apartment, Neubau, schön und verkehrsgünstig gelegen. Da er bereit und auf dem Wege ist, den Single-Zustand zu überwinden, ist die Wohnung zu klein. Man sucht etwas Neues und Gemeinsames. Und Sabrina sucht mit.

Sabrina steht kurz vor dem Magister-Examen, vertieft gerade ihre Kenntnisse auf dem Campus einer US-Universität und hofft, dass Bernhard bei der Wohnungssuche fündig wird – in der Landeshauptstadt, am liebsten dort, wo es am schönsten ist, also in Hubbelrath oder in Gerresheim. Wenn alles günstig läuft, eröffnen sich weitere Perspektiven. Man hat sich schon einmal erkundigt, welches Düsseldorfer Standesamt das schönste ist.

Alexandra und die Ihrigen werden am ersten Weihnachtstag im großen Kombi zum Mittagessen angefahren kommen und am Abend zu Evas Eltern in die Eifel weiterreisen. ‚Die Kölner', wie sie im engsten Verwandtenjargon zusammengefasst genannt werden, sind – auch nach eigener Einschätzung – eine ‚komische Familie'. Alexandras leibliche Tochter, zugleich Hedes und Hermanns Enkelkind, ist Ina. Der leibliche Vater Christoph gehört nicht mehr – oder doch noch? – zu dieser Familie. Als Vater hat er sich – auch in der Einschätzung Alexandras – toll bewährt. Als Ehemann hat er ausgedient. Die Ehe wurde geschieden, sogar annulliert. Seit sie auf Null gefahren wurde – so der Eindruck von außen – verstehen sich Alexandra und Christoph nicht nur als Eltern Inas – wieder gut. Die ergänzende Elternrolle neben der von Alexandra weitergeführten Mutterrolle hat Eva übernommen, die in einer ganz selbstverständlichen Beziehung zu Alexandra und zu Ina steht, die gelebt ganz verständlich, dagegen sprachlich schwer vermittelbar ist. Eva ist sicher nicht Vater und nicht Ehemann, auch nicht Mutter und Ehefrau – aber von allem etwas und zusätzlich viel mehr. Sie ist mehr als Partnerin und mehr als Freundin. Sie ist zentraler Mittelpunkt dieser Gruppe, die nach geltendem Recht und gültigem Sprachgebrauch mit ‚Familie' sachlich unkorrekt bezeichnet wäre, aber als ‚komische Familie' ohne Grund belächelt würde. ‚Die Kölner' sind eine reale, aber in der real existierenden Wirklichkeit noch nicht vorgesehene Familie.

Die Kölner wohnen in der Innen- und Altstadt, im Zentrum einer urchristlichen Gemeinde, die zusammenhält, die alle Dogmen der Kirche kennt, aber für die eigenen Belange uminterpretiert, für die Karneval das wichtigste Fest neben Weihnachten ist und in der der Blasiussegen und das Aschenkreuz als wichtigste Sakramente fest verankert sind.

Vor Jahren sind Alexandra und Eva in die freigewordene Mietwohnung im fünften Stock gezogen. Die Treppen des Altbaus sind unendlich. Dafür wohnt man hocherhaben, sieht den blauen Himmel und nachts Mond und Sterne über sich. Wenn man das Haus verlässt und unten ange-

kommen ist, hat man alles in Reichweite: Getränkeshop, Gemüseladen, Bäckerei, Kneipe, Kirche. Diese Wohnung ist jetzt zu kaufen. Leider ist sie teuer. Aber wenn man die Eigenheimzulage, die die Regierung streichen will, noch mitnehmen möchte, müsste man sich bald entscheiden.
Ein weiteres Projekt steht an: Ergänzende Familienplanung.
„Es ist möglich, dass wir noch vor Weihnachten ein Pflegekind bekommen", hatte Alexandra am Telefon gesagt. Das Projekt war zwar schon mal zur Sprache gekommen, aber doch nicht so recht ernst genommen worden. Würde man den beiden berufstätigen Lehrerinnen ein Kind anvertrauen? Würde die Wohnung als hinreichend kindgerecht eingestuft? Welche Rolle würde das Pflegekind neben Ina spielen? Die Fragen, die sowieso nicht zu beantworten waren, würden sich erst erübrigen, wenn Fakten geschaffen wären.
Das jedenfalls stand jetzt fest: Zu Weihnachten würde man im Hause Keller den Tisch ausziehen und Stühle aus dem Keller und vom Speicher holen müssen: Die Kölner würden zu dritt oder zu viert kommen, Christoph würde zum Kaffee dazukommen und mit Ina erst nach dem Abendessen nach Hause fahren.
Getrennte Gemeinsamkeiten.
„Alles ziemlich kompliziert", denkt Herr Keller, der sich an diesem Nachmittag an die Diskussionen erinnert, die sie mit ihren Kindern über die Heilige Familie und über die Rolle Josephs, des Pflegevaters, geführt hatten.
Er möchte das zu Papier bringen. Draußen regnet es nicht mehr, aber es ist längst dunkel geworden. Die Schreib-

tischlampe beleuchtet wie am frühen Morgen den Schreibkreis. Auf der Fensterbank hebt sich die aus schmiedeeisernen Streifen geformte Statue des Don Quijote auf seinem klapprigen Gaul vor den dunklen Scheiben ab. Gegen 19.30 Uhr liegen insgesamt acht Ringbuchseiten beschrieben und gehäuft neben ihm. Ein gutes Tagespensum! Ein kleiner Stapel Notizzettel ist abgearbeitet und im Papierkorb gelandet. Für heute muss es genügen.
„Gernot hat angerufen. Er kommt Weihnachten zu uns. Ich habe ihn eingeladen. Er wäre sonst allein“, sagt Hede, als Hermann in die Küche kommt.
„Hatte ich mir gedacht. Finde ich gut. Ist schließlich dein Bruder und gehört zur Familie.“
Gernot und seine Frau leben, wie man so sagt, ‚in Trennung'. Sie sind nicht geschieden, aber auch nicht mehr zusammen. Aber alle Freunde, Bekannte und Verwandte merken, dass sie nicht mehr zusammenfinden werden. Da sie keine Kinder haben, werden keine Kinder leiden, nur sie selbst – wahrscheinlich.
„Platz genug haben wir“, überlegt Herr Keller.
„Eigentlich ist Weihnachten umso leichter, je mehr Leute zusammen sind“, sagt sie.
„Das hast du schon mal anders gesagt.“
„Das habe ich in der Tat früher anders gesehen. Das ist wahr. Ich dachte, Vater, Mutter, Kind sei die ideale Familie und alles, was darüber hinausgehe, störe nur.“
„Weihnachten im Einfamilienhaus der Kleinstfamilie!“
„So, in etwa.“

„Vielleicht waren unsere Vorstellungen falsch. Vielleicht hat sich die Welt geändert oder wir haben uns geändert oder man hat uns geändert."

„Hast du wieder reflektiert?"

„Ich weiß nicht, ob man das so nennen kann. Jeder merkt doch, dass sich was verschoben hat. Wenn wir hören oder lesen, Ehe und Familie müssten geschützt, gefördert oder – was weiß ich? – werden, ist für uns immer noch klar, dass beides zusammengehört: Zuerst Ehe, dann Familie. Das war doch Tradition. Zur Erstkommunion bekamen manche Mädchen schon ein zwölfteiliges Besteck für die Aussteuer und vom Lehrlingslohn wurden manche Jungen angehalten, etwas für einen Bausparvertrag abzuknapsen. Alle Nachbarn, Verwandte und Bekannte beäugten dann intensiv die, ‚die miteinander gingen'. Den Jungen wurde meist von irgendeinem Kaplan eingebläut: Man küsst nur die Mutter seiner Kinder. Was den Mädchen eingebläut wurde, weiß ich nicht. Aber das ging wohl in die gleiche Richtung. Wurde Hochzeit gefeiert, waren alle erleichtert. Alles hatte seine Ordnung. Wenn etwas unordentlich war, wurde das vertuscht. Jahrzehntelang. Ich kann mich noch erinnern, wie genüsslich meine Mutter den Geburtstag von Tante Lisbeth in Beziehung zum Hochzeitstag von Jakob und Maria Keller der Ersten brachte und dann vermutete, dass da doch irgendwas nicht stimmte. Ein bisschen Pharisäerhaftigkeit steckte in dem Willen zur Ordnung immer drin. Schlimm war, wenn jemand ‚heiraten musste'. Als einer aus der näheren Bekanntschaft in die Situation kam und der dann fröhlich verkündete: „Ech wollt ens versöcke, da kuos ech et all", da hatte er zwar die Lacher auf seiner

Seite und die beiden feierten eine fröhliche Hochzeit, aber im engeren Familienkreis wurde die Angelegenheit doch als Skandalgeschichte kolportiert. Nein: In der Eheschließung sah man den ersten Schritt zur Familiengründung. Zweiter Schritt: Einfamilienhaus. Dritter Schritt: Sohn. Vierter Schritt: Tochter. Später: Hund. – Nur: So einfach ist das nicht mehr. Ist es übrigens nie gewesen. Man hat den Idealfall zum Normalfall erklärt. Und dabei sind viele unter die Räder gekommen oder haben mehr gelitten, als nötig war, oder ..."

„Seit wann bist du so revolutionär?"

„Ach was. Ich bin nicht revolutionär. Ich sehe mich nur gezwungen anzuerkennen, was ist. Anerkennen ist mehr als tolerieren. Anerkennen heißt eben auch, das Gute der Entwicklung sehen."

„Und was ist das Gute?"

„Das Gute ist, dass sich der Begriff von Familie erweitert hat und dass man einen einmal festgelegten Lebensweg verlassen kann, wenn man es nicht mehr aushält. Du weißt, was ich meine."

„Ich wusste schon, was du meintest, als du mir indirekt geraten hast, ‚anzuerkennen, was ist'."

„Familie heute ist sicher nicht wieder die Großfamilie von einst, auf verschiedene Höfe verteilt, mit den Alten im Ausgedinge und der Kinderschar auf Feldern und Wiesen. Das ganze Dorf dann verschwägert und versippt. Aber: Familie heute ist sicher anders und größer als die in sich abgeschlossene Kleinstfamilie mit Ausblick auf eine standesgemäße Verheiratung der nächsten Generation."

„Also bitte genau: Wer gehört zur Familie?"

„Das kann man so allgemein nicht sagen. Aber eine Familie ist, wie ich meine, noch nicht endgültig zerstört, kaputt, am Ende, wenn sich ein Paar trennt. Die Kernfamilie besteht für gewöhnlich weiter und ergänzt sich wieder. Auch Stief- und Patchworkfamilien sind Familien. Wenn Familie, wie ich letzthin gelesen habe, eine ‚generationsübergreifende Lebensgemeinschaft' ist, dann muss sie nicht auf Ehe, nicht einmal auf Verwandtschaft gegründet sein. Dann ist eine Alleinerziehende oder ein Alleinerziehender mit Kind auch schon Familie."
„Darf ich dich erinnern, dass ‚letzthin' nicht besser ist als ‚letztendlich' und ‚schlussendlich'? Wie sind wir eigentlich auf das Thema Familie gekommen?"
„Weil dein Bruder zu Weihnachten kommt. Geschwister, Onkel und Tanten, Neffen, Großeltern gehörten übrigens immer schon zur Familie. Und ich kann mich erinnern, dass es auf dem Hof im Hunsrück, auf dem wir im Krieg eine Zeit lang untergekommen waren, über den Groß-Knecht hieß: ‚Der gehört zur Familie.'"
„Also grenzenlos und undefinierbar?"
„Vielleicht. Familie ist heute wieder viel eher eine Wohn-, Arbeits-, Hilfs- und Einkommensgemeinschaft als ein Verwandtschaftsknüngel. Das lateinische Wort familia hat etwas mit famulus, mit Diener und Helfer, zu tun; die Dienerschaft gehörte nämlich in Rom zur familia; die Verwandtschaft und Sippe hieß ‚gens'. Die Verwandten müssen nicht unbedingt eine Familie bilden."
„Lexikonwissen?"
„Ja, aber doch gedankenanregend."
„Vielleicht."

Während Herr Keller seine Lebenserfahrungen und sein Anerkennungsprogramm unterbreitet, bestreicht Frau Keller ein paar Schnitten mit Becel, belegt sie mit Käse und Schinken, schneidet ein paar Tomaten und macht etwas zu trinken zurecht.

Telefon.

„Hallöchen“, hört er und weiß sofort, dass Carola Bericht erstatten will, aber nicht vorbeikommen wird. Sie ist im Beruf sehr beschäftigt und als Trainerin der Nachwuchsfahrer des Radrennvereins sehr engagiert. Trotzdem schafft sie es für gewöhnlich, einmal in der Woche vorbeizukommen. Ihr Freund – oder Lebenspartner? oder was? – ist bei einer Trainingsfahrt schwer gestürzt, war für Stunden in höchster Lebensgefahr und wurde in ein Dorf-Krankenhaus eingeliefert. In Carolas Kopf rückten jetzt nicht nur Beruf und Verein, sondern auch Haus und Geschäft – und auch die Eltern – in den Hintergrund. Im Vordergrund stand der Verletzte, den sie nachts im Traum wieder durch die Luft auf jenen Baum zufliegen sah, gegen den er dann mit dem Kopf prallte, der aus dem Krankenhaus herausgeholt und in eine fähige Klinik eingewiesen werden musste, dessen Versicherungsunterlagen gesucht und dessen Unfallbericht geschrieben werden mussten, dessen Eltern und Freunde benachrichtigt werden mussten und der selbst gepflegt, therapiert und aufgerichtet werden musste.

Eine gewisse Erleichterung trat ein, als feststand, dass keine Schädelverletzungen vorlagen und dass keine Rückenwirbel in Mitleidenschaft gezogen waren, dass der Gestürzte mit einer Gehirnerschütterung, einem gebroche-

nen Arm, einigen Rippenquetschungen und einer Herzbeutelentzündung davongekommen war: Glück im Unglück.
„Ach ja“, sagt Herr Keller ein paar Mal. „Nein, von hier nichts Neues. Vielleicht, dass Onkel Gernot zu Weihnachten kommt.“
Dann eine Zeit lang Hineinhören ins Telefon. Schließlich: „Das ist ja – aus unserer Sicht – schön. Ja, tschüss. Schöne Grüße an Udo.“
Rote Taste.
„Was ist aus unserer Sicht schön?“, will Hede wissen
„Sie haben die Dom Rep abgesagt. Sie bleiben Weihnachten hier. Sie kommen Heiligabend und am ersten Weihnachtstag zu uns.“
„So? Hast du schon zusammengerechnet?“
„Nein. Vielleicht ändert sich noch etwas.“
Nach der Tagesschau und der Wetterkarte sitzen sie zusammen und planen den Rest des Abends: Lesen, Fernsehen, Spielen?
„Was sagst du morgen in der Schule?“
„Ich werde wohl zusagen. Noch einmal Abitur! Noch einmal 10.Klasse! Ist doch reizvoll.“
„Hab ich mir gedacht. Hoffentlich akzeptiert man dich.“
„Wer?“
„Nun, die Schüler, die neuen Kollegen und Kolleginnen, die alten Kollegen.“
„Daran hab ich überhaupt nicht gedacht.“
„Deinen alten Kollegen fällst du doch in den Rücken. Die wollen mit zweiundsechzig in den Ruhestand, und du kommst mit sechsundsechzig wieder.“
„Ich denke, ich helfe denen.“

„Vielleicht denken die anders."
„Das ist nicht auszuschließen. Aber muss ich darauf Rücksicht nehmen?"
„Da haben wir es wieder: Wie viel Vorsicht und wie viel Rücksicht ist nötig, wenn man im Rudel lebt?"
„Meinst du jetzt die Familie oder das Kollegium?"
„Beides."

VIII. Weihnachten vier (1983): „O Tannenbaum, ...“

Weihnachten ist Fototermin!
Das Familienfoto des Jahres 1983 wurde im Wohnzimmer der Familie Keller mit Blitz und Selbstauslöser aufgenommen. Die Vorbereitungen müssen erheblich gewesen sein. Fünf Personen sind so auf dem engen braunen Ledersofa zusammengedrängt, dass ‚alle draufkommen - vor allem die Köpfe'.
Der Blitz dürfte plötzlich und direkt eingeschlagen sein. Als Kugelblitz hat er sich auf der Glasplatte des Bildes ausgebreitet, das oberhalb der Gruppe an der weißen Raufaserwand grade noch zu sehen ist. Es handelt sich um Picassos Lithographie ‚Don Quijote und Sancho Pansa' – natürlich ein Druck. Herr Keller hat seit seiner Studienzeit Don Quijotes in verschiedenen Variationen gesammelt und darauf bestanden, dass dieses Bild zentral ins Wohnzimmer gehängt wurde. Er mag den verrückten Ritter und hat sich oft gefragt, ob der Beruf des Lehrers nicht im Lauf der Zeit zu einem ähnlichen Rollenverständnis führe: Kämpfer gegen Windmühlen. Genau im Lendenbereich des Ritters von der traurigen Gestalt ist das Zentrum des Blitzes zu erkennen. Die dürre Gestalt scheint auf dem Kugelblitz zu sitzen – bereit zur nächsten Attacke.
Auch für die Familie scheint der Blitz überraschend gekommen zu sein. Einzig Carola, die jüngste Tochter, hier fünf Jahre alt, grinst lustig in Richtung Kamera. Sie hat die Aufforderung, bitte recht freundlich zu sein und ‚cheese' zu sagen, damit die blendend weißen, kieferregulierten Zähne richtig herauskommen, offensichtlich brav befolgt. Wahr-

scheinlich hat sie sogar ihren Spaß an der ganzen Prozedur gehabt und konnte die Tragweite, die mit einer Aktion ‚Familienfoto' verbunden ist, noch gar nicht abschätzen.
Da sind die Geschwister weiter. Sie dürften sich mit einem „Muss das sein?" und „Schon wieder?" gewehrt haben. Sowohl Tochter Alexandra, knapp über sechzehn Jahre, als auch Sohn Bernhard, elfjährig, sehen ostentativ aus dem Bild heraus weg in eine unbekannte Weite; Distanz anzeigend. Mutter Keller ist der sitzende Mittelpunkt. Sie hat die Jüngste auf dem Schoß, den Sohn an sich gepresst, umfängt beide mit ihren Armen – wahrscheinlich um zu verhindern, dass eins der Kinder im letzten Augenblick entwischt – und vermeidet es, dem Betrachter in die Augen zu blicken. Vater Keller sitzt am Sofarand. Er dürfte den Selbstauslöser betätigt haben. Danach waren nur wenige Sekunden, um ins Bild zu kommen. Er ist der Einzige, der zielgerichtet in die Kamera sieht, hoffend, dass ‚das Ding' funktioniert und dass die Familie einige Sekunden in Eintracht aushält.
Die Häupter der Eltern – links die Mutter, rechts der Vater – ragen oben etwas heraus. Aber das täuscht. Vater Keller hat sich auf die gepolsterte Lehne das Sofas gesetzt, erreicht aber trotzdem nicht die Kopfhöhe seiner Frau. Auch seine älteste Tochter wäre zumindest auf gleicher Augenhöhe mit ihm, hätte er nicht im letzten Augenblick diesen Hochsitz besetzt. So aber ist die Rangordnung gewahrt: Drei Kinder nebeneinander, flankiert von den Eltern. Die Welt scheint in Ordnung zu sein.
Dass hoher Festtag ist, erkennt man eindeutig daran, dass die ‚Männer' weiß behemdet sind. Die Jacken oder Ja-

cketts sind abgelegt – man ist schließlich zu Hause. Umso weißer strahlen die Hemden, die wahrscheinlich im Ganzen gestärkt, deren Manschetten aber auf alle Fälle knochenfest gebügelt sind. Vater Keller hat einen dunkelblauen Schlips umgebunden; der Sohn trägt eine dunkle Fliege – mit Gummizug, was ihn angreifbar macht; denn nichts tun diese Schwestern lieber, als die Fliege ihres Bruders vorzuziehen und dann zurückklatschen zu lassen.
Nicht nur der Sohn, auch die Töchter sind herausgeputzt. Ob sie damit dem eigenen Drang oder einer elterlichen Verpflichtung folgen, ist nicht zu erkennen. Alexandra trägt ein weit wallendes, am Hals knapp abgeschlossenes, rotes Kleid mit lila Streifen und halblangem Arm. Carola hat ein weißes Polohemd an und einen blauen Latzrock mit beschnallten Trägern. Mutter Keller hat sich für Rock und weiße, hochgeschlossene Bluse entschieden. Da sie von ihren beiden Jüngsten besetzt ist, kann man nicht ausmachen, welchen Rock sie aus dem Schrank geholt hat. Er dürfte dunkelblau und etwas eng gewesen sein. Dunkelbraun sind die Haare der Mutter, dauergewellt um das Haupt gelegt; dunkelbraun und gescheitelt sind Herrn Kellers Haare. Dunkelbraun sind Carolas Haare, mit Spangen gebüschelt; etwas heller sieht der Pagenkopf des Sohnes aus, und schon fast blond wallt der Pferdeschwanz auf Alexandras rotes Kleid.
Nichts Weihnachtliches ist auf dem Foto zu sehen. Ein in Klammern gesetzte, handschriftliche Notiz informiert jedoch: Weihnachten 1983. Eine Datumsangabe – nicht mehr!

Längst waren Kellers damals in das Haus seiner Eltern umgezogen. Friedrich und Maria Keller wohnten jetzt in der ersten Etage des Einfamilienhauses, hatten aus der Abstellkammer eine Art Küche mit eingebautem Bad gemacht, aus der alten Küche ein Schlafzimmer, aus dem Schlafzimmer ein Ess- und Wohnzimmer mit Blick in den Garten und hatten nur dem alten Repräsentationszimmer ‚oben' den gewohnten Rang gelassen. Dort stand seit dem Um- und Rückzug der zentrale Fernseher, der gruppenweise und interessebezogen genutzt wurde: Sesamstraße für die Kleinen, Freitagskrimi für die erwachsenen Großen – mit Ausnahme von Oma Maria Keller der Zweiten, die nichts Grausames mehr sehen konnte –, Fußball für Vater Hermann und Großvater Friedrich Keller, Samstagsabendfamiliensendung für alle, aber abgestuft: Kinder bis zu fünf Jahren mussten um 20.30 Uhr nach ‚oben', also noch einmal höher als ‚oben', nämlich in die Schlafzimmer der Mansarden ‚ganz oben', Kinder bis zu zehn Jahren um 21.00 Uhr ebendorthin, Kinder bis zu fünfzehn Jahren um 22.00 Uhr.
Das waren die Richtwerte, die nie eingehalten wurden. Mit „Nur das noch!" und „Es ist gerade so spannend" und „Ihr seid gemein" wurden die Erziehungsverpflichteten attackiert, bis sie weich wurden. Dann galten sie als lieb.
Alles war noch sehr einfach, als die junge Kleinfamilie Keller mit Alexandra, dem Einzelkind, eingezogen war. Damals war Parterre der Familienwohnbereich mit Küche, zwei durchgehenden Wohnzimmern, anschließender Terrasse und Zugang zum Garten. Ein Mansardenzimmer war Kinderzimmer, ein weiteres Elternschlafzimmer und das

dritte Vaters Arbeitszimmer. Als dann Bernhard, der Sohn, geboren wurde, sollte er mit Alexandra das Kinderzimmer teilen, was sich als problematisch erwies. Alexandra zog mit ihrem Bett auf den Speicher und hatte eine Zeit lang kein eigenes Zimmer. Als sich dann Carola anmeldete, wurde umgebaut. Vater Keller erhielt ein Arbeitszimmer im Keller, der Sohn behielt sein Zimmer und die Mädchen teilten sich das ehemalige Arbeitszimmer neben dem Elternschlafzimmer. Als Großmutter Keller starb, richtete Großvater Keller sein Zimmer zum Garten als Wohn- und Schlafzimmer ein, gab das großelterliche Schlafzimmer seiner Enkelin Alexandra, die nun – von den Geschwistern beneidet – das schönste Zimmer hatte, und behielt die Hoheit über das Kommunikationszentrum mit neuem großem Buntfernseher.
So war die häusliche Wohnsituation, als der Blitz auf Don Quijote und sein Pferd Rosinante knallte und drei heranwachsende Kinder zum Familienfoto vergewaltigt wurden.

Der Augenblick war deshalb so günstig, weil Großvater Bartsch, der aus Bonn über Weihnachten zu Besuch war, grade ‚oben' mit Großvater Keller entweder die alten Zeiten besprach und zunehmend verherrlichte oder mit ihm die aktuellen Nachrichten aus dem Fernsehen aufnahm, um dann auf die neuen Zeiten zu schimpfen. Beide Großväter verstanden sich gut, stimmten in den wesentlichen Fragen des Lebens überein und beklagten, wenn sie zu zweit allein waren, hauptsächlich das gemeinsame Schicksal, dass ihnen ihre Frauen ‚in die Ewigkeit vorausgegangen waren'. Weihnachten waren sie gewillt zu überspielen oder auch nur zu überstehen. Großmutter Agnes war als erste ‚aus dem Leben gerissen worden', wie man nach langer Diskussion auf der Todesanzeige mitteilte. Sie hatte es schon lange ‚am Herzen gehabt', hatte sich aber durchaus wohl gefühlt, wenn sie mit ihren schlesischen Damen Kaffee trinken konnte, hatte sich gefreut, wenn ihre Enkelkinder zu Besuch kamen, spielte mit ihnen bis zur Erschöpfung und rieb sich ein paar Tränen weg, wenn diese wieder abfuhren.

Im Herbst hatte sie geklagt: „Es krippelt in den Beinen; und in den Unterschenkeln tut es richtig weh, wenn ich hinfasse."

„Dann greif halt nicht hin", hatte ihr Mann geraten und dem Ganzen keine weitere Aufmerksamkeit gewidmet.

Im Winter hatte sie dann die Außengänge auf das Notwendigste beschränkt. Als sie dann an einem schönen Vorfrühlingstag einen Spaziergang zum Rhein machte, zog das ‚Krippeln' durch den ganzen Körper. Am nächsten Morgen quälte sie sich zum Arzt, erhielt einige Medikamente, quälte sich wieder nach Hause, verkroch sich ins Bett – und konnte nicht mehr aufstehen. Ihr Mann rief den Notarzt an, dann die Tochter in der fernen Stadt und sagte: „Wir müssen wohl ins Krankenhaus."

Tochter und Schwiegersohn trösteten und ermunterten: „Bleibt nicht zu lange. Am Wochenende kommen wir zu Besuch."

Aber am Wochenende war schon alles vorbei. Freitags war die Beerdigung gewesen.

„Das kann doch nicht. Das stimmt doch nicht", hatte Maria Keller gesagt, als man ihr schonend beibringen wollte, dass die andere Oma in der Nacht gestorben sei. „Eigentlich bin ich doch dran“, erklärte sie und hätte damit durchaus Recht gehabt, wenn es in diesen Dingen Gerechtigkeit gäbe.

Sie war zwei Jahre zuvor von dem mittäglichen Spaziergang mit Carola, die damals noch im Wagen ausgefahren wurde, zurückgekommen, hatte geschellt und gestöhnt: „Ich kann nicht mehr“, hatte sich hingelegt und war ohnmächtig zurückgefallen, als sie am Abend aufstehen wollte. Im Krankenwagen fuhr man sie in die Kliniken. Später erhielt sie einen Herzschrittmacher und hielt sich für geheilt und verjüngt. Kaum zu Hause „kippte sie wieder um“, wie ihr Mann unten, bei Sohn und Schwiegertochter, berichtete und dann bat, doch mal „mitzukommen, um zu gucken“.

Sie lag im Wohnzimmer auf dem Teppich, schlug plötzlich die Augen auf, fragte: „Wo bin ich?“ und fügte an: „Ich habe solchen Hunger!“

Man hielt das für ein gutes Zeichen und brachte wenige Minuten später Toast, Rührei und Tee.

„Jetzt ist alles wieder gut. Tut mir leid, dass ich soviel Umstände mache. Macht euch keine Sorgen“, sagte sie, setzte sich in ihren Sessel und wollte die Tagesschau sehen.

Zwei Wochen später kam Opa Friedrich herunter und gestand seiner Schwiegertochter: „Sie ist wieder umgekippt. Kannst du mal helfen?“

Sie half und wollte den Arzt rufen. Doch Fritz, der Pflegemann, wusste es besser: „Dat kömmt. Man muss warten.“ Er setzte sich ans Bett, las die Zeitung, wartete und – tatsächlich – zwei Stunden später erwachte Maria Keller, fragte: „Wo bin ich?“ und bat: „Ich hab Hunger.“

Darauf war man unten schon eingestellt: Man schob die Jenaer Glasschüssel in den Backofen und dann ging das Leben weiter.
„Es muss doch was anderes sein!“ vermuteten die Ärzte. EKG, EEG und Kernspintomographie wurden angeordnet und durchgeführt. Einige Termine mussten abgesagt werden, weil die Oma mal wieder umgekippt war. Von anderen Untersuchungen kam sie ganz glücklich zurück: „Sie haben wieder nichts gefunden.“ Am nächsten Tag war sie dann wieder fünf Stunden bewusstlos und hatte einen entsprechend großen Hunger. Die Sesamstraße konnte sie dann jedoch wieder wachen Sinnes mit ihrer Enkelin verfolgen.
Alle ahnten: So geht es nicht weiter. Und deshalb hatte sie Recht, als sie sagte: „Eigentlich bin ich dran.“
Im Herbst kam sie in eine Nervenklinik, weil sie jetzt immer zitterte, wenn sie aus ihren Ohnmachten, die manchmal mehrere Stunden andauerten, aufwachte. In der Klinik sollte sie Geschenkkörbe flechten. Das machte sie mit Anstand, wurde entlassen, kippte weiterhin um und hatte weiterhin Hunger.
„Die einzige Erklärung, die wir noch haben, ist, dass sie einen Tumor im Gehirn hat, der sich nicht abbildet“, hatte der Chef der Klinik Friedrich Keller, dem Ehemann, erklärt, der die Grenze seiner Kräfte längst überschritten hatte.
Am Dreikönigstag war Maria Keller von ihrem Sohn noch einmal in die Kirche zur Abendmesse gefahren worden.
„Das ist mein letztes Weihnachten“, hatte sie gesagt, als sie sich nach der Messe zitternd ins Auto setzte. Bald fiel ihr auch das Sprechen schwer. Wieder wurde sie ins Krankenhaus eingewiesen. Täglich wurde sie besucht. Eines

Tages sagte sie zu ihrem Sohn: „Nicht? Ihr sorgt gut für den Opa. Der hat et verdient."
Zwei Tage später kam vormittags der Anruf: „Es dauert nicht mehr lange. Sie wird künstlich beatmet."
Friedrich Keller fuhr mit dem Fahrrad sofort los. Hermann Keller kam von der Schule aus zur Klinik. Als er das Krankenzimmer betrat, sagte sein Vater: „Sie hat es geschafft. Komm, wir beten ein Vaterunser."

Mit Tante Lisbeth war es einfacher gewesen.
Tante Lisbeth hatte nach dem Auszug von Onkel Joseph und dem Tod ihrer Mutter noch lange allein ‚oben' in der ersten Etage gewohnt, war werktags mit dem Fahrrad zu ihrem Dienst ins Fernmeldeamt der Post gefahren und sonntags – meistens – mit dem Bus in die Innenstadt, um dort ‚die letzte Messe mitzunehmen' und dann ins Café Heinemann zu gehen. Sie war aus der oberen Etage gewichen, als das Haus für ‚die junge Familie' umgebaut wurde. Sie zog damals in das Apartment eines Hochhauses in einem Neubauviertel – vermittelt von ihrem Bruder –, schaffte sich einen Wellensittich an, der, sobald sich etwas in der Wohnung regte, flötete: „Bubi lieb!"
Die Tante reagierte jedes Mal: „Ja, du bist lieb. Du bist eigentlich der Beste. Du kannst ja nix dafür. Dat weiß ich doch."
Fritz, der Bruder, besuchte sie einmal in der Woche, fragte einleitend: „Alles in Ordnung?", rauchte eine bereitgelegte Zigarre, trank sein Schnäpschen und verabschiedete sich eine Stunde später wieder: „Also dann bis Samstag."

Denn samstags kam Tante Lisbeth zum Gegenbesuch, schellte an der Kellerschen Gemeinschaftsschelle, hoffte, dass eins der Kinder, am liebsten das kleinste, an die Tür kam und fragte dann: „Ja, wer bist du denn?"
Die Kinder machten das Spiel mit: „Ich bin doch die Alexandra!", später „ ... der Bernhard" und schließlich „ ... die Carola." Das überraschte die Tante natürlich nicht; sie sagte dann: „Aber dat weiß doch. Ich wollte nur wissen, ob du dat auch schon weißt."
Als der zweite Wellensittich, der unter größten Anstrengungen „Wer da?" gelernt hatte, starb, war es auch für die Tante Zeit geworden, ins Altenheim zu gehen. Sie blieb friedlich, auch wenn man sie dort beklaute, auch wenn ihr die Tischnachbarin im Speiseraum die Frühstücksbutter wegaß, auch als sie eine Gürtelrose überfiel. „Mein Jott, et jibt Schlimmeres!", tröstete sie sich und andere.
Zu Besuch kam regelmäßig ihr Bruder, unregelmäßig ihr Neffe.
„Ja, wer bist du denn?", fragte sie auch den längst erwachsenen Neffen, und wenn sie alle Kümmernisse aufgezählt hatte, sagte sie: „Ich will schon gern Hunger leiden, wenn et euch nur jut jeht."
Eines Morgens kam der Anruf, es gehe nicht mehr gut, sondern zu Ende. Sofort setzte sich der Bruder in Bewegung. Am Abend kam er zurück: „Ich glaube, sie hat mich noch erkannt. Gesagt hat sie bis zum Abend nichts. Dann hat sie sich noch einmal aufgerichtet, hat, glaube ich, „Jott ne" gesagt und ist dann zurückgefallen. Jetzt schläft sie, glaube ich."

Tatsächlich aber war sie endgültig entschlafen. Ein paar Tage später war die Beerdigung. Die Leiterin des Altenheims kam zur Totenmesse und lobte die Tante ein letztes Mal: „Wenn sie alle so wären, das wär was. Vorbildlich – sogar im Sterben. Da kann man sich ein Beispiel dran nehmen."

Damit hatte es aber für die Verbliebenen noch etwas Zeit. Gegen alle Statistiken und gegen alle Lebens- und Sterbenserwartungen überlebten die Väter die Mütter und wunderten sich, dass sie, die doch ‚den ganzen Schlamassel des Jahrhunderts' mitgemacht hatten, einigermaßen gesund ins höhere Alter gekommen waren, ohne zu bedenken, dass der tägliche Kampf um Brot, Kohlen und Kartoffeln nicht von ihnen, sondern von den Frauen ausgetragen worden war.
Von all dem wollten die Kinder nichts wissen. Für die gab es kein Gestern. Sie hörten gezielt weg, wenn von ‚früher', vom Krieg, von Russen und von Amerikanern die Rede war; sie erlebten die Großeltern in der Bundeshauptstadt, nicht im winterlichen Schlesien; sie hatten die Verwandten in der DDR besucht und hatten sich nicht nur mit Tante Luzie und Onkel Gerhard, mit Gabi und Karli bestens verstanden, sondern sich auch in den Rinder- und Schweineställen wohl gefühlt, ohne zu wissen, dass sie nicht auf einem Bauernhof, sondern in einem Betrieb der Landwirtschaftlichen Produktionsgenossenschaft ‚Ernst Thälmann' waren, kurz LPG genannt.
Vor dem „Eisernen Vorhang" hatten sie nur insofern Angst gehabt, als sie befürchteten, dass man ihnen an der

deutsch-deutschen Grenze das Stroh abnehmen würde, das sie vom Hof Onkel Gerhards für ihre Kaninchen zu Hause im Westen mitnehmen wollten. Das Stroh, hatte man ihnen gesagt, war eigentlich Volkseigentum der Bürger der DDR oder Staatseigentum der Deutschen Demokratischen Republik. Ganz ungefährlich sei nicht, was sie da vorhatten. Aber als man ihnen an der Grenze der DDR das Stroh ließ, waren sie mit der DDR ausgesöhnt.

Für Kinder ist das Jahr eine Strecke mit vielen Teilzielen: Karneval, Ostern, Pfingsten, Weihnachten, Silvester; dazwischen Geburtstag, Namenstag, Sommerferien. Für die Älteren ist das Jahr ein Kreislauf, der sich wiederholt, aber höchst unterschiedlich wahrgenommen wird – je nach der Befindlichkeit und dem Alter dessen, der diesen Kreislauf zum so und sovielten Mal durchmacht.

Ein Ziel- und Haltepunkt im Jahreskreislauf ist Weihnachten, das Fest der Familie, wie die einen sagen, der Geburtstag jenes Jesus von Nazareth, wie die anderen hervorheben. Familie Keller versuchte in den achtziger Jahren beiden Gesichtspunkten gerecht zu werden. Rechtzeitig wurde strategisch festgelegt, wer wann wen besuchte. Daraus ergab sich ein Übernachtungs- und Fütterungsplan. Langfristig musste abgestimmt werden, wer mit welchen Geschenken bedacht und – gegebenenfalls – überrascht werden musste. Entscheidende Gesichtspunkte waren Dringlichkeit und Gerechtigkeit, limitiert durch die jeweilige Weihnachtsgeldmasse. Den Weihnachtsbaum durften die jeweils Größeren mit aussuchen; für die jeweils Kleineren müsste er unsichtbar bleiben, bis diese ihn am

Weihnachtsabend im Wohnzimmer, das einen Tag verschlossen blieb, geschmückt vorfanden.
Am Backen durften sich an den Adventssonntagen alle beteiligen; dem vorbereitenden Kochen unmittelbar vor den Festtagen gingen alle aus dem Weg. Stattdessen gingen sie ihre eigenen Wege, um in Schule und Kirche Weihnachten vorzubereiten. Für die Kindermette probte der Musikkreis, für die übrigen Gottesdienste trainierten die Messdiener, inzwischen auch die Messdienerinnen, die Lektoren und Lektorinnen. Advents- und Weihnachtsfeiern gab es in der Klasse, in der Schule, im Kindergarten, im Sportverein, in der Musikschule, in der Gruppe, in der Gemeinde und sonst wo. Der Gemeindepfarrer stöhnte: „Wir hetzen von Stille zu Stille." Und alle hetzten mit.
Weihnachten als Fest des Friedens, der Familie und der allumfassenden Liebe sollte auch erzieherischen Charakter haben. Der allgemeine Appell ‚Seid nett zu einander!' sollte dadurch konkretisiert werden, dass endlich einmal nicht darüber gestritten werden sollte, wer wie lange das Badezimmer besetzen durfte und wer wie viele Teller beim Spülen abtrocknen müsste. Höchstes Ziel der Eltern Keller war, eine friedliche, allumfassende Harmonie herzustellen, während es den Kindern um Gerechtigkeit auf Erden, genauer: in der eigenen Familie ging.
Und Gerechtigkeit hieß, auf keinen Fall mehr tun zu müssen als die Geschwister und auf jeden Fall genau so viel zu bekommen wie die Geschwister – am besten ein bisschen mehr, ohne dass die anderen das merkten. Um allen Ungerechtigkeiten zuvorzukommen, wurde schon im Vorfeld gefragt: „Was bringt mir das Christkind?" Die Frage,

zuerst vom Sohn aufgeworfen, wurde zunächst ausweichend beschieden. Aber er ließ nicht locker. Eines Tages war es Alexandra zu bunt: „Sag, Junge, glaubst du ehrlich noch, dass das Christkind hier vorbeikommt und irgendetwas durch den Schornstein wirft?"
„Halt dich raus!", wies er die Schwester zurück.
Die jüngere Schwester bekam es mit der Angst zu tun: „Ich will aber, dass das Christkind kommt."
Die Eltern beruhigten: „Sicher kommt das Christkind."
Alexandra zog die Augenbrauen hoch, sagte aber nichts.
Bernhard meinte: „Mir ist doch egal, wer das Christkind ist. Ich will nur den C 64 haben."
Der C 64 war ein Computer der ersten Generation, hatte auf Bernhards Wunschliste gestanden und die Eltern in große Verlegenheit gebracht. Sie wussten nämlich nicht, was ein C 64 war, und vermuteten zuerst, dass es sich um Kriegsspielzeug handle, also um einen Panzer oder so etwas. Als sie eines Besseren belehrt wurden, zögerten sie immer noch. Sie hatten das unbestimmte Gefühl, dass hier etwas in ihre Familie eindringen wollte, das ihre Erziehungsprinzipien durcheinanderbrachte. Sie zogen also gemeinsam in die Stadt, um sich ‚so ein Ding' mal zeigen zu lassen. Doch in den einschlägigen Geschäften beschied man ihnen: „Ausverkauft." Das erleichterte einerseits; denn jetzt gab es keine Möglichkeit, ‚so ein Ding' zu kaufen. Andererseits belastete es; denn es musste an dem Ding schon etwas dran sein, wenn es so begehrt war.
Man holte Meinungen von Bekannten und Verwandten ein und wurde von den Kompetentesten dahingehend belehrt, dass ‚das Ding' wahrscheinlich eine große Zukunft habe.

Am Abend löcherte Bernhard wieder: „Bringt das Christkind mir nun den C 64 oder nicht?"
„Hör doch endlich auf", griff Alexandra ein.
„Das ist für mich aber wichtig", verteidigte sich Bernhard.
„Ich will auch, dass das Christkind kommt", sagte Carola.
Beim Mittagessen ein paar Tage später trumpfte Alexandra mit neuem Wissen auf: „Übrigens hat Herr Heizer gesagt, man kann auch an das Christkind glauben, ohne dass man glaubt, dass es kommt."
Das war eine verwirrende Aussage, die zusammenfassen sollte, was Alexandra im Religionsunterricht gelernt hatte.
„Kannst du das etwas genauer erklären?", fragte Vater Keller, obwohl er sich vorstellen konnte, was folgen würde.
„Ja", legt Alexandra los, „der Brauch der Weihnachtsgeschenke geht auf die Römer zurück, die ein Fest hatten, bei dem die feinen Leute ihren Sklaven Geschenke machten und sie bedienten, damit diese im folgenden Jahr immer das täten, was man von ihnen erwartete."
„Sklaven! Was sind Sklaven?" fragt Bernhard dazwischen.
„Sklaven sind Kriegsgefangene, die an die reichen Leute verkauft wurden und die dann alle Drecksarbeit im Haus tun mussten, ohne dafür bezahlt zu werden", erklärt die große Schwester.
„Und was hat das mit uns zu tun?", will der Bruder wissen.
„Ich will ja nur erklären, weshalb es zu Weihnachten Geschenke gibt", rechtfertigt sich Alexandra.
„Du hast aber nicht den Eindruck, dass ihr hier die Sklaven seid, die die Drecksarbeit tun", will Vater Keller voreiligen Schlüssen zuvorkommen.

Bernhard schaltet sich ein: „Wenn ich abends immer für alle die Fahrräder in die Garage setzen muss, ist das ungerecht."
„Du bist doch der Pascha hier", hält ihm nun die Schwester vor, „du verdrückst dich doch zuerst, wenn es etwas zu tun gibt."
Vater Keller will wieder zum Thema kommen: „War das nun alles, was es zu den Weihnachtsgeschenken zu sagen gibt?"
Mutter Keller befürchtet, ihr Mann trete mit der Frage eine weitere Mine los und schaut ihn vorwurfsvoll an. Carola ist ganz mit ihrem Leberwurstbrot und ihrer Milch beschäftigt; Bernhard kaut an dem letzten Bissen einer Schnitte und sortiert vor, welche Schnitte er sich als nächste vom Teller holen will; Alexandra nimmt den Ball auf. „Eine andere Erklärung ist, dass Eltern immer schon bei der Geburt eines neuen Kindes den schon vorhandenen älteren Kindern ein Geschenk machten, damit diese sich über das neue Kind freuen sollten und nicht eifersüchtig würden."
„Das machen die meisten Eltern heute noch", gibt Vater Keller zu.
„Hat die Alexandra auch was gekriegt, als ich geboren wurde?", fragt Bernhard und zeigt damit, dass er verstanden hat. Die Eltern bestätigen.
„Und dann hat sie sich gefreut?", will er weiter wissen.
„Gefreut hat sie sich auch so – damals", kommt Mutter Keller den anderen zuvor. Alexandra nimmt dazu keine Stellung, sondern entwickelt ihren Gedanken weiter: „Damit das klappte, mussten die älteren Kinder natürlich glauben,

die kleinen Geschenke hätte das kleine Kind von irgendwoher mitgebracht."
„Du spinnst doch. Das glaubt doch keiner", widersetzt sich Bernhard.
„Eben", fühlt sich Alexandra bestätigt.
Carola hat nur die Hälfte mitbekommen: „Ich will aber, dass das Christkind kommt", beharrt sie.
„Ich will den C 64 – egal von wem!", sagt Bernhard.

Eine Woche vor Weihnachten wird ‚der Baum besorgt'. Das ist seit zwei Jahren das Privileg von Vater Hermann und Sohn Bernhard. Mutter Keller hat sich umgesehen, wo es die schönsten, preiswertesten und frischesten Weihnachtsbäume gibt. Sie hat den beiden Männern mit auf den Weg gegeben: „Nicht zu groß und nicht zu teuer."
„Aber bis zur Decke muss er schon gehen", wird der erste Teil der Mahnung von vornherein zurückgewiesen.
Vater und Sohn haben das Auto leergeräumt, die rückwärtigen Sitze vorgeklappt und eine Decke in den Kofferraum gelegt.
Die Auswahl an Fichten und Tannen ist groß. Noch wissen die beiden nicht, dass es einfache Tannen, aber auch Weiß- und Silbertannen – so genannte Edeltannen – gibt und zusätzlich die gemeine Fichte, aber auch Rot-, Pech-, Schwarz- und Weiß-Fichten. Sie suchen nur nach Größe und Schönheit. Uneinig sind sie, ob schlank schöner als breit, licht schöner als dicht ist. Vater Keller meint, seinem Sohn ein gewisses Vorschlagsrecht einräumen zu sollen, und lässt sich an den gebündelten Baumgruppen am Vorplatz des Lagers vorbeiziehen. Es ist nur wenig Kundschaft

da, und die beiden entfernen sich ziemlich weit von der Bretterbude weg ins hintere Gefilde. Endlich bleibt Bernhard vor einem Baum länger stehen.
„Ist der nicht schön?“, fragt er und fügt sofort an: „Den nehmen wir!“
„Lass mal zuerst nach dem Preis sehen!“, mahnt Vater Keller.
Ein Klebestreifen informiert: „50 DM.“
„Das ist zu teuer!“
„Wieso? Wenn der doch schön ist!“
Eine Diskussion beginnt, in die sich ein Verkäufer von vorn als Experte einmischt: „Da haben Sie aber ein schönes Stück ausgesucht. Edeltanne! Davon haben wir nur ganz wenige.“
„Siehst du“, sagt Bernhard.
„Ein happiger Preis!“, gibt Vater Keller zu bedenken.
„Alles Schöne hat seinen Preis, und Weihnachten ist nur einmal im Jahr“, argumentiert der Verkäufer auf höchster philosophischer Ebene.
„Ich tu auch eine Mark dazu“, sagt Bernhard.
„Sehen Sie! Und ich gebe fünf Mark Nachlass!“
Als sie zu Hause ankommen und von dem Geschäft berichten, fragt Mutter Keller: „Seid ihr verrückt? Das ist der teuerste Baum, den wir jemals hatten. Man kann euch nicht allein losschicken.“
Vater Keller ist schuldbewusst; Sohn Keller ist zufrieden.
Das Schmücken ist Sache von Mutter und ältester Tochter. Die beiden haben sich auf eine neue Konzeption geeinigt: kein Lametta, nichts Silbriges, nur rote Kugeln, rote Kerzen, Holz- und Strohsterne – rot und Natur.

Am Abend des Dreiundzwanzigsten wird das Wohnzimmer für Bernhard und Carola gesperrt. Sobald die beiden nach dem Abendbrot nach oben gegangen sind, wird der Baum von der Veranda herein- und der Weihnachtsschmuck aus dem Keller hochgeholt. Vater Keller sieht ganz oben nach dem Rechten, bleibt auf dem Rückweg bei seinem Vater hängen, sieht sich mit diesem die Tagesschau an und verfängt sich in eine Diskussion über den Stand des Wettrüstens zwischen der UdSSR und den Vereinigten Staaten.
„Dem Russen kommt man nur mit Stärke bei“, ist die Grundthese seines Vaters. Unten wird der Weihnachtsbaum geschmückt und das Fest des Friedens vorbereitet.
‚Unten' ist längst eine andere Diskussion im Gange.
„Der Weihnachtsbaum ist doch eigentlich auch etwas Heidnisches“, hatte Alexandra angefangen.
„Geht es jetzt wieder los?“, hatte Mutter Keller befürchtet.
„Ja“, meint die Tochter, „ich habe nichts gegen den Baum. Aber es ist doch interessant, wenn man erfährt, wie es wirklich ist. Man muss eben nicht alles glauben, was einem als Kind beigebracht worden ist. Das Eigentliche, hat Herr Heizer gesagt, geht ja nicht verloren. Im Gegenteil. Das Eigentliche, hat Herr Heizer gesagt, ist, dass Jesus die Welt erlöst hat.“
„So? Hat er das?“
„Was?“
„Gesagt? Der Herr Heizer?“
„Ach so. Ich dachte schon, du glaubst nicht, dass er die Welt erlöst hat.“
„Wer?“
„Na, Jesus.“

„Nein, nein!“ weist Mutter Keller den Verdacht zurück, „ich glaube schon mehr an dieses Jesuskind als an Herrn Heizer. Aber manchmal fällt der Glaube an die erlöste Welt in der Tat schwer. Aber das meinte ich jetzt nicht.“
„Jedenfalls“, setzt jetzt Alexandra ihre Belehrung fort, „hat der Tannenbaum mit Bethlehem nichts zu tun, sondern mit den Germanen. Die haben nämlich von Anfang Dezember bis Mitte Januar die Sonnenwende gefeiert. Der immergrüne Tannenbaum gab Hoffnung, dass bald alles wieder grün würde, weil ja die Tage wieder länger wurden.“
„Eben. Und deshalb singen wir ja auch ‚O Tannenbaum‘“, gibt Mutter Keller zu.
„Aber wir singen doch nicht wirklich!“, baut Alexandra vor.
„Nein, das haben wir uns abgewöhnt. Wie wir uns manches andere abgewöhnt haben.“
„Wie meinst du das?“
„Nur so.“
Der Kugelvorrat ist inzwischen verbraucht. Rote Bänder durchziehen die Äste. Jetzt müssen noch die Kerzen platziert werden.
„Wenn oben alles ruhig ist, können wir die Krippe herunterholen“, plant Mutter Keller.
„Du meinst: ‚Maria und Joseph‘?“
„Gut. Ich meine Maria und Joseph.“
Kellers haben in der Tat keinen Stall, kein Moos, keinen Bach und keine Krippe; keine Hirten, keine Schafe, keine Schweine, nicht Ochs, nicht Esel, erst recht keine Könige. Sie haben zwei schwere, vierzig Zentimeter hohe Steinfiguren, in den Werkstätten von Maria Laach angefertigt: Maria, die ihr Kind auf dem Schoß hält, und Joseph, den

Beschützer. Herausgeschnitten aus Buntsandstein, bearbeitet mit dem Steinmeißel. Ein ganzes Monatsgehalt hatten sie Ende der sechziger Jahre für die Figuren ausgegeben. Aber ihnen war ‚das eigentliche Weihnachten' wichtig gewesen: das kleine Weihnachten mit Kind, Mutter und Vater. Sie wollten weg von den Krippen ihrer Voreltern, die sie rückblickend als Kitsch abtaten. Sie hatten ziemlich genaue Vorstellungen von einer einfachen, auf das Wesentliche reduzierten, herben Darstellung jener Familie, die sie nach wie vor als die ‚heilige' ansahen.

Im September hatten sie damals den Auftrag gegeben; im November diskutierten sie mit dem Künstler den Entwurf; wenige Tage vor Weihnachten waren sie in Richtung Maria Laach gefahren, hatten Alexandra für einen halben Tag bei den Bonner Großeltern gelassen und hatten dann die Figuren nach Hause geholt.

Da es im Haus still ist, glaubt man, die Figuren unbemerkt vom Speicher holen zu können. Aus dem Großvater-Zimmer dringen Zigarrenduft und Dialogfetzen von ‚Abschreckung', ‚Aufrüstung' und ‚Atomkrieg'. Aus Bernhards Zimmer dringen leise Schnarchtöne. Bei Carola ist es still.

„Eigentlich hätte es, wenn ihr schon so reduziert habt, eine Statue doch auch getan: ‚Maria mit dem Kind'. Joseph steht doch bei der Angelegenheit ziemlich dumm daneben", beginnt Alexandra einen neuen Gesprächsfaden.

„Der Vater gehört doch zur Familie. Da gibt es doch nichts zu diskutieren."

Alexandra ist da skeptisch: „Ist er der Vater?"

„Zumindest der Pflegevater."

„Er ist doch eigentlich nur der Verlobte. Das Kind ist doch gar nicht von ihm."
„Was heißt ‚Ist nicht von ihm'?"
„Na, er hat es nicht gezeugt."
„Ja, so heißt es."
„Im Allgemeinen würde man da doch komisch gucken: Da ist eine Maria, verlobt und schon schwanger. Joseph wohnt mit ihr zusammen, begleitet sie nach Bethlehem, heiratet sie aber nicht und kommt doch mit aufs Bild."
„Wenn du das so beschreibst", gibt Mutter Keller zu, „entspricht das jedenfalls nicht den Normen, die wir kennen. Aber in den Evangelien wird das etwas anders dargestellt. Sollte Papa morgen vielleicht mal wieder vorlesen."
„Nein, bitte nicht", wehrt Alexandra ab.

Der sogenannte Heilige Abend hat einen festen Ritus und beginnt morgens um sieben. Dann nämlich breitet sich Unruhe aus. Die Eltern Keller, wach, aber noch in den Betten liegend, gehen noch einmal den geplanten Tageslauf durch, fragen sich, ob die Organisation ohne Lücken ist, ob nichts vergessen ist, ob noch etwas besorgt werden muss. Carola liegt in ihrem Bett und hört eine Kassette und freut sich über das Getröte von Benjamin Blümchen, dem Elefanten; Bernhard liegt in der Badewanne und blockiert die sanitären Anlagen. Aus Alexandras Zimmer dringt Musik.
Das Frühstück ist eine schnelle, vorübergehende Angelegenheit auf engstem Raum; denn das ‚Weihnachtszimmer' ist abgeschlossen. Carola und Bernhard spielen ‚Kannst du was sehen?', wollen aber gar nichts sehen, wollen lediglich ihre Eltern reizen, würden, wenn sie ernsthaft durchs

Schlüsselloch gucken würden, einzig den Tannenbaum sehen, den sie aber schon kennen – allerdings in ungeschmücktem Zustand.

„Wann geht ihr los?“, fragt Mutter Keller, die freie Bahn für die weiteren Vorbereitungen haben will und deshalb drängt, dass der Vater mit seinen Kindern ‚in den Wald geht'.

Dieser Teil des Rituals wird als ‚Tierweihnacht' ausgegeben. Im Einkaufszentrum werden Meisenknödel, Sonnenblumenkerne und Maiskolben gekauft, mit denen die Tiere des Waldes beschert werden sollen.

Die Zeremonie wurde erstmals veranstaltet, als Alexandra vier Jahre alt war, mit roten Stiefeln durch den Schnee stapfte und sich und die Eltern fragte, wie Tiere Weihnachten feiern. Vater und Tochter hatten dann in den alten überwachsenen Wehrgräben des künstlich aufgeforsteten Waldes Verstecke angelegt und in den Bäumen die Äste behängt, damit die Hasen einerseits und die Vögel andererseits ihre Weihnachtsgaben finden sollten. Alexandra ist dann später noch mitgegangen, als ihr Bruder, dick vermummt, in gelben Stiefeln durch die Büsche zog und Verstecke mit erhöhtem Schwierigkeitsgrad anlegte. Inzwischen ist Bernhard in Bezug auf Carola „der große Bruder“ und ist allein schon deshalb bereit, mit in den Wald zu ziehen, weil das im Vergleich zu eventuell anderen anfallenden Arbeiten die angenehmere Variante ist.

Eigentlich ist die ganze Aktion sinnlos: Die Temperaturen liegen bei zehn Grad; die Sonne scheint; es ist weder mit Frost noch mit Schnee zu rechnen. Die Tiere finden alles, was sie brauchen; Bescherung ist überflüssig. Trotzdem

geht man die gleiche Strecke ab wie in den vergangenen Jahren. Carola sucht die gleichen Baumhöhlen, die sie vom letzten Jahr her kennt; Bernhard bleibt auf dem Spazierweg und schlägt vor: „Lass doch alle Knödel zentral an einen Baum hängen. Die Vögel können das doch unter einander weitersagen."
Er setzt auf ein tiereigenes Informationssystem. Aber eigentlich geht es ihm um den nächsten rituellen Akt. Als nämlich zwei Jahre zuvor die Tierweihnacht durch plötzlich einsetzenden Regen gestört wurde, fiel Vater Keller nichts Besseres ein, als die Angelegenheit im Wald abzubrechen und, da man zu Hause unerwünscht war, in die Stadt zu fahren. Zuerst hatte er geplant, mit den Kindern in eine geschützte Kirche zu gehen, den Krippenaufbau zu beobachten und dem Organisten beim probenden Orgelspiel zuzuhören, schlug dann aber, um nicht allzu autoritär zu wirken, alternativ vor, sich in ein Café zu setzen und einen heißen Kakao zu trinken. Letzteres wurde freudig begrüßt und fand solchen Anklang, dass es in das Weihnachtsrepertoire aufgenommen wurde und sogar einen höheren Stellenwert erhielt als die Aktion ‚Bescherung notleidender Tiere'.
Zum Kakao war im ersten Jahr eine Nussecke gekommen. Im zweiten Jahr wurde die Nussecke durch ein Stück Herrentorte für den Sohn und ein Stück Kirschtorte für die Tochter ersetzt. Zum Nachtisch wurde ein Glas Apfelsaft erbettelt. Danach war die Zeit erfüllt und sie kamen zum abgemachten Zeitpunkt zu Hause an.
In diesem Jahr wurde die ‚Tierweihnacht' auf Vorschlag Bernhards noch einmal verkürzt. Man parkte knapp an der

Straße, wo der Wehrwall begann, und legte die Sachen ab, die Mutter Keller in der Woche zuvor im Einkaufszentrum erstanden hatte. Um halb elf saßen Bernhard, Carola und Vater Keller im Restaurant des Kaufhauses ‚Horten' und hatten jeweils ein Tablett vor sich, das für eine halbe Stunde Beschäftigung bot.

Zu Hause sollte es gemäß den althergebrachten Vorstellungen von Mutter Keller in den letzten Stunden der Adventszeit etwas kärglich zugehen. Sie hatte eine dünne Suppe gekocht und war auf leichten Protest vorbereitet; denn die Fasten-Suppe sollte ein echtes Opfer sein. Sie war ein wenig erstaunt, als Bernhard nach den ersten Löffeln sagte: „Ich kann nicht mehr."

Sie sah ihren Mann an: „Wart ihr wieder in der Stadt?" und wusste dann Bescheid.

Nach dem Kurz-Essen wurden die Kinder vor die Alternative gestellt: Spülen oder Opa am Bahnhof abholen.

Als alle für Variante zwei waren, entschied Vater Keller undemokratisch, dass Carola zum Empfang mitfahren dürfe. Bernhard empfand das als ungerecht; Alexandra hatte es kommen sehen.

Der Zug war pünktlich. Aus dem letzten Wagen stieg der Großvater aus der Bundeshauptstadt. Er schien wieder einige Zentimeter kleiner geworden zu sein, hatte den grauen Hut ins Gesicht gezogen, den schwarzen Mantel zugeknöpft und trug in der Hand einen kleinen braunen Koffer.

Carola erkannte ihren Großvater, als er, aus dem Fenster sehend, langsam vorbeifuhr, lief auf den Aussteigenden

zu, rief „Hallo, Opa!“ und warf sich ihm entgegen. Mit dem Ansturm hatte Großvater Bartsch nicht gerechnet.
„Da seid ihr ja schon“, zeigte er sich überrascht, „Frohe Weihnachten wünsch ich euch schon mal!“
Damit war nun die kleine Großfamilie im Einfamilienhaus versammelt. ‚Opa Bonn’, wie sein Kurztitel lautete, wurde in das Mansardenzimmer eingewiesen, das Bernhard auf den Druck aller für ‚die Tage’ zur Verfügung stellen musste. Es ist das einzige Zimmer, das selbst kein Durchgangszimmer ist und von dem aus man unmittelbaren Zugang zu Bad und Toilette hat.
„Immer ich“, hatte Bernhard vergeblich gemosert und dann gefragt: „Und wo soll ich schlafen?“
Das Problem war in der Tat nicht so leicht zu lösen. Die Luftmatratzenangebote gefielen niemand. Endlich akzeptierte er, auf der Liege in Vaters Arbeitszimmer im Keller zu nächtigen – ‚für die paar Tage’.
„Und wenn ich mal muss, gehe ich in den Garten“, war sein Racheschwur, worauf alle gebrüllt hatten: „Bloß nicht!“
Bis zum Beginn der Kindermette um sechzehn Uhr musste nun die Zeit unter dem Motto „Wir warten auf das Christkind“ totgeschlagen werden. Der einzige Raum, der dafür zur Verfügung stand, war Opa Fritzens Wohnzimmer mit dem Gemeinschaftsfernseher, das Repräsentationszimmer von einst.
Um den kleinen Couchtisch drängten sich bald zwei Großväter, Vater und Mutter Keller und drei Kinder, die entsprechend dem großen Altersunterschied höchst unterschiedliche Fernsehinteressen hatten. Vorweihnachtliche Musik wäre auf einem Kanal zu hören und zu sehen gewesen,

„Der kleine Lord", eine englische Rührgeschichte, auf dem anderen.
Die ältere Generation war für „was Besinnliches". Alexandra behauptete, den Kitsch-Film von dem englischen Würstchen schon siebenundzwanzigmal gesehen zu haben. Eltern Hede und Hermann wollten nur Ruhe und keinen Streit. Also holte man sich – trotz allem – den verhärteten englischen Lord-Großvater ins Zimmer, drehte den leiser und hatte einige Zeit Ruhe.
Bernhard und Carola lagen nun vor dem Fernseher auf dem Boden, hatten die Köpfe in die Hände gestützt und führten mit den Füßen einen Kleinkrieg um größtmögliche Beinfreiheit aus.
In der Runde am Couchtisch wird Kaffee nachgeschüttet; die Plätzchen werden gelobt; die Großväter bestätigen sich gegenseitig: „Schon wieder ein Jahr um."
Draußen dämmert es; der kleine Lord hat längst das verhärtete Herz des Großvaters aufgebrochen und der Plätzchen-Teller ist leer. So langsam kann man sich auf den Kirchenbesuch einstellen.

„Kindermette" ist ein Widerspruch in sich. „Mette", vom lateinischen Wort matutina abgeleitet, ist ein Frühgottesdienst, spätestens um fünf Uhr am Morgen gefeiert, für heutige Vorstellungen also mitten in der Nacht. Die Kindermette findet am Nachmittag statt. Damit kommt man den Kindern – vor allem den Kleinkindern –, den jungen Eltern und mehr noch den älteren Großeltern entgegen, die ihre Enkelkinder singen und spielen sehen möchten, die nicht auf festlichen Chorgesang aus sind, sondern auf die

schönen alten Weihnachtslieder, die ihnen „von Kindesbeinen an“ vertraut sind.
Großfamilie Keller bricht zeitig auf; denn der Sohn – seit dem Sommer Messdiener – soll sich früh in der Sakristei einfinden, Alexandra will sich mit drei weiteren Flötistinnen vor dem Gottesdienst im Pfarrheim einspielen; Mutter Keller möchte mit Carola einen Platz vorn haben, damit man was sieht; die Großväter legen Wert auf einen Sitzplatz.
Als man in die Kirche kommt, ist diese dunkel und rappelvoll, obwohl es noch zwanzig Minuten vor der Zeit ist. Die Familie zerteilt sich gemäß den verschiedenen Funktionen und Interessen. Vater Keller bleibt hinten seitlich der letzten Bankreihe stehen. Er möchte allein sein – in der Menge. Er sieht vorn im Altarraum einen dichten Tannenwald, davor den Altar. Einige Mikrofone werden aufgestellt und ausprobiert. Jemand klopft auf die Mikros, zählt: „Eins, zwei, drei“, alle funktionieren. Stimmengewaber im Kirchenraum! Lebendige Unruhe! Von hinten drängen Leute nach. Direkt neben den Eingangstüren stehen Mütter mit Kinderwagen.
Vorn zeigt der Liedanzeiger die Nummer 836 an. Die Orgel setzt zu einem Vorspiel ein. Mit den ersten Tönen wird klar: „Tauet Himmel ...“ Es bleibt dunkel in der Kirche, man spielt noch einmal Advent. Der Liedtext ist bekannt; er ist so bekannt, dass man mitsingt, ohne mitzudenken und ohne zu verstehen: Tau, Wolken und Regen werden bemüht, den ‚Gerechten‘ zu bringen. Der Gerechte? Was ist Gerechtigkeit? Nicht einmal in der Kleinstfamilie kann man sich darüber einigen. „Alles Fleisch soll nunmehr sehen ...“ Barocke Rhetorik. Metonymie! Der Verfasser dürfte stolz

auf diese Konstruktion gewesen sein. Aber wer versteht das heute noch? Die Lichter in den Tannen und die Lampen im Kirchenraum werden eingeschaltet. Jetzt also kommt „Gottes Heil durch Gottes Sohn".

Vorn tut sich was.

„Ich bin der Joseph", sagt eine helle Jungenstimme ins Mikrofon, „und das ist Maria, meine Frau. Sie ist schwanger. Wir sind schon ein paar Tage unterwegs und sehr müde. Ich muss unbedingt eine Unterkunft für sie finden."

Er nimmt Maria – Kopftuch und Schleier tragend, darüber einen weiten Mantel – an die Hand und wendet sich einer Lücke im Tannenwald zu.

„Hallo, aufgetan! Ich brauche eine Unterkunft für diese Nacht", ruft er ins nächste Mikrofon.

Ohne Erfolg. Gott sei Dank, ist auf der gegenüberliegenden Seite am Rand des Tannenwalds ein Stall mit einer Krippe aufgebaut. Maria und Joseph lamentieren noch etwas über die Hartherzigkeit der Menschen in der Stadt, freuen sich aber, dass sie den Stall gefunden haben, über dem in diesem Augenblick ein heller Stern aufgeht. Jetzt kommen von allen Seiten Hirten herbei. Der Liedanzeiger ruft zum gemeinsamen Gesang der Nummer 841 auf: „Es ist ein Ros entsprungen."

Hermann Keller erinnert sich, dass er lange Zeit geglaubt hatte, da sei ein Ross entsprungen. Dass Pferde ab und zu entspringen, war ihm geläufig; von Rosen hatte er keine Ahnung. Dass sie entspringen, hätte er nie gedacht. Was die ‚Wurzel' sollte, hatte er genauso wenig begriffen. Er hatte nach Pferderassen gesucht. Ein Gestüt ‚Jesse' hätte er sich durchaus vorstellen können.

Vorn am Altar geht es jetzt ganz schnell. Statt der Laienspielschar treten die Messdiener und Messdienerinnen in Aktion. Und dann ruft der zelebrierende Priester „zum Mahl“ des Herrn, in dem „Gottes Heil“, nämlich „Gottes Sohn, der heute geboren ist“, gegenwärtig sei.
Alles strömt. Gedränge, Geschiebe! Orgelspiel überlagert die allgemeine Unruhe, die schlurfenden Schritte, die weinerlichen Kindertöne im Hintergrund.
Der Liedanzeiger kündigt Nr.145 an; die Orgel nähert sich langsam dem Hauptthema des Tages: „Stille Nacht, heilige Nacht!“
Vorher muss der Zelebrant noch seinen Dank allen Vorbereitenden, allen Mitwirkenden und allen Mitarbeitern aussprechen, muss Grüße an alle Kranken und Alten der Pfarre ausrichten lassen, muss schließlich ein friedliches, frohes und besinnliches Fest wünschen. Dann: der Segen. Dann: „Stille Nacht ...“
Da ist dann wieder „das traute Paar“, das ins Gerede gekommen ist, und „der holde Knabe im lockigen Haar“ – das Sehnsuchtsobjekt aller Großmütter, die sich das lockige Haar nur blond und nicht zu lang verstellen können, und der Wunschtraum aller Großväter, die in dem holden Knaben den gehorsamen, fleißigen, ehrerbietigen Vorzeigejungen sehen, der gute Manieren hat und beste Zeugnisse mit nach Hause bringt und den sie sich immer als Sohn gewünscht haben und jetzt gern in ihrem Enkel verwirklicht sähen.
Ach Gott! Gleich ist Bescherung. Hoffentlich geht das gut.

Nach der Kindermette, die gut eineinhalb Stunden gedauert hat, fährt Mutter Keller mit den Großvätern im Auto vor nach Hause, um schon mal alles zu richten. Vater Keller wird mit den Kindern nachkommen.

„Ist ja ganz nett so eine Kindermesse. Aber, ehrlich gesagt, erhebender ist doch so ein feierlicher Gottesdienst mit drei Herren am Altar und Weihrauch und so“, gesteht Großvater Friedrich.

„Und Chor und Orchester. Eine Messe von Haydn, Mozart oder Schubert“, ergänzt Großvater Bartsch.

„Und die Lesungen und Gesänge in Latein“, provoziert Mutter Keller, die den Wagen durch die nach Hause Strömenden steuert.

„Ja, auch das. Das Evangelium in Latein gesungen. Der Lektor beweihräuchert. Messdiener mit hohen Leuchtern daneben ...“

„So war das wohl früher und keiner verstand was“, gibt Mutter Keller zu bedenken.

„Aber jeder wusste doch früher von Kind an, was da vorgetragen wurde. Vielleicht ist das ja heute nicht mehr so“, lenkt Großvater Friedrich vorsichtig ein.

‚Früher‘ ist das Stichwort.

„Wir mussten früher in Schlesien zur Mitternachtsmette gewöhnlich durch den Schnee“, erinnert sich Großvater Heinrich, „wir hatten einen großen Schlitten, einspännig. In dicke Decken gepackt, fuhren wir von den Höfen ins Dorf zur Kirche. Dann gab es ein feierliches Amt mit Schubert-Messe. Danach traf sich die ganze Verwandtschaft auf dem Hof von Onkel Max.“

Da weder Großvater Friedrich noch Mutter Keller den Hof von Onkel Max kennen, tritt eine Pause ein.
In die herumschweifenden Gedanken hinein sagt Großvater Heinrich leise, nur zu sich: „Alles hin!“

Vor der Kirche wartet dieweil Vater Hermann Keller mit Carola auf die beiden ‚Großen'. Weihnachtswünsche hierhin und dorthin.
„Jetzt aber schnell“, drängt Bernhard.
„Ulrike hat ihre Einsätze mal wieder nicht gekriegt“, sagt Alexandra, während sie sich in Trab setzen.
„Das Spiel war doch echt doof“, meckert Bernhard. „Viel zu lang. Und – habt ihr gesehen? – der Joseph wäre bald über den Teppich gestolpert.“
„Haben wir nicht gesehen; ich fand das schön“, sagt Carola.
„Seid ihr denn blind?“ wundert sich Bernhard. „Der Joseph ist sowieso Panne. Der ist in der Klasse von Frau Bruder.“
Es ist dunkel und kalt.
Carola geht an der Hand des Vaters. Alexandra hat Noten und Notenständer unter den Arm geklemmt. Bernhard hat beide Hände in den Taschen und drängt zur Eile. „Ist jetzt Bescherung? Oder müssen wir zuerst essen?“, fragt Bernhard.
„Das hängt wohl von den Opas ab“, gibt Vater Keller zu bedenken.
„Warum das denn? Dürfen die bestimmen?“, entrüstet sich Bernhard.
„Das sind doch unsere Gäste und die dürfen wünschen.“

„Aber die haben doch mit unserer Bescherung nichts zu tun!"
„Trotzdem."
Als sie zu Hause ankommen, haben sich die Großväter nach oben verzogen; im Weihnachtszimmer unten ist Licht. Als die vier schellen, geht das Licht aus und Mutter Keller öffnet die Tür.
„Müssen wir zuerst essen? Bestimmen das die Opas?", überfällt Bernhard seine Mutter.
„Nein", beschwichtigt diese, „geht noch mal nach oben. Gleich kommt das Christkind. Ich läute, wenn es da war."
„Na, Gott sei Dank!", beruhigt sich Bernhard.
Endlich klingelt das Glöckchen. Von oben sieht man, wie sich die Tür des Weihnachtszimmers zum Flur hin einen Spalt öffnet; man hört Weihnachtsmusik aus dem Radio. Carola strahlt, guckt durch die Stäbe des Treppengeländers nach unten, ist unentschlossen.
„Worauf wartest du?", fragt ihr Bruder.
„Es geht los", hört man Opa Fritz, der aus dem Fernsehzimmer kommt.
Bernhard voran geht es im Gänsemarsch nach unten, die beiden Großväter am Schluss. Bernhard steht suchend im Zimmer, er hält Ausschau nach einem Geschenketisch oder einem Geschenkeberg, er findet nichts dergleichen. Carola steht staunend vor dem Weihnachtsbaum. Die Schallplatte kratzt zu Ende.
„Die zweite Seite noch", sagt Mutter Keller und legt die Nadel auf.
Erstes Lied: ‚O, du fröhliche ...', gesungen von einem Kinderchor.

„Jetzt hab ich's gesehen. Unterm Tisch!", sagt Bernhard, während aus dem Radio tönt: „Vom Himmel hoch, da komm ich her ..."
Bernhard hat die überhängende Tischdecke des Couchtisches hochgehoben und gesehen, dass unter dem Tisch zwei Wäschekörbe stehen. Er setzt sich erwartungsvoll in einen Sessel, fordert Carola auf: „Komm, setz dich!" Mutter Keller schaltet die Tisch- und Stehlampen an, dreht das Radio leiser, sagt: „Ja, da wollen wir doch mal sehen!", bittet jetzt auch die Großväter, Platz zu nehmen und holt den ersten Korb vor.
„Gibt es nicht zuerst was zu trinken?", fragt Großvater Friedrich. Großvater Heinrich unterstützt ihn: „Man müsste zuerst mal anstoßen."
Aber Vater Keller, der die Anspannung der Kinder sieht, vertröstet: „Später!" und lässt jetzt Mutter Keller walten.
Päckchen nach Päckchen holt sie aus dem Korb, sieht kurz auf den Klebezettel, reicht es dem Adressaten. Alles sorgfältig in Weihnachtspapier verpackt. Eine Weste für Großvater Friedrich, ein Pullunder für Alexandra, Turnschuhe für den Sohn, Winterstiefel für Carola, ein Außenthermometer für Großvater Heinrich.
Die Weihnachtsverpackungen werden abgerissen, unter den Tisch geworfen. Es ratscht und raschelt in einem fort. Der erste Korb ist leer. Aus dem zweiten wird ein Paket an Bernhard übergeben. Der schaut auf das bunt eingewickelte Paket, dann in die Augen der Mutter, ahnt und sagt, als er das Paket angenommen hat: „Ja, endlich. Der C 64. Klasse. Danke."

Alle sehen zu ihm hin. Mutter Keller erklärt: „Er hat sich einen Computer gewünscht." „So", sagt Großvater Heinrich und weiß weder die Bedeutung des Geschenks noch des Augenblicks einzuschätzen. Bernhard zieht sich mit seinem Geschenk zurück, holt die Bedienungsanleitung aus dem Kasten und möchte sofort anfangen auszupacken, zusammenzusetzen und anzuschließen.
Doch der Korb ist noch nicht leer. Ein großer, unförmiger Gegenstand, weihnachtlich verpackt und verhüllt wird hochgehoben.
„‚Carola', steht hier drauf", sagt die Mutter und tut so, als könne sie die Schrift des Christkinds nur schwer entziffern. Sie wendet sich an die ungläubig dreinschauende Tochter, diese greift zu, reißt das Papier auf, fühlt, sieht und ruft: „Der dicke Bär!"
Tatsächlich hat sie das größte Plüschtier im Arm, das sie je gehabt hat. Sie strahlt. Beim Streifzug durch die Spielwarenläden hatten die Eltern gesehen, wie sich Carola in den Riesen-Teddy verguckt hatte, ihm über das Fell ging, ihm in die Augen sah. Am Abend hatten sie gerechnet, verglichen, überlegt.
„Hundert D-Mark für ein Stofftier ist eigentlich eine Sünde", hatte Mutter Keller gesagt.
„In der Tat. Aber hundert D-Mark für einen unausgesprochenen Herzenswunsch ist vielleicht auch wieder nicht zu viel."
Am nächsten Tag waren sie in die Stadt gefahren.

Jetzt endlich ist Zeit für ein Glas Wein.

Danach dreht sich die Szene. „Ich habe auch was für euch", beginnt Carola. Bernhard und Alexandra schließen sich an.
„Hilfst du mir nachher, den Computer zu installieren?", fragt Bernhard seine Mutter.
„Heute noch?", fragt sie.
„Bitte, Mama!", fleht er.
Als dann gegen elf Uhr gespült ist, geht man auseinander. Die Großväter gehen nach oben, sehen sich im Fernsehen an, was in der Welt geschah, und warten auf die Mitternachtsmette. Eine Flasche Wein haben sie mit hoch genommen; der Plätzchen-Teller ist wieder gefüllt.
Bernhard und Mutter Keller haben sich in die Bedienungsanleitung vertieft und ordnen Kabel und Stecker.
Vater Keller geht nach ‚ganz oben', um Tochter Carola zur Nacht zu küssen. Sie liegt bereits unter der Decke, der dicke Bär neben ihr.
„Seid ihr eigentlich neidisch auf uns?", fragt sie.
Er ist überrascht: „Auf wen?"
Er versteht nicht: „Auf die eigenen Kinder ist man doch nicht neidisch. Man freut sich doch, wenn es denen gut geht."
„Aber ihr hattet es doch nicht so gut."
„Das kann man so allgemein nicht sagen. In gewisser Weise hatten wir es auch gut. Und: Man weiß ja nicht, was noch kommt."
Lange Pause.
Sie schaut zur Decke: „Ich möchte euch mal als Babys sehen. Mit kleinen Ärmchen. Kugelbauch. Und mit abstehenden Ohren. Das wäre lustig."

„Meinst du?“
„Ich möchte mal größer sein als ihr.“
„Vielleicht ist das schon bald so.“

IX. Dezember 2003: Nikolaustage

Als sich Hede und Alexandra für den Samstag vor dem zweiten Adventssonntag zum Plätzchenbacken verabredet hatten, war ihnen nicht bewusst, dass dies der Tag nach dem Nikolausabend sein würde. Sie hatten sich dann aber telefonisch gegenseitig versichert, dass das kein Hindernis sei – im Gegenteil, der Tag sei zum Backen doch geradezu prädestiniert, außerdem könne es ja sein, dass der Nikolaus einen Schuh oder Strumpf im Haus der Großeltern fände und für die Kleinen und die Großen etwas ablasse, das Hede dann mitbringen könne.
Die Keller-Großeltern hatten überlegt, was ein Nikolaus von heute in einen bereitgestellten Stiefel stecken würde, hatten an Handschuhe, warme Strümpfe und eine Wollmütze gedacht, dann aber doch gemerkt, dass das Nikolausartikel von früher waren. ‚Äpfel, Nüss und Mandelkerne' waren wohl auch nicht mehr gefragt. Mutter Hede hatte sich endlich für einen bunten Schlafanzug und noch bunteres Bettzeug entschieden. Das passte zwar weder in Stiefel noch Strumpf, doch könnte es der Bedarfslage einigermaßen entsprechen und zugleich gut ankommen.
Am Vorabend des Nikolaustages hatten sie sich dann zum ungefähr vierzigsten Mal daran erinnert, wie Hede damals bei den Vermietern der Studentenbude des Examenskandidaten Hermann Keller einen kunstvoll gebastelten Nikolaus abgegeben hatte, ohne einen Absender zu nennen. Die Vermieterin hatte die Gabe weitergeleitet und eine knappe Personenbeschreibung hinzugefügt. Nur: Sie passte nicht. Ein paar Tage später wurde das Verwirrspiel auf-

gelöst. Tatsächlich hatte Hede hinter dem Ganzen gestanden – allerdings nicht als Überbringerin, sondern als Auftraggeberin. Nie hätte sie selbst bei den Vermietern Hermanns geschellt. So etwas hätte sich damals nicht gehört.

In dieser Nacht zu diesem 6. Dezember 2003 hat es gefroren. Als die Kellers am Morgen aus dem Fenster des Badezimmers sehen, stellen sie fest, dass die Scheiben ihres vor der Haustür parkenden Autos vereist sind. Es ist noch früh und dunkel, die Straße leer. Das Frühstück fällt knapp und rededürftig aus. Die Zeitung dient nicht zu Lektüre und Gespräch, eher als Schutzwall.

Das Auto ist schneller enteist als befürchtet. Hermann bringt seine Frau zum Bahnhof, hält kurz am Südausgang, bestellt schöne Grüße, dreht und ist um acht Uhr wieder zu Hause. Der Tag liegt nun wie ein offenes Feld vor ihm. Um zwölf Uhr würde er ein ‚bofrost-Gericht' in die Mikrowelle schieben. Nach einer kurzen Auszeit würde er sich einen großen Kaffee machen. Um 18 Uhr hat er Tempeldienst. Etwas nach 22 Uhr würde er Hede wieder am Bahnhof abholen.

Er hat also genug Zeit, seine vorläufig letzte Weihnachtsgeschichte zu schreiben, wenigstens anzufangen. Ihm ist einigermaßen mulmig bei der Angelegenheit; denn es geht schließlich um jene „Kladderadatsch- oder Katastrophenweihnacht", die immer noch belastet, die längst überwunden, sogar verstanden schien, die aber noch nicht ganz verarbeitet ist. Sie hatte Schatten geworfen auf alle Weihnachten vorher und nachher. Und sie ist der Grund für die Ängstlichkeit vor dem nächsten, dem bevorstehenden

Fest. Jenes Weihnachten damals war der Höhepunkt einer Krise gewesen oder die Krise selbst. Das hatten alle gemerkt. Alle hatten unterschiedlich gelitten. Aber alle hatten überlebt, waren vielleicht gestärkt aus der Krise herausgekommen. Jedenfalls verändert.

Ehe er seine Zettel, seine Notizen, seine Quellen von damals herausholen kann, muss er seine Tagesgeschäfte erledigen, denn er ist wieder schulpflichtig. Für seine Klasse 10 muss er Kleists Drama ‚Der zerbrochene Krug' vorbereiten – ein Lustspiel, das gar nicht so lustig ist. Durch hundert Missverständnisse droht da eine versprochene Heirat zu platzen. Überall liegen Scherben herum – nicht nur solche des im Titel genannten Krugs, sondern Beziehungsscherben. Am Ende wird die Beziehung gekittet, der Krug nicht. Die Hochzeit ist gerettet, die Zukunft scheint gesichert. Wenn es immer so einfach wäre!

Im Grundkurs Geschichte steht die Krise der Weimarer Republik an. Dass sich die Krise zur Katastrophe entwickelte und zum Untergang führte, ist aus heutiger Sicht schwer begreiflich. In der Stunde am Freitag hatten die Schülerinnen und Schüler die Ergebnisse der Reichstagswahlen aus den Jahren 1932 und 1933 fassungslos zur Kenntnis genommen. Wie konnten so viele diesen Hitler und die Nationalsozialisten wählen, wo der doch Deutschland in den Untergang trieb? Es war anstrengend gewesen, die Diskutierenden zu bitten, sich in die Situation von damals zu versetzen, als man noch nicht wusste, was kam. Natürlich – man hätte kritisch sein müssen, man hätte die Propaganda durchschauen müssen, man hätte mutiger sein müssen. Man hätte ... Rückwärts weiß man mehr.

Ja, er hatte die Schwangerschaftsvertretung angenommen. Ein elender bürokratischer Aufwand war notwendig gewesen, um ihm die rechtliche Grundlage dafür zu geben, helfend einspringen zu dürfen. Als pensionierter Beamter konnte er nicht reaktiviert werden. Er hatte einen Zeitvertrag als Angestellter erhalten, musste nachweisen, dass er gesund sei, musste erneut den Treueid auf die Verfassung leisten, hatte Beiträge zur Versicherungsanstalt zu leisten und dem Land Steuern zu entrichten und musste sich von seinen ehemaligen Kollegen fragen lassen: „Warum machst du den Quatsch?“
Er antwortete: „Um mit den jungen Leuten über Krisen zu diskutieren – über Staatskrisen und über Beziehungskrisen.“
Natürlich hatten sie ihm das nicht abgenommen. Es war auch nicht der wahre Grund.
Er hat den Text von Hitlers Ermächtigungsgesetz vor sich liegen. Nun will er Textausschnitte der Reichstagsdebatte vom 23. März 1933 zusammenstellen. Ziel der Stunde soll sein, nachträglich zu durchschauen und darüber zu erschrecken, wie sich Ordnung auflösen kann und wie leicht sich dann ein Diktator durchsetzen kann.
Es ist neun Uhr. Da klingelt das Telefon.
„Hallo, Daddychen“, vernimmt er die Stimme seines Sohnes, „bei mir ziehen sich rote Streifen über den linken Oberschenkel zu den Lymphknoten hin. Das ist doch nicht normal. Meinst du, ich müsste zum Arzt?“
„Was ist denn passiert?“, erkundigt sich der Vater.
„Ich habe Donnerstag eine Spritze gekriegt, weil mein Immunsystem im Eimer ist, und jetzt liege ich erst recht auf der Nase.“

Er ruft aus seiner Wohnung in der Landeshauptstadt an. Am Mittwoch zuvor ist er aus London gekommen und möchte an diesem Wochenende unbedingt Vorbereitungen für den anstehenden Umzug treffen. Er hat, wie er am letzten Wochenende verkündete, eine Wohnung – drei Zimmer, Küche, Bad, 4.Stock – im auserwählten Gerresheim gefunden, in die sie, Sabrina und er, zum 1. Januar einziehen können. Jetzt müssen ganz schnell Nachmieter für die alte Wohnung gefunden werden und ein Verwandten- und Bekannten-Team, das die alte und die neue Wohnung renoviert. Und da alles schnell und preiswert geschehen soll, bleibt es nicht aus, dass das Immunsystem angegriffen wird.
Die Ärztin wird konsultiert; sie ist bereit, sich die Streifen anzusehen, und mahnt zur Vorsicht. Daraus ergibt sich, dass der Vater seinen Sohn in Düsseldorf abholt, ihn zur Ärztin in die Seidenstadt bringt und vor der Tür wartet. Antibiotika werden verschrieben und dann geht es zurück nach Düsseldorf und wieder zurück in die Seidenstadt. Der Morgen ist hin.
Bofrosts Gemüsepfanne wird in die Mikrowelle geschoben. Nach vier Minuten ist das Mahl bereitet. Joghurt zum Nachtisch. Mittagsruhe.
Den Nachmittag wird er sich nicht nehmen lassen.
Er ordnet seine Notizen, alte Briefe und Briefentwürfe, Kalender und Fotoalben, legt Stifte und Papier bereit und geht zunächst noch einmal nach unten in die Küche, um Kaffee – viel Kaffee – zu kochen.

Draußen scheint es weiterhin kalt zu sein – so an der Gefriergrenze –, aber klar. Er geht für ein paar Minuten, wie er sich vornimmt, in den Garten: Einige gelbbraune Blätter hängen noch kopfüber am Apfelbaum, in der Spitze haben sich ein paar gelbrote Äpfel gehalten. Die Stauden und Sträucher sind kahl. Vom Westen her scheint die Sonne flach durch die entlaubten Nachbarbäume und teilt den Rasen in eine Schatten- und eine Sonnenseite. Die im Schatten gebliebenen Gräser sind etwas bereift; die besonnten Flächen sind nass, dunkelgrün, glitzerig. Über den Teich ist das Netz gespannt, das Laub und Fallobst aufhalten sollte. Von den Teichrändern schieben sich dünne Eisplättchen vor. Die Mitte ist frei und offen. Dafür sorgt eine Teichheizung, stromgespeist.
Dies ist der Schauplatz seiner Krisengeschichte. Hier hatten sie damals – vor Jahren – im Sommer über Ehe und Familie, über die Freiheit des einzelnen und über die Verpflichtung dem anderen gegenüber diskutiert. Es war eine offene, verzweifelte Diskussion gewesen. Alles kam auf den Prüfstand. Zuerst hatte er, Hermann Keller, mit seiner Tochter Alexandra diskutiert, dann mit seiner Frau Hede. Das Unauflöslichkeits-Gebot der Ehe stand zur Debatte, der harte, vielleicht brutale Satz des ritualisierten Eheversprechens „bis dass der Tod euch scheidet".
Alexandra hatte einst eine theologische Seminararbeit geschrieben und untersucht, wie die Juden zur Zeit Jesu mit dem Gebot umgingen: Variabel – den Lebensumständen angepasst. Für Hedes und Hermanns Eltern hatte das Gebot absolute Gültigkeit gehabt. Sie hatten danach gelebt – bis in den Tod. Ganz selbstverständlich hatten sich auch

Hede und Hermann dieses Eheversprechen gegeben. Für sie war das Treuegebot göttliches Gesetz. Als Natur- und göttliche Ordnung war ihnen erklärt worden, was vielleicht doch nur Menschenordnung war.

Darum ging es: War Ehe mehr oder weniger als die rechtlich anerkannte und geschützte Lebensgemeinschaft eines Mannes und einer Frau? War sie mehr, war sie tatsächlich ‚im Himmel' geschlossen, dann war sie unantastbar. War sie weniger, dann war der Vertrag revidierbar.

Niemand konnte erwarten, dass die Fragen endgültig und allgemeingültig beantwortet werden würden. Man steckte in der Krise und nahm schließlich und endlich die Krise an. Die Standpunkte wackelten, die alten Ordnungsvorstellungen waren erschüttert, man musste das aushalten.

Hier am Teich war über Erziehung gesprochen worden. Herr und Frau Keller hatten sich für gemäßigt fortschrittlich gehalten, hatten sich weder auf die antiautoritären Programme eingelassen, noch hatten sie Erziehung als „Führung und Formung des Menschen durch Familie, Schule, Beruf und Einrichtungen des Staates" verstanden, wie uralte Pädagogik-Konzepte zu denken nahe legten. Sie hatten nach bestem Wissen und Gewissen gehandelt und hatten dann vorgehalten bekommen, dass das alles verkehrt, verfehlt, „Scheiße" war.

Das gab zu denken. Jahrelang. Zur Diskussion stand die Elternrolle – aufgeteilt in Vaterrolle und Mutterrolle –, aber auch die Lehrerrolle – aufgeteilt in Lehrer- und Lehrerinnenrolle. Die Verunsicherung war total: Konnte man die Wörter Erziehung, Erzieher, Zögling überhaupt noch in den Mund nehmen? Hatten sie nicht verdammte Ähnlichkeit mit

Begriffspaaren wie Herr und Knecht, Herrscher und Untertan?
Ihm ist kalt geworden. Er hat zwar seine Strickweste an und ist im Allgemeinen nicht kälteempfindlich. Aber jetzt ist es doch Zeit hineinzugehen. Er blickt noch einmal in den Teich. Nichts zu sehen. Wahrscheinlich haben sich die Fische ins dunkle Pflanzendickicht zurückgezogen. Er geht über den nassen Rasen, dann die Stufen zur längst umgebauten Veranda hoch, tritt mehrfach kräftig auf die Fußmatte, nimmt in der Küche das Tablett mit Kaffeekanne und -tasse und geht nach oben. Drei Stunden würde er jetzt ungestört schreiben können.

Dann ist es Zeit für den Tempeldienst.
Herr und Frau Keller sind, wie man so sagt, ‚kirchentreu'. Sie bezahlen nicht nur ihre Kirchensteuer, sie besuchen nicht nur – fast – regelmäßig die Sonntagsgottesdienste, sondern sie übernehmen auch ehrenamtliche Aufgaben. Sie wissen, dass sie sich damit in eine Außenseiterrolle begeben.
„Heute ist es leichter", sagt Herr Keller, wenn man ihn darauf anspricht, „sich auf den Rathausplatz zu stellen und zu verkünden: ‚Ich bin schwul!', als öffentlich zu erklären: ‚Ich bin Pfadfinder, Messdiener oder Lektor!'"
Herr Keller ist Lektor und wird heute die Lesungen zum zweiten Adventssonntag in der Vorabendmesse vorlesen. Als er kurz vor 18 Uhr die Sakristei betritt, planen der Gemeindepfarrer und der junge Organist Einzelheiten für die Weihnachtsgottesdienste, die anspruchsvoll gestaltet werden sollen, weil sie nach wie vor überfüllt sein werden und

weil die Erwartungen gerade von denen, die nur einmal im Jahr die Kirche besuchen, besonders hoch sind.
Die Küsterin hat die Gewänder und das Evangeliar herausgelegt. Herr Keller sieht sich die Texte an, die er vortragen wird, und überfliegt die Vermeldungen, die vor dem Gottesdienst zu verkünden sind. Eine Frau Straaten ist gestorben – 67 Jahre alt. Er meint, den Namen irgendwann gehört zu haben, kann sich aber nicht recht erinnern. Außerdem wird zum Bußgottesdienst eingeladen. Mehrere Termine sind im Angebot.
Mit ‚Tauet Himmel' wird die Messe eingeleitet. Die Orgel dröhnt, der Gemeindegesang ist schwach, ist vorn am Altar kaum zu hören. Die ersten zehn Bankreihen sind leer. Kein einziges Kind ist da, kein Jugendlicher. Das Durchschnittsalter der Versammelten dürfte bei 60 liegen, eher etwas höher. Der Anteil der Frauen beträgt, grob geschätzt, 90 Prozent.
Herr Keller hat der Gemeinde aus dem Buch Jesaja vorzulesen: „Ein Reis wird aus dem Stumpf Isais sprossen, ein Schössling aus seinen Wurzeln Frucht bringen." Eine Vorankündigung von Weihnachten – total verschlüsselt, schwer verständlich. „Kehrt um!", predigte schon Johannes der Täufer vor etwa 2000 Jahren, wie das Evangelium berichtet. Johannes in der Wüste, Johannes am Jordan, Jerusalem, Judäa. Die Gedanken schweifen ab. Für die nächsten zehn Minuten ist Herr Keller am Jordan, in Jerusalem, in Bethlehem, in Israel.
Damals, in den achtziger Jahren hatten sie eine Rundreise durch Israel gemacht. Er erinnert sich jetzt, da der Gemeinde-Pastor zu Umkehr aufruft und Friede und Gerech-

tigkeit predigt, wie sie damals am Ortseingang von Bethlehem aus dem Bus ausgestiegen waren, wie sie die lange Straße bis zur Geburtskirche im Gänsemarsch gegangen waren. Aus den Gesichtern der Palästinenser, die am Straßenrand standen, hatten sie nur Ablehnung gelesen. Ihr Reiseführer, Schlomo, ein aufgeklärter Jude, der Auschwitz überlebt hatte, hatte sich geweigert, in den Ortskern von Bethlehem zu gehen.
„Da sitzt der Feind!", hatte er gesagt.
Sie hatten allein den Weg gefunden und standen dann an der markierten Stelle, wo das Heil der Welt in einer Krippe gelegen haben soll. Wie immer, wenn man mit den Realitäten einer Wundergeschichte konfrontiert wird, machten sich Enttäuschung und Skepsis breit. Sogar Traurigkeit. Er spürte, wie die Bilder, die er sich im Laufe des Lebens von Bethlehem, der heiligen Familie und dem Geburtsort gemacht hatte, zusammenflossen, sich verflüchtigten, sich auflösten. Er stand etwas entfernt von der Gruppe in einer kahlen Kirche und vermisste ‚Hirten auf dem Felde', ‚Engel in der Höhe' und ‚Weise aus dem Morgenland'.
„Das ist es nicht", hatte er sich gesagt. Er wusste, dass seine Erwartungen falsch gewesen waren; dabei hätte er nicht einmal sagen können, was er erwartet hatte. Trotzdem!
Seine Frau war gekommen: „Willst du das hier fotografieren?"
„Eher nicht!"
„Dann komm, in zwanzig Minuten müssen wir am Bus sein."

Sie waren über den weiten Hof gegangen. Am Straßenrand wurden Krippendarstellungen in allen Größen angeboten. ‚Echtes Olivenholz' wurde geworben und ‚Handgemacht'. Er sah sofort, dass jedenfalls die zweite Aussage falsch war, kaufte trotzdem.
Die ganze Wundergeschichte war fest montiert: ein Stall, den Heustadeln auf Alpenalmen nachempfunden, mit Stern am Dachfirst, eine schützende Palme davor, Maria, Josef und das Jesuskind. Bequem in einer Plastiktüte zu transportieren, bruchfest.
Hede war vorgegangen und hatte ihn erstaunt angesehen, als er mit der Tüte am Bus ankam. „Hast du so ein Ding gekauft?"
„Ja!"
„Für wen, wenn ich fragen darf?"
„Für mich!"
„Muss ich das verstehen?"
„Eigentlich nicht. So ganz versteh ich das auch nicht. Mir war danach."
Der Prediger stellt noch einmal jenen Johannes, der sich in der Wüste von Heuschrecken und wildem Honig ernährt und sich als Prophet betätigt, als Vorbild hin. Die wohlgeformten Sätze verbreiten sich im Kirchenraum.
Herr Keller überlegt, wo ‚das Ding' sein könnte, jene zusammengeklebte Olivenholz-Krippe aus Bethlehem, die er lange Jahre nicht vermisst hatte. Aber jetzt.
Die Rituale gehen weiter: Glaubensbekenntnis, Fürbitten, Opferung, Wandlung, Kommunion.
„Schönen Abend noch", verabschiedet sich Herr Keller in der Sakristei.

„Mal sehen, wie Mönchengladbach gespielt hat", lenkt der Pfarrer den Blick wieder auf die irdischen Probleme.
Auch hier enttäuschte Hoffnung: Borussia Mönchengladbach hatte verloren.

Zwei Anrufe findet er auf dem Anrufbeantworter vor, als er kurz nach sieben zu Hause ankommt. Bernhard hat hinterlassen, die Streifen seien weg, er sei in der neuen Wohnung gewesen, ob es ihnen auskomme, am Mittwochabend mal nach Gerresheim zu kommen und die neue Wohnung in Augenschein zu nehmen. Es müsse einiges geplant werden.
Der zweite Anruf kam aus Köln, die Plätzchen seien fertig; sie, Hede, nehme doch einen früheren Zug, ob er, Hermann, sie um 21.10 Uhr am Bahnhof abholen könne, wenn nicht, käme sie mit dem Bus. Sie halte das Handy eingeschaltet.
Er ruft sofort in Köln an, Eva meldet sich, er grüßt, sie sagt: „Ah, Hermann, schön, dass du anrufst. Wir sind bei den Aufräumarbeiten. Die dauern länger als die ganze Backerei."
„Wart ihr denn erfolgreich?"
„Klar. Jede Menge Spritzgebäck, Spekulatius und Pfefferkuchen. Hedes Rezepte mit langer Tradition. Ina glasiert noch. Sie verteilt noch Liebesperlen auf Schokoladenguss."
„So. Bringt Hede was mit?"
„Nix da. Das bringt das Christkind."
„Auch gut. Dann sag ihr, dass ich sie gleich abhole. Sie ist doch noch da?"

„Ja, sie guckt gerade mit Alexandra den Notenbestand durch. Uns fehlen ein paar Weihnachtslieder."
„Klaviernoten könnt ihr von mir haben."
„Ich glaube, die suchen dreistimmige Sachen."
„Na dann. Bis bald."
„Bis bald."
Er entscheidet sich für die proletarische Art der Abendmahlzeit: Käse, Wurst, Brot; Bier; Glotze.
Eine Stunde hat er noch. Er ist – wieder – bei weitem nicht so weit gekommen, wie er gedacht und gehofft hat. Vielleicht hat er einen zu großen Anlauf genommen. Aber er hatte geglaubt, er müsse bei seinen Vätern – bei seinem ‚Vatter' und bei seinem Schwiegervater – etwas gutmachen. Deshalb hatte er sich etwas lange bei ihrem Sterben aufgehalten. Nun war er dabei, die Kinder erwachsen werden zu lassen. Er hatte damals einzelne Tage protokolliert. Darauf konnte er jetzt zurückgreifen.
Um 21 Uhr parkt er am Südausgang des Bahnhofs, ist pünktlich auf dem Bahnsteig, sieht Hede und geht ihr entgegen.
„Hallo, da bin ich wieder. Schön, dass du da bist", sagt sie und zieht den Reißverschluss des Anoraks hoch.
„Wie war's denn?"
„Schön. Kann man nicht anders sagen. Wir haben gebacken wie einst. Ich hatte sogar die Schürze von damals mit. Das fiel auch Alexandra auf. Und Ina hat die Backbleche genauso eifrig eingefettet und belegt wie damals Alexandra und Bernhard."
„Was soll sich auch geändert haben?"

„Na, hör mal. Übrigens wollen die beiden die Wohnung tatsächlich kaufen."
„Das ist doch konsequent."
„Aber teuer. Wie sollen sie das denn bezahlen?"
„Das werden sie sich überlegt haben."
Sie sind am Auto angekommen.
„Fährst du?", fragt sie, „ich bin einigermaßen fertig. Ich war den ganzen Tag auf den Füßen und musste den ganzen Tag funktionieren und reagieren. Familienleben ist anstrengend."
„Ich weiß, ich erinnere mich."
Sie halten vor dem Haus.
„Ist jemand auf dem Anrufbeantworter?"
„Diesmal nicht", sagt er und fragt: „Möchtest du was essen? Butterbrot, Tomate, Joghurt? Oder was trinken? Tee oder Brühe?"
„Nichts. Ich möchte mich hinsetzen, die Beine hochlegen und die Augen – für zehn Minuten – zumachen."
„Das lässt sich einrichten. Übrigens hat Bernhard angerufen. Mittwoch sollen wir uns die Wohnung ansehen."
„Gut. Da kommt weiteres auf uns zu."
„So ist es. Unsere Kinder konsolidieren sich."
„Sind sie glücklich?"
„Ach Gott. Was soll man dazu sagen?"
Hede hat Anorak, Schal und Mütze abgelegt, ihre Gesundheitssandalen angezogen und beginnt den Aufstieg nach oben.
„Ich hol noch eine Flasche Wein aus dem Keller", sagt Hermann. „Vielleicht ist dir gleich danach?"

„Sicher doch. Es gibt vielleicht auch noch einiges zu erzählen.“
Zur Feier des Tages sollte es eine Flasche Spätlese sein, denkt er. Zur Auswahl stehen Rhein, Mosel oder Nahe. Gegen Rheinwein hat hier inzwischen niemand mehr etwas. Er weiß, er ist überempfindlich. Gegen Rheinwein hatte noch nie jemand etwas einzuwenden.
Auf dem Couchtisch liegen die ungelesenen Tageszeitungen, die Rundfunk- und Fernsehzeitung, Reiseprospekte und einige Taschenbücher. In der Mitte steht die Glasschale mit eingelegtem Adventskranz, Eigenfabrikat.
„Wir sollten die zweite Kerze anmachen, auch wenn es schon spät ist“, sagt sie.
„Es ist nie zu spät“, antwortet er, setzt den Korkenzieher an und fragt: „Ist der Schlafanzug gnädig aufgenommen worden?“
„Mehr als das. Nein, ich glaube, Ina hat sich echt gefreut und nicht nur eingelernt gedankt. Sie hat auch freiwillig erzählt. Sie lernt übrigens Kontrabass.“
„Statt oder neben der Flöte?“
„Zusätzlich. Sie ist, wenn ich das richtig verstanden habe, im Unterstufenorchester und streicht da den Bass.“
„Die macht mehr Musik als ihre Mutter damals zu ihrer Zeit.“
„Und auch mehr Sport.“
„Auch das!“
„Was sagt uns das? – Es wiederholt sich alles.“
„Hoffentlich nicht. Aber bis jetzt läuft doch alles glücklich und zufrieden.“
„Hoffentlich bleibt es!“

Mit dem ‚hoffentlich nicht' und ‚hoffentlich doch' haben die Großeltern Keller wieder einmal pädagogisches Gelände betreten, das stark vermint ist und auf dem sie sich eigentlich nicht mehr aufs Spiel setzen wollten. Aber nicht nur die Vergangenheit, auch die Gegenwart holt sie immer wieder ein.

„So ein Köln-Tag rührt alles Mögliche wieder auf."

„Das hatte ich mir gedacht."

„Das war doch diese Frau von Briest, Luise – wenn ich mich recht erinnere –, die auf der letzten Seite fragt: Ob *wir* nicht vielleicht Schuld sind?"

„Ja, das ist, glaube ich, genau zitiert. Und er, der alte Briest, sagt dann: „Ach, Luise, lass ... das ist ein zu weites Feld."

„Ja, so schüttelt ihr Männer einfach alles ab und lasst uns im Regen stehen."

„So ist das ja nicht. Und ich will gerne zugeben, dass ich mich mit dem Thema Erziehungsschuld seit Tagen herumquäle. Jedenfalls hätten wir niemand – weder Alexandra noch Bernhard noch Carola – ‚anders in Zucht nehmen' müssen, wie Luise nachträglich meint. Ich glaube, dass das, was man unter Erziehung versteht, viel zu komplex ist, als dass man es auf einen Begriff bringen könnte. Auf ein Postulat sowieso nicht. Es gibt nicht die Anweisung ‚Handle so .., dann wird.' Es gibt keine ‚richtige' Erziehung, erst recht keine ‚perfekte'. Im Augenblick meine ich, dass das, was unter dem Stichwort Erziehung zusammengefasst wird, ein unendlicher, nie abgeschlossener Verständigungsprozess ist, bei dem es unendlich viele Missverständnisse und viele Fallen gibt. Die ‚Vaterfalle' ist nur eine."

„Die ‚Mutterfalle' ist eine andere."
„Vielleicht. Aber daneben gibt es noch eine ganze Reihe von Fallen: Lehrerfallen zum Beispiel."
„Die Schule lassen wir am besten außen vor."
„Einverstanden. Bleiben wir beim Verständigungsprozess. Der läuft zwischen Vater und Tochter anders als zwischen Vater und Sohn, folglich zwischen Mutter und Tochter anders als zwischen Mutter und Sohn. Das Verstehen und Missverstehen ist jeweils anders. Jede und jeder hat doch einen anderen Horizont. Jede und jeder geht von sich, seinen Bedürfnissen, Erfahrungen und Interessen aus. Und dann gibt's halt ab und zu Konflikte."
„Und wie löst man die Konflikte?"
„Das ist das Problem."
„Und wer löst die Probleme? Sind alle, Kinder und Eltern, grundsätzlich gleichberechtigt und gleich interessiert?"
„Es kommt darauf an, wie du das meinst. Gleichberechtigt – weiß ich nicht. Müsste man einen Juristen fragen. Mir scheint nur festzustehen, dass die Eltern die größere Verantwortung haben."
„Eltern haften für ihre Kinder!?"
„Eine Zeit lang: Ja. Jedenfalls steht das an allen Baustellen."
„Und wann hört das auf?"
„Das kommt darauf an. Bei den einen früher, bei den andern später. Bei den einen unbemerkt, bei den andern durch einen Bruch. Bei manchen vielleicht nie."
„Sehr tröstlich. Man weiß nie, was ist, und man weiß nie, was kommt."

„So ist es – wahrscheinlich“, sagt er, nicht eben tröstend, nicht einmal überzeugend, eher hypothetisch.

„Der eine will Ratschläge, der andere hält Ratschläge für besonders raffiniert gesetzte Schläge. Der eine will, dass man sich für sein Tun und Lassen, für sein Außen- und Innenleben interessiert; der andere weist direkt oder indirekt zurück: ‚Was geht dich das an?‘ Der eine will offen und ehrlich über Standpunkte diskutieren, der andere führt Scheingefechte und klappt sein Visier nie hoch.“

„So ist es.“

„Was heißt ‚So ist es‘? So kann es doch nicht sein. Man muss doch eine Orientierung haben.“

„Die muss man finden. Gegeben ist – wie ich hier und heute meine – nichts. Letzten Endes arrangiert man sich.“

„Ist das alles?“

„Das ist viel.“

„Also: keine Schuld, auch keine Anerkennung?“

„Ach, Hede. Die Anerkennung liegt darin, dass die Nächsten wieder versuchen, sich zu arrangieren.“

„Im Augenblick arrangieren wir mal wieder Weihnachten.“

„Bist du übrigens mit deiner Weihnachtsgeschichte weitergekommen?“

„Ich stecke mitten drin. Es ist schwierig. Krisen beschreiben ist immer schwierig – auch wenn sie überstanden sind. Herauskommen soll ja: So ähnlich war es, und: Ich liebe euch alle, wie ihr geworden seid.“

„Noch kannst du alles zurück- und geheimhalten.“

„Eigentlich nicht. Was geschrieben ist, ist geschrieben.“

„Als Grundlage für eine Diskussion?“

„Zum Beispiel.“

„Hoffentlich wird kein Konflikt daraus."
„Hoffentlich nicht!"

X. Weihnachten fünf (1995): „Menschen, die ihr wart verloren ...“

Auch Großvater Friedrich und Großvater Heinrich waren nun tot.
Jahrelang hatte Großvater Friedrich morgens an seinem Tisch im Wohnschlafzimmer in der ersten Etage mit Blick in den Garten beim Frühstück gesessen, hatte die Zeitung durchgeblättert und war bei den Sterbeanzeigen ins Grübeln gekommen. „Die Einschüsse kommen näher“, hatte er irgendwo gelesen. Dann suchte er das Lokale und den Sport. Das lenkte ab.
Vor ihm auf dem Tisch stand ein Foto seiner Frau, daneben eine Kerze, die so lange brannte, wie er frühstückte. Manchmal überraschte ihn sein Sohn dabei, wie er seiner toten Frau die Welt erklärte, denn sie war für ihn weiterhin gegenwärtig.
Sein Frühstück samt Zeitung bekam er von ‚unten‘: zwei Schnitten Graubrot, eine Schnitte Weißbrot, eine Scheibe Käse, eine Scheibe Schinken, etwas Marmelade, eine Warmhaltekanne Kaffee.
Eines Tages war der Korb unbenutzt auf dem Schränkchen vor seiner Wohnzimmertür stehen geblieben. Kein Frühstück! Zum Mittagessen kam Opa Fritz dann doch herunter, aß kaum etwas, zog sich sofort zurück: „Keine Sorge. Morgen ist es sicher wieder gut.“
Am Abend rappelte er sich wieder auf, setzte sich vors Fernsehen: Es war schließlich Europapokalabend. Er fieberte für Mönchengladbach, erklärte seinem Sohn noch einmal die einzig richtige Fußballstrategie: ‚Angriff ist die

beste Verteidigung', schaltete den Apparat dann aber sofort aus, als seine ‚Fohlen', die längst keine Fohlen mehr waren, verloren hatten und aus dem Wettbewerb ausgeschieden waren.

„Hör mal, Hermann“, sagte er dann gänzlich unvermittelt, „da wir unter uns sind. Ich muss dir was sagen. Das liegt mir schon lange auf der Seele. Aber wir sehen uns so selten allein.“

Hermann, der Sohn, wollte Protest einlegen, kam aber nicht zu Wort.

„Nein, lass nur. Es ist gut. Du hast viel zu tun und du hast eine Familie, die dich braucht. Die sind ja alle noch im Aufbau.“

Wieder wollte der Sohn stoppen, da er an der überhöhten Redeweise merkte, dass sein Vater an schwierigen Gedanken drechselte. Aber Großvater Friedrich wollte nun einmal quitt werden, was ihn schon lange belastete, und deshalb ließ er sich nicht beirren. Er saß in seinem Sessel, hatte die Arme auf die Seitenlehnen gelegt und umfasste mit den Händen den Vorderknauf der Lehne, als ob er jeden Augenblick bereit sein wollte aufzustehen. Er hatte die Blicke nach oben zur Decke gerichtet und schien dort einen Text abzulesen, an dem er lange gearbeitet hatte.

„Ihr seid alle gut zu mir. Vor allem Hede. Gut machen kann ich das nicht. Aber die soll das wissen. Und die Kinder. Alles prima. Aber ich fühl, dass es mit mir weniger wird. Ich baue ab. – Nein, nein. Sag nichts. Jetzt bin ich dran und du lässt mich ausreden! – Irgendwas stimmt nicht mit mir. Ich werde morgen mal zum Arzt gehen. Vielleicht schickt der mich ins Krankenhaus. Vielleicht auch nicht. Egal. Jeden-

falls – und jetzt kommt das, was ich sagen wollte – jedenfalls musst du dafür sorgen, dass ich euch nicht zur Last falle. Wenn du merkst, dass es mit mir nicht mehr geht, musst du dafür sorgen, dass ich wegkomme. Vor allem die Kinder dürfen nicht leiden. Da ist es besser, ich bin in einem Heim, als wenn die noch einmal alles durchmachen, was sie mit der Oma durchgemacht haben."
Stille. Der Text von der Zimmerdecke schien abgerufen zu sein. Vater und Sohn blickten sich an.
„Ich mein es ernst!" beteuerte Vater Friedrich.
„Glaub ich", sagte der Sohn, der sich gezwungen sah, Stellung zu nehmen, und nicht nur an den Vater, sondern auch an seine Frau und seine Kinder denken musste. Er wollte ausweichen: „Also, Vatter, wenn es so weit ist, reden wir zusammen."
Aber darauf ließ sich der Vater, der sich so an die Anrede Opa gewöhnt hatte, dass er sich kaum erinnern konnte, jemals von seinem Sohn mit dem kurzen, harten, durchaus anerkennenden ‚Vatter' angeredet worden zu sein.
„Nein, nein. Das musst du mir jetzt versprechen. Das bist du mir und deiner Familie schuldig."
Da konnte Hermann Keller nicht anders, stand auf, gab seinem Vater die Hand: „Versprochen!"
Er wollte gehen. Aber sein Vater bat: „Setz dich noch mal. Trink noch ein Glas Wein mit mir. Die Kinder sind im Bett. Und auf eine Viertelstunde wird es nicht ankommen."
Er schüttete nach: „Übrigens Scheiße mit Gladbach. Ich hätte es denen gern gegönnt. Die großen Zeiten sind wohl vorbei."
Der Sohn stimmte bei.

„Weißt du“, begann Vater Friedrich noch einmal, „ Großvater sein ist eigentlich schöner als Vater sein. Man kann nicht so viel verkehrt machen. Nur: Man müsste jünger sein.“
„Na, ja. Man kann nicht alles haben. Überall gibt es Aufstieg und Abstieg.“
„Ja, aber die Gladbacher kommen sicher bald wieder ...“
Am nächsten Morgen war er zum Arzt gegangen; der ließ, wie befürchtet, den Krankenwagen kommen. Mittags erhielten Kellers einen Anruf aus dem Krankenhaus ‚Maria Hilf‘, man möge doch Schlafanzüge, Bademantel und die üblichen Utensilien bringen, Herr Keller habe einen Zwerchfellbruch und werde gerade operiert. Die Operation wurde als Bagatelle hingestellt und war es wohl auch.
Ein paar Tage später drängte Friedrich Keller schon wieder nach Hause. Der Sohn unterstützte ihn darin. Als sie sich auf der Station verabschiedeten, nahm der Chefarzt Sohn Hermann beiseite: „Wir haben festgestellt, dass Ihr Vater ein Aneurysma an der hinteren Schlagader hat. Er lebt auf einem Pulverfass. Wir haben es ihm nicht gesagt. Zu operieren ist da nichts. Nur, Sie sollten das wissen. Er muss ganz vorsichtig leben. Nichts Schweres heben, nichts tragen. Es kann ganz plötzlich vorbei sein.“
„Danke, ich werde aufpassen“, ließ sich der Sohn nichts anmerken.
„Komm, ich trag das Köfferchen!“, bot er dem Vater an, „Nimm du den Bademantel.“
„Den darf er doch tragen?“, fragte er mit Blick auf den Chefarzt.
„Das geht gerade noch“, meinte der.

Das war im Dezember gewesen und das Leben hatte sich noch einmal eingependelt. Die Woche erhielt wieder die altgewohnte Struktur: mittwochmorgens Stammtisch, mittwochabends Skat, samstagabends Bundesliga, sonntagmorgens Kirchgang.
Anfang März erkältete sich Großvater Friedrich, als er meinte, der Frühling sei da und er könne mit dem Fahrrad zum Stammtisch fahren. Husten und Schnupfen waren die Folge. Nicht weiter schlimm! Zusätzlich verdarb er sich dann den Magen und rätselte, ob das zähe Fleisch des Mittagessens oder das kalte Bier des Stammtischs der Grund für die Magenschmerzen sei. Am Abend hatte er einen Schal um den Hals und eine Wärmeflasche auf dem Bauch, lag mehr, als dass er saß, vor dem Fernseher und verfolgte die Tagesschau. Vor sein Bett hatte er einen Eimer gestellt: „Für alle Fälle."
Am Morgen, als der Frühstückskorb wieder nicht hereingeholt wurde, fand Hermann Keller seinen Vater tot vor: Das Bett war zerwühlt; Friedrich Keller hatte offensichtlich einen starken Hustenanfall gehabt, der sein Inneres erschüttert und die Schlagader zum Platzen gebracht hatte. Der Eimer war unbenutzt.
„Herzstillstand" schrieb der Arzt in die Bescheinigung. Der herbeigerufene Geistliche betete mit Sohn und Schwiegertochter ein Vaterunser und einen Psalm. Gegen Mittag kam der Bestattungsunternehmer. Er hatte einen groben Kostenvoranschlag mit.

Großvater Heinrich wollte nach dem Tod seiner Frau seine Eigenständigkeit bewahren. Er hielt die Etagenwohnung in

der Bundeshauptstadt und er hielt sein Auto. Er komme gut zurecht, habe eine zuverlässige Putzhilfe und viele Bekannte, „wenn was Ernstes ist".
Seine Söhne – studierte, promovierte Spitzenbeamte des Bundes – hatten leitende Stellen im Ausland – der eine in Brüssel, der andere in Washington. Tochter Hede in der Seidenstadt war eher erreichbar; aber für einen Tagesausflug war die Strecke zu weit und aushäusig zu übernachten scheute Großvater Heinrich zunehmend. Außerdem hatte Hede nicht nur ihre häuslichen Pflichten zu erledigen. Sie hatte ihre Kreise, in die sie eingebunden war und in denen sie gefordert war: Beirat im Kindergarten, Mitglied in der Klassen- und Schulpflegschaft, Leitung eines Musikkreises, Mitarbeit in der Pfarre. So war er auf Besuch angewiesen, freute sich, wenn ‚die Kinder' kamen, und war erleichtert, wenn sie – vor allem – die Enkelkinder wieder abzogen. Sie waren ihm zunehmend zu laut. Außerdem verstand er sie nur schlecht: Er konnte in Gesprächsrunden nicht auseinanderhalten, wer was sagte; und wenn er akustisch mitkam, hatte er wenig Verständnis für die Problemwelt der Kinder und Kindeskinder.
Eines Tages ging es auch dort nicht mehr. Das Auto war schon abgegeben. Nun machten auch die täglichen Besorgungen Mühe.
Heinrich Bartsch vergaß Absprachen, verlegte Sachen, verlor die Orientierung. Als die Söhne zufällig zu gleicher Zeit Heimaturlaub hatten, sahen sie sich nach ‚einem hellen, nicht zu engen Zimmer in einem gut angesehenen Seniorenheim' um, in das man ‚auch ein paar Möbel mitbringen könnte'. Großvater Heinrich ergab sich, zumal er

im gleichen Wohnviertel und im gleichen Pfarrbezirk wohnen blieb.
Er lebte noch einmal auf, gewann Kontakte – vor allem zu einigen älteren Damen des Hauses – und begann, sich wohlzufühlen. Er beschloss, den neunzigsten Geburtstag ‚in einem nicht zu kleinen Kreis' zu feiern. Die Hausverwaltung war ihm behilflich. Die Tochter organisierte aus der Ferne. Heinrichs Schwester Hilde wurde aus dem Ruhrgebiet herangekarrt. Aus der Pfarre wurden einige Damen eingeladen. Tochter, Schwiegersohn und Schwiegertochter, Ehefrau des älteren Sohnes, waren anwesend. Enkelkinder brachten auf Geige und Querflöte ein Ständchen. Der lange Tisch des Aufenthaltsraums war festlich gedeckt. Hereingebracht wurden Tee- und Kaffeekannen, dann Schüsseln mit Kuchen ‚wie daheeme'. Die in der Familie tradierte Aufforderung zum sparsamen Genuss der Köstlichkeiten wurde noch einmal zitiert und ironisiert: „Nehmt ook. Für jeden hots zwee Stückla." Tatsächlich war das Angebot viel größer.
Dann wurden zwei Flaschen Wein entkorkt. Das „Geburtstagskind" erhob sich und das Glas und sah in die Runde. Wirkungsvoll sein Trinkspruch „Auf das, was wir lieben!", der sich so oft bewährt hatte, den er wohl aus seiner Breslauer Verbindung herübergerettet, auf vielen Stiftungsfesten zelebriert und zuletzt bei seiner Goldhochzeit in der festlichen Redoute ausgebracht hatte, als seine Frau noch an seiner Seite saß.
Der neunzigste Geburtstag war sein letztes Fest. Zwei Wochen später wurde – an einem Freitagmorgen – vom Heim aus telefoniert, Herr Bartsch habe in der Nacht wahrschein-

lich einen kleinen Schlaganfall erlitten, eine genaue Diagnose sei noch nicht gestellt, unmittelbare Gefahr bestehe nicht, aber ...

Der Anruf ging an die Tochter und die nächsten Verwandten am Ort. Die Enkelkinder, die in Bonn studierten, waren sofort zur Stelle. Sie versuchten gegen Mittag, Hede in der Seidenstadt zu beruhigen, der Opa schlafe jetzt, er sei ruhig und habe auch etwas gegessen. Trotzdem stand bei ihr fest: „Ich muss hin."

Am Krankenbett traf Hede ihre Schwägerin. Sie berieten, ob es so ernst sei, dass man die Söhne, die beide zu diesem Zeitpunkt in Südamerika waren, benachrichtigen müsse. Man wollte den Sonntag abwarten. Da aber schien sich der Zustand zu ‚konsolidieren', wie von kompetenter Schwesternseite geäußert wurde.

„Wir werden ihn wohl morgen ins Krankenhaus bringen" hieß es seitens der Heimleitung. Man verabschiedete sich: „Es ist wohl noch einmal gut gegangen."

Am Abend war Hede wieder zu Hause. In der Nacht zum Montag ging das Telefon: „Dringend!" Tochter Hede fuhr sofort los. Um 6.30 Uhr rief sie zu Hause an: „Ich muss bleiben."

Als Carola und Bernhard geweckt wurden, konnten sie das Ganze nicht verstehen: „Gestern war doch alles gut." Als sie sich zur Schule verabschiedeten, fragte Carola: „Stirbt der Opa jetzt?" und Bernhard fragte: „Wer kocht denn jetzt, wenn die Mama weg ist?"

Um die Mittagszeit stand fest: „Es dauert nicht mehr lange. Wir haben Kontakt mit meinen Brüdern gehabt. Die kommen mit der nächsten Maschine. Setz schon mal was für

die Zeitung auf. Vielleicht brauchen wir das schon bald."
Um neunzehn Uhr hieß es aus Bonn: „Unverändert."
„Soll ich kommen?", fragte Herr Keller seine Frau.
„Nein, halt du deinen Vortrag. Ruf an, wenn du wieder zu Hause bist."
Herr Keller fuhr zur Volkshochschule, belehrte seine Zuhörer über die griechische Tragödie vom König Ödipus, dessen Leben von einem unausweichlichen Schicksal bestimmt gewesen sei, zeigte Ausschnitte von unterschiedlichen Inszenierungen, schaute zwischenzeitlich öfter auf die Uhr und machte pünktlich Schluss: „Keine Fragen heute, bitte. Ich werde dringend zu Hause erwartet."
Als er um zweiundzwanzig Uhr in der Bundeshauptstadt anrief, erreichte er eine Schwester, die ihm sagte: „Er ist gerade gestorben. Möchten Sie Ihre Frau sprechen?"
„Ja, bitte."
Sie wurde aus dem Garten geholt, wo sie, wie sie sagte, gerade etwas frische Luft geschnappt habe. Nein, er solle nicht kommen. Sie müsse jetzt zuerst etwas liegen, vielleicht schlafen. Danach sei einiges zu erledigen. Ungeheuer sei das Bedürfnis von Vati gewesen sein, geliebt zu werden. Er habe geklammert und Körperkontakt gesucht, da ihm kalt gewesen sei. Groß sei seine Not gewesen, die wahrscheinlich immer schon da gewesen sei, die er aber wohl nicht habe ausdrücken können oder wollen. Es sei ergreifend, aber ungeheuer anstrengend gewesen. Morgen mehr.
Gegen Mittag war Herr Keller in Bonn. Er hatte eine Anzeige aufgesetzt. Er wollte seinen Schwiegervater als jemanden in Erinnerung bringen, den die ‚Schicksalsmächte

Krieg und Vertreibung' im Kern getroffen hatten, der aber – in Anlehnung an Hemingway formuliert – oft besiegt, aber nie zerstört worden sei. Nie habe er in seinem Gottvertrauen nachgelassen.

Als er in der Bundeshauptstadt angekommen war, lag jedoch schon ein Fax der Söhne vor, die darauf bestanden, dass der Text auf ‚Familiensinn und Heimatliebe' auszurichten sei.

Es würde wohl noch einige Gespräche geben. Am Ende wurde es eine große Beerdigung. Viele Getreue und Trauernde begleiteten den Verstorbenen von der Leichenhalle des Zentralfriedhofs zur neuerworbenen Familiengruft.

Trauermesse und Beerdigung setzten einen Schlusspunkt. Danach war nichts mehr so, wie es vorher war. Eine Epoche war abgeschlossen.

In einem Nachruf hieß es:

„Dr. Heinrich Bartsch war mit dem Herzen Schlesier. Als Student schloss er sich der Alten Breslauer Landsmannschaft Glacia an. Ihr Wahlspruch „Der Heimat Liebe – der Freundschaft Treue" blieb ihm Verpflichtung. Die Jahre eines erfolgreichen und allseits anerkannten Wirkens als Landwirtschaftsrat in Glatz wurden durch Krieg und Vertreibung abgebrochen. Eine adäquate feste Anstellung als Landwirtschaftsrat erhielt er erst wieder 1954 in der Wirtschaftsberatung des Landwirtschaftsministeriums von Rheinland-Pfalz."

Kellers Kinder waren erwachsen und in jeglicher Weise aufgeklärt. Auch vom Geheimnis des Weihnachtsfestes war nicht viel geblieben.

Ständig waren neue Angriffswellen vorgetragen worden, die meist mit der Floskel „Wusstet ihr eigentlich schon, dass ...“ eingeleitet wurde. Ausgangspunkte der Wellen waren der Religionsunterricht, der Geschichtsunterricht, Zeitungen und Zeitschriften. Das Besondere war: Alle diese Quellen waren seriös; die gelieferten Fakten stimmten: Das alte Weltbild war nicht zu retten.
„Wusstet ihr eigentlich schon, dass dieser Jesus gar nicht im Jahre Null geboren worden ist, dass das Jahr Null gar nicht existiert?“
So fing es an. Mit sichtlicher Freude referierte Bernhard, dass man sich – nach heutiger Rechnung – erst im dritten oder vierten Jahrhundert nach Christus um eine genaue Datierung bemüht habe und dass sich Eusebius, „irgend so ein Kirchenlehrer“, bei der Umrechnung der römischen Daten auf den nun eingeführten christlichen Kalender vertan habe. Also: Alles falsch!
Noch im gleichen Jahr wurde nachgeschoben. Alexandra brachte mit, dass der vierundzwanzigste Dezember keineswegs der Geburtstag des Jesuskindes sei, dass man überhaupt nicht wisse, an welchem Tag dieses Kind auf die Welt gekommen sei, dass man vielmehr – mit großem Abstand – das Fest so gelegt habe, dass es als Konkurrenzangebot zu dem damals im römischen Reich gefeierten ‚Geburtstag des unbesiegten Sonnengottes’ verwendet werden könne. Für die Germanen sei die Datierung sofort plausibel gewesen. Die hätten nämlich Ende Dezember immer das Fest der Wintersonnenwende gefeiert. Da sei es leicht gewesen, sie auf das Geburtsfest des Licht und Heil bringenden Gottessohnes umzustimmen. ‚Weihnach-

ten' sei überhaupt eine germanische Bezeichnung. Es benenne die dunklen, geheimnisvollen Nächte, in denen die guten Geister gegen die bösen kämpften. Das habe sie aus dem Geschichtsunterricht. Übrigens hätten die Nationalsozialisten versucht, das Fest wieder zurückzupolen und zu einem ‚Lichterfest' zu machen. Und in der DDR gebe es auch Bestrebungen, das Fest neu zu definieren.
Bernhard, der sich ansonsten nicht gern von seiner großen Schwester belehren ließ, schloss sich allen Attacken, die gegen die weltanschauliche Festung seiner Eltern gerichtet waren, mit Vergnügen an. „Das glaube ich auch", sagte er dann, wenn er glaubte, wieder etwas nicht glauben zu müssen, von dem er annahm, dass es festes Glaubensgut seiner Eltern sei. Carola hielt sich völlig zurück.
Anfang der neunziger Jahre hatte Vater Keller seinen Sohn noch einmal bewegen können, mit in die Abendmesse am Dreikönigstag zu gehen. Er hatte auch ausgehalten. Auf dem Nachhauseweg sagte er – mehr wütend als provozierend –: „Hör mal, glaubst du das mit dem Stern tatsächlich? Das ist doch totaler Schwachsinn. Es mag ja sein, dass am Himmel ein neuer Stern sichtbar wird. Das heißt aber noch lange nicht, dass er gerade aufgegangen ist. Vor allem: Es gibt keinen Stern, der vor ein paar Leuten herzieht und dann plötzlich stehen bleibt. Guck doch bloß mal an den Himmel. Der Stern da oben steht genau so über uns wie über allen anderen Häusern in diesem Kuhdorf. Und er steht genau so über den Menschen von Düsseldorf und Köln und Bonn. Meinst du, du könntest den Kölner Dom, wo die Überreste dieser Könige nun angeblich aufbewahrt werden, finden, wenn du einem dieser Sterne nachgehst?"

„Ja, der Stern macht Schwierigkeiten“, musste Vater Keller eingestehen. „Eine Reihe von Astronomen hat sich die Zähne daran ausgebissen. Ich glaube, die beißen immer noch. Für mich ist an der Geschichte nur wichtig, dass da Leute von weither gekommen sind, um den neugeborenen Messias anzubeten.“

„Und das glaubst du in echt?“

„Ja, das glaub ich in echt.“

„Ich glaub, dir ist nicht zu helfen.“

„Mach dir um mich keine Sorgen.“

Ein Jahr später war endlich das Kernstück aller Streitigkeiten auf den Tisch gekommen: die Jungfrauengeburt. Vielleicht wäre es ja niemandem aufgefallen, dass behauptet wurde, dass Maria schon schwanger war, ehe sie mit Joseph in der Ehe zusammenlebte; vielleicht hätte man auch unter der Rubrik ‚Märchen und Legenden' abgebucht, dass sie ‚vom heiligen Geiste' schwanger gewesen sein sollte. So richtig problematisch wurde die Sache erst, als die Angelegenheit in Predigten und Religionsstunden dogmatisch verfestigt werden sollte. Das war nun endgültig zu viel. Am Küchentisch drehte sich die Frage darum, ob dieser Joseph ein Feigling oder ein Trottel gewesen sei.

„Der muss es doch gewesen sein“, beharrte Bernhard.

Damit aber stieß er – überraschenderweise – auf den Widerstand seiner großen Schwester: „ So wichtig seid ihr Männer nun auch nicht.“

Unter dem Gesichtspunkt, dass sie damit der Männerwelt eins verpassen konnte, war sie durchaus bereit, an die Jungfrauengeburt zu glauben.

Da entrüstete sich nun der Sohn von Neuem und wandte sich direkt an den Vater: „Hättest du dir das gefallen lassen? Da wird dir ein Kind untergejubelt und du musst den Pflegevater machen?“
Vater Keller kam in Schwierigkeiten.
Alexandra konnte durchaus Verständnis aufbringen: „Wenn es doch ein nettes Kind ist.“
Der Vater: „Vielleicht sogar der Messias?“
„Ne, ne, ich geb auf. Mit euch kann man nicht diskutieren!“, signalisierte Bernhard Erschöpfung. Mutter Keller war es schon längst zu weit gegangen.
Anfang der neunziger Jahre war der Kinderglaube erledigt: Es gab keine Diskussionen mehr, keine Auseinandersetzungen, keinen Streit, aber auch keine Gemeinsamkeit in kirchlichen oder in Glaubensdingen. Trotzdem ‚feierte' man weiterhin Weihnachten – zu fünft –: Vater, Mutter und drei Kinder.
Die Programmpunkte hatten eine feste Folge: Baumschmücken am dreiundzwanzigsten abends; letzte Besorgungen am Vormittag des Vierundzwanzigsten; Suppe zum Mittag; später Kaffee mit Plätzchen, ‚Kindermette' mit allen und trotz allem; Bescherung; Abendessen; dann alternativ: fernsehen, lesen, spielen. ‚Elfer raus', ‚Malefiz' oder ‚Mensch ärgere dich nicht'.

Die Chance, dass das Weihnachtsfest 1995 vergnüglich würde, war gering, sehr gering.
Carola war in Abiturnähe und kämpfte mit den Lehrern und um Noten und Punkte. Im Sport hatte sie einen ungeheuren Ehrgeiz entwickelt, in der Musik war er rückläufig, in

der Kirche war er erloschen. Ihr Tagesablauf war dicht gedrängt, für Hausaufgaben blieb da wenig Zeit. Ab und zu mussten abends nach dem Training die Eltern einspringen: „Kannst du mir die blöde Frage in Philosophie machen? Ein halbe Seite. Muss nicht richtig sein." Oder „Kannst du den Text in Englisch mal durchlesen und zusammenfassen?" Die eine Frage richtete sich an den Vater, die andere an die Mutter.

Dass alles ‚Scheiße' sei, konnte man jetzt auch von ihr öfter hören. Den eigentlichen Grund wusste man jedoch nicht. Carola hatte eine Klassenkameradin, die sich seit Jahren für ihre Freundin hielt, die von Carola bei allen als ihre Freundin vorgestellt wurde, die sie wahrscheinlich sogar für ihre Freundin hielt, gegen die sie sich aber – noch einmal: wahrscheinlich – innerlich wehrte. Aus Pflichtgefühl oder aus Angst holte Carola diese Jessica täglich morgens ab, schob mit ihr Seit an Seit das Rad über den Schulhof zu den Fahrradständern, verbrachte fast alle Schulstunden mit ihr Sitz an Sitz und wurde sogar im Sport in die gleiche Trainingsgruppe eingewiesen.

Man hielt die beiden für unzertrennlich und förderte diese Gemeinsamkeit. Dass hier ein Konkurrenzkampf tobte, merkte niemand. Man hätte es bemerken können, als Jessica einmal in Tränen ausbrach, als sie in einer Deutschklausur nur eine Zwei, Carola aber eine Eins minus hatte. Man hätte es auch merken können, als Jessica kurz vor den Stadtmeisterschaften krank wurde, als Carola mit den besseren Leistungen zum Einzelwettkampf Hochsprung nominiert wurde, Jessica aber nur der Staffel zugewiesen worden war. Man merkte es deshalb nicht, weil Carola im

Allgemeinen zurückstand – an Leistung und an Ansehen. Das schien so in Ordnung zu sein, und Carola schien zufrieden zu sein. Der Schein trog. Carola zermürbte sich in dem Kampf, ließ es niemanden merken und vertraute sich abends höchstens ihren Stofftieren Lukas, Peter und Melitta an. Die schliefen weiterhin mit in Carolas Bett: Lukas, ein dicker Affe; Peter, ein flauschiger Teddy; und Melitta, eine zart gefiederte weiße Ente. Für sie hatte sie sich auch etwas zu Weihnachten gewünscht: Fäustlinge für Lukas, Socken für Melitta, ein Fräckchen für Peter.

Bernhard war ‚Heimschläfer' der Bundeswehr. Trotzdem sah man ihn höchst selten zu Hause. Sein Fernziel war weiterhin: Kohle machen ohne Ende.

Schon zur Schulzeit hatte er sein Leben darauf abgestellt: Er arbeitete in den für ihn wichtigen Fächern – Informatik, Mathematik, Physik – unaufhörlich, wollte gute Zensuren in den Fremdsprachen haben und verachtete ‚Laberfächer' wie Deutsch, Religion, Politik und Sozialkunde grundsätzlich. Sport hielt er für wichtig, um fit zu bleiben; Spaß an irgendeiner besonderen Sportart hatte er nicht. Während der Schulzeit jobbte er nachmittags und samstags; in den Ferien machte er die unterschiedlichsten Praktika in Firmen, Sparkassen und Banken.

Er war es, der dafür gesorgt hatte, dass die Familie Anschluss an den Fortschritt fand. Als die unterschiedlichen Stundenpläne nicht mehr zuließen, dass man gemeinsam zu Mittag aß, setzte er durch, dass eine Mikrowelle angeschafft wurde. Danach wurde eine Tiefkühltruhe für unabdingbar gehalten. Das braune Telefon mit Schnur wurde belächelt. Eigentlich – so der Sohn – müsse in jedem Zimmer Telefon sein – vor allem aber in seinem. Sein Zimmer – ‚ganz oben', wo einst Onkel Jüpp gehaust hatte – wurde zur Informationszentrale mit eigenem Telefonanschluss und Faxgerät, mit Computer und Modem. „Ich brauch das, um mitzuhalten", argumentierte er, „später seid ihr sicher stolz auf mich, wenn ich was geworden bin."

Der vorsichtige Hinweis, dass das väterliche Gehalt von begrenztem Umfang sei, wurde nur zum Anlass genommen, vorzuschlagen, eine Familienkonferenz einzuberufen, auf der dann gemeinsam bestimmt werde, wie das väterliche Einkommen gerecht verteilt werden könne. Aus der Schule hatte der Sohn mitgebracht, dass eine derartige Diskussion herrschaftsfrei verlaufen müsse, dass keiner von vornherein besondere Geltungsansprüche habe, dass sich also nur durchsetzen dürfe, was vor der allgemeinen Vernunft Geltung habe. Dazu sei aber zunächst notwendig, dass alle Machtpositionen – vor allem die der Eltern – abgebaut werden müssten.

Die Thesen waren allgemein verbreitet. Sie hatten inzwischen in Jugendzeitschriften Eingang gefunden und sie hätten auch an jenem Sonntag keinen besonderen Aufruhr ausgelöst, wenn die Situation nicht allgemein angespannt gewesen wäre. Auf den Familiengottesdienst hatte der Sohn verzichtet. Das übliche Tischgebet hatte er dadurch unterlaufen, dass er Unverständliches murmelte und herausfordernd von einem zum andern, vor allem zu seiner Mutter, sah. Dann konkretisierte er die These von der aufzugebenden Machtposition dahingehend, dass er meinte, die Anreden ‚Vater' oder gar ‚Papa' und ‚Mutter' und ‚Mama' könne er nicht mehr in den Mund nehmen. Das sei

doch wohl überholt. Die meisten in seiner Klasse redeten ihre Eltern mit den Vornamen an. Echt partnerschaftlich, gleichberechtigt. Das müsse hier doch auch möglich sein. Keine Reaktion. Schweigend löffelte man den Nachtisch. Danach sammelte Mutter Keller die Kompottteller ein und brachte sie in die Küche. Vater Keller folgte. Der Sohn entfernte sich. Carola fragte, ob sie helfen solle.
„Ach, was“, sagte der Vater, „wir machen das schon. Wir spielen unsere Herrschaftsrolle voll durch. Geh ruhig nach oben. Du hast sicher Wichtiges zu tun.“
Sie zog sich zurück.
„Was hältst du davon?“, fragte Mutter Keller.
„Ja, das ist jetzt so eine Mode. Wenn ich das richtig sehe, geht es darum, gleiche Rechte zu erkämpfen, sich aber vor gleichen Pflichten zu drücken. So ein Modell funktioniert letztendlich nicht – meines Erachtens. Aber wie will man das beweisen?“
„Letztendlich?“
„Wenn man auf das Ende und die Folgen sieht ...“
„Also: laufen lassen?“
„Ich sehe keine andere Möglichkeit.“
„Aber auf das gemeinsame Tischgebet sollten wir in Zukunft verzichten!“
„Gut, ich werde in die Familienchronik eintragen: Ende des gemeinsamen Tischgebets.“
„Gibt es eine?“
„Noch nicht. Aber es wird langsam Zeit. Wir scheinen vor historisch bedeutsamen Veränderungen zu stehen.“

Das Anredeproblem blieb unerörtert. Eine Zeit des Experimentierens begann.
Bernhard zog sich in sich und in sein Zimmer zurück. Kein Raum des Hauses war jemals so aufgeräumt gewesen wie sein Jugendzimmer zu dieser Zeit.
Regale, ein Schreibtisch und ein Computertisch waren angeschafft worden. Das Kinder-Jugend-Bett passte nun nicht mehr ins Ensemble. Eine Liege größeren Ausmaßes musste es sein. Nach langem Suchen war eine solche samt Matratze gefunden. Da stellte sich heraus, dass sie so, wie er das geplant hatte, nicht passte, da an der Längswand des Zimmers, dort, wo das Bett vorher gestanden hatte, der längeren Liege ein Heizkörper im Wege stand. Die dem Fenster zugewandte Wand war dem Sohn zu hell – „Bei Vollmond scheint mir der Mond ins Gesicht!" – und er machte den Vorschlag, vier Rippen von der Heizung abzusägen. Dann sei alles perfekt. Daraus wurde dann aber doch nichts.
Des Sohnes intensiver Blick in sein Inneres ließ ihn besorgt werden. Er beobachtete seinen Puls, prüfte seine Belastbarkeit und lebte in ständiger Angst, von irgendjemandem, der ihm zu nahe kam, angesteckt zu werden. Er erkundigte sich nach einem Arzt, ‚der was taugt', ließ sich ordentlich durchchecken und war sehr enttäuscht, als der ihn für gesund hielt. Er fühlte sich weiterhin müde, fürchtete nacheinander, eine Herzmuskelentzündung, Leukämie oder Zucker zu haben.
Es stimmt: Er wurde mit seinen Befürchtungen in der Familie nicht ernst genommen, im Gegenteil. Und deshalb wurde auch nicht ernst genommen, als er während der Grund-

ausbildung der Bundeswehr eines Freitags zum Wochenendurlaub mit einer Blutvergiftung nach Hause kam. Erst im Krankenhaus erkannte man die Gefahr und hielt ihn fest, was zu erheblichen Komplikationen führte, da ein Soldat in die Kaserne, aufs Schlachtfeld oder ins Lazarett gehört, aber nie ins Krankenhaus.

Er war damals nicht ohne Freunde und auch nicht ohne Kameraden, aber ohne Freundin. Und auch das machte ihm Sorgen.

„Was sollen die andern denken?“, fragte er zuerst sich und dann – mit einem Ton des Vorwurfs – seine Eltern. Er war fest davon überzeugt, dass da in der Erziehung etwas daneben gegangen war, wenn er noch immer keine Freundin präsentieren könne. Wenn er jetzt zu Weihnachten mehrere Tage Urlaub habe, wenn es nirgendwo etwas zu jobben und zu verdienen gebe, wenn die Jungen aus seiner Jahrgangsstufe, die ‚untauglich' waren, und die Mädchen, die er allesamt für ‚Zicken' hielt, aus dem ersten Semester aus Berlin, Münster und München kämen, dann stände er dumm da, wenn er nicht wenigstens eine Freundin hätte.

Gefahr lauerte: Er litt, und darunter würden andere zu leiden haben.

Alexandra würde in diesem Jahr aus der Domstadt kommen – sicherlich mit Ina, ihrer zweijährigen Tochter; vielleicht würde sie Eva mitbringen. Alexandra hatte sich damals gerade von ihrem Mann getrennt, war aus- und weggezogen, wartete auf eine Anstellung als Lehrerin für die Sekundarstufe I und II.

Vor zehn Jahren hatte sie ihr Abitur an St. Ursula, einer Mädchenschule in katholischer Trägerschaft, gemacht, hatte sehr gute Abschlussnoten vorzuweisen und war anerkannt gewesen bei Lehrerinnen und Lehrern, gleichermaßen bei ihren Mitschülerinnen – bei manchen sogar beliebt. Sie erhielt damals die von den meisten als ehrenvoll angesehene Aufgabe, die Schüler(innen)-Rede zu halten, parallel zur Rede des Schulleiters und zur Rede des Vorsitzenden der Elternpflegschaft. Sie brütete eigenständig und tagelang, ließ sich von niemandem ins Konzept sehen und trat am Tag der Zeugnisausgabe selbstbewusst ans Mikrofon und beschallte das Publikum, das sich in der zu einem Festsaal aufpolierten Turnhalle versammelt hatte. „Du sollst dir kein Bild machen!“ hatte sie als Leitthema gewählt. Und sie bewies, dass sie nicht nur Max Frischs Tagebücher, seine Parabeln und ‚Andorra', das vielgespielte Theaterstück, in- und auswendig kannte, sondern auch, dass sie im Alten Testament Bescheid wusste, dass sie jene Stelle aus dem Kreis der Zehn Gebote kannte, wo der Ausgangspunkt des Menschheitsgebots zu finden ist, für das sie vehement eintrat. Dies sei das Fundament jeder Mitmenschlichkeit.
Von dieser Grundlage aus wurde nun vor dem versammelten Publikum die verderbliche Wirkung sämtlicher Vorurteile aufgelistet, von denen das zwanzigste Jahrhundert geprägt sei. Sie hatte einen soliden Geschichtsunterricht gehabt und wusste über die Rassenideologie der Nationalsozialisten und über deren Verbrechen gut Bescheid. Deutlich äußerte sie Mitleid und Sympathie für alle, die verfolgt

worden waren: die Juden, die Sinti und Roma, die Homosexuellen.
Dass das Gebot „Du sollst dir kein Bildnis machen!“ auch und sogar in besonderem Maße für Lehrer gelte, bildete einen weiteren Hauptpunkt. Im Schlussteil der Rede deutete sie dann vorsichtig an, dass wohl manche Note – vor allem in Deutschaufsätzen – vorurteilsgeprägt gewesen sei, dass kritisch Denkende an dieser Schule wohl größere Schwierigkeiten gehabt hätten, aufs Treppchen zu kommen, als die ‚Angepassten', die sich viel leichter in der Gunst der Lehrer hätten sonnen können.
Sie erhielt viel Beifall für ihre Rede, noch größeren für die Sonate, die sie nach der Rede des Schulleiters auf ihrer Querflöte vortrug. Leider hatte ihre Mutter, für die die Rede doch auch angedacht war, von den Darlegungen nichts mitbekommen. Sie hatte die Redezeit genutzt, um ganz schnell nach Hause zu fahren und die dringend benötigten Noten zu holen, die nach dem Abschlusstraining auf dem heimischen Notenständer geblieben waren. Alexandras Satz „Ich hab die Noten vergessen“ war nur der Form nach ein Aussagesatz; inhaltlich wurde er als Konsequenzanweisung verstanden. Mutter Hede schaffte die Strecke in Rekordzeit, verpasste nur leider die Bildnis-Rede.
Der Entflechtungsprozess begann. Der Abschied von der Schule fiel leicht. Es hatte mehr Gängelung als Freiheit gegeben, und lästig waren die Pflichten, die von den Hausaufgaben, die meist auf dem letzten Drücker gemacht wurden, über die Klausuren, für die man lernen musste, bis zur Schulordnung reichten, die brutal verlangte, dass man

morgens pünktlich um acht Uhr auf dem Schulhof zu sein hatte.
Schwerer war das Aufgeben aller Engagements in der Kirchengemeinde: Sie leitete eine Jugendgruppe, gehörte zum Leitungsteam der Pfarre, hatte ihre Auftritte vorn im Altarraum und oben auf der Orgelempore.
Über Geld dachte sie nicht nach. Lohn oder Gehalt, also ‚Kohle', war kein Kriterium bei ihrer Berufswahl. Sie hatte nach dem Abitur ein Praktikum als Krankenschwester gemacht, um sich zu erproben. Außerdem besorgte sie sich Informationsmaterial über Berufsfelder im Kirchendienst. Schließlich entschied sie sich, ein Lehramtsstudium aufzunehmen – und das in der Bundeshauptstadt, in der sie sich durch Besuche bei den Großeltern gut auskannte. Angepeilte Studienfächer waren Deutsch, Kunst und Religion.
Anfang Mai hatte sie leichten Herzens Abschied vom Elternhaus genommen. Mit Carola, der ‚kleinen Schwester', hatte sie sich zwar immer gut verstanden; doch war es ab und zu lästig gewesen, Rücksichten aller Art zu nehmen. Dauerstreit hatte sie mit dem Bruder gehabt, der allzu viel Stolz gezeigt hatte, ein Deutscher zu sein, der die Bundesflagge schon am Kettcar befestigt und später in seinem Zimmer aufgehängt hatte und der schon als Sechzehnjähriger ein Konto bei der Deutschen Bank hatte und damit indirekt die Apartheid in Südafrika unterstützte, wenn dort von deutscher Seite investiert wurde. Anzeichen von Fremdenfeindlichkeit glaubte sie, bei ihm entdeckt zu haben, als er sich beschwerte, dass in der Fußballmannschaft der Grundschule mehr italienische Mitschüler als deutsche aufgestellt wurden und dass er in Bezug auf die-

ses Projekt als ‚untauglich' ausgemustert wurde. Sie hatte auch ein gewisses Verständnis dafür, dass Antonio und Alberto ihrem Bruder morgens die Plätzchen wegnahmen, die ihm seine Mutter als Pausenbrot eingepackt hatte.
„Die sind so gemein", hatte Bernhard gesagt; seine Schwester hielt ihm vor: „Du bist ein Egoist."
„Ich will nur mein Recht und vor allem will ich nicht bestohlen werden", hatte dieser beharrt.
Am leichtesten fiel der Abschied vom Vater, der zu dominant war, der immer Recht haben musste, der alles bestimmte, der – und das war wahrscheinlich das Schlimmste – ein Mann war. Mit der Mutter war sie immer ganz gut ausgekommen. Dass diese aber ein paar Tränen in den Augen hatte, als nicht nur Koffer und Kartons ins Auto geladen wurden, sondern auch das Meerschwein namens Nelli, das immer zur Familie gehört hatte, störte doch sehr. Sie, Hede Keller, müsste doch gewusst haben, dass die Mutterrolle – zumindest ihr gegenüber – ausgespielt sei. Sie, Alexandra, war frei, emanzipiert.

Nachrichten aus der Bundeshauptstadt kamen dann eher selten: Ab und zu ein Besuch, ab und zu ein Telefonanruf. Dann sickerte durch, es gebe da eine Theatergruppe, die Ionescos ‚Nashörner' aufführen wolle, und eine der Hauptpersonen sei ‚ein toller Kerl', ein Kommilitone, der alle möglichen Musikinstrumente spielen könne, gleich alt sei, ob sie den ‚mal mitbringen dürfe'.
Das Glück schien vollkommen. Der junge Mann aus den Nashörnern kam nicht nur bei den Keller-Eltern, sondern auch bei Bruder und Schwester gut an.

„Mann, hat die ein Glück“, war der etwas neidisch gestimmte Kommentar des Bruders, der kaum verstehen konnte, dass seine Schwester so anziehende Qualitäten haben sollte.
Als dann sogar zwischen den Eltern der beiden verliebten Nashorn-Protagonisten die Chemie stimmte – genauer: sich eine Freundschaft entwickelte –, stand einer Hochzeit nichts mehr im Wege.
Vater und Mutter Keller, Bernhard und Carola trafen, gut gelaunt und fein angezogen, im Bonner Standesamt auf das junge Paar, auf die jugendlichen Trauzeugen und Alexandras künftige Schwiegereltern. Der juristisch bedeutsame Akt verlief kurz und trocken, das anschließende Mittagessen beim Italiener ließ keine Wünsche offen. Man sah – trotz bevorstehender Examensbelastungen – rosig in die Zukunft, als man sich am Spätnachmittag trennte.
Wer an Vorzeichen glaubt, hätte allerdings spätestens dann skeptisch werden müssen, als man – kaum hatte man die Bundeshauptstadt verlassen – in ein Frühjahrsgewitter kam, das die waghalsigsten Autofahrer zum Schrittfahren auf der Autobahn zwang: dunkle, fast schwarze Wolken; Hagel und Schnee; ein paar Blitze; dann fahle Sonne, wie man sie nur aus Schauerballaden kennt; endlich Regen.
Die kirchlich feierliche Trauung fand wieder in Bonn statt – dieses Mal mit großer Beteiligung. Die Orgel stimmte, der Wunschprediger predigte, Reis wurde gestreut: allseits zufriedene Gesichter! Draußen, schon fast im Siebengebirge, wurde auf einem ehemaligen Gutsherrensitz bis in die späte Nacht gefeiert. Geschenke wurden überreicht;

dahinfließende Reden wünschten Glück und Segen; in Pantomimen wurde ein Leben prognostiziert, von dem alle nur träumen konnten: liebendes Ehepaar, lachende Kinderschar, beiderseitiges Einverständnis mit der aufgabenverteilenden Elternrolle, Erfolge in den Berufsrollen; großer Freundinnen- und Freundeskreis; ab und zu, aber nicht zu oft: Großelternbesuch.
Kurze Zeit später hatte Christoph sein Diplom, Alexandra das Erste Staatsexamen – und sie war schwanger. Freudenrufe gingen durch die Telefone von der Tochter zu den Eltern, vom Sohn zu den Eltern, von den einen Schwiegereltern zu den anderen.

Als die Zeit der erwarteten Niederkunft gekommen war, lag Bernhard, der Bundeswehrsoldat gerade mit seiner Blutvergiftung im Krankenhaus, Carola war mit Freundin in der Disco und Eltern Keller spielten mit einem befreundeten Ehepaar Doppelkopf – jenes Spiel, bei dem die Paarungen je nach Kartenschicksal wechseln, bei dem aber jedem ab und zu auferlegt ist, ein Solo zu spielen, bei dem er dann allein gegen drei Gegner anzukämpfen hat und bei dem der ‚allein da Stehende' in der Regel verliert. Als Erfolg gilt schon, nicht zu hoch verloren zu haben.
Hede Keller hatte gute Karten auf der Hand und erwog gerade ein Damen-Solo mit drei schwarzen Damen und zwei roten zu spielen, als das Telefon ging. Gewöhnlich lässt man sich im Hause Keller beim Kartenspiel nicht durchs Telefonklingeln stören. Aber heute hatte man die Gäste schon vor Beginn der Spielrunde auf die besondere Situation aufmerksam gemacht. Im Gegensatz zu allen

Spielabenden der letzten fünf Jahre hatte man heute auf die Spielunterbrechung geradezu gewartet. Jetzt war sie da.

Hede sprang auf, meldete sich, schaute zur Decke, wischte sich die Augen, sah in die Runde, sagte mit Blick zu den dreien, die ihre Karten verdeckt auf den Tisch gelegt hatten: „Ein Mädchen!", sagte dann nichts mehr und horchte in den Hörer. Hermann Keller stand dieweil auf, holte die Sektgläser aus dem Schrank und die kaltgestellte Flasche aus der Küche. Aufatmen, hinsetzen: „Prost Oma!" hieß es und: „Prost Opa!". Die Gläser klirrten aneinander. Mit dem Kurzreferat „Alles gut verlaufen!" gab man sich zufrieden und nahm die Karten wieder auf. Großmutter Keller verzichtete auf das aussichtsreiche Solo, lud, da sie die beiden Kreuz-Damen auf der Hand hatte, zur ‚Hochzeit' ein und hoffte auf einen potenten Partner. Das Spiel ging, wenn die Erinnerung nicht trügt, verloren.

Erste Besuche im Krankenhaus, wo Eltern Keller nicht nur eine erschöpfte Mutter Alexandra, einen besorgten Vater Christoph, ein rosiges Kind mit großen, leuchtenden Augen, die Schwiegereltern Alexandras, sondern auch Eva, eine ‚Kollegin', trafen.

Inas Taufe war ein großes Fest. Als die Großeltern am Abend zu viert in einer Ecke des großen Wohnzimmers saßen, kam der Gedanke auf, irgendwann – nicht unbedingt im nächsten Jahr – gemeinsam Urlaub zu machen. Vater Keller schlug schon mal Tunesien vor; Christophs Eltern waren mehr für Bungalows an der Holländischen Küste. Aber: Man werde sich einigen.

Inas erster Geburtstag wurde als Familienfest begangen: gemeinsames Kaffeetrinken, Spaziergang mit Kinderwagen, reichverzierte Schnittchen am Abend, Bier, Wein.

„Das Glück kommt unhörbar, aber es geht mit Donner", heißt es in einem Kalenderspruch, in dem die gesammelten Erfahrungen vieler Menschen aufgehoben sind.
Im Juli 1995 saß das Ehepaar Keller hinten im Garten und erfreute sich an den neuen Anlagen: Die Rasenfläche war damals gerade erweitert worden; aus den Seitenbeeten leuchteten die Blumen; die Sonne strahlte bei blauem Himmel in den Teich, wo sich die Goldfische tummelten. Der Apfelbaum war dicht belaubt und hatte gut angesetzt. Das Blockhaus stand weiterhin, obwohl die Bodenbretter angefault waren. Eine Reparatur war in Aussicht genommen, damit auch die Enkelkinder einst in dieser Hütte ihre Rollen erproben könnten.
Da hatte es geschellt. Das Klingeln war in das tragbare Telefon übertragen worden, das Mutter Keller mit in den Garten genommen hatte. „Geh mal", hatte sie gesagt.
Vater Keller ging durch den Garten, die Küche, den Flur, öffnete die Haustür und sah vor sich: Alexandra, die Tochter, in Jeans und bunter Bluse, einen Rucksack in der Hand.
„Ich habe mich von Christoph getrennt."
„Was hast du?", fragte Vater Keller verständnislos, besinnungslos, hilflos.
„Ich habe mich von Christoph getrennt. Ich von ihm, nicht er sich von mir. – Kann ich reinkommen?"

„Ja, Entschuldigung. Komm rein. Mama ist im Garten. Geh durch."
In der Küche legte Alexandra den Rucksack ab, ging durch, setzte sich zu ihrer Mutter, wiederholte ihren Satz, wandte den Blick ab, sah in den Teich.
„Ich hab es geahnt", sagte ziemlich leise die Mutter, „ich hab es gespürt, dass da was nicht stimmte. Beim letzten Besuch habe ich es gespürt. Nein, früher. Bei der Taufe schon. Nein, schon damals im Krankenhaus."
„Stimmt", gab Alexandra zu und schwieg. Vater Keller hatte einen weiteren Gartenstuhl geholt, hatte sich dazugesetzt und schwieg seinerseits.
„Und jetzt?", fragte er nach einiger Zeit.
„Weiß ich auch nicht", sagte Alexandra.
„Seit wann hast du nichts mehr gegessen?", fragte die Mutter.
„Weiß ich auch nicht. Doch: gestern Abend."
„Dann komm zuerst mal rein. Ich mach dir was. Kaffee, Tee, Milch, Saft?"
„Milch zuerst, wenn du hast."
„Wo hast du eigentlich Ina?", sorgte sich die Großmutter.
„Bei Christoph."
„So. Du bist also einfach weg. Wissen die, dass du weg bist? Willst du anrufen?"
„Die haben das sicher schon gemerkt. Ich kann jetzt mit niemand reden."
Sie setzte sich an den Küchentisch. Brot, Käse, Schinken, Butter, Milch!
„Soll ich dir ein Rührei machen?"
„Das wäre nett."

Vater Keller ließ sich nicht blicken. Er saß versteinert in seinem Gartenstuhl. Sprachlos, hilflos. Was war gewesen? Was würde kommen?

Gegen Abend hatten Vater und Tochter dann allein unterm Apfelbaum am Teich gesessen. Die Stuhlbeine bohrten sich in den Rasen. Aber das war jetzt auch egal.
Vater Keller suchte einen Gesprächsanfang: „Ein anderer Mann?"
„Nein, eine Frau!"
„Bitte, was?"
„Ja. Ihr kennt doch Eva: Wir lieben uns."
„Das kann doch nicht wahr sein!"
„Doch!"
Pause! Lange Pause.
Dann fragte sie, leise, zögernd, vorsichtig: „Hältst du das auch für pervers?"
Hermann Keller wusste, dass es jetzt auf jedes Wort ankam. Er sah ins Wasser, ruckte am Stuhl, war völlig hilflos.
„Ja, wahrscheinlich schon. In dem Sinn, als ‚pervers' wohl wörtlich ‚verdreht, verkehrt, widersinnig' heißt. Und: Du und Christoph, ihr habt doch eine Tochter."
„Trotzdem. So ist es. Ich kann nicht dafür."
„Muss ich das verstehen?"
„Ich hab mir schon gedacht, dass du das nicht verstehst. Du hast überhaupt nie etwas verstanden."
Und nun schoss es aus ihr heraus: „Gut, ich leide, ihr leidet, wir leiden. Mir wäre wichtig, dass alle mal ihre Gefühle herauslassen. Ich fange am besten mal an. Also: Ich fühle mich beschissen. Ich kann nichts, ich bin nichts, ich habe

nichts Eigenes. Ich tue, was die andern machen oder das, wovon ich meine, dass die andern das erwarten. Ich tue das schon, bevor sie etwas sagen. Ich hab das immer schon so gemacht. Ich will aber anders leben!"

Pause.

Vater Keller verstand, verstand auch nicht, wollte etwas sagen, merkte aber, dass das unangebracht war. Alexandra setzte von Neuem an: „Hier ist alles Scheiße. Alles, was ich sehe, verletzt mich. Das ist alles meine beschissene Vergangenheit. Die ganze Erziehung war total Scheiße. Ich wusste, was ihr wolltet, und das habe ich immer getan. Immer. Ob ich wollte oder nicht. Ich habe früh rausgekriegt, was ihr wolltet. Das hab ich dann gemacht, damit ihr mich liebtet. Das war es doch. Ich hatte doch gar keine Chance, etwas anderes zu machen. Ihr wart zu stark – vor allem du –, und ich war zu schwach. Malen, Musik, Sport! Ich musste überall funktionieren – in der Schule, bei ‚Jugend musiziert', zu Hause. Das kann es doch nicht gewesen sein. Es muss doch etwas Neues geben. – Eva ist ab jetzt der wichtigste Mensch für mich. Wir sind eins. Das müsst ihr sehen. Wir fangen etwas ganz Neues an."

Pause.

Endlich Vater Keller: „Und jetzt? Ganz konkret: Wie soll es jetzt weitergehen? Was erwartest du von uns? Wie können wir helfen? Können wir überhaupt helfen?"

„Ich bin für Trennung – auch von euch. Vorläufig. Ich leide hier nur, weil ich mich verletzt fühle. Ich komme so lange nicht, wie ich verletzt werde. Mir bringt das hier nichts, da kann ich auch wegbleiben. Ich komme wieder, wenn ihr euch geändert habt."

Vater Keller: „Ich wollte dir eigentlich angeboten haben, mal mit Eva zu kommen und alles zu besprechen. Christoph und Ina hängen ja auch mit drin."
Alexandra: „Da gibt es nichts zu besprechen."
Und nach einer Pause: „Ich weiß, ich bin total abhängig von euch. Schon wegen Ina. Die braucht euch. Und: wegen Geld. Trotzdem. Ich will frei atmen können."
„Gut. Ich überweise dir was. Du musst nicht kommen, wenn du leidest. Aber du solltest wissen: Du bist jederzeit willkommen. Man kann schreiben oder telefonieren."
In der Küchentür zum Garten hin war dann Carola erschienen, die vom Training kam.
„Was machst du denn hier?", fragte sie ihre Schwester.
„Kurzer Besuch. Mal einfach so", antwortete diese.
„Glaub ich nicht."
Am Tag danach packte Alexandra ihren Rucksack, ließ sich etwas Käse, Wurst und Brot mitgeben und zog wieder los. Eine Zeit der Funkstille begann. Erste Telefongespräche dann in der Adventszeit. Trotzdem waren die Aussichten auf Weihnachten düster, sehr düster.

In der Vorabendmesse zum vierten Adventssonntag – am 16. Dezember – war in Kellers Kirchengemeinde noch gebeten worden, Tannenbäume zur Ausgestaltung des Altarraums zu spenden.
Ende der sechziger Jahre, als auch die Siedlung, in deren Mitte die Michaelskirche stand, von einer Wohlstandswelle erfasst worden war, waren die Gemüsegärten in Ziergärten umgestaltet worden. Aus den Schweineställen der ehemaligen Siedler waren Garagen geworden. Und manche Ra-

senfläche schloss nun mit einem kleinen Waldstück ab. Das Unterholz war längst zu dicht und die Tannen waren zu hoch geworden. Da war es leicht, einen Baum zu spenden, vor allem, wenn junge Leute kamen, ihn zu fällen und zur Kirche zu transportieren.
Drei Tage später musste die Aktion abgesagt werden. Am Montag meldeten die Lokalzeitungen: „Brand in St. Michael. Inneneinrichtung total zerstört."
Die Aussage relativierte sich, wenn man die Meldungen genauer las. In der Kirche war in der Nacht zum Sonntag ein Schwelbrand ausgebrochen, der den Kirchenraum unbenutzbar machte. Ausgangspunkt waren die Kerzen am Marienaltar in einer Seitenkapelle der Kirche. Die vertrauensvoll aufgestellten Kerzen waren von der Küsterin, als sie die Kirche abschloss, nicht gelöscht worden, waren auch nicht friedlich heruntergebrannt, wie man es von Opferkerzen erwarten durfte, hatten vielmehr einen Stoff gefunden, an dem sie sich auf andere Art als vorgesehen bewähren wollten. Als die Küsterin am Sonntagmorgen die Sakristei betrat, roch es verdächtig, wie sie später aussagte. Als sie dann von der Sakristei aus den Altarraum betrat und von dort aus ins Kirchenschiff sah, war sie entsetzt: Alles schwarz. Die Kirchenbänke, die Böden, die Seitenwände bis zu einer Höhe von zwei Metern waren verrußt. Sie strich mit einem Finger über eine Bank und zog dabei einen Streifen durch die klebrige Schicht. Sie ging weiter bis zur Marienstatue, die grau und schmierig da stand. Aus dunklen Augenhöhlen blickte Maria auf das angeschmutzte Jesuskind, das ängstlich den rechten Arm um den Hals der Mutter gelegt hatte.

Was genau geschehen war, konnte man sich nicht erklären. Dass die Opferkerzen die Ursache der Verwüstung waren, stand jedoch fest. Statt die Glocken zu läuten, ging die Küsterin zum Pfarrhaus und telefonierte die Feuerwehr herbei. Die stellte dann fest: „Schwelbrand. Sie haben Glück gehabt. Wenn sich das entwickelte Gas entzündet hätte, wäre wahrscheinlich die ganze Kirche abgebrannt. So haben wir mit der Sache nichts zu tun. Das Weitere ist Angelegenheit einer Säuberungsfirma – und der Versicherung. Da steht Ihnen noch einiges bevor."
Am gleichen Tag stand fest: Die Kirche würde auf Wochen geschlossen bleiben. Es würde keinen festlichen Weihnachtsgottesdienst geben, keine Orgel, keinen Stall, keine leuchtenden Kerzen an dunklen Tannen. Nichts!
Vater Keller war zusammengezuckt, als er das in der Zeitung las. Er hatte große Hoffnungen auf das Fest des Friedens und der Familie gesetzt. Die Kinder hatten sich in den Vorverhandlungen mit den Eltern einverstanden erklärt, alles ‚so wie früher' zu machen. Für die einen – vor allem für Carola und die Eltern - war das Bedürfnis, für andere – hauptsächlich für Bernhard – war es Kompromiss, für Alexandra – wahrscheinlich – Überwindung. Man war übereingekommen, sich in der Michaelskirche zur Kindermette, 16.30 Uhr, zu treffen. Wer wollte, konnte vorher zu einem Kaffee kommen. Ansonsten könnte man sofort die Kirche ansteuern. Alexandra würde mit Ina, vielleicht auch mit Eva, kommen. Bernhard würde mitgehen, ‚wenn es denn sein muss'. Carola hing an alten Bräuchen und hatte keine Schwierigkeiten gemacht. Vater Keller war hoffnungsvoll gewesen, Mutter Keller skeptisch.

„Schlimm, nicht?", suchte Vater Keller Bestätigung bei seiner Frau, als diese die Zeitung weglegte.
„Was ist schlimm?", fragte sie zurück.
„Nun, der Brand."
„Es hat doch gar nicht gebrannt. Die Mauern stehen doch noch!"
„Immerhin ein Schwelbrand."
„Ja, und? Warum soll es in der Kirche nicht schwelen und glimmen, wenn es überall schwelt. Warum soll die Mutter Maria nicht auch einmal etwas vom Dreck dieser Welt abkriegen?"
„Du bist bitter."
„Natürlich bin ich bitter. Wundert dich das?"
„Du musst nach vorne sehen."
„Da wird mir noch bitterer. Da wird mir richtig schlecht."
„Wir müssen umdisponieren. Wahrscheinlich fällt die Kindermette aus."
„Von mir aus könnte das ganze Weihnachten ausfallen – mitsamt ‚Fest der unschuldigen Kinder', ‚Fest der heiligen Familie', ‚Fest der Erscheinung des Herrn', ‚Dreikönige'. Alles weg! Karneval auch weg. Plopp! Und es wäre der 1. April."
„Und warum der 1. April?"
„Weil man da offiziell den ganzen Tag lügen darf."
„Muss ich das verstehen?"
„Streng dich mal an. Du bist doch sonst so sehr fürs Denken – fürs Nach- und Vordenken."
Zwei Tage später kam ein Pfarrbrief ins Haus geflattert: Die Weihnachtsgottesdienste würden alle zu den angegebenen Terminen stattfinden – allerdings im großen Saal des Ge-

meindehauses. Es sei halt eine Notsituation. Aber das Zusammenrücken der Gemeinde in der Ausnahmesituation könne von hohem symbolischen Wert sein und entspreche vielleicht eher der Situation der urchristlichen Gemeinde als eine Orchestermesse in einer Barockkirche.

„Die spinnen doch", sagte Mutter Keller, „aber macht nichts."

Der Heimschläfer schlief sich am 24. Dezember zuerst einmal aus. Als er um zehn Uhr in der Küche erschien, waren seine ersten Worte: „Ich bin ja so müde."

Dann machte er sich seinen Kakao, holte sich Brot, Käse und Marmelade heran, legte sich die Zeitung parat und blickte zur Wohnzimmertür.

„Abgeschlossen?", fragte er.

„Wie immer!", sagte seine Mutter, die zwischen Herd, Schrank und Anrichte pendelte und ein Essen für den Abend vorbereitete.

„Wo ist meine kleine Schwester?", wollte er wissen.

„In der Stadt."

„Da muss ich auch noch hin. Ich muss zum Kaufhof. Ich hab noch nix."

„Du meinst ‚Geschenke'?"

„So ist es!"

Die nächste Frage bezog sich auf Alexandra: „Habt ihr eigentlich etwas von meiner großen Schwester gehört? Wann kommt die?"

„Wahrscheinlich direkt zur Mette. Nichts Genaues weiß man nicht."

„Die Kirche ist abgebrannt, hab ich gehört. Die Mette ist im Pfarrsaal. Da passt doch kaum jemand rein. Muss ich da

mit?“
„Wir fänden es gut, wenn du mitgingst. Von ‚muss' ist nicht die Rede.“
„Früher musste ich.“
„Da waren wir auch noch für dein Seelenheil verantwortlich.“
Er schmierte sich ein weiteres Brot, trank von seinem Kakao und wandte sich der Zeitung zu. Kauend fragte er: „Was gibt es eigentlich heute Abend zu essen?“
„Du wirst es sehen.“
Später zog er in die Stadt.
Zur gleichen Zeit war Vater Keller unterwegs, brachte ein paar Weihnachtsgeschenke herum, hielt kurz am Friedhof, machte einen kurzen Besuch an den Gräbern und fuhr dann ins Gemeindezentrum. Die Kirche war dunkel und abgeschlossen. Im Pfarrheim war dagegen reger Betrieb. Die seitliche Schiebetür, durch die man aus dem Saal ins Freie treten konnte, war – trotz der Kälte – beiseite geschoben. Man baute ein Zelt mit großer Öffnung zum Saal hin auf, stellte Bänke auf den gefrorenen Grasboden und gewann so noch einmal fünfzig Plätze für die Besucher der Weihnachtsgottesdienste.
„Kommt zeitig!“ wurde ihm gesagt. „Im Zelt wird es kalt sein. Die Wärme des Saals wird sich nicht so schnell verbreiten. Im Saal wird ordentlich geheizt. Da ist es gemütlich warm, vielleicht zu warm.“
Dort wurden gerade Maria, Joseph und die leere Krippe hereingetragen.
„Einzige Möglichkeit: Wir stellen sie hier in die Ecke. Vor dem Altar nehmen sie zu viel Platz weg, hinterm Altar sieht

man sie nicht. Stall und Bäume haben wir sowieso nicht."
Stühle wurden gerichtet. Neben der hinteren Ausgangstür stand schon ein Harmonium. Die Gemeindereferentin kam und ortete die Spielfläche für das Krippenspiel.
„Reinstes Zimmertheater", meinte sie, „man kann sich nicht drehen und wenden. Mikros brauchen wir nicht. Alles provisorisch! Schade!"
Zu Hause wurde Herr Keller erwartet. Auf der Ablage im Flur lag Weihnachtspost. Ihm fiel wie in jedem Jahr zuerst ein, wem er hätte schreiben müssen. Dazu war es jetzt zu spät.
Seine Frau und Carola waren im ‚Weihnachtszimmer'.
„Die besten Sachen hat die Mama vergessen, in den Baum zu hängen", sagte Carola.
Sie war dabei, Strohsterne, die sie einst mit ihren Geschwistern gebastelt hatte, an den Zweigen zu befestigen, dazu bunte Vögel, die sie von Freundinnen einst geschenkt bekommen hatte, und glitzernde Friedensengel, irgendwann einmal auf einem Weihnachtsmarkt gekauft.
„Früher bist du mit uns Heiligabend immer in den Wald gegangen", erinnerte sie ihren Vater.
„Ja, früher", sagt der.
Um eins war auch der Sohn da.
„Was gibt es zu essen?", war seine erste Frage.
„Eine Suppe. Wie immer."
„Nur?"
„Nur!"
Nach dem kärglichen Mahl verzogen sich alle in ihre Zimmer.

Um drei ging Bewegung durchs Haus: Man stylte sich. Zumindest die Garderobe war weihnachtlich, als man sich kurz vor halb vier vor dem Fernseher der mittleren Etage zu Kaffee beziehungsweise Saft, Plätzchen und Christstollen traf. Im ersten Programm ‚wartete man auf das Christkind'.

„Nein, nur das nicht", rief der Sohn aus und angelte sich die Fernbedienung. Irgendwo wurde gekocht, irgendwo wurde gesungen. Dann einigte man sich auf einen ‚Bericht aus dem heiligen Land – heute': Kirchen, Polizeistreifen, Jugendliche in einem Cafe, Palästinenser in einem Lager, abgezäunt.

„Ich glaube, wir müssen gehen", meinte Mutter Keller kurz vor vier, „wir wollen schließlich einen Sitzplatz haben."

Man merkte ihr die Unruhe an, die sich aber keineswegs auf einen zu ergatternden Sitzplatz bezog.

Sogar direkt vor der Kirche waren noch genügend Parkplätze frei, als man vorfuhr. Mutter Keller und Carola gingen vor, über den Rasen zum Gartentor, durch das man auf das Gebiet des Pfarrheims kam. Das Zelt wirkte dunkel und fremd. Vor dem Saal staute es sich. Man begrüßte sich: „Schon mal ‚Frohe Weihnachten', wenn wir uns nachher nicht sehen."

Sie gingen durch die Saaltür. Die meisten Stühle waren besetzt. Trotzdem war es leicht, einen Überblick zu gewinnen.

„Da sind sie!", wandte sich Mutter Keller zu ihrem Mann zurück.

„Wo?", suchte dieser.

„Da. In der ersten Reihe, rechts vor dem Zelt."

Nun sah er sie auch. Alexandra saß auf einem Stuhl. Sie schien müde, ihre Haare waren hennarot gefärbt, sie hatte eine lange schwarze Jacke an und lange schwarze Hosen. Vor sich hatte sie Ina, die irgendein Stofftier auf dem Arm hatte und sich zurück an die Mutter lehnte. Neben Alexandra saß Ulrike, mit der sie einst bei ‚Jugend musiziert' aufgetreten war. Sie hatten sich viel zu erzählen. Vielleicht hatte Alexandra die Blicke gespürt. Jetzt nahm sie Inas Kopf, drehte ihn behutsam zur Oma; man erkannte sich. Kleine Handbewegungen als Gruß! Fragender Augenkontakt. Nein, man musste nicht zusammen sitzen. Man war im gleichen Raum. Das genügte vorläufig. Eva war wohl doch nicht mitgekommen.
Bernhard hatte Karsten getroffen. Beide ‚dienten': Bernhard war bei der Luftabwehr in Kalkar, wo es nichts zu tun gab, und Karsten war in Büchel bei der Luftwaffe, wo es noch weniger zu tun gab. Beide standen in einer Ecke des umfunktionierten Gemeindesaals und verglichen, was sie jeweils nicht zu tun hatten.
Mutter Keller, flankiert von Ehemann und jüngerer Tochter, existierte, nahm kaum wahr, was gespielt, gesagt, gesungen wurde, drückte die entgegengehaltenen Hände beim Friedensgruß und ließ Bilder in sich ablaufen, die nichts mit dem zu tun hatten, was da vorne ablief. Vater Keller merkte, dass seine Frau nicht anwesend und auch nicht ansprechbar war. Er versuchte sich zu konzentrieren, hörte die Predigt vom Kind, das uns geschenkt sei, von dem Heil, das nun in die Welt gekommen sei, sah hinüber zum Krippenjoseph mit dem Schlapphut und zu der demütig knienden Maria mit langen blonden Haaren und blauem

Überwurf. Das Kind streckte fröhlich beide Hände aus der Krippe. Ach Gott! Er vermied es, hinüber zu der Stuhlreihe vor dem Zelt zu blicken.
Dann schoben sich alle aus der Saaltür. Der Organist variierte auf dem Harmonium noch ein paar Minuten das Thema von „Menschen, die ihr wart verloren ..." Alexandra verabschiedete sich von Ulrike. Bernhard kam zu den Eltern. Alle trafen sich vor dem Notaltar.
„Da seid ihr ja", sagte Mutter Keller.
„Ja, wir waren schon vor euch da!", sagte Alexandra.
„Was ist denn mit eurer Kirche los?", fragte sie, obwohl sie die Grundinformationen schon von Ulrike bekommen hatte.
„Von innen ausgebrannt!", erklärte Vater Keller, doch wurde er berichtigt.
„Nicht wirklich", korrigierte Carola. „Es ist nichts kaputt. Es lässt sich alles säubern und wiederherstellen."
„Wer weiß?", sagte Mutter Keller vieldeutig.
„Kommt nach Hause!", trieb Vater Keller an.
„Wollte Eva nicht mitkommen?" fragte er noch. Dann gingen sie zu den Autos. Carola fuhr mit Alexandra und Ina.

Mutter Keller hat sich einen gewissen Vorsprung verschafft. Sie ist durch die Küche ins Weihnachtszimmer geeilt, hat die Kerzen am Baum angezündet, die CD mit Weihnachtsliedern aufgelegt, während sich die anderen auspellen, Hausschuhe und Kontakt suchen: „Lange nicht gesehen ...", „groß geworden, die Ina ...". „Kennst du mich noch?", probiert Bernhard. „Ich bin dein großer Onkel."
Ina sieht sich rund um.

Dann läuten die Glöckchen von innen. Ein Stuhl wird von der Tür gerückt, der Eingang ist frei gegeben.
„Soll doch sein wie immer“, rechtfertigt sich Mutter Keller und bimmelt weiter. Ina bestaunt den Baum. Bernhard erklärt ihr: „Die ömmeligen Strohsterne hat deine Mama früher gemacht.“
Carola widerspricht: „Du spinnst doch. Die sind von mir. Und, nebenbei gesagt, von dir hängt überhaupt nichts im Baum. Du hast dich doch immer ausgeklinkt.“
Ina versteht überhaupt nichts und findet die bunten Vögel am schönsten. Die CD bietet gerade: „O du fröhliche ...“
„Schön, dass ihr alle da seid!“, versucht Vater Keller die Blicke aller auf sich zu ziehen. „Ich wünsche euch und uns ein frohes Weihnachtsfest. Die Kirche haben wir schon mal geschafft, und jetzt erhebt sich wie jedes Jahr die Frage: Zuerst Bescherung oder zuerst Essen?
„Ich glaube, mit Bescherung ist nicht viel“, greift Mutter Keller ein; „ich stelle den Topf mit der Fondue-Brühe auf. Wenn die heiß ist, haben wir wahrscheinlich unsere Geschenke an den Mann und an die Frau gebracht.“
Man nimmt das entgegen – etwas enttäuscht, aber ohne Widerspruch. Man setzt sich in die Sessel. Ina erhält ein Glas Saft, die andern bekommen ein Glas Wein vorgesetzt.
„Ich möchte nicht“, sagt Carola und schiebt das Glas weg.
Unter dem quadratischen Couchtisch steht ein grüner Waschkorb mit den Geschenken. Mutter Keller hat alles sorgfältig verpackt und spielt nun – wie früher – Gabenverteilung. „Und hier hab ich noch etwas für ... Und“, ein Päckchen hoch haltend, „für wen mag das sein? Jetzt ist aber unbedingt ... dran!“

So geht es eine Zeit: Bernhard bekommt die bestellte Skiausrüstung, Carola Sachen für den Sport, Alexandra Handtücher, Geschirrtücher, ein Badetuch. Ina wird überhäuft mit Playmobil-Kästen in Klein- und Großformat, mit Bilderbüchern und Spielen.
Dann werden die Rollen getauscht. Die Beschenkten schenken. Bernhard ist im Kaufhof fündig geworden, Alexandra in der Buchhandlung, Carola hat gebastelt.
Mutter Keller erhält von ihrer jüngsten Tochter ein selbstbemaltes Seidentuch, von ihrer ältesten Tochter ein Suhrkamp-Taschenbuch: Alice Miller: ‚Das Drama des begabten Kindes und die Suche nach dem wahren Selbst'. Für Vater Keller hat Carola einen Seidenschlips bemalt, Alexandra hat das Rowohlt-Taschenbuch von Sigrid Steinbrecher ‚Die Vaterfalle. Die Macht der Väter über die Gefühle der Töchter' für ihn ausgesucht.
„Vielleicht können die Bücher Ausgangspunkt für ein paar Gespräche sein", erklärt Alexandra ihren Eltern
„Hoffen wir´s", sagt der Vater.
„Zunächst essen wir jetzt mal", sagt die Mutter.
Man erhebt sich – „Ich bin so müde", sagt der Sohn, geht rüber an den Esstisch, der Recorder wird wieder etwas lauter gestellt: „Kling, Glöckchen, klingelingeling ..."
Ina sitzt an der Spitze des Tisches im Kinderstühlchen, hat ihren eigenen Teller, eigenes Besteck, eigenes Toast-Brot, einen Becher Milch. Bernhard schaut über den Tisch, die Saucen, den Brotkorb, die Schüssel mit zugeschnittenen Fleischstückchen und fragt: „Davon sollen alle satt werden?"
„Typisch mein Bruder!", sagt Alexandra.

„Ist es jetzt gut?“, mahnt Vater Keller.
„Auf die Hausfrau!“, erhebt Bernhard sein Glas. Darin steckt erheblich mehr Ironie als Anerkennung.
Entgegen den Befürchtungen werden alle satt. Es geht auf zehn Uhr zu und für Ina wird es Zeit zu schlafen.
„Ihr kennt euch oben aus. Ich habe eine Matratze mit Bettzeug auf den Boden gelegt. Dein Bett, Alexandra, ist bezogen. Handtücher sind oben“, erklärt Mutter Keller.
Ina wird herumgereicht, gedrückt, geküsst, verabschiedet: „Schlaf gut. Wir lassen alle Türen auf. Du hörst uns.“
„Und jetzt“, fragt Mutter Keller.
„Ich denke, es gibt eine Menge zu erzählen“, meint Vater Keller. „Wir haben uns doch in den letzten Wochen wenig gesehen. Es könnte doch sein, dass sich alle dafür interessieren, was die andern gemacht haben.“
„Glaubst du daran?“, fragt Bernhard.
Sie sitzen um den Tisch. In der Mitte steht ein Teller mit Plätzchen. Am Weihnachtsbaum sind die Kerzen längst heruntergebrannt. Aus dem Hausflur hört man, wie oben Türen auf und zu gehen.
„Ina hat offensichtlich nichts dagegen, hier zu schlafen“, sagt Mutter Keller.
„Ein gutes Kind“, ironisiert Bernhard.
„Ja, tatsächlich: ein liebes Kind“, bestärkt Mutter Keller ihre Aussage und übergeht Bernhards Ironie.
Da kommt Mutter Alexandra von oben. Sie hat den letzten Satz gehört und fragt herausfordernd: „Wer war ein gutes Kind?“
Alle bestätigen, dass Ina gemeint gewesen sei. Sie scheint beruhigt. Sie wendet sich an Bernhard: Ob er in Berlin ge-

wesen sei, ob er von dort das Bild vom verhüllten Reichstag mitgebracht habe, das er seinem Vater geschenkt habe, ob er jetzt auch auf der nationalen Welle reite und ob er überhaupt nicht sehe, wie die DDR untergebuttert werde.

Ja, er finde die Wiedervereinigung in der Tat gut, geht Bernhard in die Gegenoffensive. Die DDR sei doch vor dem Mauerfall total platt gewesen. Sie sei nicht plattgemacht worden, sie sei platt gewesen und werde jetzt wieder aufgebaut.

Und dann wird er persönlich: „Ich hab doch ein Praktikum in Leipzig gemacht, nicht du. Ich hab doch gesehen, wie Waschbecken, Badewannen, Klos und der ganze sanitäre Scheiß von morgens bis abends gekauft wurde. Wir konnten doch gar nicht nachkommen. Die Leute waren doch froh, endlich das zu kriegen, worauf sie jahrelang gewartet hatten."

„Ausgerechnet Klos. Die hatten doch vorher auch welche."

„Aber was für welche."

„Sagt ihr doch auch mal was", sucht Alexandra Unterstützung bei den Eltern.

Aber die findet sie nicht.

„Also wir waren ja nun im Herbst bei Luzie und Gerhard in Kadischen. Und die freuen sich nach wie vor, dass alles so gekommen ist. Sie müssen rackern, aber es geht aufwärts. Und Gabi hat eine Stelle beim Finanzamt. Da geht es auch aufwärts", berichtet Mutter Keller.

„Klar. Beim Finanzamt geht es aufwärts", greift Alexandra ein, „je mehr es da aufwärts geht, desto mehr geht es bei den Leuten doch abwärts."

„Im Gegenteil", berichtigt Bernhard, „du hast ja keine Ahnung."
„Könnt ihr bitte sachlich bleiben?", bittet Vater Keller.
Aber es ist schon zu spät. Alte Streitigkeiten werden auf neuen Schauplätzen ausgetragen und die Truppenstärken sind ungleich verteilt. Wahrscheinlich brechen deshalb in diesem Augenblick bei Alexandra alle Dämme: „Geht es euch eigentlich nur um Macht und Herrschaft? Einfluss gewinnen, Spiele gewinnen, alles gewinnen. Typische Männerfantasien. Die Bundesrepublik unterdrückt die DDR, Amerika den Rest der Welt, die Weißen unterdrücken die Farbigen, die Kapitalisten die Armen, die Männer die Frauen."
Vater Keller will stoppen: „Langsam. Malst du da nicht sehr schwarzweiß? Müsste man da nicht etwas genauer sein, ehe man auf Klischees und Vorurteile hereinfällt?"
Aber Alexandra will nicht zuhören, sie will sich einiges von der Seele reden: „Die Klischees habe ich doch hier gelernt. Alles war doch Klischee und Ritual. Alles war festgelegt – von der Milch am Morgen bis zum Yoghurt am Abend. Schule, Musik, Kunst. Alles zu seiner Zeit. Aber alles zu einer Zeit, die ihr festgelegt habt. Nichts habe ich für mich entdecken können – außer meiner Sexualität. Da wart ihr nämlich schwach, prüde, eng. Und das Ganze war dann Erziehung: Ziehen, zerren, Zögling ..."
Am Tisch ist es still. Die Eltern Keller blicken in ihr leeres Glas. Bernhard und Carola suchen vergebens Augenkontakt. Die Abrechnung geht weiter: „Glücklich! Glücklich war ich hier nie. Verstanden hat mich keiner. Vielleicht manchmal der Opa. Aber der ist jetzt tot, und außerdem war der auch

oft auf eurer Seite. Nie habe ich was richtig gemacht, so richtig richtig. So, dass ihr gesagt hättet: ‚Toll, das hätten wir nicht gekonnt.' Immer musstet ihr besser sein. Wie es in mir aussah, das hat euch doch gar nicht interessiert. Um zu erkennen, wer ich bin und wie es in mir aussieht, muss ich mich jetzt um professionelle Hilfe bemühen."

Das war wohl die Zielaussage. Alexandra schweigt, sieht sich um, aber keiner sieht sie an.
„Du hast nie was gesagt", fängt dann ganz leise Vater Keller an. „Es kann sein, dass wir nichts gemerkt haben oder dass wir nicht verstanden haben, was du sagen wolltest. Der Vorwurf, in der Erziehung alles verkehrt gemacht zu haben, ist natürlich hart. Natürlich würden wir das Eine oder Andere heute anders machen. Aber wir waren nicht leichtfertig. Wir haben auch Augenblicksentscheidungen immer nach bestem Wissen und Gewissen getroffen – wie man so sagt. Dass man nicht immer den genauen Durchblick hat ... Mein Gott, wer hat den schon?"
„Ihr hattet nicht nur nicht den genauen Durchblick, ihr hattet keine Ahnung", setzt Alexandra noch eins drauf.
„Überdrehst du da nicht ein bisschen?", will sich Bernhard einschalten. Aber da entlädt sich noch eine Salve: „Du bist doch total verkorkst. Macho, der du bist. Du merkst es nur nicht. Ich möchte nicht deine Freundin sein."
„Das nimmst du zurück. Das lass ich mir nicht gefallen", verschärft Bernhard noch einmal den Ton.
Aber Alexandra ist schon aufgestanden, geht zur Tür, sagt: „Nichts nehme ich zurück, überhaupt nichts!" und schlägt die Tür zu.

Man hört sie die Treppe hochgehen. Ehe es zu verhindern ist, läuft Bernhard hinterher. Von oben herunter hört man ein Wortgefecht. Dann knallen Türen.
„Frohe Weihnacht!“, meint Carola und steht ebenfalls auf.
„Ja, das war's dann wohl“ sieht Mutter Keller ihren Mann an.
„Für vorläufig ja!“ muss dieser zugeben.
In dieser – der heiligen – Nacht schliefen im Hause Keller nur wenige. Alexandra lag wach und hörte die ruhigen Atemzüge ihrer Tochter – immerhin –, und das beruhigte auch sie etwas. Vater und Mutter Keller wälzten sich hin und her, sprachen nicht miteinander, meinten vom jeweils anderen, dass er oder sie schlafe oder gerade beginne einzuschlafen. Gegen sechs Uhr am Morgen hörte Mutter Keller oben die Tür gehen. Dann Flüstern, wieder die Tür. Ein Augenblick Stille! Dann Schritte auf der Treppe.
„So nicht!“, sagte sie zu sich und sah zu ihrem Mann hinüber. Im Nu waren sie angezogen.
Alexandra und Ina standen unten in der Küche.
„Es hat keinen Zweck. Wir fahren“, sagte Alexandra.
„Gut, aber vorher frühstückt ihr etwas“, sagte Mutter Keller, holte Milch aus dem Kühlschrank, schob beide ins Weihnachtszimmer und baute Teller, Brotkorb, Butter, Käse, Wurst und Nutella vor ihnen auf. Sie saßen um den Tisch und sahen zu, wie Mutter Alexandra eine Schnitte bestrich. Die Milch war inzwischen aufgewärmt.
„Womit haben wir das verdient?“, fragte Vater Keller lauter, als er wollte.
„Wer verdient schon, was er verdient?“, nahm Alexandra den Satz auf. „Das war doch immer einer deiner Sprüche.

Jetzt musst du dir die Frage selbst gefallen lassen."
„Wird wohl so sein."
„Viel Glück beim Denken. Ich werde auch nachdenken. Aber vorläufig seht ihr uns hier nicht wieder."
Sie stand auf und hob ihre Tochter vom Stuhl.
„Habt ihr nichts vergessen?", fragte Mutter Keller.
„Ich glaube nicht. Und wenn schon. Manches möchte ich extra vergessen."
Alexandra nahm ihre Ina an die eine Hand, ihren Rucksack in die andere, ging zum Auto, setzte den Rucksack ab, öffnete die Tür, ermunterte Ina: „Wink noch mal", setzte sie in den Kindersitz, verstaute den Rucksack, setzte sich ans Steuer und startete.
„Na, dann!", sagte Vater Keller. Mutter Keller sagte nichts, sah dem Auto nach und kam ins Haus.

In der Eile hatten sie genau das angezogen, was sie am Abend vorher ausgezogen hatten.
„In den Klamotten kann ich mich nicht mehr sehen", sagte sie und ging ins Bad. Etwas später rasierte er sich, zog ein hellblaues Hemd an und band den Seidenschlips vom Gabentisch um und knotete ihn.
„Du siehst komisch aus", sagte seine Frau.
„Wär schön, wenn alles nur komisch wäre", meinte er.
„In der Tat", stimmte sie zu.
Der Frühstückstisch blieb gedeckt. Gegen neun kam Carola.
„Ist die Alexandra weg? Ich hab so was gehört."
Ihre Vermutung wurde knapp bestätigt. Um zehn erschien Bernhard.

„Sagt nicht, dass ich daran schuld bin“, fing er von sich aus an.
„Das hätte niemand gesagt“, beruhigt der Vater.
„Gott sei Dank“, sagte der Sohn, „in einigem hat sie ja recht.“
„So?“, sagte der Vater, zeigte aber keine Lust, die Diskussion von Neuem zu eröffnen.
„Ich muss was anderes sehen und hören“, meinte um halb elf die Mutter und fragte: „Geht jemand mit um 11.15 Uhr in die Josephskirche?“
„Wir waren doch gestern schon“, wies der Sohn ab.
„Vielleicht wird was Anständiges gesungen!“, erklärte sich der Ehemann bereit. Carola ging aus Mitleid mit.
Aber in der Kirche wurde nicht gesungen – jedenfalls nicht vom Chor. Der Pfarrer zog ein, begleitet vom Küster. Kein einziger Messdiener. Die Bänke kaum besetzt. Hermann Keller blickte hinüber zur Krippe, die er bestens kannte und die genau so aufgestellt war wie vor vierzig Jahren. Groll kam in ihm hoch: „Ihr macht uns was vor. So wie ihr euch da als glückselige Mutter und behütenden Vater inszeniert, so ist es doch nicht. Vielleicht wisst ihr ja tatsächlich nicht, was euch noch bevorsteht. Ich kann euch nur sagen: ‚Zieht euch warm an.‘ Euer Kind mit ausgestreckten Patschhändchen kann auch anders. Das werdet ihr noch erleben. Wie werdet ihr euch dann verhalten? Macht bloß keine Fehler – vor allem nicht am Anfang. Alles kriegt ihr anschließend aufs Butterbrot geschmiert. Jede Kleinigkeit! Hütet euch vor dem Erziehen. Erziehen geht nicht. Verstehen ist aussichtslos. Lasst es. Später kriegt ihr vielleicht auch einmal ein Buch geschenkt. Da steht dann drin, was ihr alles hät-

tet tun müssen, wenn ihr alles hättet richtig machen wollen. Hört bloß nicht auf den Engel da oben. Der hat keine Ahnung von dem, was hier los ist. ‚Friede auf Erden und den Menschen ein Wohlgefallen!' Ich hab da wohl etwas falsch verstanden. Friede auf Erden? Dass ich nicht lache. Nicht einmal in der Familie geht es friedlich zu. Ich nehme an, dass ihr euer Kind liebt. Wer tut das nicht? Aber passt auf, auch das kann falsch sein."

Da wurde Vater Keller von seiner Frau angestoßen: „Wandlung. Kniest du dich nicht?"

Tatsächlich: Der Küster stand am Gong. Der Gong war derselbe wie vor vierzig Jahren. Hermann Keller wusste noch genau, wo der Schlag treffen musste, damit es dumpf und feierlich klang. An dem Schlag war nichts auszusetzen. Aber sonst ...

Erst am nächsten Abend kamen Eltern Keller langsam zur Besinnung. Sie hatten sich nach oben ins Fernsehzimmer zurückgezogen. Bernhard und Carola waren aushäusig. Sie selbst verspürten wenig Lust, sich vor den Weihnachtsbaum zu setzen. Vater Keller hatte eine Flasche Wein aus dem Keller geholt – Roxheimer Berg. Spätlese – und blätterte durch das Fernsehprogramm.

„Suchst du was Heiteres?", fragte seine Frau und stellte sofort das Ergebnis in Aussicht: „Nichts Sehenswertes. Lass es."

„Ich hab in dem Buch von der Steinbrecherin gelesen", sagte Vater Keller, indem er das Fernsehprogramm beiseite legte und den Telepiloten fortschob.

„Hat es dich erfreut?"

„Das nicht. Aber manches erklärt."
„So."
„Ja, eigentlich bin ich alles schuld!"
„Ach."
„Ja. Die Sätze ‚Du hörst mir nicht zu' und ‚Du interessierst dich nicht für mich' und ‚Du verstehst mich nicht' könnten alle von der Steinbrecherin sein. Die weiß auch: ‚Die Welt ist voll von leidenden Töchtern, weil die Väter zur Liebe nicht fähig waren.' Väter sind durchweg Egoisten. Sie erstreben Herrschaft. Nur so können sie ihr Selbstbild und ihre Selbstbezogenheit kaschieren."
„Sagt sie?"
„Schreibt sie. ‚Welcher Vater', fragt sie weiter, ‚gab seiner kleinen Tochter die Zuneigung und Aufmerksamkeit, die sie für ihre Entwicklung brauchte?'"
„Hast du das ganze Buch schon aus?"
„Nein, das nicht. Aber ich entdecke in ihm immer mehr von dem, was ich als Vorwurf gehört habe. Ich weiß nur nicht, ob ich mir das alles anziehen muss. Zunächst sind das doch unzulässige Verallgemeinerungen, Klischees, Vorurteile. Unsere Tochter, meine ich, ist doch klug genug, solche Verallgemeinerungen zuerst am konkreten Objekt zu prüfen, ehe sie sie loslässt. Sie hat doch über Vorurteile und ‚Du sollst dir kein Bild machen' geredet."
„Vielleicht hat sie das vergessen oder sie wollte mal auf den Busch klopfen. Früher gab es den Aufstand der Söhne gegen die Väter. Heute gibts auch den Aufstand der Töchter – wahrscheinlich gegen Väter und Mütter."
„Sie fühlt sich unverstanden. Okay. Das kann ich verstehen. Ich fühle mich auch unverstanden. Ich könnte mir vor-

stellen, dass sie sich selbst nicht versteht. So Phasen hat jeder. Wie man da herauskommt, weiß ich auch nicht. Jedenfalls dauert es eine Zeit."
Im Haus war es ruhig. Vater Keller schüttete Wein nach, schaute an den Wänden vorbei, hielt einen Augenblick an, als er die Familienbilder im Blick hatte: Hedes Eltern, seine Eltern, Hede mit ihren Geschwistern, er mit seinen Eltern – Vater in Unteroffizier-Uniform, Mutter frisch vom Friseur - ; sie und er, jetzt also Hermann und Hede, als Jungverheiratete vor dem Massiv der Dolomiten, dann sie und er mit ihren drei Kindern; schließlich Alexandra mit Christoph, Ina auf dem Arm von Großmutter Hede.
„Und warum bist du allein schuldig?", hub sie nach einer Pause an; „ich hab doch auch mein Fett abgekriegt."
„Ja", belehrte Vater Keller, „du bist Opfer, nicht Täter – oder ‚Täterin', wie es wohl heute heißen müsste. Hinter jeder Mutter, immer laut Steinbergerin, steht ein Vater, der einst über die Macht verfügte und die Tochter so unglücklich machte, dass sie selbst keine glückliche Mutter mehr werden konnte."
„Steht das so da?"
„So lese ich das."
„Dann ist das eine Kette ohne Ende. Dann ist die ganze Welt verkorkst. Dann müsste man sich eigentlich den sprichwörtlichen Strick nehmen."
„Vielleicht darf man ja auch in aller Bescheidenheit die Frage stellen, ob denn überhaupt haltbar ist, was die Dame schreibt. Und dann darf man sich wohl auch verteidigen und sagen: Stopp, so war das nicht. Oder zumindest: Stopp, so war das nicht gemeint. Die Geschichte war anders."

„Wie war sie denn?“
„Das ist eben das Problem. Es gibt nicht die eine Geschichte, die für alle verbindlich ist, weil sie ‚objektiv‘ ist. Jeder baut sich aus dem, was er erlebt hat, seine eigene Geschichte zusammen. Übrigens: nachträglich und von einem bestimmten Standpunkt aus.“
„Und jetzt werden wir zu Geschichtenerzählern, denen keiner zuhört.“
„Vielleicht. Vielleicht trifft man sich ja auch nach hundert Jahren mal und erzählt sich seine Geschichten.“
„In hundert Jahren?“
„Vielleicht auch vorher. Vielleicht zu unsern Lebzeiten.“

Eiszeit!
Kein Brief, kein Telefonanruf, kein Besuch. Tiefes erbittertes Schweigen auf beiden Seiten. In der Domstadt bestimmte Ina das Tagesgeschehen; denn Alexandra hatte nach bestandenem Zweiten Examen keine Stelle bekommen. Die Hoffnung, zum 1. Februar, also zum Beginn des zweiten Schulhalbjahrs irgendwo einsteigen zu können, zerschlug sich. Einstellungsstopp auf Grund der Finanzlage von Land und Bund.
In der Seidenstadt bereitete sich Carola auf das Abitur vor. Der Stundenplan hatte sich verdünnt. Ab und zu gewann man den Eindruck, dass das Erstellen einer Abiturzeitung doch der wichtigste Teil der Abiturvorbereitung sei. Die zahlreichen Treffen in und außerhalb der Schule galten jedenfalls nicht den bevorstehenden Klausuren, sondern dem Abi-Gag und der Zuspitzung der Satiren, mit denen man die Lehrer durch den Kakao zu ziehen beabsichtigte.

Der Heimschläfer beobachtete weiterhin den nicht mehr vorhandenen Eisernen Vorhang am Radarschirm, teilte in Abständen mit: ‚Keine besonderen Vorkommnisse' und summte auf der Heimfahrt: ‚Alle Soldaten woll'n nach Haus.' Vordringlich wollte er jedoch zu seinem Job: Von 17 bis 21 Uhr verpackte er Computer und Modems, verschickte sie durch die Bundesrepublik und war auf dem neuesten Stand der Entwicklung aller Informationssysteme.
Eltern Keller waren blockiert. Er bereitete seinen Unterricht vor, seine Vorträge, seine Seminarveranstaltungen, spielte seine Lehrerrolle und grübelte darüber nach, wie sich die Lehrerrolle von der Vaterrolle unterscheidet. Mutter Keller war – wie früher schon – hauptsächlich für die andern da, holte sich ab und zu eins der alten Fotoalben heraus, blätterte von frühen Nordsee-Ferien bis zu Tunesien- und Griechenland-Aufenthalten alles durch – und konnte es einfach nicht fassen.
Da wurde Fachleiter Hermann Keller eines Tages im Seminar gemahnt, die ausgeliehenen Staatsexamensarbeiten zurückzugeben, sie würden von dem neuen Referendarjahrgang zur Orientierung für eigene Arbeiten benötigt. Die Arbeiten hatte Vater Keller jedoch seiner Tochter weitergegeben, die sich ihrerseits nach einer Vorlage umgesehen hatte. Es gab keine andere Möglichkeit: Herr Keller musste das Schweigen durchbrechen. Vor einem Telefongespräch hatte er Angst; er schrieb einen Brief.

Liebe Alexandra,
wir hoffen, dass es Dir und Ina gut geht und dass ihr euch in der neuen Umgebung gut arrangiert habt. Inzwischen

haben wir uns mit dem Gedanken vertraut gemacht, dass Du räumliche und zeitliche Trennung brauchst, um innere und äußere Freiheit zu gewinnen. Wir wünschen Dir von Herzen, dass der Befreiungsversuch gelingt.
Ein Sachzwang veranlasst mich, unser Schweigen erstmals zu unterbrechen. Referendarinnen und Referendare, die an ihrer Staatsarbeit sitzen, fragen nach Vorgänger-Exemplaren. Du merkst, ich muss Dich bitten, die entliehenen Sachen auf die Post zu bringen. Ich nehme an, dass Du sie ohnehin nicht mehr brauchst.
Wir denken oft an Dich – in Liebe, mit Wohlwollen, mit Verständnis – ,natürlich auch mit partiellem Unverständnis. Wir gehen alte Zeiten durch – rekonstruierend, interpretierend, analysierend. Es geht uns relativ – aber alles ist relativ! – gut.
Es bleibt dabei: Du bist telefonisch, schriftlich oder persönlich jederzeit willkommen. Aber wir respektieren, wenn Du Dir Erholung durch Distanz erhoffst.
Herzliche Grüße sendet Dir

Dein Vater (oder Papa)
Wie Du willst.

Deine Mutter würde sich sicher angeschlossen haben, wenn ich gesagt hätte, dass ich Dir schreibe.
Grüße und küsse Ina, unser Enkelkind.

Ein paar Tage später kamen per Einschreiben die eingemahnten Examensarbeiten an – ohne Begleitschreiben, ohne Gruß.
Die Tage wurden heller, die Stimmung blieb düster. Man spielte Alltagsgeschehen und vermied es, Salz in offene

Wunden zu streuen. Der Frühling war kein Frühling, und Ostern war kein Ostern. Carolas Abiturprüfungen gaben Gesprächsstoff. Bernhard zählte die Bundeswehrtage und plante sein Studium: Wo konnte man möglichst schnell ein BWL-Studium absolvieren, um sich möglichst jung um eine Stelle bewerben zu können, um möglichst früh an die erstrebte Kohle zu kommen?
Über Alexandra wurde in der Rest-Familie nicht gesprochen, doch stand sie im Mittelpunkt aller Überlegungen. Ohne dass die andern davon erfuhren, schrieb Carola, nachdem die Abiturklausuren überstanden waren, ihrer älteren Schwester einen Brief, schilderte den häuslichen Zustand und ließ durchblicken, dass sie das Verhalten ihrer Schwester nicht verstehe, dass sie ihren Eltern, die die gleichen seien wie die ihrer Schwester, nichts vorzuwerfen habe, jedenfalls nichts, was sie existentiell betroffen habe. Dass sie damals, als sie ihre Mutter bis zur Weißglut gereizt habe, indem sie ihre Klamotten ins Schwimmbad geworfen habe, um länger bleiben zu können, eins auf den Hintern bekommen habe, werde sie wohl auch ein Leben lang im Gedächtnis behalten, aber einen Vorwurf könne sie daraus nicht ableiten.
Eine Woche später erhielt sie einen Brief.

Liebe Caro,
der Inhalt Deines Briefes überrascht mich nicht. Aber ich bestreite, dass Du jemals verstanden hast, was ich gemacht und gesagt habe. Du schreibst, dass Du nicht verstanden hast, dass ich mich von Christoph getrennt habe. Das stimmt insofern, als Du das nicht verstehen konntest.

Du standst von Anfang an – wie Mama und Papa – auf Seiten Christophs. Wie willst Du mich dann noch verstehen?
Dass ich augenblicklich M und P gegenüber keine Rücksicht nehme, ist wahr und ich stehe dazu. Auch auf die Gefahr hin, dass Du mich scheißarrogant findest: Du hast einfach keine Ahnung, was das für ein Gefühl ist, siebenundzwanzig Lebensjahre immer Rücksicht auf M und P genommen zu haben. Natürlich weiß ich wenig darüber, was ich mit ein, zwei oder drei Jahren gedacht habe. Aber schon damals muss einiges passiert sein. Jetzt bin ich dabei, meine aktuellen Gefühle kennen zu lernen, sie ernst zu nehmen und sie bis in die Wurzeln zurückzuverfolgen, und merke: Ich hatte einfach zuviel Mutter und war emotional überhaupt nie selbstständig.
Bezüglich der früheren Zeit mache ich M und P überhaupt keine Vorwürfe. Aber JETZT mache ich ihnen den Vorwurf, dass sie nicht in der Lage sind, mich als Frau, die ich bin, so wahrzunehmen, dass sie mich wenigstens im Ansatz verstehen könnten. Und das liegt nicht an dem Schock durch die Trennung, sondern: Das war NIE anders.
Ich bin gerade in der Pubertät. In der Zeit, wo andere in der Pubertät sind, hatte ich keine Zeit zum Pubertieren, da mein Stundenplan absolut voll war. Hätte ich damals mehr Kontakt zu meinen Gefühlen gehabt, hätte ich damals den Mut gehabt, auf meine Gefühle zu hören, dann hätte ich nur einen Bruchteil meiner Zeit auf die Musik verwendet – wenn überhaupt. Damals war mein Programm: Flötenunterricht nehmen und geben, Orchester, Klavier, ein bisschen Orgel. Musik ist Mamas Leben, nicht meins. Ich hab

das damals nicht gewusst. Es war eine tragische Verstrickung. Aber es geht daraus kein Vorwurf an Mama. Ich war mir damals meiner selbst nicht bewusst. Als ich dann von Christoph auch mit Musik überschüttet wurde, habe ich was gemerkt.
Pubertät heißt für mich, Aufmerksamkeit zu erkämpfen für das, was den Eltern einfach nicht passt. Schaut her, ich bin nicht wie ihr, und ich will auch nie so sein wie ihr seid und wie ihr gern hättet, dass ich sei. Ich will ICH sein, und jetzt will ich herausfinden, wer ich bin ‚ohne Nabelschnur'.
Wie geht es weiter? Wenn Du willst, kannst Du diesen Brief M und P zum Lesen geben. Oder auszugsweise zitieren. Ich halte nach wie vor an der Idee fest, dass wir uns (auch Du, am liebsten auch Bernhard) bei meiner Therapeutin treffen. Ihre einzige Funktion wäre, darauf zu achten, dass alle bei ihren Gefühlen bleiben. Und ich kann Dir garantieren, dass es mir absolut nicht darum geht, M und P fertig zu machen.
Wie war Dein Geburtstag?
Ich würde mich freuen, bald wieder von Dir zu hören.
In Liebe,
Deine Alexandra

Der Brief hatte – selbstverständlich ungeöffnet – auf dem Schuhschrank im Flur gelegen. Carola hatte ihn nach dem Mittagessen mit in ihr Zimmer nach oben genommen. Niemand hatte gefragt. Am Abend, bevor sie zum Training ging, gab sie den Brief ihrer Mutter: „Alexandra hat nichts dagegen, dass ich euch den Brief zeige. Ich find ihn Scheiße. Aber ich bin jetzt weg."

Mutter Keller las, setzte sich vor ihren Schreibtisch im Fernsehzimmer, wollte sich Notizen machen, ließ das aber und holte Vater Keller aus seinem Arbeitszimmer: „Hier, das darfst du auch lesen."

Der las, es zuckte ein paar Mal in seinem Gesicht, er nahm die Brille ab und schaute zur Decke.

„Sie macht sich wenig Mühe, sich in die Situation eines andern zu versetzen. Ihr ICH ist ihr wichtig und ihr JETZT. Alles andere mag den Bach runter oder zum Teufel gehen."

„Vor allem wir", zog Mutter Keller den Schluss und fragte sich und ihren Mann: „Wie kommt sie dazu?"

„Einiges hat große Ähnlichkeit mit den Miller-Thesen vom begabten Kind: Das arme begabte Kind passt sich bedingungslos den Forderungen der Eltern an, um geliebt zu werden. So die Millerin. Hast du noch nicht gelesen?"

„So weit bin ich noch nicht. Aber zu ihrem Brief: Ich habe doch keine Forderungen gestellt. Ich wollte keine Pianistin aus ihr machen, keine Künstlerin, keine Eislaufprinzessin. Ich habe dieses Kind gesehen und habe herauszufinden versucht, was es konnte und was es wollte, und dann habe ich Angebote gemacht. Natürlich hängt das auch mit meiner Biographie zusammen. Mir hat man nämlich keine Angebote gemacht. Ich hätte gern welche gehabt."

„Was du gemacht hast, war ja auch alles gut und richtig. Aus unserer Sicht. Von ihr wird das umgedeutet und umgedreht, auf alle Fälle anders gesehen."

„Und warum?"

„Wahrscheinlich, weil sie unglücklich ist."

„Und ich wollte sie glücklich machen, weil ich eine einigermaßen unglückliche Kindheit hatte. Mit vier war ich im Lager, hatte einen Teddy und sonst nichts. Ich hatte Diphtherie und meine Eltern waren im nächsten Dorf einquartiert worden. Von irgendwelchen Leuten bekam ich dann in Berlin – wir hatten immer noch keinen festen Wohnsitz – ein paar Buntstifte. Das war Glück auf Zeit. Deshalb habe ich Alexandra zum Malen geschickt. Später hätte ich gern ein Instrument gehabt. Gab es nicht. Fahrrad – gab es nicht. Als ich in der Höheren Schule war, sorgte meine Sportlehrerin dafür, dass ich in einen Verein durfte. Aber zu auswärtigen Sportfesten durfte ich nicht. Die Überschrift über meiner Kindheitsgeschichte heißt: ‚Du darfst nicht.' Und deshalb habe ich Angebote gemacht und gesagt: ‚Du kannst und du darfst.' Natürlich habe ich mich gefreut, wenn ihr etwas gelang. Ich weiß auch, dass Kinder Erfolge haben müssen, und ich hab das alles doch nicht für mich getan."

„Du hast in meinen Augen Recht. Nur: Sie sieht das anders."

„Wahrscheinlich. Ich stelle mir vor, wie sie und einige ähnlich denkende junge Frauen ihr Leben aufarbeiten, einschlägige Literatur vor Augen, und überlegen, wie man den Müttern eins auswischen kann."

„Die Väter waren ja schon dran!"

„Da haben wir ja einiges gemeinsam. – Großzügig, wie sie sagt: Ich mache keine Vorwürfe; und dann prasseln die Vorwürfe nur so nieder, dass man nicht mehr aufstehen kann."

„Sie verspricht sich viel von einer Therapeutin."

„Das glaub ich. Du weißt, was ich von diesen Therapeutinnen halte. Ich lasse mich nicht gern vorführen. Übrigens sagen die Therapeuten, dass eine Therapie nur erfolgreich sein kann, wenn man sich freiwillig zur Verfügung stellt. Und davon bin ich weit entfernt."
„Und jetzt?"
„Jetzt geben wir den Brief Carola zurück. Was sie damit macht, ist ihre Sache. Wenn sie schreibt, sollte sie schöne Grüße bestellen. Und wir – wir erledigen weiter unser Tagespensum. Einige haben uns wohl noch nötig. Und einige mögen uns auch noch."
„Bitter?"
„Sicher. Sehr sogar."

Schneller als erwartet kam das nächste Weihnachtsfest auf sie zu. Am Samstag vor dem vierten Adventssonntag kam bei Kellers ein Päckchen aus der Domstadt an.

Weihnachten,
im Jahr danach

Liebe Mama, lieber Papa!
Ich wünsche Euch ein lichtvolles Weihnachten. Mein Brief will dazu einen Beitrag leisten, oder auch: ich. Ich habe mit viel Lust und Freude Wehnachtsgeschenke für Euch ausgesucht. Auch wenn ich unsicher bin, ob etwas davon ankommt, hoffe ich doch, kleine Zeichen mögen funken.
Da ist zuerst die Wolf Biermann CD. Der alte Wolf hat nicht viel Neues, und ich war doch so gespannt, wie er die Wiedervereinigung verarbeitet. Wolf Biermann habe ich durch Dich, Papa, kennen gelernt. Ich war stolz, in jungen Jahren

in cooler Runde eine intellektuelle Platte auflegen zu können. Wenn ich Dir die CD schenke, will ich ‚Danke' sagen für etwas, was ich von Dir bekommen und behalten habe. Es gibt noch eine Menge mehr davon.

Das Bilder-Puzzle ist für Mama. Du schaffst es sicher, wieder zusammenzukriegen, was ich kaputt gemacht habe. Es ist ein Erinnerungsstück an unsere einstigen Langeoog-Ferien. Bilder, die kaputt gegangen sind, sehen, wenn sie in mühevoller Kleinarbeit wieder zusammengesetzt sind, anders aus als vorher. Aber heil geworden, bilden sie wieder ein Ganzes.

Diesen ganz und gar versöhnlichen Gedanken, dieses mein versöhnliches Gefühl möchte ich durch ein Buch für Euch beide zum Ausdruck bringen. ‚Anerkennen, was ist' von Bert Hellinger ist keine Provokation. Ich will absolut nicht und niemand provozieren. Das war voriges Jahr anders, das gebe ich zu. Und in dem Sinn war dann wohl einiges kein Geschenk, sondern eine Zumutung. Ich hoffe, ihr könnt das früher oder später entschuldigen als etwas, das ausprobiert werden musste.

Hellinger schreibt, der Mensch kann nur gesund sein, wenn er/sie mit der Herkunftsfamilie im Reinen ist, wenn er/sie anerkennt, was ist. Da will ich hin, und ich glaube, dass ich schon eine produktive Richtung eingeschlagen habe. Die Idee, dass tote Familienmitglieder weiter mitleben, überzeugt mich. Wenn ich Euch das Buch schenke, heißt das auch, dass ich noch im Kontext ‚Familie' denke und dass Ihr mir – samt Bernhard und Carola – am Herzen liegt.

Und dann der obligatorische Ina-Kalender. Dazu muss ich nichts sagen.
Nein, ich bin Weihnachten nicht – noch nicht – da, aber ich habe das Bedürfnis mit Geschenken und guten Wünschen da zu sein. Mit Ina kann ich erst am fünfundzwanzigsten feiern. Sie feiert Heiligabend mit ihrem Papa; ich bin bei Eva.
Ich hoffe, wir sehen uns bald mal hier. Ina sagte heute erst: „Opa Hermann und Oma Hede sollen auch mal kommen." Ja, das sollen sie. Ina kann Euch den Kaffee auf dem neuen Puppenherd kochen.
Gesegnete Weihnachten!
Seid umarmt von
Eurer Alexandra

Päckchen und Brief waren eine Überraschung. Eine gewisse Erleichterung machte sich breit. Man würde Weihnachten überstehen können. Das Ritual wurde geringfügig geändert. Der Baum stand schon geschmückt, als Bernhard aus der Universitätsstadt kam und Carola aus den Kliniken, wo sie zur Physiotherapeutin ausgebildet wurde. Die Kindermette wurde gemieden, man wich in eine andere Kirche aus. Der Geschenkeaustausch verlief zügiger. Bei Plätzchen, Wein und dezenter Musik sprach man von früher, von Freunden, von Leuten, die man irgendwo getroffen hatte, blickte in den Weihnachtsbaum, suchte nach Erinnerungsstücken und stellte fest, dass auch Maria und Joseph, die Figuren aus den Laacher Werkstätten, wieder ihren angestammten Platz hatten. „Die würd ich gern erben", sagte Carola ziemlich unvermittelt.

„Ich auch", brachte Bernhard sich zur Geltung.
„Und Alexandra auch", gab er zu bedenken.
„Die auch?" fragte die Mutter.
„Die erst recht", musste Carola zugeben. „Die hat das früher schon gesagt."
„Vorläufig dürfen die aber noch hier bleiben", bat Vater Keller.
Spät in der Nacht saßen Vater und Mutter Keller noch zusammen.
„Anerkennen, was ist, ist nicht so leicht", nahm Mutter Keller Bezug auf den Brief.
„Sicher nicht. Aber es gibt keine Alternative. Nur: Was erkennen wir eigentlich an?"
„Auf alle Fälle: Dass sich das Gefüge der Beziehungen geändert hat. Die Kinder sind zwar weiterhin unsere Kinder – aber doch so, dass sie über uns hinausgewachsen sind. Manchmal habe ich den Eindruck, dass sie mehr über uns bestimmen als wir je über sie bestimmt haben."
Das wollte Vater Keller so nicht gelten lassen: „Das scheint manchmal so. Du hast sicher Recht, dass sich das Gefüge der Beziehungen geändert hat. Sogar die Rollen haben sich geändert. Mein Vater war sicher ein anderer Vater, als ich Vater war oder bin. Und deine Mutter war eine andere Mutter als ..."
„Weiß ich nicht", fiel sie ihm ins Wort, „vielleicht wird heute nur alles in Frage gestellt, was früher selbstverständlich war."
„Nein, nein. Selbstverständlich war nie was. Immer wurden Fragen gestellt. Und dann musste auf irgendeine Art Einverständnis hergestellt werden."

„Also dauernd Fragen, Probleme, Auseinandersetzungen, Streit ...?“
„Das nicht unbedingt. Aber andauernd: Gespräche, Diskussionen, Experimente. Das wohl.“
„Sehr anstrengend.“
„Allerdings.“
„Wir müssen reagieren – und wir sollten froh und dankbar sein.“
„Natürlich müssen wir reagieren und froh und dankbar sein. Das gehört sich so, und so ist es auch. Und ich bin auch erleichtert. Das hast du während der Feiertage gemerkt. Aber ich frage mich, ob das alles nötig war.“
„Wer will das entscheiden? Da hat wohl jede und jeder der Betroffenen seine und ihre eigene Meinung und sein und ihr eigenes Urteil. Und weder bei Meinungen, noch bei Urteilen gibt es ein eindeutiges Richtig und Falsch.“
„Damit muss man sich wohl abfinden.“
„Vielleicht muss man das sogar anerkennen. Jedenfalls kann man auf der Basis wieder zusammenkommen, sich begegnen, mit einander sprechen.“
„Rufst du an oder schreibst du?“
„Du weißt, dass ich nicht telefonieren kann. Ich schreibe.“
„Also dann. Und grüße herzlich – und alle.“
Er schrieb.

Seidenstadt, 28. Dezember

Liebe Alexandra,
die Weihnachtstage krümeln aus, und wir möchten Dir ganz schnell sagen, dass wir uns über Deine Geschenke, die Kommentare und die guten Wünsche sehr gefreut ha-

ben. Wir danken Dir. Vor allem danken wir für Deine Einladung. Über einen genauen Termin und über den Ort sollten wir uns telefonisch verständigen.
Das Buch ‚Anerkennen, was ist' habe ich mit großem Interesse und viel Verwunderung gelesen. Ich hoffe, es liegt nicht an meinem selektiven Wahrnehmungsvermögen und auch nicht daran, dass Hellinger – fast – meiner Generation angehört, wenn ich fast alles akzeptiere, was er sagt. Was er über die Bedeutung der Familie sagt, hätte ich kaum so zu sagen gewagt, aber immer gedacht.
Das ‚In-Ordnung-bringen' halte ich in der Tat für eine wichtige Angelegenheit. Dabei solltest Du wissen, dass wir längst anerkannt haben, was ist. Allerdings wird bei uns immer das ‚Schade' bleiben, über das Hellinger ja auch schreibt. Erst jetzt erkennen wir rückwärts, welche Anerkennungsarbeit unsere Eltern leisten mussten, als wir den Niederrhein mit Schlesien vereinigen wollten. Heute würden wir gern mit unsern Eltern ein paar ergänzende Gespräche führen. Aber das geht nun nicht mehr. Gut ist, dass wir zwischen unseren Generationen solche Chancen noch oder wieder haben.
Wir freuen uns auf unser Treffen. Carola wird wahrscheinlich, Bernhard auf keinen Fall mitkommen. Ihn drängt es zur Uni.
Bis dahin Dir und Eva herzliche Grüße.
Deine M und P

Man hatte sich auf Montag, den 5. Januar, geeinigt. Da bei Familie Keller die Sorge vor Staus auf der Autobahn und vor überfüllten Parkhäusern in den Großstädten besonders entwickelt ist, hatte man sich zur Zugfahrt entschlossen. Abfahrt Seidenstadt 14.35 Uhr; Ankunft Domstadt 15.18 Uhr.

In der Bahnhofshalle unter der Anzeigetafel warteten Alexandra und Ina.

Vorsichtige Umarmungen.

Natürlich war Ina gewachsen, was man erfreut feststellte, da dem nicht widersprochen werden konnte und da so eine erste Beziehung hergestellt werden konnte. Ina hatte, wie Großmutter Hede anerkannte, „ein warmes Mäntelchen" und eine „warme Wollmütze" an. Alexandra schien dagegen zu frieren. Sie hatte eine knappe dunkle Lederjacke und schwarze Jeans an und nichts auf dem Kopf, was Mutter Hede zwar bemerkte, sich aber hütete zu sagen.

„Eine Tasse Kaffee wäre jetzt das Richtige", schlug Vater Hermann vor, was sofort akzeptiert wurde. Man ging über den Bahnhofsvorplatz, dann die Stufen zur Domterrasse hoch, wieder hinunter zum Dom-Cafe.

„Kaffee und Kuchen?", fragte Vater Hermann.

„Lieber eine Brühe und ein belegtes Brötchen", sagte Alexandra, „wir hatten nämlich noch kein Mittagessen. Und für Ina vielleicht eine Tasse Kakao und ein Käsebrötchen."

„Wir bleiben bei Kaffee und Kuchen?", sah Vater Hermann seine Frau und Carola an.

„Lieber einen Saft", sagte Carola.

Kaum bestellt, stand alles auf dem mit einer Glasplatte abgedeckten Tisch. Für Ina war der mit rotem Plüsch überzogene Stuhl etwas tief. Sie kam auf Mamas Schoß. Man aß, trank, redete: Über vieles sprach man, ohne dass viel gesagt wurde.

„Wir müssen noch zwei Weihnachtswünsche in die Tat umsetzen“, erinnerte Vater Hermann, als die Teller leer gegessen waren, „ich denke, Alexandra, du weißt, wo wir fündig werden.“
„Beide Geschäfte sind in der Nähe: ein Schreibwarengeschäft und eine Musikalienhandlung.“
„Und was darf es sein?“, wollte Carola wissen.
„Ina bekommt ihre erste Blockflöte von Oma und Opa.“
„Ist das nicht ein bisschen früh. So früh haben doch nicht einmal wir angefangen und wir waren doch immer die Frühesten, wenn es um Musik ging“, gab Carola zu bedenken.
„Nein, ich glaube, Ina möchte das.“
Man drängte sich durch die Hohe Straße. Vater Hermann vermied es, auf die zweitausendjährige Geschichte dieser Straße zu verweisen. Er wusste, dass seine Frauen wenig Sinn für ‚Trümmer-Geschichten‘ hatten.
Das Flötengeschäft war schnell erledigt. Die Karawane trottete weiter.
„Hier wäre das Schreibwarengeschäft“, erklärte die Wahl-Kölnerin.
„Hier ist es“, korrigierte ihre Schwester Carola in gewohnter Manier, „und was willst du hier abstauben.“
„Ich habe mir einen Füllfederhalter gewünscht.“
„Im Ernst? Hast du keinen Computer? Wer schreibt heutzutage noch mit der Hand?“
„Ich. Zum Beispiel Briefe und Tagebuch.“
„So.“
Beide Einkäufe dauerten etwas länger als bei Familie Keller üblich; denn in beiden Fällen wurden jeweils fünf Gutachten eingeholt, ob der entsprechende Gegenstand

schön, gut, zweckdienlich, erschwinglich und passend sei. Dann ging man gemeinsam zurück zum Dom und zum Bahnhof.
„Kurzbesuch im Dom?“, fragte Vater Hermann.
„Muss das?“
„Morgen ist Dreikönigstag. Die Weisen aus dem Morgenland ruhen hier im Schrein.“
„Meint man.“
„Glaubt man.“
„Glaubst du!“
Mutter Hede schaltete sich ein: „Wenn wir den Zug um 18.43 Uhr kriegen wollen, sollten wir durchgehen.“
Man ging.
Umarmungen. Deutlich intensiver. Aussagekräftiger.

„Leicht hat sie es nicht“, sagte Mutter Hede, als sie sich später im Zug gegenübersaßen.
„Ein schöner Nachmittag“, sagte Vater Hermann.
„Ich möchte wissen, was Alexandra jetzt denkt“, überlegte Carola.
„Ein Anfang ist gemacht“, freute sich der Vater.
Zur Tagesschau um 20.00 Uhr waren sie wieder zu Hause.
Ein paar Tage später erhielten sie Post.

Domstadt, 8. Januar

Liebe Mama, lieber Papa!
Vielen Dank für Euren Brief und für Euren Besuch. Ich freue mich, dass es uns mit einander wieder so gut geht. Ich muss sagen, das genieße ich sehr.

Ich wende mich heute mit einem Anliegen an Euch, das leider mit Geld zu tun hat.
Ich möchte fragen, ob es Euch möglich ist, mir ein zinsloses Darlehen zu geben. Im Moment habe ich keine Einnahmen: Die Bürokratie arbeitet langsam, keine Ahnung, wann ich zum ersten Mal Arbeitslosenhilfe bekomme und wie viel das sein wird. Mit monatlich 400,00 DM würde ich über die Runden kommen.
Meine Vorstellungsgespräche laufen und vielleicht kriege ich zum 1. Februar etwas. Egal, ob Haupt-, Real- oder Gesamtschule. Die Gymnasien sind ohnehin alle besetzt.
Ich danke Euch, dass Ihr Eva im Brief grüßtet. Ich danke auch, dass Ihr mit dem Satz „Geh, wohin dein Herz dich trägt" Brücken gebaut habt.
Noch einmal schriftlich: Ich wünsche Euch ein pralles neues Jahr mit viel gutem Leben in Familie, Beruf, bei Gott und in der Welt.
Viele liebe Grüße an alle

Eure Alexandra

Mutter Hede hatte den Brief nicht geöffnet, obwohl er auch an sie adressiert war, sondern gewartet, bis Vater Hermann aus der Schule kam. Gemeinsam beugten sie sich im Flur über den Brief und lasen.
„Wie gesagt: Sie hat es nicht leicht", sagte Mutter Hede.
„Aber sie ist optimistisch und hat das Schlimmste überstanden", meinte ihr Mann.
„Wenn man das nur von allen Beteiligten sagen könnte", sagte sie.

„Denkst du da vor allem an dich?“
„Ich denke nie vor allem an mich.“

XI. Dezember 2003: Advent – Ankunft

Jetzt drängte die Zeit tatsächlich.

Herr und Frau Keller sitzen am vierten Adventssonntag am Couchtisch im unteren Wohnzimmer und blicken auf die unterschiedlich weit heruntergebrannten Kerzen.

Tags zuvor hatten sie ein Fax von ihrem Sohn aus den USA bekommen. Möglicherweise würde ihre Maschine aus San Francisco eine halbe Stunde früher als angegeben in Deutschland landen. Das sähen sie dann ja auf dem Monitor. Sie sollten doch bitte, ehe sie zum Flughafen kämen, an der alten Wohnung in Derendorf vorbeifahren und dort den oder das Palm suchen. Er oder es liege irgendwo im Schlafzimmer und habe wichtige Daten gespeichert. Er habe es, als das Taxi, das ihn am Mittwoch zum Flughafen gebracht habe, schon hupte, vergessen. Auf dem Küchentisch stehe dann auch wahrscheinlich eine verpackte Schachtel. Darin sei ein Weihnachtsgeschenk für Udo. Auch mitbringen. Dann die Post. Besonders wichtig. Bei der Nachbarin auf der Etage nachfragen, ob ein Einschreibebrief angekommen sei. Und – sie sollten nicht darüber erschrecken, wie es in der Wohnung aussehe. Nach ihrer, also seiner und Sabrinas Ankunft, am Dienstag könnten dann ja alle zusammen zuerst zur neuen Wohnung fahren und mal kurz reinsehen. Ob Muttchen die Gardinen schon fertig habe? Sabrina würde dann bei ihren Eltern in Düsseldorf bleiben. Er käme mit ihnen nach Hause. Ob man um achtzehn oder zweiundzwanzig Uhr in die Messe gehe, sei ihm egal. Wenn er zu müde sei, bleibe er sowieso zu Hause.

Carola hatte am Morgen angerufen. Sie habe Heiligabend bis vierzehn Uhr Dienst. Sie werde dann um siebzehn Uhr mit Udo in die Erlöserkirche gehen. Danach kämen sie gemeinsam rüber. Als sie dann hörte, dass Keller-Eltern erwögen, um zweiundzwanzig Uhr zur Kirche zu gehen, protestierte sie: „Dann werden wir ja um einundzwanzig Uhr rausgeschmissen. Das geht nicht. Es ist doch Weihnachten."
Dem war nichts entgegenzuhalten.
„So langsam kriegt Weihnachten Konturen", beginnt Hede Keller das Gespräch. „Unser Sohn ist gut im Planen, Organisieren und Delegieren."
„Das ist schließlich sein Beruf."
„Umgekehrt. Er hat das zum Beruf gemacht, was ihm Spaß macht und weil er das immer schon konnte."
„Kann sein. Wie er die neue Wohnung beschafft hat und für die alte einen Nachmieter auf die Schnelle gefunden hat, ist nicht ohne. Nun organisiert er den Umzug von Derendorf nach Gerresheim per Computer von den USA aus."
„Und uns organisiert er mit."

Sie hatten sich im November die Wohnung im vielgepriesenen Gerresheim angesehen. Sie liegt im vierten Stock eines 1980 gebauten Mehrfamilienhauses – also unterm Dach. Aber sehr schön zugeschnitten. Mit Bad selbstverständlich und Balkon außerdem. Von oben sieht man auf eine prächtig restaurierte alte Basilika. Jenseits des Stadtteils erhebt sich eine Hügelkette, die man so nahe an der Landeshauptstadt nie vermutet hätte. Dort bietet sich der

jüngeren Generation eine Gelegenheit zum Joggen, der älteren eine zum Spazierengehen.
Als die Keller-Eltern zum ersten Mal gehört hatten, dass Sabrina und Bernhard eine Wohnung in Hubbelrath oder Gerresheim allen anderen Angeboten vorziehen würden, hatten sie etwas erstaunt geguckt, da sie die Vororte von Düsseldorf nicht kannten und vom Klang der Namen Hubbelrath und Gerresheim eine gedankliche Verbindung zu Boisheim und Dilkrath gezogen hatten, Orte, die sie genau vor Augen hatten und von denen sie wussten, dass diese sich, um es positiv zu sagen, ihre dörfliche Struktur erfolgreich erhalten hatten.
„Aber nein", hatten Sabrinas Eltern gesagt, „Gerresheim – und da besonders das obere, das höher gelegene Gerresheim – das ist absolute Spitze. ‚Einmal Gerresheim – immer Gerresheim', sagt man hier. Und wir können dem nur zustimmen."
Die Familien hatten sich dann in einem Cafe in Gerresheim getroffen, hatten sich durch die Basilika führen lassen und hatten den Blumenmarkt bestaunt. In der Zeitung wurde dann etwas später das Gerücht verbreitet, demnächst werde zwischen Hubbelrath und Gerresheim neben dem Golfplatz ein internationales Hotel mit Privat-Flugplatz gebaut. Dann sei das letzte Desiderat dieses bevorzugten Stadtteils beseitigt.
Kellers wurden nicht neidisch, sondern überzeugt.
„Irgendwie haben die es leichter, als wir es hatten", hatte Vater Keller gesagt, als sie über die A 44 nach Hause fuhren.
„Vorläufig ja", sagte sie.

„Hoffentlich bleibt es so."
„Hoffentlich. Der Anfang sieht jedenfalls gut aus."
Nun würde man sich am 27. Dezember zum Umzug treffen. Beide Familien – so war geplant – würden mit anpacken. Genaueres würde man mit den jungen Leuten an den Weihnachtstagen besprechen.

Draußen ist es inzwischen dunkel geworden. Es ist trocken und kalt. In diesem Winter hat es noch keinen Schnee gegeben. Weiße Weihnachten ist nicht einmal für die Wintersportgebiete mit Sicherheit vorauszusagen.
„Es wird Zeit, an einen Baum zu denken", sagt sie.
„Das nutzt nichts: Wir müssen einen holen."
„Im Gehölz von Gut Heimendahl kann man einen schlagen lassen. Preiswert!"
„Also. Morgen Nachmittag."
Im November hatten sie noch überlegt, ob sie nicht mit ein paar Zweigen und etwas Lametta auskommen könnten. Als dann aber die ersten Stände mit Fichten und Tannen in der Stadt aufgebaut wurden, merkten sie an sich, dass sie wohl doch einen Baum mit Kerzen, Kugeln und anderen Erinnerungsstücken brauchten.
„Wo stellen wir ihn hin?", fragte sie – der Form halber.
„Wo er immer stand, denke ich."
„Denke ich auch."

Dass die Sätze kürzer werden, ist ein untrügliches Zeichen dafür, dass beide nicht recht wissen, wie sie die Gelegenheit nutzen können, mehr und anderes zu sagen. Um Zeit zu gewinnen, räumt sie das Kaffeegeschirr auf das Tablett und rollt die Sets zusammen. Es ist bis auf den Schein der vier Kerzen dunkel und still in den Zimmern.

„Ich habe deine Katastrophenweihnacht gelesen“, beginnt sie dann unvermittelt. „Bist du jetzt fertig? Abgearbeitet? Ist alles überwunden?“

„Ich glaube schon.“

„Es ist übrigens seltsam: So katastrophal war das gar nicht, wenn man das liest. Ich hatte das alles schlimmer in Erinnerung“, gibt Mutter Keller zu.

„Liegt das am Filtern oder am nachträglichen Verstehen?“

„‚Alles verstehen heißt alles verzeihen’, heißt, glaube ich, ein Sprichwort oder ein Aphorismus. Wobei ich zugebe, dass ich den Unterschied zwischen Sprichwort und Aphorismus nicht erklären könnte.“

„Der Unterschied ist auch belanglos und mit dem Verstehen hat man mehr Probleme, als einem lieb sein kann. Man sagt so leicht: ‚Das versteh ich’ oder ‚Das versteh ich nicht’; aber wenn man sich mal genau überprüft, versteht man nicht einmal sich selber.“

„Deine alte These!“

„Die sich immer mehr bestätigt.“

„Ich versteh nicht – oh, das passt jetzt wohl nicht – also: Es ist doch irgendwie kennzeichnend, dass wir nie eine offene Aussprache über unser ‚Katastrophenweihnachten’ hatten. Es ist vieles ungesagt geblieben – vielleicht in der Annahme, dass manches oder alles mit der Zeit vergessen würde.“

„Das kann sein. Aber mit dem Vergessen haben wir das nächste Problem: Ich kann mich bemühen, mich an etwas

zu erinnern; aber wenn ich mich bemühe, etwas zu vergessen, erreiche ich genau das Gegenteil."
Pause.
Man merkt, dass beide ihren Gedanken nachgehen. Manchmal meinen sie, es sei alles gut; manchmal meinen sie, es könnte alles besser sein. Manchmal meinen sie, man müsse über alles reden; manchmal meinen sie, dass manches besser ungesagt bliebe. „Ein Wort wird leichter zurückgehalten als zurückgenommen" hat sie mal gelesen und dann oft zitiert.
„Ich glaube", setzt er wieder an, „unsere Familie leidet an einem Defizit. Wir alle. Ich nehme mich da nicht aus. Im Gegenteil: Ich bin besonders gehandicapt. Tatsache ist doch: Wir alle können uns nicht entschuldigen. Wir haben keine Entschuldigungskultur. Wir sehen – vielleicht – ein, geben es aber nicht ausdrücklich zu. Wir meinen, alles sei wieder gut, wenn wieder etwas Gras über die Sache gewachsen ist, wie man so schön bildlich sagt."
„Und unter der Oberfläche wuchert es weiter, meinst du?"
„So in etwa."
„Das heißt: Wir legen Rollrasen."
„So genau hab ich das gar nicht durchdacht. Hat aber etwas. – Übrigens – wo wir einmal dabei sind –: Wir haben auch keine Dank-Kultur. Wir sind dankbar, aber wir bedanken uns nie oder höchst selten. Wenn ich mitkriege, wie oft andere – vor allem in Filmen – ‚Danke' und ‚Entschuldigung' – inzwischen meist ‚sorry' – sagen, dann stelle ich fest, dass wir da eine Lücke haben."
„Fehler in der Erziehung?"

„Ach Gott, Luise. Vielleicht eine schlechte Gewohnheit, vielleicht eine intellektuelle Nachlässigkeit, vielleicht ein Gen-Defekt."
„Das am wenigsten."
Pause.
Sie merken, dass sie, ohne es zu wollen, wieder ins Grundsätzliche vorgestoßen sind. Er steht auf und macht die Stehlampe an. Der Kerzenschimmer ist vielleicht doch zu heimelig und macht redselig. Er schaut auf die Uhr, wartet auf Nachrichten, sucht nach dem Fernsehprogramm.
„Du willst deine Geschichten also immer noch allen zu Weihnachten präsentieren?", nimmt sie eine alte Frage wieder auf.
„Ja. Ich setze auf wachsendes Verstehen und Verständnis. Nicht total, nicht vollständig, nicht absolut. Ich setze darauf, dass die Fähigkeit gewachsen ist, sich in die Rolle eines anderen zu versetzen. Etwas von einem andern Standpunkt aus zu betrachten und zu beurteilen und – eben – zu verstehen."
„Und was sollen sie verstehen?"
„Dass wir ziemlich bestimmte Vorstellungen vom Paradies haben oder hatten oder davon, was im Interesse aller wünschenswert wäre, dass wir uns dafür nach bestem Wissen und Gewissen eingesetzt haben, dass wir aber dann auch zu der Einsicht gekommen sind, dass es weder eine absolute Wahrheit, noch absolute Gerechtigkeit, noch absolute Schönheit gibt, wohl auch kein Paradies – kein richtiges. Vielleicht eine Idee davon, eine Vision, eine Illusion. Dass unser Wissen beschränkt und unser Wollen trotz guten

Bemühens immer subjektiv ist. Alles ist relativ. Und alles verändert sich und das dauernd."
„Ist das jetzt Resignation oder Toleranz?"
„Eher Einsicht, wie gesagt."
„Und die erhoffst du dir auch bei andern."
„So ist es. Ich bin – manchmal - Optimist. – Übrigens, fällt mir dabei ein: Erinnerst du dich an unser sommerliches Gespräch über Wiese und Rasen? Ich bin nach wie vor für Wiese, nicht für Rasen. Rasen ist etwas Unnatürliches. Wiese ist natürlich und bunt."
„Und Unkraut gibt es einfach nicht?"
„So ist es. Höchstens Wildkräuter. Quecken werden von Kleingärtnern als Unkraut angesehen; aber Quecken sind das Lebendigste, was es gibt, widerstandsfähig und ausbreitungsfähig – siehe ‚quicklebendig'!"
„So denkst du?"
„So denke ich."
„Aber gleichzeitig fütterst du gezüchtete Goldfische im künstlich angelegten Teich?"
„Das ist eben der Widerspruch, mit dem ich lebe."
Hede Keller räumt den Tisch ab. Sie möchte sich mit Querflöte, Noten und Notenständer zurückziehen und fragt, ob er noch bleibe und ob er die Kerzen bewachen könne. Er bejaht beides und zieht sich die ungelesenen Zeitungen heran. Das Feuilleton der Süddeutschen Zeitung bereitet auf Weihnachten vor. Lockzeile: „Jeder Widerstand gegen Weihnachten ist zwecklos." Fett gedruckte Titelzeile: „Ja zu Kitsch und falschem Frieden." Darunter: „Warum viele einst erbitterte Gegner des vermeintlich so verlogenen Festes sich inzwischen mit der Tradition arrangiert haben." Mitten

auf der Seite das Bild einer biedermeierlich gekleideten Familie – Vater, Mutter, kleiner Sohn, noch kleinere Tochter – vor einer kerzen- und kugelgeschmückten Tanne oder Fichte. Daneben die Liedzeile: „Morgen, Kinder, wird's was geben, morgen werden wir uns freun; welch ein Jubel, welch ein Leben wird in unserm Hause sein".

„Na, na", denkt er und beginnt zu lesen.

Am Abend packt Mutter Keller Päckchen.

„Man muss Weihnachten doch was in der Hand haben", erklärt sie. Mit dem Geldübergeben kann es doch nicht getan sein."

„Eigentlich nicht", bestätigt er und sieht zu, wie sie Weihnachtspapier zuschneidet, wie sie faltet, klebt und bändelt. Er ist zu ungeschickt dazu und deshalb bereit zu bewundern.

„Heut Abend könnten wir eigentlich schon Maria und Joseph von oben holen", meint sie.

„Das könnten wir."

Aus den Spätnachrichten erfährt er, dass in San Francisco totaler Stromausfall herrscht und dass auf dem Flughafen das Chaos ausgebrochen ist.

XII. Weihnachten sechs (2003): „O du fröhliche .... „

Laut Flugplan würde die Maschine am 24.12. um 13.23 Uhr in Düsseldorf landen. Obwohl die Radio-Nachrichten gemeldet hatten, dass in der Gegend von San Francisco für eineinhalb Tage der Strom ausgefallen war, rechnet man laut Video-Text nicht mit Verspätungen, erst recht nicht mit Verfrühungen. Bernhard und Sabrina würden also – nach kurzem Zwischenstopp in Frankfurt – pünktlich zum Heiligen Abend einfliegen.
„Jetzt geht es los“, sagt Vater Keller zu seiner Frau, als sie kurz vor zwölf ins Auto steigen. Der Verkehr ist schon dünner, die Autobahnen frei in allen Richtungen. Bernhards Wohnung, die sie auf dem Weg zum Flughafen ansteuern, sieht aus, als habe jemand plötzlich die Flucht ergriffen. Schuhe stehen im Entree herum, Zeitungen liegen auf dem Boden, auf der Couch sind bunte Hemden zur Auswahl ausgebreitet. Aber man findet, was man sucht.
Das Parkhaus des Flughafens ist ebenfalls gähnend leer. Die meisten Läden in der Empfangshalle sind schon geschlossen. Der Monitor sagt, die Maschine aus Frankfurt sei im Anflug. An den geschlossenen Türen, aus denen die Ankommenden mit ihren Gepäckstücken treten würden, haben sich ein paar Trauben gebildet. Bernhard und Sabrina würden ihr Gepäck an Band zwei abholen müssen.
Gespannt schaut man zur Tür. Ein junger Mann behütet mit beiden Händen eine langstielige Rose, die er gleich überreichen wird. Ein kleines Mädchen hält einen zu einem Herzen geformten roten Luftballon – Aufschrift: „Ich liebe dich“ – an einer Kordel und blickt starr zu seiner Mutter

hoch, die ihrerseits ihren Blick allein auf die Ausgangstür richtet.
„Guck dir den Spitz an", macht Hede Keller ihren Mann auf einen Hund aufmerksam, der bemäntelt und angeleint neben einer chic herausgeputzten Dame verharrt, „der wartet auf Herrchen."
„Oder auf Frauchen", gibt Herr Keller zu bedenken.
„Oder auf Weihnachten", überlegt sie.
„Das glaub ich nicht. Dem ist Weihnachten schnuppe oder wurscht, wie du willst."
„Beneidest du ihn?"
„Überhaupt nicht. Im Gegenteil. Ich hoffe auf Weihnachten. Es sieht doch ganz danach aus, als ob es richtig schön würde", fügt er nach kurzer Pause an.
„Hoffentlich trügt der Schein nicht."
Die Tür öffnet sich erstmals. Eine Stewardess mit Handgepäck kommt heraus. Dann gerät die Tür in Dauerbewegung. Gepäckwagen mit zwei und drei Koffern werden durchgeschoben.
„Da sind sie", sagt Mutter Keller. Aber der Blick der beiden ist auf Sabrinas Eltern gerichtet, nach denen Eltern Keller zuvor vergeblich Ausschau gehalten hatten, die offensichtlich grade erst aus dem Aufzug gestiegen sind.
„Da sind wir. Frohe Weihnachten! Ich bin ja so müde", kommt Sohn Bernhard nun auf seine Eltern zu. Jetzt vereinigen sich die Eltern, die Angekommenen und die Gepäckkarren.
„Alles gut gegangen?"
„Alles gut gegangen!"
„Wo habt ihr das Auto stehen?"

„Parkebene eins."
„Wir müssen das Gepäck etwas sortieren."
„Fahren wir noch zur neuen Wohnung?"
„Später. Morgen. Wir sind so müde."
Die beiden, die Eltern, die Gepäckkarren trennen sich. Sie bewegen sich in unterschiedliche Richtungen.

„Oh, ihr habt schon einen Baum", sagt er, als er sich im dunklen Ledersessel niederlässt, nachdem er den Koffer mit Schmutzwäsche im Hausflur abgestellt und die Jacke auf die Treppe hat fallen lassen.
„Und die Krippe steht auch schon", merkt er, als sein Blick rund geht und einen Augenblick bei den beiden Sandstein-Figuren hängen bleibt.
„Hör mal, heute ist Weihnachten", hält man ihm entgegen.
„Richtig. Gestern waren wir noch in San Francisco. Da hat es auch geregnet. Es war trotzdem schön. Ich bin total müde."
„Konntet ihr nicht im Flugzeug etwas schlafen?", fragt die Mutter.
„Nicht richtig, es war eng. Und dann unterhält man sich und denkt, wie alles wird, und weiß nie, wie spät es eigentlich ist."
Der Kaffee ist fertig. Plätzchen verschiedener Art sind auf einer Schüssel arrangiert.
„Früher warteten wir so auf das Christkind", erinnert er sich. „Und morgens gingen wir in den Wald Tier füttern. Vögel, Eichhörnchen und so. Und dann fuhren wir in die Stadt und tranken bei Horten Kakao."

Pause, und dann: „Ich glaub, ich geh nicht mit zur Kirche. Ich schlaf da sowieso ein."
„Ich dachte, du wolltest dich bis 22 Uhr wach halten, damit du wieder in den Rhythmus kommst", sagt Vater Keller.
„Schaun wir mal. Aber jetzt muss ich die Post ordnen und auf dem Computer den Kontostand abrufen und sehen, ob alle Verträge da sind. – Habt ihr noch mal bei dem Umzugsunternehmen angerufen, ob Samstag alles klappt und ob der Preis bleibt?"
„Haben wir. Deinen Bürokram kannst du jetzt machen. Aber das mit der Messe solltest du dir noch einmal überlegen", empfiehlt Vater Keller.
Schwerfällig erhebt sich der Sohn aus dem Sessel, nimmt noch ein Plätzchen, geht, ohne weiter Notiz zu nehmen, an Krippe und Weihnachtsbaum vorbei und breitet auf dem runden Wohnzimmertisch Briefe, Verträge, Belege und Mahnungen aus und vertieft sich in Zahlungs- und Handlungsabläufe.
In den Ledersesseln um den Couchtisch sitzen nun Herr und Frau Keller, schütten sich noch eine Tasse Kaffee ein und blicken in den Weihnachtsbaum.
„Ich hab alles reingehängt, was wir von früher haben: Kugeln, Lametta, Kerzen, Strohsterne, Vögel, Friedensengel, Pferdchen mit Geschenkpaketen. Carola soll nicht noch einmal sagen, wir ließen langsam alles verschwinden", sagt Mutter Keller.
Vater Hermann geht mit den Augen alle Schmuckstationen ab, findet sogar das Engelchen, das eine himmlische Botschaft bringt, überlegt, wie er diesen Kitsch vor kritischen Schülern etwa verteidigen könnte, und kommt zu dem

Schluss, dass er sich überhaupt nicht mehr herausfordern lassen würde.

„Im Grunde“, sagt er sich, „bleibt man, wie man ist. Oder man kehrt dahin zurück, wo man herkommt. Oder ... Man ändert sich oder auch nicht. Ich weiß es nicht.“

Er ist nicht in der Stimmung, vor- oder nachdenken zu wollen. Ihm ist gegenwärtig ganz wohl.

Seine Frau hat das Radio angestellt – leise, damit der Sohn nicht gestört wird. Ein Chor singt schon mal: „In dulci jubilo ...“

Es geht auf 17 Uhr zu.

Es schellt. Und wenn bei Keller die Hausschelle betätigt wird, klingelt es nicht nur im Hausflur, sondern auch in den verschiedenen Telefonen. Man sieht sich überrascht an; aber ehe man etwas sagen kann, hört man, wie die Haustür von außen geöffnet wird und wie Carola ruft: „Hallöli! Fürchtet euch nicht: Wir sind es!“

Im Hausflur trifft man auf einander: Carola und Udo, Vater und Mutter Keller, Bernhard. Mutter Keller fragt, sichtlich erstaunt: „Wo kommt ihr denn her?“

Die Antwort wird als Duett gegeben: „Ja, also wir wollten in die evangelische Erlöserkirche.“

Mutter Keller: „Also zuerst mal: ‚Frohe Weihnachten‘.“

Carola: „Das kommt später. Also: Wir hatten nämlich gedacht: Weihnachten ohne Kirche geht nicht.“

Udo: „ Vorher waren wir Rad fahren. Sechzig Kilometer. Schnitt: 26,3 km.“

Carola: „Ich war mir sicher: Das fängt um siebzehn Uhr an.“

Udo: „Ich hatte noch gesagt: In den letzten fünfundzwanzig Jahren hat das immer um 16.30 Uhr angefangen."
Carola: „Wir haben also geduscht und uns fein angezogen."
Udo: „Leider hatten die in der Kirche aber schon ohne uns angefangen."
Carola: „Und – was du nicht glaubst –: Proppevoll."
Udo: „Sogar in dem Vorraum standen sie."
Carola: „Ich wär ja durchgegangen; aber Udo hatte Angst, dass alle aufständen und ihn begrüßen würden. Der ist ja nicht so oft da und ist deshalb ein gern gesehener Gast."
Udo: „Und da haben wir gedacht: Macht nichts. Gehen wir zu den Katholen. Wenn die Platz für uns haben."
Es gibt nur Zustimmung. Sogar Bernhard ist bereit: „Dann fahr ich auch mit. Aber ihr müsst mich wecken, wenn ich einschlafe."
„Wird gemacht."
Es ist noch zu früh, um loszufahren. Carola und Udo sehen den Weihnachtsbaum.
Udo: „Oh, Wachskerzen. Feuergefährlich. Aber: Damit ihr Bescheid wisst: Die Geschenke sind mitversichert, wenn das Ding abbrennt. Kam gestern noch durchs Fernsehen. Nur: Quittungen aufbewahren."
Carola ist um den Baum gegangen: „Okay, die Strohsterne sind diesmal drin. Die Engel auch. Aber die roten Ketten fehlen."
„Aber die hätten doch wirklich nicht gepasst", verteidigt Mutter Keller sich.

„Klar, doch. In den Weihnachtsbaum passt alles, was früher auch gepasst hat. Also: Im nächsten Jahr kommen die Ketten wieder rein. Klar?“, insistiert Carola.
„Wenn ihr so wollt“, ergibt sich die Mutter.
„Ich glaube, es kann losgehen“, sagt Vater Keller.
Im Auto ist es ziemlich eng. Carola geht freiwillig in die Mitte der Rücksitze.
„Wie früher“, sagt sie. Doch – anders als früher – gibt es keine Rangeleien. Bernhard und Udo verzichten darauf, sich extra breit zu machen. Aus dem Alter sind alle heraus.

In der Kirche sind genügend Plätze frei. Auf der Orgel werden Variationen zu Advents- und Weihnachtsliedern gespielt. Der Altarraum ist noch abgedunkelt. Zwei Solistinnen stimmen ihre Geigen. Pastor und Lektorin nehmen Platz. Die Kirche füllt sich. Die Orgel überlagert das Gemurmel und Geraune der Menschen und auch das Aufsetzen der Stöckelschuhabsätze, die es zunehmend schwer haben, einen Platz zu finden.
Das erste Lied wird angezeigt. Alle stehen auf – bis auf Bernhard, der tief und gleichmäßig atmet und jetzt von seinem Vater angestoßen wird.
„Oh“, sagt er, erhebt sich und singt dem Lied ‚Es ist ein Ros entsprungen’ hinterher.
„Die Gnade Gottes ist erschienen, um alle Menschen zu retten“, liest die Lektorin und der Pfarrer trägt sachlich, klar und deutlich vor: „In jenen Tagen erließ der Kaiser Augustus den Befehl, die ganze Bevölkerung des Reiches in Steuerlisten einzutragen.“

Und dann folgt, zusammengedrängt in eine Erzählzeit von ungefähr drei Minuten, die Geschichte von Joseph, Maria und ihrem Sohn, von den Hirten, die den „Retter“, in der „Krippe liegend“, anbeten, weil für diesen in der „Herberge kein Platz“ war, und von den „Engeln“ auf den Feldern, die den „Frieden“ verkündeten.

Über diesen Frieden, den es immer noch nicht wirklich gebe, geht die Predigt, die auch in diesem Jahr nichts Neues bringt. Wie sollte sie auch? Ein Geigen-Duo zur Nachbesinnung. Lieder zur emotionalen Vertiefung. Andrang bei der Kommunionausteilung. Endlich: ‚Stille Nacht, heilige Nacht'. Der Organist zieht alle Register. In der durchgehenden Begleitung klingen Weihnachtsglöckchen wie im Kaufhof.

Als alle im Auto sitzen, meint Udo: „Ich hab da keinen grundlegenden Unterschied gesehen zwischen den Evangelen und den Katholen!“

Bernhard sagt: „Ich bin ja so müde.“

Carola fragt: „Müssen wir jetzt zuerst essen oder dürfen wir Geschenke verteilen.“

Mutter Keller ist für Essen: „Ich habe inzwischen ordentlich Hunger.“

Udo hängt seinen Gedanken nach: „ Was könnte man da Geld sparen, wenn man die Kirchen zusammenlegen würde. Ist doch wahr?“

Herr Keller fährt durch Nacht und Regen und denkt: „Jedes Weihnachten ist anders. Aber dieses scheint unter einem guten Stern zu stehen.“

Zu Hause ist der Tisch insoweit gedeckt, als der Raclett-Aufbau in der Mitte des Tisches und die Essteller samt

Besteck vor den fünf Plätzen stehen. Die weitere Aufgabenverteilung ergibt sich von selbst: Schüsseln mit Salat, Käseplatten, Schalen mit Oliven, Pfirsichen und Aprikosen sind zu platzieren, Weingläser aufzustellen, Wein und Wasser aus dem Keller zu holen, die Kerzen am Baum zu entzünden.

Das Telefon schellt. Herr Keller, der am nächsten steht, hebt ab, sagt, etwas abweisend: „Keller", hellt sich auf, schaut in die mithörende Runde und spricht nun freundlicher in den Hörer: „Auch euch: Frohe Weihnachten, Alexandra. Ja, wir sind grade hereingekommen. Wart ihr schon in der Kirche?"

Alexandra am anderen Ende erzählt: „Ja, wir waren mit Ina in der Kindermette um halb fünf. Alles wie früher. Ina hat mehrfach funktioniert: Im Krippenspiel war sie die Maria. Dann hat sie mit der Flötengruppe Weihnachtslieder gespielt. Auch ‚O du fröhliche ...'. Und – das war der Höhepunkt - : Sie hat das Weihnachtsevangelium vorgelesen. Vom Ambo aus. Mit Mikrofon."

„Ja, so etwas", hört man Hermann Keller, den Großvater sagen, der in diesem Augenblick ganz schnell, blitzartig, die Stationen seines Vaterseins Revue passieren lässt.

„Und jetzt?", fragt er.

„Ina ist mit ihren Geschenken beschäftigt", hört er, „nachher werden wir wohl noch zu dritt ein paar Weihnachtslieder spielen."

Inzwischen sitzen die vier anderen am Tisch. Alles ist bereitet. So versucht Vater Keller zum Schluss zu kommen: „Wir sehen uns morgen. Alles Gute bis dahin und grüß Ina und Eva."

Zurück kommt: „Grüß auch alle. Und schaut mal auf unsere Homepage. Tschö, Papa."
Nachdenklich legt er das Telefon auf und gibt den andern einen Kurzbericht.
Mutter Keller sagt zweimal: „So, so. Ja, ja."
Die andern meinen: „Ist doch schön, dass die anrufen. Die Homepage können wir uns später ansehen."
Im Augenblick ist es wichtiger, die Pfännchen gut zu drapieren und auf die erhitzte Platte zu schieben.
„Noch jemand Brot?", fragt Mutter Keller und reicht den Korb herum.
„Muss nicht sein", sagt der Sohn und reicht weiter.
Vater Keller hebt das Glas: „Frohe Weihnachten allerseits. Prost!"
Man stößt an. In den Pfännchen bruzzelt es.
„Zuerst spülen oder zuerst die Geschenke?" fragt die Hausfrau, als auch der Nachtisch – Pflaumen in Rotweinsauce, Eisparfait, Mousse – allseitige Zufriedenheit ausgelöst hat.
„Zuerst die Geschenke", versucht sich der Sohn durchzusetzen, „ ich geh dann nach oben. Ich bin so müde."
„Das könnte dir so passen", weist ihn die Schwester zurecht, „Geschenke einsammeln und verschwinden. Zuerst wird gespült."
Der Antrag findet eine Mehrheit; zwanzig Minuten später ist auch diese Angelegenheit erledigt.
„Ich teile zuerst aus!", bestimmt der Sohn, als man sich in den Ledersesseln niedergelassen hat. Dieses Mal lässt man ihm den Vortritt. Er reicht herum und erzählt dabei, wie er mit Sabrina durch San Francisco gegangen ist und

wie er für jeden etwas Passendes gesucht habe. Man ist beeindruckt: Nette Päckchen, viele Kleinigkeiten, schön verpackt, geschmackvoll ausgesucht.
Hede Keller sieht ihren Mann an: „Unser Sohn?“
„Unser Sohn!“, sagt der.
Am Weihnachtsbaum brennen die Kerzen herunter: Das Kerzenarrangement auf dem Couchtisch verbreitet milden Schein. Weihnachtslieder in der Fassung von Frank Sinatra strömen aus dem Lautsprecher der Anlage. Geschenkpapier, jetzt zusammengeknüllt, liegt auf dem Boden herum.
„Jetzt kommen meine Geschenke“, erklärt Carola. Ihre Päckchen sind rot verpackt, nett verschnürt, mit ausgestanzten Tannenbäumchen aus Seife verziert. Mehrmals bückt sie sich zu ihrem Korb hinunter, sortiert, wählt, holt ein einzelnes Päckchen hervor, wendet sich dem zu Beschenkenden zu, sieht ihn an, sagt noch einmal und noch einmal: „Frohe Weihnachten!“ und beobachtet dann genau die Reaktion dessen, der das eingepackte Geschenk in Empfang nimmt, es vorsichtig auspackt, langsam erkennt, was er in Händen hält, überlegt, was dahinter steckt, den Horizont ausmacht, in dem das Geschenkte seinen Ursprung und seinen Sinn hat, dann reagiert – wissend, freudig überrascht, anerkennend, ob so vieler Gedanken, Überlegungen, Anstrengungen. Blickkontakte zwischen Beschenkten und Schenkender! Mehrmals. Bis der Korb leer ist.
Mutter Hede: „Carola, wie immer.“
Vater Hermann: „Carola wie immer.“

„Kann ich jetzt nach oben gehen? Ich bin ...", wiederholt sich der Sohn.
„Eigentlich haben wir für euch auch noch etwas", sagt Mutter Keller.
„Wir haben doch schon alles", erwidert der Sohn.
Damit hat er eigentlich Recht. Er hatte sich irgendwann im Oktober eine Digital-Kamera gewünscht oder bestellt, hatte aber eingesehen, dass sie den finanziellen Rahmen der Eltern sprengen würde. Außerdem hatte er den Kauf nicht seinen Eltern überlassen wollen. Er hatte Angebote eingeholt und verglichen, hatte im Dezember ein teures Gerät gekauft, hatte ein paar Probeaufnahmen gemacht und dabei den Apparat fallen lassen. Er konnte repariert werden und war dann mit nach Amerika gegangen.
„Habt ihr eigentlich euren Anteil schon überwiesen?", fragt er jetzt.
„Ich wollte dir das – wie man heute wohl sagt – bar auf die Kralle geben", sagt sein Vater, „damit man noch etwas von Geben und Nehmen sehen kann."
„Auch gut", geht der Sohn auf den Vorschlag ein, „am besten morgen. Heute gebe ich sowieso nichts mehr aus."
Inzwischen hat Mutter Keller ihrer Tochter ein Paket überreicht – dunkel verpackt, instabil, mit großer Schleife. Carola weiß Bescheid und zieht die Aufmerksamkeit auf sich: „Achtung! Überraschung!" Dabei zerreißt sie die Schleife, zieht das Papier auseinander und erklärt: „Hier kommt die ultimative Jacke. Halblang. Mit Innenfutter. Hab ich lange nach gesucht und dann bei H und M gefunden."
Während sie das neue Stück anzieht, fragt Hede ihren Mann: „Hast du ihr das Geld schon gegeben?"

„Nein“, sagt der, „sie hätte das lieber aufs Konto überwiesen.“
„Oh“, sagt Mutter Keller, „fast hätte ich das Wichtigste vergessen.“ Sie holt eine rot verpackte Schachtel.
Carola schüttelt: „Fein. Der Wasserkocher für die Tour.“
Die Weingläser werden noch einmal gefüllt. Die Kerzen sind heruntergebrannt.
„Ich fand Weihnachten immer schön“, sagt Carola.
„Ich bin so müde“, sagt Bernhard.
Die Eltern sagen nichts.

Es ist spät geworden. Trotzdem möchte man Evas, Alexandras und Inas Homepage noch sehen. Alle fünf treten den Gang durchs Treppenhaus an. Sie gehen – Mutter Keller voraus, Vater Keller hinterher – die ersten siebzehn Stufen bis zur ersten Etage – vorbei an den Stichen der Städte, die einst Reiseziele waren wie Wien, Prag, Athen, Jerusalem, gehen, ohne anzuhalten, die nächsten sechzehn Stufen nach ‚ganz oben' zu den einstigen Kinderzimmern – vorbei an den vergrößerten Familienfotos, die mal die Mutter mit ihren drei Kindern im Strandkorb von Langeoog und mal den Vater mit seinen drei Kindern und dem ausgeliehenen Hund vor dem Brunnen einer mittelalterlichen Burg und mal die ganze Familie, komplett mit einem Schlauchboot in einer jugoslawischen Bucht, zeigen, und kommen in jenem Zimmer an, in dem einst Onkel Jüpp hauste, dann Zöllers Hund kläffte und schließlich Bernhard für aufgeräumte Ordnung sorgte. Onkel Jüpps Behausung und Bernhards Jugendzimmer ist jetzt Büroraum mit Telefon und Fax, mit Computer, Modem und Drucker.

Mutter Keller stellt den Computer an, wartet und sucht, und mit einem kaum hörbaren Klick leuchtet ein Bild auf: eine Straßenflucht, auf der rechten Seite renovationsbedürftige Bürgerhäuser aus dem 19.Jahrhundert, grau gestrichen, auf der linken Seite ein weit in die Tiefe reichender Klinkerbau, das Fabrikgebäude einer einst weltbekannten Firma – aber längst außer Betrieb. Auf den Seitenstreifen parken beiderseits Autos, halbseitig auf die Bürgersteige gestellt. Am Ende der Straßenflucht versperren moderne Hochhäuser, zur stark befahrenen Querstraße gehörend, die Sicht. Eine Straßenschlucht: vom Himmel nichts zu sehen.
Den Mittelpunkt des Fotos bildet eine Krippendarstellung. Ein Leiterwagen ist zur fahrbaren Krippe umgebaut. Eine Puppe ist auf Sackleinen gebettet, und ein Joseph mit Hirtenhut und Pelerine ist dabei, das Kind mit einem dunklen Leinentuch zuzudecken. Maria im langen blauen Gewand mit dazu passendem Kopftuch beugt sich zu diesem Kind. Ihre blonden Haare fallen in die Stirn und quillen aus dem Umschlagtuch. Eine glaubhafte Rollenbesetzung!
Und diese Maria ist Ina. Sie sehen es sofort. Deshalb beziehen sie die textlich beigegebenen Weihnachtswünsche auch ganz persönlich auf sich.
„Nett, nicht?“ sagt Großmutter Hede.
„Sehr nett“, steigert Großvater Hermann.
Es dauert eine Zeit, bis es ihnen gelingt, das Lied abzurufen, das zu der Botschaft gehört. Endlich ein Ton! Dann deutlich zu erkennen: Das Keyboard, gespielt von Christoph, Inas Vater, und dann Inas Stimme:

„Irgendwo wird heute Gott zur Welt gebracht,
irgendwo ist heute wirklich heilige Nacht."

Sie blicken auf das Bild, horchen in den Computer:

„Irgendwo brechen Menschen heute auf,
Irgendwo suchen Menschen ein Zuhaus ..."

„Das ist bei Christoph aufgenommen", erkennt Mutter Keller.

„Den Text hab ich schon mal gesehen. Ich glaub, der war im Adventskalender, den Alexandra und Ina im letzten Jahr verschickt und verkauft haben", erinnert sich Vater Keller. „Er hängt unten."

Überleitung auf dem Keyboard.

„Irgendwo zittern Menschen halb verfrorn.
Irgendwo wird ein Menschenkind geborn."

„Richtig", sagt sie. „Wir haben den Text auf unserm Kalenderblatt – heute, am 24. Dezember. Vor lauter Hektik haben wir vergessen umzublättern."

„Irgendwo glaubt man, was der Engel sang.
Irgendwo fängt jetzt der Frieden an ..."

„Den Adventskalender sollten wir nächstes Jahr wieder aufhängen", sagt er, und sie: „Und draufgucken."

Sie klickt auf ‚Schließen'; dann ‚Beenden'; sie bestätigt mit ‚O.K.'.

Bernhard überrascht: „Ich fahr doch noch nach Düsseldorf. Ich hab ja nichts getrunken. Vielleicht kommt Sabrina auch noch. Ich ruf da mal an. Hier bin ich so allein. Tschüss."

„Wir sind dann auch mal weg", sagt Carola und zieht Udo hinter sich her.

„Morgen werden sie alle hier sein“, sagt Vater Keller und sie: „Ich bin mal gespannt.“
Sie gehen sechzehn Stufen hinunter – an den Familienbildern vorbei und noch einmal siebzehn bis unten zur Krippe und zum Baum.
„Alles gut?“ fragt Hermann Keller seine Frau.
„Alles gut. Aber: Ich bin ja so müde ...“
„Das hab ich heute doch schon mal gehört.“
„Mehrmals.“

Der erste Weihnachtstag beginnt als klarer, kalter Wintermorgen. Draußen ist es noch schwarz, als Herr Keller Orientierung sucht. Es ist kurz vor acht, als er von der Schlafzimmer- und Bad-Etage durch das dunkle Treppenhaus nach unten geht. Überall Stille – im Flur, in der Küche, in den Wohnzimmern. Draußen im Garten sowieso.
Er presst die Stirn gegen die Scheiben der Glastür, die nach draußen auf die Veranda führt. Er sieht nur Umrisse: das Geländer der Veranda, dahinter die schwarze Rasenfläche, konturiert durch ein paar weiße Eis- oder Schneestreifen. Den Rand des Teichs kann man noch ahnen. Dahinter eine schwarze Wand.
Angenehm ist die kühle Stirn; aber nur deshalb, weil die Zimmer wohltemperiert sind. Er denkt einen Augenblick an die Zeit zurück, als hier nur zu Weihnachten durchgehend geheizt wurde. Dann hätte er jetzt nach dem Feuer sehen müssen, hätte mit der Zange Schlacken aus dem Etagenherd geholt, hätte den Ascheneimer in den Keller gebracht, einen Trichter Kohlen – wahrscheinlich Eierbriketts – hoch

geholt und eine erste Ladung auf die Glut gekippt. Das war vorbei, das musste er nicht mehr haben.
Er knipst die Wohnzimmerlampen an und blickt rund auf die Reste der Weihnachtsbescherung. Der Plätzchen-Teller steht noch auf dem Tisch. Drumherum fünf Weingläser, die gestern nicht mehr gespült wurden. Ein Glas Marzipan-Brotaufstrich – Geschenk von Carola für ihn; eine Flasche Kräuterlikör – Geschenk für seine Frau. Geschenkpapier auf dem Boden. Der Erzgebirgs-Engelchor singt auf dem Sideboard; im Weihnachtsbaum zwitschern die Vögel; die Kerzen sind bis in die Klemmen heruntergebrannt.
Später frühstücken Herr und Frau Keller – wenig, spartanisch: „Man isst zuviel an solchen Tagen".
Im Radio singt ein Kinderchor das Potpourri herunter von ‚Vom Himmel hoch da komm ich her' bis ‚Ihr Kinderlein, kommet'. Sie achten nicht darauf.
„Wer wird zuerst kommen?", richtet Vater Keller seinen Blick nach vorn.
„Ich schätze: Bernhard und Sabrina. Udo und Carola werden zuerst noch eine Runde fahren."
„Alles fertig? Kann ich noch was helfen?"
„Alles fertig. Es kann losgehen."
In diesem Jahr ist, wie in langen Verhandlungen ausgemacht, der erste Feiertag im Hause Keller der allgemeine Besuchs- und Familientag. Bernhard und Sabrina werden durchgehend da sein, Udo und Carola nur phasenweise, weil auch Udos Eltern Besuchsrechte haben. Alexandra und Eva werden zum späten Mittagessen eintreffen. Mit ihnen kommt Ina, die am Abend von Christoph, ihrem Va-

ter und Alexandras Ex-Ehemann, abgeholt wird, der dann mit seiner Tochter zu seinen Eltern in die Voreifel zur Fortsetzung der Weihnachtsfeierlichkeiten fährt. Beim Mittagessen werden die Keller-Kinder und ihre Partner auch auf Onkel Gernot treffen, der den Heiligen Abend in der Familie seines Bruders verbracht hat und heute bei seiner Schwester Hede Familientag feiert.
Kurz nach zehn hört Hermann Keller, wie ein Auto vorfährt. Bernhard und Sabrina sind tatsächlich die Ersten. Man fällt sich um den Hals und wünscht noch einmal: „Frohe Weihnachten!“, legt die Mäntel ab, tritt ins Wohnzimmer, deponiert möglichst unbemerkt ein paar bunte Päckchen auf dem Sideboard. Beschenkung später.
„Was zu trinken?“, fragt Mutter Keller.
„Au ja. Wasser. Das wäre fein“, antwortet Sabrina und bestellt für Bernhard gleich mit.
„Wir sind völlig draus. Um vier waren wir schon wach. Jetlag. Fürchterlich. Man kommt nicht in die Reihe“, erklärt sie.
Er setzt fort: „Übermorgen ziehen wir um. Im Augenblick wohnen wir wie in einer Höhle. Das Telefon tut es auch nicht. Die Telekom hat es nicht geschafft, unsere Leitungen umzustöpseln. Habt ihr eigentlich, als wir in Amerika waren, noch mal mit dem Umzugsunternehmen gesprochen, ob alles klar geht?“
Er wird – ein weiteres Mal – beruhigt.
Es schellt.
„Das werden die Kölner sein“, meinen Herr und Frau Keller fast gleichzeitig.

Draußen ist tatsächlich die Karosse mit Kölner Nummernschild vorgefahren. Man drängt ans Fenster.
„Ina im langen Kleid", bemerkt man als Erstes.
„Jede Menge Tüten", stellt Bernhard hoffnungsvoll fest.
„Und so pünktlich wie nie", lobt Vater Keller.
Sie kommen aufs Haus zu. Vom Fenster aus wenden sich Eltern Keller, Bernhard und Sabrina zum Flur, während die drei Frauen draußen die Stufen zur Haustür hochkommen. Ehe sie schellen, öffnet sich die Tür.
Man fällt sich in die Arme, küsst rechts und links, wünscht – zum x-ten Mal – „Frohe Weihnachten!", begrüßt: „Schön, dass ihr da seid!" und knubbelt sich im engen Flur. Anoraks und Mäntel werden aufgehängt.
„In Köln sind diese Nacht noch ein paar Schneeflocken gefallen", beginnt Eva zu erzählen.
„Umso anerkennenswerter, dass ihr jetzt schon da seid", richtet Vater Keller sein Lob nun auch an die richtige Adresse.
Alexandra sortiert die Tüten: „Ina, die kannst du mit hineinnehmen. Da sind die Geschenke drin."
Ina, Bernhard und Sabrina verschwinden im Wohnzimmer. Eva steht hinter Alexandra, die eine weitere Tüte offen hält und ihre Eltern hineinsehen lässt: „Wir wollten euch doch zeigen, was ihr uns zu Weihnachten geschenkt habt. Wir haben nicht alles mitgebracht. Nur eine repräsentative Auswahl."
Mutter Keller schaut in die Tüte: „Oh, Handtücher. Wir haben euch also Handtücher geschenkt. Die kann man immer gebrauchen."

Sie schaut auf die andere Tüte und Alexandra erkennt sofort ihre Chance: „Ja, Mama, wir wollten dich fragen, ob du uns wieder einmal bei den Karnevalssachen helfen kannst."
„Helfen?"
„Ja, nähen! Den Stoff haben wir. Thema dieses Mal: ‚Meer'. Wir haben Stoff für Meerjungfrauen und Nixen. Und Ina soll ein Seepferdchen werden. Ich glaube, das ist nicht zu kompliziert. Braucht auch erst Anfang Februar fertig zu sein."
„Ihr denkt weit voraus!", sagt Mutter Keller.
„Immer doch. Das ist so unsere Art", antwortet Alexandra, gibt der Antwort einen leicht ironischen Unterton, da das weitläufige Planen sonst nicht ihre Stärke ist.
„Schade, dass Tante Johanna nicht mehr lebt. Die war an solche Aufträge gewöhnt. Zu der kamen die Frauen aus dem Dorf, hielten ihr einen Stoff hin und fragten: ‚Kannste mech dat ens onger de Maschin halde?' Das war dann der Auftrag für die schnelle und preisgünstige Anfertigung eines Sommerkleids."
„Aber, Mama, so etwas würden wir doch nie machen. Nur so flattrige Umhänge. Das schaffst du doch locker an einem Abend."
„Na, ja. Schaun wir mal."
Die Tüten bleiben an der Garderobe stehen.
Drinnen wird gefragt: „Wasser oder Saft?"
„Ach, lieber Saft."
Auch die Plätzchen finden Zuspruch.

Es wird Zeit, den Tisch auszuziehen. Tischdecken werden ausprobiert. Stühle werden aus dem Keller und von ‚oben' geholt.
„Wer kommt noch?", fragt Alexandra.
„Mit Sicherheit Carola und Udo. Vorher müsste noch jemand Onkel Gernot von der Bahn abholen", sagt Mutter Keller.
„Ich hab das im Blick", sagt Vater Keller, „ich fahre gleich los. Wenn der Zug pünktlich ist, läuft er 12.04 Uhr ein."
„Und ihr habt eine neue Wohnung", wendet sich jetzt Alexandra an Bernhard.
„Und ihr kauft eure Etage, hab ich gehört", sagt dieser.
„Ja, mussten wir wohl", gibt Alexandra zu.
Und nun werden Preise und Mieten, Finanzierungen und Zinssätze verglichen. Herr Keller ist froh, dass er zum Bahnhof fahren kann.

Als sie zurückkommen – Onkel Gernot im schwarzen Mantel mit Silber-Schal und schwarzem Schlapphut –, ist der Tisch schon gedeckt. Udo und Carola sind zwischenzeitlich eingetroffen. Jetzt geht es nur noch um die Fragen: Wasser oder Wein und welche Gläser zu decken sind. Dann werden die Schüsseln aufgetragen: Hirsch-Ragout, Rotkraut, Klöße.
„Die Klöße könnten von Mutti gemacht sein", glaubt Gernot seine Schwester Hede loben zu müssen.
„Und den Hirsch hättet ihr früher selbst geschossen?", fügt Hermann Keller, der Schwager, in dem alte Empfindlichkeiten hochsteigen, etwas süffisant an.

„Mindestens einen“, nimmt der Schwager Gernot die Spitze, hebt sein Glas und bittet, ein ‚Prost‘ auf die Hausfrau ausbringen zu dürfen.
„Vorher sollten wir uns frohe und friedliche Weihnachten wünschen“, wehrt die Hausfrau ab.
Dem möchte Sohn Bernhard beipflichten, indem er, sein Glas erhebend, sagt: „Prost. Der Herr ist wahrhaft auferstanden!“
Seine ältere Schwester korrigiert ihn: „Das ist Ostern. Du lernst es nie.“
„Wieso? Das hab ich immer schon gewünscht“, verteidigt er sich.
„Deshalb wird es aber nicht richtig. Außerdem ist das kein Wunsch, sondern eine Feststellung“, belehrt ihn seine jüngere Schwester.
„Weiß der das ehrlich nicht?“ fragt Ina ihre Oma.
„Doch“, sagt diese, „der meint, das wäre lustig. Der will uns nur ärgern.“
„Mich ärgert der damit nicht“, beruhigt Ina.
Einige haben auf die Hausfrau, einige auf Weihnachten, Bernhard hat auf den auferstandenen Herrn getrunken, alle greifen zu Messer und Gabel.
„Ich bin ja so müde“, zieht Bernhard wieder die Aufmerksamkeit auf sich.
„Wir wissen es: Ihr seid um vier Uhr wach geworden“, spielt Carola die Bemitleidende.
„Warum turnt ihr auch bis Heiligabend in Amerika herum? – Das muss doch nicht sein!“, nimmt Udo das Mitleid wieder weg.

„Ach, ja. Wie war es in Amerika?“, springt jetzt wenigstens Eva an.
„Toll“, nimmt Sabrina den Ball auf, „letzte Woche waren wir noch in Sacramento. Die haben das echt gut wieder aufgebaut. Man fühlt sich echt in einer Goldgräberstadt.“
„Und? Habt ihr noch ein paar Goldklümpchen gefunden?“, fragt Alexandra.
„Leider nicht. Hätten wir gut gebrauchen können – für die neue Wohnung“, gibt Sabrina zu.
Klöße werden herumgereicht, dann Rotkraut.
„Den Rest vom Hirschragout darf ich mir sicher nehmen?“, fragt Bernhard in die Runde und ergänzt: „Ich hab nämlich vorgestern in den Wolken das letzte warme Essen gekriegt.“
„Sollen wir alle mal weinen?“, fragt Udo.
Mutter Keller erinnert: „Tante Lisbeth hätte jetzt gesagt: „Ich will schon gern Hunger leiden, wenn es euch wenigstens schmeckt.“
„Siehst du: Die hätte Verständnis für mich gehabt“, fühlt sich Bernhard bestätigt und schiebt sich das Fleisch auf den Teller.
Einen Augenblick herrscht Stille. Niemand hat geeignete Munition für eine neue Attacke.
„Und ihr zieht nach Gerresheim?“, wendet sich Eva wieder an Sabrina.
Onkel Gernot wird hellhörig: „Gerresheim? Wo liegt denn das?“
Fast gleichzeitig erklären Udo, Carola, Herr und Frau Keller: „Gerresheim. Das ist der schönste Vorort von Düsseldorf.“

Und Carola fügt hinzu: „Einmal Gerresheim – immer Gerresheim."
Dafür erhält sie einen strafenden Blick ihrer Mutter. Aber sie fühlt sich ungerecht behandelt: „Das habt ihr doch selbst gesagt."
Vater Keller erklärt: „Wir haben gesagt, dass Sabrinas Mutter gesagt hat: ‚Einmal Gerresheim – immer Gerresheim'."
„Ist aber auch wirklich toll da", verteidigt Sabrina sich, ihre Mutter und Gerresheim. „Man ist schnell in der Stadt, wohnt direkt am Wald und sieht direkt auf die alte, wunderschöne Basilika."
„Und wo ist das Meer?", fragt Alexandra.
„Wieso Meer?", fragt Sabrina zurück.
„Das war doch für Tucholsky das Ideal: ‚Vorn Kurfürstendamm, hinten Nordsee, Wohnung in der Beletage und Garage im Haus'."
„Garage haben wir auch. Und wer ist Tucholsky?", geht Bernhard dazwischen. Eine Antwort erwartet er nicht. Er hat andere Sorgen: „Also: Wer kommt denn jetzt am Samstag und hilft beim Umzug?"
Es wird still. Man greift zum Glas oder schaut auf den Teller.
„Also, wir sind da schon in Wien", erinnert Alexandra, die ihre und Evas Absage schon längst gemailt hat.
„Wir sind beim Jahresabschluss", erklärt Udo, „außerdem bin ich noch krank geschrieben und Carola muss packen. Die fängt nächste Woche in Hamburg an."
„Ich könnte kommen", meldet sich Ina, deren Meldung aber nicht recht ernst genommen wird.

„Auf mich verzichtet ihr sicher auch“, macht sich Onkel Gernot bemerkbar.
„Also: Wir kommen, wie vereinbart“, sagt Mutter Keller, „ich bringe Brötchen und einen großen Topf Erbsensuppe mit. Ich habe bis dahin auch die Gardinen fertig.“
„Prima, wenigstens etwas. Ist echt schön, wenn man eine große Familie hat“, meint Bernhard.
„Jetzt sei zufrieden“, sagt Alexandra, „sonst rechnen wir mal auf.“
„Im Rechnen bin ich gut“, nimmt Bernhard den Fehdehandschuh auf.
Aber Mutter Keller lenkt ab: „Schluss jetzt. Es gibt Nachtisch. Räumt zuerst mal ab.“
Vanille-Eis mit heißen Kirschen.
„Ist der Wein eigentlich alle?“, fragt Udo.
„Der Wein ist in diesem Hause nie alle“, belehrt Vater Keller.
„Mein ich doch“, sagt Udo und hält sein Glas hoch.
„Sonst noch jemand?“
„Für mich lieber Wasser. Ich bin heute schon sechzig Kilometer gefahren“, sagt Carola.
„Wir auch“, sagt Eva.
„Aber nicht auf dem Fahrrad!“, macht Carola auf den Unterschied aufmerksam.
„Meine kleine Schwester ist die Heldin“, geht Bernhard dazwischen.
„Und mein Bruder ist der King!“
„Der Papst!“ verbessert der. „Der Herr ist ...“ will er seine Rolle bestätigen.
„Ist es jetzt gut?“, mahnt Mutter Keller.

„Lass uns spülen!“, schlägt Vater Keller seiner Frau vor, „dann sind alle weg und wir haben unsere Ruhe.“
„Ach was. Wir helfen“, sagt Udo und beginnt, den Küchendienst zu organisieren.

Noch eine Bescherung! Die Kölner wollen schenken und beschenkt werden.
„Dann machen wir noch mal den Baum an“, sagt Carola und greift schon mal zu den Streichhölzern.
„Ihr spinnt doch, es ist heller Mittag“, tritt Vater Keller entgegen.
„Egal. Wenn beschenkt wird, muss der Baum brennen. Das war immer so“, setzt sich Carola durch und macht das zweite Streichholz an, mit dem sie die nächsten drei Kerzen zum Brennen bringt.
Inzwischen sitzen alle in der Runde. Bernhard und Sabrina haben das Zweier-Sofa ergattert; Carola, Udo und Eva zwängen sich in das Dreier-Sofa; Alexandra und Ina sitzen im dicken Leder-Sofa, Mutter und Vater Keller auf den Beistell-Stühlen, Onkel Gernot auf dem zugestellten Schreibtischstuhl.
„Ja, dann“, nimmt Alexandra das Wort, greift in die Tüte, gibt Ina ein Päckchen, flüstert ihr etwas ins Ohr und lenkt sie in die richtige Richtung.
„Oh, für mich?“, freut sich der oder die Beschenkte, packt aus, zeigt rum und bedankt sich.
Für Mutter Hede hat das Kölner Christkind eine CD gebracht und mitgegeben – in weihnachtliches Papier gehüllt. Mutter Hede ist zugleich neugierig und skeptisch, löst das Schmuckband, reißt das Papier ab, zuckt und erkennt: Die

Orchesterbegleitung zu der Flöten-Serenade von Händel als Begleitung für eine Solo-Stimme.
„Oh, das mir? Kann ich das denn?“, sagt sie eher zu sich als zu den anderen und mit Blick zu Alexandra: „Nach allem, was war, das jetzt mir?“
„Klar. Das andere ist doch schon hundert Jahre her.“
„So? Sind das schon hundert Jahre? Das ist dann in der Tat viel.“
Vater Hermann ist dran. Der äußeren Erscheinung nach ist das, was Ina im Auftrag der Kölner herübereicht, ein Buch. Was sollte es auch anders sein? Enthüllt und auf den Kern gebracht, erweist sich die Gabe als „Malschule. Anleitung zur Landschaftsmalerei“. Alexandra erklärt: „Als du damals den Wasserturm von Langeoog zigmal gemalt hast, haben wir alle nur gegrinst und nicht verstanden, warum du das machtest. Wir wissen, dass du weitergemacht hast, obwohl du uns nie mehr etwas gezeigt hast. Und da man auf dem Gebiet nie auslernen kann, habe ich gedacht ...“
Vater Hermann ist überrascht, blättert, sagt kurz „Danke!“. Mehr fällt ihm im Augenblick nicht ein. Dann sagt er noch: „In der Tat: Man lernt nie aus.“
„Und dann haben wir noch etwas für euch zusammen. Nicht zum Teilen, zum gemeinsamen Gebrauch.“
Eine dicke, locker eingewickelte Wurst wird herübergereicht. Sie enthält – vakuumverpackt – vier Dunlop-Tennisbälle. „Wir wollten euch sagen: „Haltet euch fit. Wir brauchen euch noch..“„
„Danke! Vielen Dank! Das ist sehr schön ausgesucht. Besten Dank für alles.“

Das Ritual zieht sich noch etwas hin. Eltern Keller lehnen sich zurück.

„Früher hatten wir einen ganzen Waschkorb mit Geschenken unter dem Tisch stehen", erinnert sich Bernhard, hebt das überhängende Tischtuch und zeigt provozierend auf das Vakuum.

„Früher hast du auch noch an das Christkind geglaubt", gibt Alexandra zu bedenken.

„Hat das etwas mit einander zu tun?", will Bernhard wissen.

„Ich fand das schön, als ich noch so halb an das Christkind geglaubt habe", schaltet sich Carola ein, „ich fand auch spannend, dass die Tür am Heiligen Abend zu war."

„Für uns war das auch schön", sagt Mutter Keller, „aber inzwischen sind wir geschenkmüde. Schenken wird zur Belastung, wenn ihr versteht, was ich meine."

„Überhaupt nicht. Ich schenke gern", sagt Carola, „und werde auch gern beschenkt."

„Ich lass mir auch gern viel schenken", ergänzt Bernhard, „und wir sind in diesem Jahr auch gern rumgelaufen, um für euch was Schönes zu finden. Es ist nur alles so teuer."

Mutter Keller war unterbrochen worden und setzt nun neu an: „Vielleicht haben wir zuwenig Fantasie oder zuviel Angst, etwas falsch zu machen. Trotzdem .." Sie sieht ihren Mann an und versucht, ihm begreiflich zu machen, dass jetzt der richtige Augenblick gekommen sein könnte. Der versteht und übernimmt: „Trotzdem haben wir noch etwas für euch. Dazu muss ich eben in mein Arbeitszimmer..." Er geht die Treppe hoch, holt drei in Weihnachtspapier eingeschlagene und mit Tesafilm verklebte Pakete aus dem Regal und ist gleich wieder unten.

„Was holt er?“, hatte man gefragt.
„Wartet mal“, hatte Mutter Hede gesagt.
Vater Keller legt den Stapel auf den Tisch, setzt sich neben seine Frau auf den Klappstuhl.
„Also“, beginnt er und man merkt, dass er seiner Worte nicht ganz sicher ist; „Also: Ich habe was geschrieben. Genauer: Ich habe was vorgeschrieben und Mama hat es in den Computer gegeben. Dazwischen haben wir uns unterhalten, manchmal haben wir auch diskutiert. Denn: Es betrifft uns. Es sind Geschichten von und über uns, also eine Art geschriebenes Fotoalbum. Das meiste spielt hier im Haus oder im Garten. Die Personen kennt ihr, ihr seid sogar die Hauptpersonen.“
„Könnte fein sein“, sagt Carola.
„Könnte schrecklich sein“, sagt Alexandra.
„Ich hatte auch Angst“, sagt Mutter Hede.
Vater Keller reagiert nicht auf die Unterbrechungen und fährt fort: „Ihr solltet noch etwas wissen, was nicht auf den Blättern steht. Ich habe Jahre lang ein Weihnachtstrauma gehabt, habe es vielleicht immer noch. Der Grund liegt weit zurück. Genauer: Weihnachten 1944. Damals saßen meine Mutter und ich irgendwo in Süddeutschland vor einem Kanonenöfchen und meine Mutter hat nur geheult und gebetet. Sie hatte sogar vergessen, wo sie die kleinen Geschenke versteckt hatte, die mir das Christkind bringen sollte. Wenn wir nur Post vom Papa hätten’, sagte sie, und ich musste sie trösten: ‚Den Papa bringt das Christkind sicher wieder. Das glaub ich ganz fest.’ – ‚Dann will ich das auch glauben’, hatte sie gesagt. Ja, das geht mir jedes Jahr durch den Kopf und ich habe ungeheure Angst, dass

so etwas noch mal wiederkommt. Das ist der Hintergrund aller meiner Weihnachtsgeschichten."
Bernhard ist offensichtlich etwas irritiert: „Also: Können wir das etwas genauer haben? Was hast du geschrieben? Eine Familiengeschichte oder eine Weihnachtsgeschichte?"
Vater Hermann: „Beides zugleich."
Bernhard: „Nur für uns oder willst du das veröffentlichen?"
Vater Hermann: „Beides. Um genau zu sein: Es ist zunächst unser Geschenk an euch. Und wenn ihr mit allem einverstanden seid, gucke ich mal, ob ein Verlag das haben und veröffentlichen will.
„Und wer würde die Kohle kriegen?" zeigt sich Bernhard zunehmend interessiert.
„Hör mal, Junge. Willst du nicht zuerst mal warten, bis wir alles mal gelesen haben?", warnt Alexandra.
Sie bekommt Zustimmung von ihrer Mutter. Auch die andern mahnen zur Vorsicht. Sabrina tuschelt mit Bernhard, Alexandra bespricht sich mit Eva, Onkel Gernot fragt: „Komm ich auch drin vor?"
„Klar", sagt sein Schwager, „aber nur mit einer klitzekleinen Nebenrolle. Kaum erkennbar."
Onkel Gernot ist beruhigt.
„Vielleicht können wir es so machen", versucht Vater Keller zu einem vorläufigen Schluss zu kommen, „ihr nehmt die Päckchen mit nach Hause, öffnet sie da, lest in Ruhe und wir machen – vielleicht zu Ostern – eine Familienkonferenz."
„Schriftliche Eingaben vorher?", fragt Alexandra.
„Auch das", sagt Vater Keller.

„Ich bin gespannt“, sagt Mutter Keller.
Die Pakete werden zur Seite gelegt.
Jetzt werden die Rollen getauscht. Die Kölner werden bedacht. Naturgemäß steht Ina im Mittelpunkt.
„Oh, was zum Anziehen?“, sagt sie, als sie von Bernhard und Sabrina ein hochmodernes orangefarbenes T-Shirt bekommt. „Direkt aus USA“, wird kommentiert.
Dann zieht Carola ein Paket vor. „Auch für mich?“, strahlt Ina und reißt das Papier auf. Alle sind gespannt. „Das ist ja – Bettzeug“, erkennt Ina.
„Ja“, erklärt Carola, „und selbstgenäht. Patch-work, wenn man so will. Flickenmuster – oder so.“
„Gut vernäht“, lobt Mutter Keller.
„Du kannst nähen?“, zeigt sich Alexandra überrascht.
„Du nicht? Kann man lernen“, meint Carola.
Alle lehnen sich zurück und sind – für einen langen Augenblick – ruhig.
„In anderen Familien wird jetzt gesungen“, versucht Bernhard ein weiteres Mal zu provozieren.
„Nein, nicht mit uns!“, schreit man auf.
„In anderen Familien liest der Familienvater auch die Weihnachtsgeschichte vor“, weiß Alexandra.
„Hat unser Daddychen nie gemacht“, meint Bernhard seinen Vater verteidigen zu sollen.
„Der hat sich nie getraut“, gibt dieser zu.
„Dann wollen wir das auch nicht mehr einführen“, sagt Alexandra.
„Och, einmal im Jahr würde ich das schon aushalten“, meint Carola.

„Haben wir die Geschichte nicht gestern schon gehört?“, fragt Udo.
„Ja, doch“, gibt Carola zu.
„Dann erübrigt sich die Sache doch jetzt“, schließt Udo.
„War auch nicht ernst gemeint“, sagt Bernhard.
„Bei euch weiß man nie, was ernst und was nicht ernst gemeint ist“, erklärt Udo.
„Das wissen wir selbst nicht immer“, gibt Vater Keller zu.
„Das beruhigt mich“, sagt Udo und fährt fort: „Wenn ich jetzt sagen würde, ich könnte noch was zu trinken gebrauchen, dann würde ich ernst genommen. Oder?“
„Aber sicher doch“, fühlt sich der Gastgeber ertappt, „Wasser, Saft, Wein, Bier?“
„Ach, lassen wir das mit dem Wasser. Ich würd schon zwischendurch ein Bier nehmen.“
Carola holt eine Flasche Bier aus dem Keller.
„Was darf ich den andern anbieten?“, wird der Gastgeber jetzt förmlich.
„Nein, danke“, kommt es von mehreren Seiten, „wir warten bis zum Kaffee.“
Die Kerzen brennen herunter.
„Ich bin schon wieder müde“, sagt Bernhard.
„Wann ist mit Christoph zu rechnen?“ fragt Mutter Keller. Niemand weiß etwas Genaues.

„Und jetzt?“, ist Vater Keller ratlos.
„Wir könnten etwas spielen“, schlägt Alexandra vor.
„Spielen? Jetzt? Was denn?“, fragt Mutter Hede.
„Musik. Wir haben alles Mögliche mit. Carola hat ihre Geige im Auto. Wir haben zwei Querflöten. Vielleicht hat

Bernhard noch sein Horn. Und Papas Klaviernoten schimmeln doch auch irgendwo vor sich her."
„Ist das euer Ernst?"
„Klar. Alles abgesprochen, alles vorbereitet."
„Also langsam", schaltet sich Bernhard ein, „mein Horn hängt längst am Nagel. Und da bleibt es vorläufig."
Auch Vater Keller ist skeptisch: „Das Klavier steht ganz oben. Ich habe seit Jahren keine Taste mehr berührt."
„Ein paar Lieder wirst du doch noch hinkriegen.."
Er ergibt sich und man zieht nach ‚oben', nach ‚ganz oben'.
Er blättert die Noten durch.
„Wie wäre es mit ‚Tochter Zion, freue dich!', Melodie von Händel. Hat nur ein B. Und soll ‚Gehalten' gespielt werden, also: nicht zu schnell. Habt ihr das?"
„Okay. F-Dur."
Bei den Achtel-Noten verstolpert sich der Klavierspieler. Ausgerechnet das ‚Freue dich' und das ‚Jauchze laut' laufen nicht so glatt wie früher und nicht so jubelnd wie gewünscht. Aber immerhin: Ein Anfang ist gemacht. Ein Neu-Anfang – wenn es so etwas gibt.
„Jetzt: ‚O du fröhliche'?"
„Okay!"
Es ist immer noch zu tief gesetzt. Keiner könnte hier mitsingen.
Endlich: ‚Stille Nacht ...' – Klavier, Geige, drei Querflöten. Kein Gesang.
„Na also. Klappt doch!", stellt Eva fest.
„Was man so ‚klappen' nennt", weist Vater Keller das relative Lob zurück.

„Für den Hausgebrauch reicht es“, sagt Carola.
„Mehr haben wir nie gewollt“, sagt Mutter und Großmutter Hede.
„Dann ist es ja gut.“
In dem engen Mansardenzimmer drängt es sich zusammen. Udo und Onkel Gernot sitzen auf der Schlafcouch, Bernhard auf einem ausrangierten Korbsessel, Vater Keller auf dem Klavierhocker. Die drei Querflöten – Großmutter, Mutter und Kind – stehen hinter dem einen Notenständer, Carola, die Geigerin, hinter dem anderen.
„Ja, das war's also“, beendet Alexandra die Vorstellung.
„Hast du ein Schumann-Album?“, wendet sich Gernot an seinen Schwager. „Ich würde gern ausprobieren, ob ich den ‚Fröhlichen Landmann' noch hinkriege. Das war der Höhepunkt meiner Klavierkunst. Damals noch in Glatz. Danach kam die Vertreibung. Da war nichts mehr mit Klavier.“
Er pfeift die Melodie vor sich her; Vater Keller sucht und findet in dem Noten-Stapel das ‚Album für die Jugend' von Robert Schumann. Der ‚Fröhliche Landman' wird aufgeschlagen, und Onkel Gernot zwängt sich auf den Klavierhocker. Er orientiert sich kurz und tastet sich vorsichtig an das Kinderstück heran.
Die andern packen ihre Instrumente zusammen und treten den Rückzug an.

Es ist Kaffeezeit.
Christoph ist immer noch nicht da.
Längst hat man Kaffee getrunken, geklagt, dass man an den Festtagen nicht nach draußen kommt, dass man zu

viel herumsitzt, hat von der Sahnetorte gegessen, die viel zu viele Kalorien enthalte, hat sich noch ein Stück Christstollen aufschwatzen lassen, weil der nun mal zu Weihnachten gehöre, und ist nun dabei, in einer Spielrunde auszumachen, wer der ‚Super-Star' der Familie ist. Carola hat Aufgaben zusammengestellt, die Geschicklichkeit, Cleverness und das Glück herausfordern.

So soll jeder und jede mit Bierdeckeln in zwei Minuten einen Turm bauen. Unzählige Male haben die Kinder ihre Eltern einst in Restaurants auf die Palme gebracht, wenn sie Häuser und Türme errichteten, während sie auf das Essen warteten. Und die Eltern erinnern sich, dass sie selbst einst in Studentenkneipen solche Bauten zum Ärger der Kellner aufrichteten und dabei die Bierdeckel von den Nebentischen zusammentrugen. Bis zu fünfzig Bierdeckel hatten sie damals verbaut. Nun überkommt sie von Neuem der Ehrgeiz. Hastig, aber mit dauerndem Blick auf die Uhr, stützen sie Deckel gegen einander, legen Querschichten, errichten neue Stützwände, freuen sich sichtbar, wenn sie die dritte Etage erreichen, und ärgern sich wie früher, wenn das ganze Gebäude zusammenbricht, weil man unversehens mit dem Jackenärmel oder mit dem Armband eine überstehende Ecke knapp berührt hat; denn der kleinste Anstoß kann alles zum Einsturz bringen. „Wie im Leben", räsoniert Vater Hermann, als fast gleichzeitig sein Bau und der seines Schwagers zusammenstürzen und die Bierdeckel platt auf dem Tisch liegen.

„Null Punkte", gibt sich Onkel Gernot geschlagen.

„Gleich auf", meldet Vater Keller. Ihnen bleibt nur zu hoffen, dass der Sieg an Ina geht. Der wäre es zu gönnen.

Da schellt es – im Hausflur und in den Telefonen.
„Christoph“, vermuten alle; „Papa“, sagt Ina laut. Und er ist es.
Mutter Keller geht zur Haustür, sieht sofort, dass da ein Kranker steht. „Frohe Weihnachten!“ wünscht der, hängt die Jacke in die Garderobe, wendet sich, eine Plastiktüte in der Hand, zum Wohnzimmer, sagt: „Oh“, als er die Spielrunde sieht, und: „Frohe Weihnachten allen!“ und erklärt: „Ich weiß nicht, was mir ist. Mir ist einfach schlecht. Lasst mich einfach in der Ecke sitzen.“
Dabei drückt er seine Tochter Ina an sich, gibt seiner Ex-Ehefrau Alexandra die Hand – „Frohe Weihnachten auch!“ – geht rüber zu Udo, Eva und Carola – „Für euch hab ich was!“ –, holt aus der Plastiktüte in Weihnachtspapier verpackte CDs, drückt Vater Keller die Hand und gibt auch ihm eine CD: „Ihr kennt, was drauf ist. Ich denk, es interessiert euch.“
Dann geht er zurück, will sich in den Sessel fallen lassen, aber Mutter Keller meint: „Wäre es nicht besser, du legtest dich hin? Komm, ich mache dir oben die Liege fertig.“
Christoph ist einverstanden.
Während Mutter Keller und Christoph nach oben gehen, beginnt am Kaffeetisch eine neue Spielrunde: Mit einer Pinzette sollen Streichhölzer einzeln aus einem Kästchen gehoben und auf einem Teller abgelegt werden. Ein Geschicklichkeitsspiel, bei dem nur der oder die eine Chance haben, die über eine ruhige Hand verfügen. Nach zwei Minuten stehen die Verlierer wieder fest. Es sind die gleichen wie die vom Häuserbauen.

„Das wird ein Virus sein", sagt Mutter Keller, als sie herunterkommt.
„Hoffentlich werden wir nicht angesteckt", fürchtet Bernhard.
„Bernhard!", weist ihn Sabrina zurecht.
„Mein Bruder hat immer zuerst Angst um sein eigenes Leben. Daran musst du dich gewöhnen", erklärt Alexandra.
„Ich fehl doch weniger als ihr", verteidigt sich dieser.
Mutter Keller hat inzwischen die CD aufgelegt, die Christoph überreicht hat. Jetzt hört man Ina singen:

„Irgendwo wird heute Gott zur Welt gebracht,
irgendwo ist heute wirklich heilige Nacht."

Dazu: Papa auf dem Keyboard.
Für einen Augenblick wird es still. Ina guckt etwas verlegen.
„Ein schönes Geschenk", dankt Oma Keller.
„Wie viel habt ihr davon gemacht?", fragt Bernhard.
„Weiß ich nicht. Da musst du Papa fragen", antwortet Ina.
„Da könnte man doch was draus machen", überlegt Bernhard. Auch Udo kommt ins Grübeln. Beide durchdenken insgeheim die Marktchancen.
Papa dagegen liegt oben und ist froh, dort zu liegen.

Ein Abendessen – Griechischer Salat, Brot, Butter, Käseplatte – wird noch mitgenommen. Wenn entschieden ist, „wer fährt", werden letzte Bestellungen aufgegeben: Wein, Bier, Wasser, Saft.
„Jemand müsste mal nachsehen, ob Christoph wieder fit ist, sonst müssen Ina und er wohl hier schlafen", meint Eva.

„Ich geh schon gucken", bietet sich Mutter Keller an, legt Messer und Gabel hin und entschwindet.
„Der Papa kann fahren", ist sich Ina sicher.
Tatsächlich kommen Mutter Keller und ihr Ex-Schwiegersohn gemeinsam herunter. Der Zwei-Meter-Mensch geht etwas staksig, reibt sich die Augen, sagt: „Da wär ich wieder. Ich weiß auch nicht, was mit mir ist."
„Ein Butterbrot?", fragt Vater Keller.
„Ein Bier?", fragt Udo.
„Um Gottes willen. Nur das nicht. Ich warte hinten still im Sessel, bis Ina fertig ist. Dann fahren wir. Lasst euch Zeit."
„Ja, dann fahren wir wohl auch", stößt Alexandra Eva an, die sich grade mit Udo eine letzte Flasche Radeberger teilt, und fügt zur Begründung an: „Morgen werden wir noch aufräumen, noch etwas bügeln, dann packen. Übermorgen sind wir dann in Wien."
„Alles Gute", wünscht Carola ihrer Schwester, „wir wollte ja eigentlich nach Fuerte. Ein bisschen trainieren. Aber wir haben keinen Flug mehr bekommen. Dann wollten wir in die Dom Rep. Dann kam Udos Sturz dazwischen. So bleiben wir halt hier."
„Da könntet ihr eigentlich bei unserm Umzug helfen", sieht Bernhard eine letzte Chance.
„Nur, wenn du uns dringend nötig hast", weicht Carola aus, „wir haben selbst genug zu tun. Außerdem meinen wir, dass wir in den letzten Wochen genug bei euch angepackt haben."
„Ich denk, wir sind eine Familie", erinnert Bernhard.
„Das fällt dir immer ein, wenn du uns brauchen kannst", gibt Carola zurück.

„Das ist so nicht wahr“, verteidigt Vater Keller seinen Sohn, „Bernhard ist der, der am häufigsten anruft und sich erkundigt, was es hier Neues gibt.“
Ina trinkt ihren Saft aus; Onkel Gernot lässt sich noch ein Glas Wein einschenken; Sabrina verhindert, dass Bernhard ein drittes trinkt: „Ich denk, du willst fahren.“
Eva steht als Erste auf, sammelt ein, was mit nach Köln genommen wird. Ina drückt sich an ihre Mama, sagt ihr etwas ins Ohr, was aber niemand hört, wird geherzt und geküsst und dann verabschiedet. Christoph steht schon, drückt Ina an sich, sagt: „Ja, dann ..!“, und geht schon mal hinaus auf den Flur. Ina protestiert: „Moment, meine Weihnachtsgeschenke!“
„Das ist alles für dich?“, wundert sich Christoph, als Ina auf das Sideboard mit den Geschenken zeigt. Ina sagt nur „Ja“, nimmt das Bettzeug und überlässt alles andere ihrem Vater.
Im Flur verabschiedet man sich: „Guten Übergang allerseits!“ Christoph reicht die Hand – seiner Ex-Frau, Eva, den andern. Mutter Keller lässt sich umarmen, umarmt Ina und hofft: „Bis bald mal wieder.“
Die Kölner brechen auf.
Carola und Udo erklären: „Wir spülen noch mit“ und gehen in die Küche.
Vater Keller wendet sich seinem Schwager zu: „Wir können die ohne weiteres alleine lassen. Wir gehen schon mal nach oben. Ich hatte ja versprochen, dir das Video „Schlesien, wie es war“ zu zeigen.“
„Oh, das ist fein“, ist Gernot einverstanden. „Kommen die andern nach?“

„Deine Schwester vielleicht, wenn unten alles fertig ist. Die andern sparen sich das. Die haben andere Interessen“, sagt Vater Keller.
„Schade“, meint Schwager Gernot.
„Ach, ich weiß nicht. Schlesien ist nicht für alle das Paradies“, verteidigt Vater Keller die Seinen.
„Das mag sein“, lenkt der Schwager ein, „jedenfalls nicht so, wie es jetzt ist.“
„Umgekehrt: Paradiese gibt es vielleicht nur in der Vergangenheit. Man bekommt erst ein Bewusstsein von ihnen, wenn man aus ihnen vertrieben ist.“
Hermann Keller hat das Video in den Recorder geschoben. Sofort sind sie im Riesengebirge. Als der Film mit einer Totalansicht von dem noch nicht zerstörten Breslau endet, ist es im Hause ruhig. Carola und Udo sind nach dem Spülen nach Hause gegangen.
„Sie wollten euch nicht stören und kommen ohnehin morgen noch mal vorbei“, erklärt Mutter Keller, „und ich wollte endlich mal ein paar Seiten in meinem Buch lesen.“
Sie sitzt im Lehnsessel, hält einen Roman von Sandor Marai – ‚Wandlungen einer Ehe' – aufgeschlagen und weiß nicht recht, ob sie sich weiter in die Probleme der Romanfiguren hineinversetzen darf oder ob man sich dem Gast und der eigenen Familie zuwenden muss.

„Wir sollten die Halbzeit des diesjährigen Weihnachtsfestes schon mal feiern“, lädt Hermann ein, „ich hol noch eine Flasche aus dem Keller.“
Er steht auf, klemmt sich das herumliegende, funktionslos gewordene Geschenkpapier unter den Arm, nimmt schon

mal drei leere Flaschen in die Hand und geht. Als er wieder erscheint – zwei Flaschen vorzeigend: eine ‚liebliche' und eine ‚trockene' – sitzen Hede und Gernot schon in den Sesseln am Couchtisch über Eck. Hermann setzt sich dazu, nimmt den Korkenzieher und beginnt zu handwerken.

„Gestern war ich bei den Godesbergern, wie ihr sicher wisst", beginnt Gernot zu erzählen.

In Godesberg hat sich die Familie von Hedes und Gernots Bruder niedergelassen. Nach jahrelangen Auslandsaufenthalten in Kalkutta, Washington, Buenos Aires und anderswo hat der Diplomat die Altersgrenze überschritten und die Familie einen Altersruhesitz gefunden. Auch dort sind die Kinder erwachsen und aus dem Haus. Seltsamerweise haben die Kinder der Geschwister nie richtigen Kontakt miteinander bekommen. Sie kennen sich, wissen von einander, begegnen sich freundlich, fühlen sich jedoch nicht zueinander gedrängt. Die Verhältnisse waren nicht so, dass sie sich hätten besser kennen und schätzen lernen können; die Tatsache der relativen Blutsverwandtschaft hat keine spürbaren Folgen gezeitigt noch weniger das Schlesien-Erbgut.

„Natürlich sollte ich Grüße ausrichten. Aber das versteht sich ja von selbst. Gestern Abend waren wir zu elf. Es war sehr schön und feierlich. Der Baum war wie immer sehr stilvoll geschmückt: nur Kerzen, Kugeln und einzelne Lamettastreifen. Aber Ursula hat sich dieses Jahr durchgesetzt und erstmals keine polnische Tunke gemacht, dafür gespickten Rehbraten. Ich bin bis elf geblieben. Die andern wollten zur Mitternachtsmette. Das wollte ich mir nicht antun. Warum geht mir das durch den Kopf? Wahrscheinlich deshalb, weil man unwillkürlich vergleicht. Man kommt ins Grübeln. Ernster und feierlicher als hier war es sicher drüben; lockerer und lustiger hier. Ich weiß selbst nicht, was mir besser gefällt."

„Ja", nimmt Hermann den Faden auf, „den Wunsch ‚Frohe Weihnachten!' nehmen die Unsern inzwischen sehrt wörtlich, vielleicht zu wörtlich. Ohne Flachsereien geht es nicht. Manche meinen, da kämen untergründige Aggressionen heraus. Man könnte aber auch meinen, dass das Sonderformen von nicht eingestandener Zuneigung sind."

„Manchmal treiben sie es schon auf die Spitze", greift Hede ein, „du nimmst deine Kinder vielleicht etwas zu sehr in Schutz. Sie müssten auch bedenken, wie diese geschwisterlichen Rivalitäten auf andere, auch auf Freunde und Partner, wirken."

„Es gibt sicher Irritationen", gibt Hermann zu, „aber letztlich" – er sieht seine Frau vielsagend an – „letztlich akzeptieren sie sich gegenseitig und stehen auch füreinander ein."

„Sie sind halt, wenn man das von außen sieht", versucht Gernot zu vermitteln, „mentalitätsmäßig einigermaßen unterschiedlich, obwohl sie aus dem gleichen Stall kommen und die gleiche Erziehung genossen haben."

„Ach Gott. Das mit dem Stall und mit der Erziehung solltest du nicht zu hoch einschätzen. Wir leben im Zeitalter des Individualismus und der Emanzipation."

„Was aber", so Gernot, „auch nur Schlagwörter sind."

„Aber", schaltet sich Hede ein, „was ja überrascht hat, war, wie sie uns beschenkt haben. Ich hätte nie gedacht, dass

unsere Kinder sich so viele Gedanken bei den Weihnachtseinkäufen machen."
„Das sehe ich auch so", pflichtet Hermann bei, „wenn ich das richtig deute, waren das symbolische Akte der Anerkennung und des Danks. Vielleicht sogar – aber damit gehe ich wahrscheinlich zu weit – der Wiedergutmachung. Jedenfalls – das müssen wir zugeben – waren sie uns im Geschenkemachen in diesem Jahr über."
„Vielleicht", sagt Hede, „vielleicht haben unsere Geschenke auch eine andere Funktion als ihre."
„Ich nehme an: Stützfunktion", versteht Gernot, „das hab ich gestern auch so empfunden."
„Vielleicht war das immer so, wenn die Alten die Jungen beschenkten", vermutet Hermann. „Nicht wie, sondern was geschenkt wurde, hat sich geändert. In der Nachkriegszeit gab es Butter und Schmalz zur Unterstützung, jetzt gibt es Schecks."
Beim Stichwort ‚Nachkriegszeit' gehen die Gedanken wieder zurück in die Vergangenheit. Sehr unterschiedliche Bilder tauchen kurz auf, laufen vorbei, überlagern sich. Man kennt inzwischen die unterschiedlichen Geschichten und vermeidet es, sie erneut zu reproduzieren, zu vergleichen, breitzutreten.
„Ich war dann heute Morgen um zehn Uhr im Bonner Münster: Feierliches Hochamt, dreiherrig, mit allem Pipapo", setzt Gernot nach einer Besinnungspause seinen aktuellen Weihnachtsbericht fort. „Wie immer: bis auf den letzten Platz besetzt. Haydn-Messe mit großem Chor und brillantem Orchester."

„Also mehr Konzertereignis als Weihnachtsmesse“, bemerkt Hermann kritisch und nimmt einen alten Streitpunkt wieder auf.
Hede greift ein: „Dann gehst du sicher morgen mit in unsere Stephanskirche. Da ist am Stephanus-Tag in jedem Jahr eine große Konzertmesse.“
„Und eine donnernde Predigt“, ergänzt Hermann, „da werden alle ausgeschimpft, die nicht da sind, und zusätzlich alle, die nur wegen der Musik kommen. Da wird die Stadt mit Sodom und Gomorrha verglichen. Wer da am Ende keinen 20-Euro-Schein in den Klingelbeutel tut, hat nicht begriffen, wie schlecht die Welt von heute ist.“
Hede: „Du übertreibst.“
Hermann: „Natürlich übertreibe ich. Das gehört dazu. Ich wollte nur schon mal vorsichtig andeuten, dass ich das in diesem Jahr nicht mitmache. Ich glaube, ich suche mir für morgen eine andere Kirche aus.“
Hede: „Wir haben nichts dagegen, wenn du uns das Auto überlässt. Man kann es halt nicht allen recht machen.“
Man nimmt von den Plätzchen, schüttet Wein nach und bleibt dann eine Zeit lang bei Mitternachtsmetten, Konzert-Hochämtern, Kindermetten, Krippenspielen, Weihnachtspredigten, Fernsehübertragungen aus Rom und aus Jerusalem und endet bei der Frage: Was davon kommt bei der heutigen Jugend noch an?
„Das kann man so allgemein nicht sagen“, stellt sich Hermann der Frage. „Die Kölner sind in ihrer Pfarre mit Sicherheit so aktiv wie wir in unsern besten Zeiten. Die andern leben, glaube ich, in freundlicher Distanz. Aber Weih-

nachten und Kirche gehören auch für die zusammen. Schon aus Tradition."
„Genügt das?", ist Gernot skeptisch.
„Ach Gott. Was heißt das?", weicht Hermann aus. „Wer will das beurteilen? Ich bin nicht kompetent für Welt-Analysen. Ich kann auch nicht in die Hirne anderer Leute hineinsehen und will das auch nicht. Aber: Jetzt bei Halbzeit bin ich mit diesem Weihnachten ganz zufrieden."
„Kommt es darauf an?"
„Sicher nicht. Aber ich glaube, dass gestern und heute in dieser Familie noch ein paar andere ganz zufrieden waren. Und das ist dann doch schon etwas."
„Du bist bescheiden geworden."
„Das weiß ich nicht. Aber ich erinnere mich an andere Weihnachten, an denen ich gelitten habe und an denen die ganze Familie gelitten hat. An das diesjährige Weihnachten, habe ich im Gefühl, wird man sich gern erinnern können."
Gernot: „Da würde ich dir sogar Recht geben."
„Das ist doch schon was."
Hede sagt nichts, merkt aber, dass Hermann sie mehr im Blick hat als ihren Bruder. Sie fühlt sich aufgefordert zu reagieren und sagt: „Es ist schon gut so."
„Dann sind wir in diesem Punkt einig, und morgen gehen wir dann getrennte Wege – nach erzieltem Einverständnis", sagt Hermann.
„Und treffen hier wieder zusammen", denkt Gernot noch einen Schritt weiter.
„Und jetzt ein letztes Mal: ‚Frohe Weihnachten!' und: ‚Ich bin ja so müde'", drängt Hede.

Nach diesem Schlusswort gehen Eltern Keller nach ‚oben' und Gernot nach ‚ganz oben'.

Das Frühstück am Zweiten Feiertag ist noch einmal ein Sonntagsfrühstück mit Sieben-Minuten-Ei. Zu dritt sitzen sie am inzwischen wieder zusammengeschobenen runden Tisch im Wohnzimmer. Aus dem Klassik-Sender strömt weihnachtliche Musik. Hede, Hermann und Gernot sind traditionell kirchenfein gekleidet. Die Männer in weißem Hemd, Schlips und grauem Anzug; Hede in dunklem Kostüm und weißem Pulli.
„Wie die Alten", fällt Hermann auf, als Hede bittet, den Brotkorb weiterzureichen, und sich anbietet, Kaffee nachzuschütten.
„Wir sind die Alten", verbessert Gernot.
„Na, ja", geht Hermann in Distanz.
„Wir sollten auf die Uhr achten", richtet sich Hede an ihren Bruder. „Die Kirche wird übervoll sein, und ich möchte einen Sitzplatz haben und ich möchte etwas von Chor und Orchester sehen. Eine halbe Stunde vor Beginn sollten wir da sein. Dann gibt's auch noch einen Parkplatz."
Gernot fühlt sich gedrängt, nimmt trotzdem noch eine Scheibe Weißbrot und eine Tasse Kaffee.
„Und du?", fragt er Hermann.
„Ich habe Zeit. Ich gehe zu Fuß. Ich habe auch keine Platzangst. Ich fürchte eher, ziemlich allein in der weiten Josefskirche zu sitzen."
„Aber du willst trotzdem hin?"
„Ja. Nostalgie oder so etwas."

Der Tisch wird abgeräumt, gespült wird später. Das Radio wird abgedreht. Man zwängt sich in Schuhe und Mäntel.

Draußen ist es sonnig, aber kalt. Das Auto springt auf Anhieb an, Hermann winkt und tritt seinen Kirchgang an. Die Straße ist leer. Auf dem Bürgersteig probieren zwei Geschwisterkinder ihre neuen Fahrräder aus. Herr Keller weicht ihnen aus und schreitet zügig voran. Zwanzig Minuten hat er früher für die Strecke gebraucht, im Dauerlauf hat er sie notfalls in zehn Minuten geschafft, mit dem Fahrrad in fünf. Damals hatte es noch keine Ampeln gegeben.
Er hat vergessen, Handschuhe anzuziehen, und friert an Händen und Ohren. Es wäre durchaus sinnvoll, im Winter einen Hut zu tragen. Aber: Hut macht alt, denkt er. Außerdem geht der Widerstand bis in die Kindheit zurück, als streng darauf geachtet wurde, dass er im Winter immer ‚eine Kopfbedeckung' trug. Man hatte ihm Strickmützen, Pudelmützen, Baskenmützen, Kappen. Fellmützen und – später – Hüte anzudrehen versucht. Er hatte sich nach Kräften, aber nicht immer erfolgreich geweigert.
Als er die Ringstraße überquert, hört er die Glocken läuten. Durchaus feierlich. Er erinnert sich, mit welchem Jubel die fünf schweren Glocken empfangen wurden, als sie nach dem Krieg unversehrt heimkehrten. Sie waren vor dem Einschmelzen bewahrt geblieben und hatten den Krieg auf einem Schrottplatz in Norddeutschland unbeschadet überstanden.
Er biegt in die Ross-Straße ein, geht auf dem mit Platten ausgelegten Bürgersteig auf den Kirchplatz zu – vorbei an hohen dreistöckigen Bürgerhäusern aus dem Anfang des

20. Jahrhunderts, deren Fassaden dringend renoviert werden müssten; vorbei an der Linden-Apotheke; vorbei an der Drogerie, in der sie einst ihre Salmiakpastillen gekauft hatten. Der rechte Flügel des hohen Kirchenportals ist geöffnet. Nun steht er im Windfang und blickt in das Kirchenschiff. Er wird nicht der einzige sein. Etwa dreißig Personen knien, stehen, sitzen über die Bänke verteilt. Aber: Kein Kind in den so genannten Kinderbänken.

Da vorn hat er einst im Wechsel mit dem Priester das Staffelgebet gesprochen, hatte auf den Eingangssatz „Introibo ad altare dei" geantwortet: „ad deum, qui laetificat iuventutem meam", ohne zu wissen, dass er damit seiner Freude Ausdruck gab, dass seine Jugend von Gott erfüllt sei. Das Vierer-Paar, Klaus, Hans, Theo und er, hatten einmal, als der Uralt-Pastor zelebrierte, gewettet, dass überhaupt nicht auffallen würde, wenn sie statt der lateinischen Sätze die Monatsnamen Januar, Februar, März in entsprechender Zeitaufteilung heruntermurmeln würden. Sie hatten die Wette gewonnen, aber der Zelebrant hatte dann doch später in der Sakristei gesagt: „Demnächst die Texte bitte etwas deutlicher."

Den Messdiener-Sprachtest hatte damals bestanden, wer das ‚Suscipiat' lautlich exakt herunterleiern konnte. Die Lautfolge S, C war für deutsche Zungen schwierig; schwierig war auch das nachfolgende ‚sacrificium', bei dem das erste C wie K zu sprechen war, das zweite wie ein Zet. Dass hier gebetet wurde ‚Der Herr nehme das Opfer an' erfuhr er Jahre später im Lateinunterricht. Mit dem ‚Suscipiat', dem ‚Confiteor' und dem ‚Ad deum, qui laetificat' gehörte man zur Elite und war stolz darauf.

Initiationsriten oder Zugehörigkeitsprüfungen? Vergleichsweise muss der Kölner ‚Blootwoosch' sagen können und der Basler ‚Chuchichäschtli', wobei die Blutwurst ebenso zufällig herhalten muss wie das Küchenkästchen.

Er geht durch das seitliche Kirchenschiff bis zur Krippe vorn. Er ist am Ziel. Diesen Augenblick hat er im Laufe der letzten Wochen ein paar Mal vorentworfen, weil er zunehmend zu der Ansicht kam, dass ihn der Blitz von damals mehr geprägt hat, als er annehmen konnte.

Er setzt sich und blickt auf und in das Tableau: Im Hintergrund Tannen, davor der Stall, zusammengeschoben die Bodenplatten, in den Nahtstellen Moos; anbetende Hirten, das Paar mit seinem Kind, der Gloria singende Schwebe-Engel. Alles wie einst, alles wie immer.

Glaubte er, hatte er geglaubt, würde er glauben?

Glauben – was ist das? Gehörte der Zweifel dazu oder schließt der Glaube Zweifel aus?

Glauben – alles für wahr und richtig halten? Auch an den Stern, auch an die Jungfrauengeburt? Und immer gleich und sicher und fröhlich: So ist es, so war es, so wird es immer sein?

Glauben – sich vertrauensvoll hingeben? Ohne Vorbehalt, ohne Skepsis, unkritisch? ‚Geheimnis des Glaubens'?

Die Glocke an der Sakristeitür wird zweimal gezogen; ein Messdiener, zwei Messdienerinnen und ein Zelebrant treten heraus. Die Orgel präludiert: „Menschen, die ihr wart verloren ..." Jedes Jahr die gleichen Lieder; jedes Jahr hört man etwas anderes heraus. Jedes Jahr die gleichen Figuren; jedes Jahr andere Fragen und andere fiktive Antworten. Das nennt man: Verstehen.

Die Kirchenbank ist hart und kalt. Die Raumtemperatur dürfte bei 14 Grad liegen, wie die Vorschrift gebietet. Er achtet nicht darauf und auch nicht auf das Geschehen am Hauptaltar. Er blickt, ohne den Kopf zu bewegen, auf die zentrale Figurengruppe, die als ‚heilige Familie' in die Literatur eingegangen ist, und fokussiert seinen Blick mal auf diesen Joseph, mal auf die Kindsmutter, mal auf das Kind. „Alles nicht so einfach", würde er antworten, wenn man ihn fragen würde, zu welchen Ergebnissen ihn seine stummen Gespräche geführt hätten.
Er würde zurückfragen: „Muss man das alles letztgültig verstehen?"
„Nein. Das nicht", könnte die Antwort sein, „aber: ‚Anerkennen, was ist'."

Am Nachmittag hatten sie den Baum noch einmal angemacht, hatten Christstollen zum Kaffee gegessen und erneut gefragt, wie man die Weihnachtspfunde wieder abbauen könnte: Schwimmen, walken, Sauna?
„Weihnachten zu Hause hat was", hatte Gernot gesagt. „Man muss nicht in die Alpen fahren."
„Du meinst: Weihnachten in der Familie?", will sein Schwager genauer wissen.
„Ja, so wie dieses Jahr. Es war sehr schön hier. Ich habe – nebenbei – viel gelernt."
Dann hatte der Gast sein Köfferchen gepackt; Herr Keller hatte ihn zum Bahnhof gebracht; um 17.56 Uhr verließ der Zug die Bahnhofshalle Richtung Köln, dort umsteigen nach Bonn.

Epilog

Der allseits erhoffte und vom Wetterdienst angekündigte Schnee ist ausgeblieben. Ehepaar Keller vermisst ihn nicht. In ihrer Stadt wird Schnee, wenn er denn mal fällt, im Nu zu schmutzigem Matsch. Außerdem war heute Umzugstag.
Die Temperaturen waren gegenüber den vorigen Tagen gestiegen. Das verdankte man einem von der Nordsee hereinragenden Tief, das allerdings Feuchtigkeit mitbrachte. Nasskaltes Niederrhein-Wetter: Es fieselte, wie man hier sagt.
In winzigen Tröpfchen hängt das Nass in Dunst und Nebel. Die Feuchtigkeit scheint in der Luft zu stehen. Man atmet sie ein oder nimmt sie in den Haaren mit, wenn man hindurchgeht.
Ina würde an diesem Samstag bei ihrem Vater sein und jetzt wahrscheinlich lesen. Die Kölner würden wohl gerade packen und sich auf Wien vorbereiten. Carola und Udo würden Inventur und Bilanz machen. Bernhard und Sabrina laufen sicherlich seit Stunden schon zwischen Kisten und Kartons herum, warten auf Hilfe und den Möbelwagen.
„Um neun Uhr sollten wir losfahren", meint Herr Keller beim Frühstück.
„Was willst du so früh in der Stadt? Da hat doch kein einziger Laden auf."
„Ich denke, wir fahren zum Umzug nach Gerresheim."
„Klar. Aber nicht so früh. Die Düsseldorfer kommen mit ihrem Transport nicht vor elf Uhr an. Ich habe alles bereitgestellt: Gardinen, Erbsensuppe, Kochplatte. Brötchen und

Käse für zwölf Leute müssen wir noch kaufen. Das möchte ich hier in der Stadt tun. Und ich brauche noch Gardinenröllchen. Die bekomme ich wahrscheinlich im Kaufhof.“

„Also nicht vor zehn.“

„Nicht vor zehn.“

Es bleibt folglich Zeit, die Zeitung durchzublättern. Die Seite ‚Politische Umschau' weist in mehreren Einzelartikeln nach, dass weder in Moskau noch in Palästina, weder in Kroatien, noch in Brüssel während der Weihnachtstage Entscheidendes passiert ist. Keine Terroranschläge, keine Selbstmordattentäter. Deshalb geht der Blick in die Zukunft. „Wer wird der nächste Bundespräsident?“ lautet die reizvolle Frage, an der sich alle beteiligen können, weil sie völlig offen und weil alle Diskussionsbeiträge völlig belanglos sind. Wer sich äußert, äußert sich über sich selbst, nicht über das Amt. Trends werden getestet: Mann oder Frau? Protestant oder Katholik?

Herrn Kellers Blick bleibt bei einer Weihnachtsreportage hängen. Überschrift, fett mit Anführungszeichen: „Wir alle sind eine große Familie.“ Halbfett die Zusammenfassung als Auftakt: „Der Vater ist tot, die Mutter Alkoholikerin. Was eine intakte Familie ausmacht, hatte Anke bis vor kurzem nicht gewusst.“ Herr Keller vertieft sich in die Story und will wissen, wie und wo Anke erfahren hat, was ‚eine intakte Familie' ist. Der Artikel stellt das Kinderheim ‚Waldhof' vor, in dem Anke Zuflucht gefunden hat, in dem ein ‚Ämterplan' für ‚Ordnung' sorgt und vier Betreuer für ‚Zuwendung'.

„Wir alle sind eine große Familie“, hatte Nina erklärt, die zur gleichen Wohngruppe wie Anke gehört.

Im Lokalteil wird zu einer Krippenwanderung von Kirche zu Kirche eingeladen. In Buenos Aires war es über Weihnachten 30 Grad plus, durchgehend Sonne; in Moskau lag tiefer Schnee, Minustemperaturen unter 15 Grad. Alles relativ!

„Ich glaube, es kann losgehen", sagt Frau Keller. Am Einkaufszentrum halten sie, Frau Keller will schnell Brötchen und Käse holen.
„Es ist voll, als ob die Leute Angst hätten zu verhungern", berichtet sie, als sie nach einer Viertelstunde zurückkommt.
„Ja, morgen ist wieder Sonntag. Da muss man ums Überleben kämpfen."
„Immer Angst, immer Sorge."
„Das liegt am Datum."
„Inwiefern?"
„Morgen ist halt der achtundzwanzigste Dezember: Tag der unschuldigen Kinder. Flucht der heiligen Familie nach Ägypten. Da verbreitet sich Angst."
„Was du alles weißt!"
„Der Tag sitzt mir in den Knochen. An dem Tag bin ich damals 1944, als wir evakuiert waren und weder von meinem Vater noch von unsern Verwandten zu Hause etwas wussten, hungernd und frierend in der Kirche zusammengeklappt, als der Pfarrer gerade aus dem Evangelium vorlas, dass dieser Herodes alle Neugeborenen in der Gegend von Jerusalem umbringen ließ, weil er um seine Macht fürchtete. Wir fürchteten uns damals auch. Deshalb ist das für mich ein merkwürdiger Tag."
„Dein Weihnachtstrauma?"

„Ganz geht so was nie weg, obwohl wir ja gut rausgekommen sind."
„Jetzt zum Kaufhof."

Um diese Zeit bekommt man noch problemlos einen Parkplatz in der Stadt. Herr Keller steigt mit aus und will am Kiosk eine Wochenzeitschrift kaufen. Doch der hat noch zu und so begleitet er seine Frau in den Kaufhof. Im Eingangsbereich wird gerade umgebaut. Die Weihnachtsbäume, die fünf Wochen lang die Hintergrunddekoration bildeten, werden gerade entschmückt Die Regale mit Weihnachtskugeln, Lametta und Kerzen sind noch gut gefüllt. Ein Schild, an Ketten von der Decke herabgelassen, schwebt über dem Ganzen: „Weihnachtsschmuck: 50%".
Kellers sehen sich an.
„Das war sicher das Ausverkaufsangebot vom Heiligen Abend", meint sie.
„Oder der Frühbucherrabatt für das nächste Jahr", hält er dagegen.
„Ach, ich weiß nicht. Ich denke: Bis zu den Sommerferien haben wir jetzt zuerst mal Weihnachtsferien, ich meine: Ferien von Weihnachten."
„Eigentlich schade, wenn man an die letzten Tage denkt."
„Dafür haben wir, wenn alles gut geht, im nächsten Jahr vielleicht zweimal Hochzeit."
„Ist Hochzeit einfacher als Weihnachten?"
„Das kommt darauf an."
In der Eingangspassage wird für die Silvesternacht dekoriert. Im Schaufenster prostet ein befrackter und mit Luft-

schlangen beworfener Herr seiner Dame im langen Kleid mit Stola zu.
Innen wäre es ein Leichtes, Raketen und Knallfrösche – vorwärts gewandt – und Weihnachtsglöckchen und Christbaumschmuck – rückwärts orientiert – gleichzeitig zu erstehen; dagegen scheint es unmöglich, Gardinenröllchen zu bekommen. Der Kaufhof enttäuscht, das gegenüberliegende Haushaltswarengeschäft ebenfalls.
„Dann fahren wir halt am Möbelhaus vorbei. Da bekommen wir sicher welche“, sagt sie.
Auch dort bekommen sie problemlos einen Parkplatz. Gemeinsam gehen sie auf das hohe Gebäude zu, lassen sich von der Drehtür aus festen Glasscheiben hereinlocken, stehen wieder vor weihnachtlich geschmückten Tischen, Regalen und Schränken. Dieses Mal können keine Zweifel aufkommen. Ein riesiges Plakat zieht den Blick an:
„Ja, ist denn schon wieder Weihnachten? 200 Geschenke zum halben Preis!“
„Dieses Mal“, sagt er, „ist Weihnachten noch früher als voriges Jahr.“
„Ich brauche heute nur Gardinenröllchen“, sagt sie.